三島由紀夫の思想

松本　徹

鼎書房

はじめに

作家でありながら、さまざまな思想に積極的、果敢に知り組んだのは、三島由紀夫を措いて他にいないのではないか。古代インド仏教の唯識論を初め、大塩平八郎から吉田松陰、西郷隆盛あたりまでおよぶ陽明学、神風連に集約される国学、武士の実践哲学としての『葉隠』、そして北一輝らの革命論、また、ニーチェ、ハイデッガー、サルトル、加えてサドやバタイュなどの異端思想から精神分析学等々、数え上げればきりがない。

そこになんらかの一貫性があるだろうか。常識的には、あまりないと言ってよいのではないか。作家として折々に取り組む様々な事柄を、より深く掘り下げるために、ある面では手当たり次第に利用している、そう概括してよいかもしれない。三島はあくまで作家なのである。

この姿勢のため、その個々の思想の一部を恣意的に切り取るなり歪めるなどもしていよう。しかし、問題なのは、そのため自らの作家たる在り方から逸脱して、思いがけず遠くまで歩むようなことが起こったことだろう。あの苛烈としか言いようのない最期が、まさしくそうである。

このため、三島を作家として見る視点を疎かにする人々が出て来た。確かに、そうなるのもやむを得なかったと思う。そのため筆者は、作品を中心とするする姿勢を前面に押し出す姿勢を採り続けるよう努めて来た。が、没後も五十年近くなれば、さほど固執する必要はなくなったと思う。それとともに、この態度では、どうしても扱いきれないものが少なからずあるのを、痛感するようになった。

だからと言って、三島が文学者であることを軽く見ようとするのでは全くない。逆に、その作家である在り方を、その外へも内へも踏み込んで、より立体的に考察してみようと考えたのだ。

そして、新たに稿を起こしたものを中心に、既発表の論考も加え、Ⅰ部としたが、最初の二章は別にして、各章、出来るだけ生涯に及ぶかたちで扱った。そのため重複が認められるだろうが、各章の記述を捩り合わせるようにして見て頂だければと思う。ほんの一部に留まるが、さまざまな思想の係りよう、その変遷も伺えるよう努めた。

Ⅱ部以降は、もっぱら既発表の論考であるが、それぞれⅠ部とも関連した記述があるので、併せて見ていただければ幸いである。

三島由紀夫の思想　目次

Ⅱ　その小説

Ⅲ その劇

Ⅳ 焼跡からの二十五年

凡　例

一、本書は、新たに書いた論考を中心に、これまでの単行本未収録のもの（川端康成論を除く）を収めた。
一、既発表のものは基本的に発表時点のままとしたが、大幅に加筆、修正したものが少なくない。
一、表記は、現行表記とするが、引用文は原文のままとし、三島由紀夫の場合、決定版『三島由紀夫全集』（新潮社刊）に拠った。
一、年は元号を用いる。明治以前との整合性を考えたためで、要所ではキリスト教（ローマ教会）起源暦を注記した。
一、本文中の数字は、和数字とするが、その他、括弧内などは洋数字を使う。
一、小説、戯曲の発表誌は、年月号を明示したが、エッセイ、談話類はその限りでない。

I　その思想

不断の死という日常――戦時下

＊自己形成をすまして

生涯の最後となった対談で、三島由紀夫はこう言っている、「私の自己形成は、ませていたからでしょうが、十五、六のときにすんじゃった。すくなくとも十九までに完了したと思います」（古林尚『戦後派作家は語る』昭和46年1月、筑摩書房刊）。

如何に才能に恵まれ、早熟であったとしても、そんなことがあるだろうか。あるとは思われないもののの、もしかしたら十六歳あたりまでに読むべき書の大半を読んでしまう、といったことが可能な時期があっかもしれない。また、満二十歳になれば絶望的戦況下で兵士にならなければならないという事態となれば、自己形成を急ぐ、ということがあったのではないか。

三島が誕生した大正十四年（一九二五）は、円本に代表される恐るべき出版ブームが始まった年である。予約出版の形式を採って「現代日本文学全集」全六十三巻（改造社刊）の刊行が始まり、これが人気を呼んだことから、「世界文学全集」全五十七巻（新潮社刊）「世界大思想全集」百五十三巻（春秋社）などが続けば、その他のさまざまな分野にも拡大、演劇、歴史、社会学から天文学、美術、心理学など、さらにわが国の古典、『古事記』や『万葉集』などから謡曲、浄瑠璃、歌舞伎、歌謡にも及べば、欧米の古典、二十世紀初頭の文学、思想にまで及んだ。これらが予約に応じて次々と刊行されたのである。

この状況は、じつは児童図書の領域においても起こった。「日本児童文庫」（アルス版）と「小学生全集」（興文社版）が昭和二年（一九二七）に刊行を始め、宣伝合戦が熾烈を極め、芥川龍之介の自殺の一因となったともいわれているが、これによって三島は、小学校低学年からその恩恵に与かり、中等科に進む頃になると、上の「全集」類の既刊分が豊富に揃っており、望む本を手にすることが容易に出来たのである。この動きがまた、岩波文庫を初めとする文庫本の出現となり、学生でも小遣いで気軽に買い求めることが出来る状況をもたらした。

勿論、この現象は、いきなり出現したのではなく、江戸期の出版文化の爛熟を受け、明治からの金属活字による発達が幾つかの段階をへて、爆発的な成果を挙げたのだ。世界にも例のないこの現象が持つ意味は、計り知れないと思う。

三島は、こうした状況の只中で成長し、その恩恵を誰よりも豊かに享けたのだ。早くから読書に熱中、乱読に乱読を重ね、恐ろしく豊富で高い水準に早々に達したのだろう。

それに加えて、幼少期から書くことを始め、早くから学内誌で活字化することを知り、十六歳で『花ざかりの森』を書き、「文芸文化」に連載され、一部の人たちに高く評価されるようにもなったのである。これだけの作品を書いたことが、何程か自己形成を済ませた證と言えるかもしれない。

そして、昭和十六年十二月八日、大東亜戦争が始まった。嫌でも早く自己形成を済まさなくてはならない状況となったのである。

＊死が日々迫る

当時、徴兵制度が敷かれており、満二十歳になると、兵役に就かなくてはならなかった。三島は、大東亜戦争が始まった一ヶ月後には、満十七歳となったから、余すところ三年となった、と考えたろう。もっとも学生には徴兵延期の特典が設けられていたが、戦況の進展具合で、どうなるか分からないことを承知していた。いずれにしろ三年後には銃を手に戦場へ出ていかなくてはならないと覚悟しなくてはならなくなったのである。

それにしても成人を迎えると同時に、戦場という生死定かでない場に身を置かなくてはならないのは、文学に従事すべく心を決めている未成年者にとって、まことに過酷な事態であった。成人した自分を思い描くよりも先に、死を覚悟しなくてはならないのである。『花ざかりの森』をこう締めくくったことを、思い返すことになったのではないか。「『死』にとなりあはせのやうにまらうどは感じたかもしれない、生《いのち》がきはまつて独楽の澄むやうな静謐、いはば死に似た静謐ととなりあはせに。……」。

当初は戦勝に沸いた。しかし、昭和十七年の秋にもなると、戦況は傾き初め、徐々に、やがては急速に悪化して行った。それとともに学生への徴兵延期廃止の動きが出て来た。

そして昭和十八年十月には、一学年より上の学生たちによる学徒出陣壮行会が神宮外苑競技場で盛大に行われたし、「文芸文化」の中心的存在であった蓮田善明が二度目の招集を受け、出征して行った。蓮田は文筆活動の最盛期を迎えていたのだが、いきなりの中断となったのである。口にはしなかったが、無念さは計り知れないものがあったろう。

もはや意識するしないに係りなく、現実の死が日々、刻々と目前に迫って来る事態となったのである。殊に未成年の者にとっては、大人へと成長して行くことが、即、死へと近づくこととなったのである。

しかし、それでもなお、日々を生きなくてはならない。三島の場合は、文学への意欲を燃え立たせながら、明日のない日々を生きることになったのである。

昭和十九年になると、五月には三島自身、徴兵検査を受け、第二乙種合格となった。招集令状がくれば、即刻、所定の部隊へ赴かなくてはならないのだ。

次いで、文科系学生の徴兵延期の特典が廃されるにとどまらず、半年の学業短縮処置が取られた。このため、翌年三月のはずであったのが、急遽、九月に学習院高等科を送り出された。

卒業した同級生たちの大半は特別幹部候補生となって任地へ赴いて行った。三島は、早生まれのため、その資格がないとされたため、東大法学部に入学した。こうして今しばしの時が与えられるかたちとなったが、このことは召集令状が来れば一兵卒として入隊することを意味した。士官と兵卒とでは扱いに雲泥の差があり、体力に恵まれない者にとっては苛酷な道筋であった。

この頃になって、初の短篇集『花ざかりの森』（昭和19年10月15日、七丈書院）が刊行された。出版の話は遅々として進まず、立ち消えになりそうにもなったが、文学への道へ進むのを強く反対していた父梓が、いまや「息子の形見」にと、元樺太庁長官であった祖父定太郎の縁により用紙を確保、出版に漕ぎつけたのである。[1]三島が強く要求したのであろう。三島は大阪に伊東静雄を訪ね、序文の執筆を依頼したが、断られたばかりか、その日記に「俗人」との評言を記された。多分、用紙を提供する算段をしたうえでの出版であると話したためであろう。ただし、本が出来上がると、三島の切羽詰まった気持も分かって、好意ある手紙を寄せている。[2]

そうしたことがあって満二十歳の誕生日を九日後に控えた昭和二十年（一九四五）二月四日、入営通知を受けた。その思いは如何なるものであったろう。遺書を書いたが、意外に単純明快なものであった。両親、恩師、同窓、先輩、兄弟ら宛てに感謝の言葉を綴り、天皇陛下万歳と締め括っただけである。これに髪と爪を添えた。

そして、本籍地の現加古川市へ、父に伴われて赴いた。ただし、出発時にひいた風邪が悪化、肺浸潤と診断され、即日帰郷となった。このことに三島は拘りを持ちつづけたようだが、担当軍医の誤診——というよりも、この部隊が虚弱者を忌避する方針を密かに貫いたためと考えられる。機敏に動かなくてはならない戦闘集団にとって、足手まといになる恐れのある者は出来るだけ排除するのが合理的である。当日の担当軍医の氏名なども既に判明しているが、[3] その個人的判断ではなかっただろう。

こうして三島は再び学生生活に戻ったものの、授業はほとんどなく、勤労動員され、群馬県の現太田市にあった飛行機工場、ついで神奈川県高座の海軍工廠で、寮暮らしをした。しばしば空襲があり、殊に高座が位置する相模湾はアメリカ軍の上陸地点になると言われ、本土のどの地点よりも死が避けられない場所と考えられた。実際にアメリカ軍の作戦計画によれば、昭和二十一年三月一日、上陸することになっていた。

この相模湾の西側小田原には、奇しくも三島が入隊するはずであった加古川の部隊が配置され、高座にいた三島と同じく、陣地構築に従事していた。もはや戦線は海外・国内を問わない状況になっていたのである。なお、この部隊は終戦を迎えると、全員無事、帰郷した。[4]

＊死に挑む姿勢

戦争末期のこの時期、いまも言ったように国土の内外の区別もなくなれば、軍人と民間人の区別もなくなり、ともに死を覚悟しなければならない状況になっていた。そのような日々を、三島はどのように過ごしたか。

動員先では身体の虚弱を認められ、労働に就かず、事務担当となったが、これという仕事がないまま、読むことと書くことができた。ただし、机に向っていても、次の瞬間、飛来した敵機の放つ銃弾が身を貫くか、爆弾が破裂して身を砕くか、予断は許されない状況に変わりはなかった。

しかし、この机の上で三島は、挑むようにして文学を読み書くことに集中した。文学を志す者として、一時一時を考えられる限り輝かしいものとすべく、精魂を傾けたのだ。

その心境を伝えるのが、昭和二十年七月十八日付、川端康成宛の、高座の海軍工廠で書かれた手紙である。

「……このやうな時に死物狂ひに仕事をすることが、果たして文学の神意に叶ふものか、それはわかりません。ただ何かに叶つてゐる、といふ必死の意識があるばかりです。正直このやうな死物狂ひの仕事から偉大な国民文学の萌芽など、生れる筈はございません。新しい言葉も、新しいスタイルも、新しい文学全般も、生れ出るわけがございません」。

このように冷静に自らの所業を否定的に見ながらも、続ける。

「ごく月並な、ごくありきたりな翼望《きぼう》、即ち、誰も書かなくなつた世にも美しい短篇、その辺にほふり出しておけば、だれでも『まアきれい』と取上げるであらうやうな短篇」を書くため、「死物狂ひ」で集中した、というのである。そして、問いかける、「この馬鹿げた欲望は一体何でせうか。これ迄、『何かに叶つてゐる』のが何もないので紫蘇糖を発明するやうな悲しい一寸のがれでせうか。甘いもといふ狂信的な我儘な意識で支へてゆくことが、一体何かに叶ふのでせうか」と。

三島の追い詰められた状況が、よく分かる。死が間近かに迫っていると承知し、足掻くようにして、書いているのである。なんとも奇怪な所業だと、自らも繰り返し思う。もう少し引用すると、

「私共はあの古代の壮麗な大爬虫類が、峻厳な自然淘汰の手で忽ち絶滅に瀕した時代を思ひ浮べます。しかしもし彼らの多くがその危険を脱し、どこかで繁殖しつづけてゐたとしたらどうでせう。恐らく私は、彼らの習性の内に、『絶滅に瀕したもの』の身振りが執拗に残つてゆくだらうと思ひます。絶

滅というふ生活でないものを生活した報ゐが、彼らを次第に畸型にします」。

大爬虫類、すなわち恐龍だが、それが絶滅したように、自分たちは死ぬと決めているのである。そのうえで、もしもこの自分が、奇蹟的に生き延びたとしたらどうだろう。この現在只今を生きた在りようが、自分のうちに深く刻印され、後々まで残り、まともに生きていくことができないだろう、と言っているのである。

死の自覚と言ったが、類例のない死との厳しい鍔迫り合いが繰り返される日々において、身内深く犯されていると自覚しているのだ。そこでもなお書き続けるのである、この生の炎を保とうとして。例のない死の自覚であり、対応である。

このような対応が、次のような見方も可能にした。戦後も遥か後の回想文だが、「私一人の生死が占ひがたいばかりか、日本の明日の運命が占ひがたいその一時期は、自分一個の終末観と、時代と社会全部の終末観とが、完全に適合一致した、まれに見る時代」であった、と。そうして「少年期と青年期の境のナルシシスムは、自分のために何をでも利用する。世界の滅亡をでも利用する。(中略)二十歳の私は、自分を何とでも夢想することができた。薄命の天才とも。日本の美的伝統の最後の若者とも」(『私の遍歴時代』)。

死ぬ覚悟を定めて、自らの生命を只今の一時々々に燃焼すべく、こう捉えたのだ。そうして「かういふ日々に、私が幸福だつたことは多分確かである。(中略)文学的にも幸福であつた。批評家もゐなければ競争者もゐない、自分一人だけの文学的快楽」であったと書いている。

この時期を生きた若者だけが発明した、恐るべき「幸福」である。そして、三島の「天才」は多くここに根ざすはずである。

＊運命の寵児とも

このようにして読み書く最中において、特別の位置を占めたのが、レイモン・ラディゲ『ドルヂェル伯の舞踏会』であった。戦時中にはこれと山本常明『葉隠』と『上田秋成全集』の三冊を愛読（『葉隠』とわたし』）したが、当時は殊の外、この翻訳文学の一冊を偏愛したらしい。「半ば不純な読み方」だったが、「天才ラディゲは二十歳で死に、そのやうな傑作を残したので、わたしもおそらく二十歳で死ぬことになるであらう自分を、ラディゲの像に仮託してなんとかラディゲを自分のライバルにして、追ひつかうとする目標にこの小説を利用してゐた」という。

いま引用した文章のなかの「天才」「二十歳で」の言辞から、もう一人のフランスの象徴派詩人ランボーが思い出されよう。十代の後半で世に出て、二十歳にして詩業を捨てた。小林秀雄訳『地獄の季節』が刊行されるなどして、わが国でも持て囃されたが、そのラディゲを世に出したジャン・コクトーもまた、二十歳で登場した詩人であった。こんなふうにフランスの若き天才たちの存在が集中的に紹介され、若者たちを魅了した空気がまだ濃厚に揺曳していたから、早熟を誇る文学少年として三島は、彼らに倣い、伍そうとしたのだ。

ただし、衒いや気取りからでなく、戦時下の冷厳な現実とじかに向き合うことによってであった。死が自分の上に訪れるまで、文学的才能を自負する若者としての矜持を貫きつつ、一時一時を積極的に生きようとしたのである。

このあたりの消息は『裸体と衣裳』の一文（昭和34年1月16日の項）にも伺える。「われわれが戦争中にごく身近に感じ、いつも顔をつき合はせて暮らしてゐた『死』、生きることの支柱ともなつてゐた『死』」とある。何時、不意に終わるかもしれない己が生を燃焼させるため、死を意識して、積極的に利用したのである。

戦後早々に書いた初の長篇『盗賊』が、まさしくラディゲ張りの作品だが、その主人公は失恋の末に自殺を決心すると、こういう思いを抱く、「運命の軽やかな沓音がきこえた。万象がのどかにその手をさしのべ、やさしく彼に死を奨めてゐた。ふと彼には、自分が運命の寵児であるかのやうな誇らしさが昇つて来た」。これまた、戦時下で、死ぬ覚悟を定めることによって覚えた思いにほかなるまい。

ここで留意して置きたいのは、このような戦時下での必死の対応策を、同じ戦後派の作家たちがまったく知らないことである。ほとんどが三島より十歳前後も年上で、開戦時点ではそれぞれに一人前の男として生活を始めていた。それに対して三島は中等科五年生、親がかりの身で、生活というべきものを持たずにいた。観念的には自己形成を終えたと思っていたとしても、その生は実質をまったく欠いていた。それでいながら、死と向き合わなくてはならず、その死を「生きることの支柱」とすべく、刻苦していたのである。

このような独特な位置に置かれたひとが他にいないわけではなかった。三島と二、三歳前後の同じような立場にあったひとたちがそうで、例えば三島より三歳上の橋川文三がそうであった。胸部疾患のため徴兵されずにいたが、戦火による死が迫るなか、同じ体験、同じ対応策を採ったと思われる。そうと察知して、三島が作品集（集英社刊）の解説を依頼すると、「夭折者の禁欲」（昭和39年4月）を書いてくれ、次いで作品集（文藝春秋社刊）付載の伝記を依頼した。その原稿を読むと、即座に礼状を出した、「同時代人の心理の奥底に漲るものの怖ろしさに触れました」（昭和41年5月）と書き、橋川がキーワードとして持ち出したマックス・ウェーバーの「死の共同体」の原語 Todesgemeinschaft をわざわざ記した。そうすることによって自分もこの一語に深く共感した者の一員であることを伝えたのだ。

その死の共同体だが、ウェーバーが第一次大戦の学徒兵としての体験から引き出したもので、死を覚悟、積極的に対応した若者に共通する心情に係わる。すなわち、三島の言葉で言えば、自分一個の終末観と、時代と社会全体の終末観との完全な適合一致を体験した者同士、ということであろう。三島の思想形成において、このことが持つ意味は殊のほか大きかったのだ。

＊死の覚悟の恋愛

それに加えて、この時期、三島は恋愛をした。

学習院を一緒に卒業した友人が前橋の陸軍予備士官学校にいたので、面会に出向く家族に同行したのだが、その中に友人より一歳下の妹がいた。もともとほのかな好意を覚えていたのだが、一泊して東京へ戻って来たのが昭和二十年三月十日午後で、東京は早暁に大空襲を受け、避難民でごった返していたのだ。文字通り死の恐怖に掴まれ、右往左往する人々のただなかへ、投げ込まれ、もみくちゃにされたのである。その渦の中、若いふたりが深く相手を案じもすれば頼む思いも高じ、それが恋愛へと発展して行った。

ただし、これまた、明日のないものであった。二十歳になったばかりの若者と十九歳の娘の、明日のない恋愛とは、どのようなものであろう。死が自分一個にとどまるなら、自分独りの覚悟ひとつですむが、愛する別の生命が係わるとなると、自分独りでどうの、ということにはならない。

そこで夢想したのが、共にする死であった。

この恋の予感の中で書いたのが、『サーカス』（昭和20年2月脱稿）である。サーカス一座の花形の少年が馬から落ちて首の骨を折り死ぬのを、空中ブランコから見た彼を愛する少女は、身を投げて跡を追う。続けて書いたのが『岬にての物語』（同年7月7日起稿、8月23日脱稿）だが、美しくも気高い感じの若い男女が、岬の断崖から手と手を取り合って身を投げるのを、その直前に廃屋で言葉をかわした幼い少年が見る。二人一緒の死を夢見る思いを踏まえているのだ。
また、詩「オルフェイス」「紘歌　夏の恋人」「夜告げ鳥」（いずれも同年5月25日執筆）の三編を「東雲」（同年7月）に発表しているが、そのいずれにおいても死をいう。その中から「オルフェイス」と「紘歌夏の恋人」の一部を引用すると、

死ゆゑにもつと浄福の翳濃い野の明るみへ
オルフェイスを誘つたのは神であらうか
もし神意ならば
ねがはくばそのみ力にて更に深くかの人を得んことを
（「オルフェイス」　第二聯）

わななく泉や森の花ざかりや　舞ふ鹿の　うららかな春に遅れ　夏の恋人よ　今こそ愛の至限へと人は云へど、ああ火のごとく露はに　歌はざるものと君らがなる時……もはや歌はざるものと君らがなる時　諸声にその時の歌をうたふ
（「紘歌　夏の恋人」　第二聯）

愛の成就は、如何に望んでも果たせないと承知したところでの、作だと受け取ってよかろう。オルフェイスは死んだ妻を取り戻すべく冥府に降り、妻を連れて戻る途、思わず振り返ったばかりに、永

遠に失ってしまった。

　こうなると分かっているのなら、手に手を取っての死をと、思い描きつづけながら、六月中旬には軽井沢に疎開していた友人一家を訪ね、愛を確かめあったのだが、その二ヶ月後には、終戦の日を迎えた。

　三島が出発期において背負い込まされたのが、このようなものであったのである。そして、ここに三島の思想の核とでも言うべきものがあると見てよかろう。後に触れるが、勤労動員先の机の上で綴られたエッセイには、「輪廻転生」の文字が多く認められるし、置かれた本の中には『葉隠』など三冊とともに、ニーチェの『ツァラトゥストラ』(5)があったと思われる。

注1　猪瀬直樹『ペルソナ　三島由紀夫伝』（平成7年11月、文藝春秋）参照。
2　この用紙を提供する話は、「文藝」編集長であった野田宇太郎にも持ち出し、不快感を持たれた。後に回想録『灰の季節』（昭和33年5月、修道社）で書かれているが、この時点で二十歳になった者の心境を野田がまったく理解しないままであったことを示す。
3　安岡真「三島事件の心的機序の研究」（東京国際大学論叢　人間科学・複合領域研究1、平成28月3月）に拠る。戦争末期、病弱者も召集された例が多いが、兵庫県のこの隊の場合、そこまで追い込まれていなかったのであろう。
4　注3の論考に拠る。
5　三島が読んだのは登張竹風訳『如是説法ツァラトゥストラー』（昭和17年12月重版、山本書店刊）である旨、『世界の名著・ニーチェ』（昭和41年2月、中央公論社刊）付録での手塚富雄との対談で言っている。

自己改造——戦後の出発

＊生の不幸　敗戦の不幸

昭和二十年（一九四五）八月十五日、大東亜戦争の敗戦によって、死の影は不意に消えた。

多くの人々は、解放感、蘇生感を覚えた。しかし、三島は圧倒的な「不幸」を覚えた。なにしろ必死になって案出し、日々実践していた生き方が、この日を境にして、まったく無効になったからである。それとともに、恋愛が日常生活において採るべき形式を採るよう求められる事態となったのである。しかし、三島は二十歳の一学生であり、如何なる生活力も持ち合わせておらず、その上、日常を営むべき実社会は混乱していて、先がまったく見通せず、立ちすくむよりほかなかった。

この経緯をもう少し詳しく言えば、結婚の意向の有無を彼女の兄から問われたのは、まだ戦争中の七月だった。その時点では曖昧に答えてすました。なにしろ死が確実に思われていたのだ。しかし、戦争が終わったとなれば、それでは済まない。が、なんと答えることが出来るか。生活上の目途など立てようもない。

「死が現実のものであつた生活から、一挙に、死が理念にすぎぬやうな世界へと追ひ込まれ、自分の体得して来たと思はれる死に近い生活の現実感が、攻守処を変へて、今や生活の理念と化し、逆に戦争中の空想に他ならなかつたものが、現実の日常生活と化してしまつた……」（『裸体と衣裳』昭和34年

1月16日の項）と、後に書いている。

戦時下にあっては死がなによりも重い現実で、それを基として生きるよりほかなく、懸命に工夫し、対応して来たのだが、それが一気に消滅して、空想のうちにぼんやり浮かんでいた平穏な日常がいきなり現実となったのだが、それは訳の分からない夢に迷い込んだようなものであった。どう身を処すればよいいか、困惑の限りに陥った。

「不幸は、終戦と共に、突然私を襲つてきた」と『私の遍歴時代』で書いている。

戦時下に書き始めていた『岬にての物語』を、敗戦の日を挟んでなおも書き続けたが、主人公の少年は、岬に広がる草原の果ての断崖から遥か下の波打ち際へ、若くて美しい男女が手を取り合って身を躍らせて消える、幻とも現実ともつかぬ姿――早熟な少年の描いた幻想――を見るばかりだったのである。

そのようなところへ、昭和二十年十月、聖心女子学院中等科二年だった妹美津子が、焼け跡整理に出て飲んだ井戸水から、チフスに罹り、発病十三日目に死んだ。それから一ヶ月後には、恋人が他の男と婚約した。名望家にあっては適齢期の娘を不安定なまま置くことは許されなかったのである。この二つの事件が、三島を打ちのめした。

戦時下ならぬ現実の日常においての自らの非力を徹底的に思い知らされたのである。

「その後の数年の、私の生活の荒涼たる空白感は、今思ひ出しても、ゾツとせずにはゐられない」（「終末観からの出発―昭和二十年の自画像」）と書いている。

そうして、こうなった以上は、現実の日常でなく、それと別次元にしか進むべき道はないと、強く思い定めたとしても、自然ではなかろうか。「戦争中交際してゐた一女性と、許嫁の間柄になるべきところを、私の逡巡から、彼女は間もなく他家の妻になつた。妹の死と、この女性の結婚と、二つの事件が、私の以後の文学的情熱を推進する力になつたやうに思はれる」。

　この言葉に、いささかの偽りもないと思われる。

　そうして書いたのが、中等科生以来書き次いで来た、鋭敏な感受性をベースにした作品『煙草』（人間、昭和21年6月号）などとともに、恋愛自体を扱った『夜の仕度』（人間、昭和22年8月号）であった。敗戦を前にした六月、彼女の一家が疎開していた軽井沢に訪ね、彼女と初めて接吻した折のことを捻った上にも捻って、扱った。それを林房雄が採り上げ、「背徳のマスクをつけてゐようと、中身は若々しい『美と純粋』への憧れである」（新夕刊「文藝日報」）と評してくれた。

　それとともに、ラディゲ『ドルジェル伯の舞踏会』をなぞるかたちで長篇を構想、『盗賊』（昭和23年11月刊）を書いた。奇怪な筋立てで、失恋した男女が出会い、それぞれが自らの恋を貫く姿勢を採るまま結婚し、式を挙げた初夜、交わることなく心中するという筋である。自らの初恋と純潔をともに貫く、恐ろしくロマネスクな内容だが、失恋の虚脱感と死によって濃く彩られている。

　この作品を書き進めることが、終戦とともに襲って来た「不幸」を反芻し、骨身に食い入るかたちで受け止めることになったと思われる。この頃のマニフェストとでも言うべきエッセイ『重症者の凶器』（人間、昭和23年3月号）の文言が、そのことをよく示している。

　まずこう言う、「われわれの年代の者はいたるところで珍奇な獣でも見るやうな目つきで眺められてゐる。私の同年代から強盗諸君の大多数が出てゐることを私は誇りとする……」。

　若年の復員兵、特攻隊崩れが、奇異な目で見られていたが、その年代の代表としてこう啖呵を切ってみせたのである。一旦は死を覚悟した以上、三島もまた復員兵や特攻隊崩れと変わりないのだ。それにこれまで若い世代は、それぞれ特有の時代病を看板にして登場して来たが、われわれは違う、「健康」という「不治の病」をもってである、と言い、こう書いた。

「苦悩は人間を殺すか？ ――否。／思想的煩悶は人間を殺すか？ ――否。／悲哀は人間を殺すか？ ――否。／人間を殺すものは古今東西唯一『死』があるだけである。かう考へると人生は簡単明瞭なものになつてしまふ。この簡単明瞭な人生を、私は一生かかつて信じたいのだ」。

ここからも、死が如何に深く三島の内に刻まれていたか、知れよう。苦悩とか思想的煩悶、悲哀ばかりか、絶望さえも係わりがなく、ただ単に即物的な死と向き合い、現にその死を不断に覚悟することによって、日々生きて来て、己が裡には川端に訴えたあの「畸型」が深々と刻み込まれている、と改めて確認したのだ。

だから、死が不意に消えると、どうすればよいか、さっぱり分からない。これが『「生の不安」といふ慰めをもたぬ」自分たち特有の「魂の珍奇な不幸」だとするに至ったのである。

「近代能楽集」の最初の『邯鄲』（人間、昭和25年10月号）の十八歳の主人公次郎は、登場すると、のっけから「僕の人生はもう終はつちゃったんだからね」と言う。そして、邯鄲の枕で眠り、この世の栄耀栄華を夢に見て、世の人々が儚さを知ってこの世を棄てるのに対して、逆に生きる意欲を取り戻し、生き始めようとする。転倒したかたちで、人生を始めなくてはならないのだ。

この不幸の克服を図るのが、戦後の三島の出発であった。

＊生きるための工夫

その戦後の出発は、一言でいえば、小説を書くことが自らにとって抜き差しならない意味を持つと承知することであった。

その最初の長篇が、いまも触れた『盗賊』であった。戦時下で発明した死ぬ決心に拠って、片思いを最後の最後まで貫くという、荒唐無稽なロマネスクを紡ぎ出し、作家として生きる道を模索したのである。そのため、書き上げるのに恐ろしく苦労しなければならず、川端康成の支援を受けた（『三島由紀夫の時代』川端康成の項参照）ものの、失敗作に終わった。が、それは承知の上のことであった。これから先、なおも生きていくためには、現実の社会でなく、作家として虚構を紡ぎ出して行くよりほかないと覚悟を固め、この人生の美なるものを密かに手中にする「盗賊」たろうとした、と要約してよいかもしれない。

そうして就いたばかりの大蔵省事務官の職を退き、『仮面の告白』に取り組んだ。

この長篇が、『盗賊』と真逆な性格のものであることは既に指摘したところ[1]だが、私小説的な性格、告白性が強い。実際にその記述の大半は、三島自身の生活的事実に即している。それでいて、主人公を同性愛者という当時においてはすぐれて異形な存在として押し出したのである。

このため、多くの読者は、作者自身が同性愛者である秘密を告白したと受け取ったが、この時点では虚構であったと見てよかろう。自殺に替えて同性愛者とし、「人交はりのならぬ」身であることを示し、別種の人生を始める覚悟を示したのである。

この作品について三島自身、多くの序文を書いており、その一つで「告白といひながら、この小説のなかで私は『嘘』を放し飼にした」と言っているが、その「嘘」とは、同性愛である。いま、自殺に替えてと言ったが、当時、同性愛は社会的な死を招来しかねないところがあった。いまでこそアメリカは、同性愛者に社会的権限を全面的に保証するまでになっているが、もともとピューリタン的モラルが厳しく、男女間の愛でさえ神が許容する範囲に限るので、逸脱すれば、過酷に糾弾した。わが国では事情が異なり、同性愛を罪悪とまでは考えて来ていない。古くから衆道として半ば公認、中世では身分の高い僧や武士は童を侍らせるのが普通で、江戸時代となると「陰間茶屋」が栄えた。ところが占領初期、アメリカ軍は旧来のピューリタン的な厳しい罪悪観を持ち込んだ、その状況を踏まえて、「嘘」の「告白」をし、敢えて「放し飼」にしたと言っているのである。

その上、さらにこうも言う、「……能ふかぎり正確さを期した性的自伝である。前半は自己分析による倒錯とサーディズムの研究に費され、後半は世にも不思議な『アルマンス』（スタンダールの同性愛を扱った同題作）的恋愛の告白との永い熱烈な悔恨の叙述に宛てられる。この作品を書くことは私といふ存在の明らかな死であるにもかかはらず、書きながら私は徐々に自分の生を回復しつゝあるやうな思ひがしてゐる。これは何ごとなのか？　この作品を書く前に私が送つてゐた生活は死骸の生活だつた。この告白を書くことによつて私の死が完成する・その瞬間に生が回復しだした。少なくともこれを書き出してから、私はメランコリーの発作が絶えてゐる」。

これらは、これまで奇を衒った、企みに企みを重ねた言葉と受け取られて来たが、そうではなく、おそろしく正直な言葉だったのである。同性愛という仮構された性に関する「嘘」の告白が、「私の死」を完成させるはずなのだ。なにしろ戦時下の自らの恋愛を、根底から偽りのものとするからである。ところがその瞬間、「生が回復」した、と言うのだ。こうも書いている、「この本を書くことは私にとつて裏返しの自殺だ。飛込自殺を映画にとつてフィルムを逆にまはすと、猛烈な速度で谷底から崖の上へ自殺者が飛び上つて生き返る。この本を書くことによつて私が試みたのは、さういふ生の回復術である」。

この論理は少々入り組んでいるが、戦時下で得た恋愛を結婚というかたちへもって行くことが出来なかった理由として、自分を同性愛者とすることが、当の相手を傷つけるのを最小限にとどめたし、三島自身の責任も軽くする働きをしたのは確かだろう。

ただし、その成功によって、作品を書くことが独特の意味をもって来た。書いたこと自体は仮構であったが、わが国のような私小説の伝統の根強い文学風土にあっては、ほとんど現実と受け取られ、作者の身の上に降りかかって来る。そのことを積極的に受け入れ、そこに自らが生きる道筋を紡ぎ出して行くことを決意することになったのだ。

勿論、そこには自分が現実に生きることの出来ない存在であるとの自覚・覚悟があり、終戦間近かの川端康成宛手紙に、生きながらえれば抱え込むことになる「畸形」をこの身に引き受けて、生きようとの思いがあった。

そして、皮肉なことには、いわゆる私小説作家よりも遙かに徹底した私小説作家となった、という思いも生じていたのではないか。私小説作家は、自らの過去と現在の事実をありのまま描くに留まるが、三島は、これからの自らの在りよう、在るべき在りようを徹底して曝け出し、かつ、それを自分の実際の在り方とするのである。

＊自己改造の企て

このところをより詳しく見るのには、『金閣寺』を書き終えた時点で執筆したエッセイ「自己改造の試み」（文学界、昭和31年8月号）を見るのがよかろう。

最初に、特異な文体観を提示する。これまでの自分の各年代の文体一覧表をお目に掛けると言って、十五歳以来十七年間の作品名を挙げる。『彩絵硝子』（昭和15年）、『みのもの月』（同17年）、『中世』（同20年）、『盗賊』（同23年）、『日曜日』（同25年）、『青の時代』（同年）、『禁色』（同28年）、『沈める滝』（同30年）、そして『金閣寺』（同31年）である。その上で、それぞれの文章の一節と、手本とした作家なり作品を記す。新感覚派、堀辰雄、日夏耿之介、森鷗外、ポオル・モオラン、ラディゲ、スタンダール、トオマス・マンの翻訳などと言った具合である。

ここから明らかなのは、一年から三年の間に、文体を変えつづけて来たという意識を明確に持っていることである。文体とは、作家固有のものであり、作家が意図して変えることが出来るものではない、というのが一般の理解だが、三島はそうは考えない。作家自身が書こうとするものによって、変えることが出来るし、変えるべきだとするのである。それというのも、こういう考えからであった。「作家にとつての文体は、作家のザインを現はすものではなく、常にゾルレンを現はすものだといふ考へが、終始一貫私の頭を離れない」。

一般に作家たる者、現に在る自らの在りようを、文体によって意図する、しないに係りなく表現してしまうとするのが、基本である。わが国で私小説家が尊重されるのも、これに拠るところが少なくないが、三島が言っているのは、それとまったく違う。つづきを引用すると、「一つの作品において、作家が採用してゐる文体が、ただ彼のザインの表示であるならば、それは彼の感性と肉体を表現するだけであつて、いかに個性的に見えようともそれは文体とはいへない。文体の特徴は、精神や知性の目指す特徴とひとしく、個性的であるよりも普遍的であらうとすることである。ある作品に採用されてゐる文体は、彼のゾルレンの表現であり、未到達なものへの知的努力の表現であるが故に、その作品の主題と関はりを持つことが出来るのだ」。

文章による表現は、作者自身の現に在る「感性と肉体」に即するよりも、「精神や知性の目指す方向」へ進もうとする、そのところに係るとするのである。だから、個性的であるよりも普遍的であるともする。

つづけて、「私の文体は、現在あるところの私をありのままに表現しようといふ意図とは関係がなく、文体そのものが、私の意志や憧れや、自己改造の試みから出てゐる」。

こう結論づけるのである。これは文体観というよりも、文学の基本姿勢に係る。すなわち、現に在る自分をありのまま表現するのではなく、自分が考え希求する在るべき在りよう、ゾルレンを明らかにし、それを文学の次元に出現させるべく努める、と言っているのである。リアリズム文学観とは根本的に異質である。

その姿勢は、自己改造とも言うべき面を持つことになる。現に在る自分そのままではなく、新たに自己を仮構し、作り出そうとすることになる。

大方の作家は現に在るところ、ザインから表現活動を出発させ、ザインで終わる。それがリアリズムだが、三島はそうせず、現に在る自分＝ザインを退け、ゾルレンに至ろうとする。あるいは自らのザインが欠落するなり希薄な状況を利用して、ゾルレンとしてのザインを構築しようとするのである。そうであるなら、希求する在り方によって、文体が変わるのは当然だ、と考えることになろう。作品ごとに変わることも起こり得る。

その姿勢を、敗戦後の『盗賊』や『仮面の告白』で自覚的に採り、『禁色』『沈める瀧』を経て、『金閣寺』までほぼ一貫させている、と見ることが出来る。

そしてじつはこのことが、この時期の三島作品の独自な魅力をなしている。すなわち、書くことが己が現在の在り方から発して、別の自分への希求を突き詰めて行くことになり、既存の現実のレベルを越えて、その先へと進んでいくことになる。時には荒唐無稽な観念の領域へと踏み込むことにもなるが、一主体の切実な希求に基づいて追究し、言語世界においてであるが、在るべき在りようを出現させるのである。だから、その文章を読みたどることは、その運動の軌跡を追走し、やがて巻き込まれていくことになる。

いわゆる青春小説でも教養小説でもなく、自分一個の内心深くからの希求に根差しつつ、在るべき自己を探求し、そこに浮かんで来る自画像に応じ、自己を改造して行く――、そこに読者は親しく立ち会うことになるのだ。

単なる伝達行為でも表現行為でもなく、作者が自らを変える創造的行為に立ち会うのである。三島自身はそう語りはしなかったが、読者の多くはそう感得した。だから、扱われている同性愛といった題材そのものにあまり囚われることなく、一段と作品世界へと深く巻き込まれていく思いを味わったのである。

＊ボディビルと並行して

「自己改造」という言葉を盛んに使うようになったのは、より端的に、「自己改造」という言葉が相応しい事態が、三島の身に到来していたという事情があった。

「私にとつては、まづ言葉が訪れて、ずつと後から、甚だ気の進まぬ様子で（中略）肉体が訪れた」と『太陽と鉄』では書いているが、昭和二十六年（一九五一）十二月二十五日、横浜からサンフランシスコへと向かう客船に乗り込むことによって、太陽と向き合い、やがて日光浴を始めた。そして、「私は自分の改造といふことを考へはじめ」（『私の遍歴時代』）たのだ。

このあたりの事は別に詳しく述べるつもりだが、帰国後も日光浴を続けながら、虚弱な体質改造の方法をあれこれ試み、ようやく見つけたのがボディビルであった。

このアメリカ生まれの筋肉育成に即効性のある運動が、三島を夢中にさせた。なにしろ目に見えて筋肉が盛り上がり、力と健康を着実に獲得して行ったのである。欠落していると信じていたものが、日々満たされるのだ。

この肉体改造の進捗があったからこそ、文体の上でも「自己改造」を正面切って語るようになったのであろう。自己の在るべき在りようを、小説世界において出現させるべく努めて来たのだが、それに類した事態が、筋肉の上にも起こったのである。

そして、「自己改造の試み」の三年後に、「十八歳と三十四歳の肖像画」（群像、昭和34年5月号）を書いたが、そこでは同じように自作を振り返り、『盗賊』から執筆中の『鏡子の家』までの歩みを検証した上で、「やつと私は、自分の気質を完全に利用して、それを思想に晶化させようとする試みに安心して立戻り、それは曲りなりに成功して、私の思想は作品の完成と同時に完成して、さうして死んでしまふ」と。

ここで「思想」という言葉を用いているのが、注意を引く。少なくともこの時点で、文学作品を書く者として独特な考え、思想を、発明したと考えたのであろう。明治以降のいわゆるリアリズム中心の現状に対して、自身の書く独自な姿勢を明確に打ち出し得たと思つたのである。そして、『金閣寺』によって、行くところまで行ったと確信を抱いたのだ。

ただし、この態度の厄介な点は、ゾルレンを追って「自己改造」のおおよそ成し遂げれば、「完成して、さうして死んでしまふ」という事態になることである。そうなれば、これまでと違う書き方を探索しなければならなくなる。

三島が立ち至ったのが、こういう状況であったようである。そして、「『金閣寺』で個人の小説を書いたから、次は時代の小説を書かうと思ふ」と記すのだ。自らの在るべき在りようを追求し、表現し、おおよそを成し遂げたから、個人の域を越えて、時代を、この人間世界全体を対象とすべきと考えることになったのだ。

野心的な作家の歩みとして、こうした変化は納得できよう。昭和三十一年には、中野好夫「もはや『戦後』ではない」（文藝春秋、2月号）などの発言があり、秋には野上弥生子『迷路』という、戦前からの同時代史を描いた大作が完結した。また、前年から武田泰淳『森と湖のまつり』（世界）、中野重治『梨の花』（新潮）の連載が進行中で、ベストセラー五味川純平『人間の条件』全六冊（三一書房）の刊行も、三十一年夏から始まっていた。

このように大作が次々と書かれる状況の中、三島も書かずにおれない気持に駆られたとしても不思議はない。そして、この頃まだ誰もやっていない書き下ろしというかたちで、『鏡子の家』に取り掛かった。

そして、「『戦後は終つた』と信じた時代の、感情と心理の典型的な例」（『鏡子の家』広告、昭和34年9月）を、昭和二十九年四月から三十一年四月までの二年間に限って扱い、現代の「壁画」とすべく努め、おおよそ成功したと言ってよかろうと思う。ただし、その代償は小さくなかった。この時代の在り様を、四人の主人公を設定して立体的に描き出したものの、三島自身が言ったように「壁画」に留まり、読者を作品世界の深みへ呼び込み、歩みをともにする一体感は生まれなかった。そのためこのあたりから三島は一段と近代小説の枠組みを越えることに、思いを凝らすことになったと思われるが、それは現代の作家としての不幸と真正面から向き合うこととなったようである。

注1　『三島由紀夫の生と死』平成27年、鼎書房など。

古典への依拠――時代を抜け出す

＊明治と昭和と

日本の近代文学は、明治を迎え、それ以前の文学を切り棄ててヨーロッパ近代文学に学び、倣うことから始まった、と大雑把に概括してよかろう。そして、先の大東亜戦争の敗戦後も、過去の否定が繰り返され、欧米の近現代文学を重んじ、倣うかたちを採ったと、同じように概括してよかろう。

明治と昭和二十年八月以降と、八十年ほどの間に、二度にわたって過去を否定したのである。

その二度目の潮流の中にあって、三島由紀夫は戦後文学派の一員として出発したのだが、戦後派らしい側面も誇示しながら、わが国の古典文学との繫がりを重んじ、その立場で創作活動を展開した。

いま、戦後派の一員と数えられてと書いたが、戦後派作家の中で飛びぬけて若かったのにもかかわらず、作家としての経歴をいささか持っていた。昭和十六年（一九四一）と言えば、大東亜戦争が始まった年だが、その年の九月から開戦した十二月まで、『花ざかりの森』を「文芸文化」に連載、一部から認められ、この雑誌を中心に小説やエッセイを書いていた。その多くがわが国の古典に取材したものであった。「文芸文化」は新進の国文学者の蓮田善明、三島が在学していた学習院の教授清水文雄らが刊行、日本の伝統への回帰を声高に唱える日本浪曼派に近いところに位置していたという事情と、その清水の指導の下、古典に関して理解を深め、文学的刺激を受けていたという事情があった。

その日本浪曼派だが、戦後になると、戦争責任追及の矢面に立たされた。そのため三島にしてもその一味として糾弾される恐れがあり、実際に三島が作家として知られるようになると、その点を突く者も出て来た。そのようにわが国の古典を称揚する態度を示すことは、この時期、いささか危険であったと言ってよいかもしれない。なにしろ占領下のことであり、占領政策に迎合するひとたちに事欠くことはなかったのである(1)。

もっともこうした状況は、戦後も七十余年になると、大きく変わってしまった。なにしろヨーロッパなりアメリカの文明、文化自体が、かつての圧倒的な輝きをほとんど失い、かなり以前から、その翻訳が激減、問題にされることも珍しくなった。それとともに日本の古典に対する奇妙な偏見もかなり消え、今では古典を扱った読み物やマンガなどが本屋の店頭で目につくようになっている。ただし、理解が深まったわけではなく、安直に扱われるようになっただけかもしれない。

＊ギリシア古典劇と能と

いずれにしても三島は、敗戦により一変した厳しい状況の下、再出発したのだが、書くべき材料をすぐさま他に求めるわけにはいかなかった。敗戦の翌二十一年初夏、川端康成の推薦により、学習院の学生時代に取材した『煙草』（人間、6月号）が掲載され、戦後の文壇に作家として認知されたかたちとなり、『岬にての物語』（群像、11月号）を発表したものの、十二月には戦時下から書き継いでいた『中世』をまとめて「人間」に、昭和二十二年には、『古事記』に取材した『軽王子と衣通姫』（群像、4月号）をと、古典に取材した作品が続いた。

これには二十二歳と若く、人生経験というべきものがないため、なんらかの典拠がなくては書けないという事情があった。最初の長篇『盗賊』（昭和23年11月刊）にしてもラディゲを模倣したものであったのは、そうした側面があった。

しかし、こうした書き方をいつまでも続けることはできないし、殊にわが国の古典を扱い続けることは、無用の批判を招く恐れがあるのに気づかないわけにいかなかったろう。

そうした折、昭和二十三年、河出書房が戦後派作家を集めて雑誌「序曲」を出す企画をたて、三島も加えられたが、その創刊号（昭和23年12月号）に『獅子』を書いた。古代ギリシア劇のエウリピデス作『メディア』に基づくと記し、満州から引き揚げて来た凄惨な体験をもつ女性の、裏切った夫と相手の女とその父親への苛烈な復讐を扱った。毒を仕込んだブドウ酒を贈り、女と父親を殺し、驚いて駆けつけて来た夫に対しては、夫の間に出来た子の死骸を突きつけるのだ。

戦後文学が主に扱って来たのは兵士の戦場体験で、満州から引き揚げて来た女性の体験となると、別様の重さを持った。それがギリシア古典劇の簡潔で骨太の劇的構成をもって、提示されたのだ。衝撃力があった。もっともこどもを夫の前で殺し、突きつけるのは近松『出世景清』のものでもあるので、こちらも意識していた可能性も考えられる。ただし、作者自身の体験でなかったから、やや軽く扱われた憾みがあるが、ヨーロッパ文明が自らの古典の中の古典としている古代劇を換骨奪胎してみせたことに、人々は驚いたし、三島自身、得るところがあったと思われる。

そうして東西を問わず、古典中の古典を活かすことに積極的に取り組み始めた。これまでは題材に主眼があったが、そうではなく、その様式、構造、方法を活かして、すぐれて今日的な問題を扱うのである。

こうして書かれたひとつが、謡曲に基づく戯曲『邯鄲』（人間、昭和25年10月号）であった。すでに『平家物語』などに見られる出来事を能仕立てにして書く試みはしていたが、自分が現在抱える、一人の若者として生きたいという思いを、古来の厭世的物語を逆転させ、無造作に作品化したのである。その段階では、「近代能楽集」として書き継ぐことなど考えておらず、作品の出来も試作の域を出なかった。しかし、発表すると、少なからぬ人びとが関心を寄せ、矢代静一の働きかけもあって、発表した年の十二月には、文学座アトリエ公演で芥川比呂志演出により上演された。その舞台が、三島自身にとっても、はなはだ刺激的であったと思われる。

なにがこうも人々、殊に演劇人を驚かせたかというと、能に倣ったその舞台の基本構造が、当時圧倒的支配力を持っていたリアリズムに対して決定的な穴を開け、大きな可能性を押し開く、と感じられたからであろう。なにしろ能舞台は、生死を越えて差し出されたいわば無の空間であり、霊であれ情念であれ、そのものが出現、メタフィジカルな問題であっても正面から扱うことが出来るのである。そのことに三島自身、この舞台を見ることによって気づいたと思われる。

続けて、「近代能楽集」と題して、『綾の鼓』（中央公論、昭和26年1月号）『卒塔婆小町』（群像、昭和27年1月号）と書いたが、いずれも現代を舞台にするものの、その次元をやすやすと突き抜け、卓抜した象徴性をもって劇的に展開し、彼方を窺い見るのだ。能はギリシア古典劇とも近代演劇とも明らかに異質であるが、それらの演劇形態を、能をベースにして合体させ、演劇世界を立体的で、超越的次元にまで及ぶものとしたのである。ここで劇は、人と人の間を水平ではなく、人と霊なり神との間を、垂直的に働くのだ。

このことは、別の言い方をすれば、近代という時代の枠、東西という歴史的空間の枠組みを、古典の次元に立つことによって、越え出ることでもあった。

＊小説と歌舞伎と

いま指摘したようなことは、演劇の領域に留まらなかった。三島は『卒塔婆小町』を書き上げ、初の世界一周旅行へ出たが、アメリカから南アメリカ、そしてヨーロッパへと飛んだものの、強かったのはギリシアへの憧憬であった。そうしてアクロポリスの丘から劇場の廃墟へと訪れてゆくにしたがい、興奮は頂点に達した。その様子は紀行文『アポロの杯』に見ることが出来る。

この旅から帰ると、古代ローマの作家ロンゴスの『ダフニスとクロエ』に基づいて、『潮騒』（昭和29年6月刊）を書いた。伊勢湾に浮かぶ島を舞台に、純朴な若者と少女の恋物語で、人気を呼んだ。

この作品は、若者向けの読み物と軽く受け取られたが、フランスの作家マルグリット・ユルスナールが「透明な傑作」と呼び、「生涯に一度しか書かないような幸福な、書物の一つ」（『三島由紀夫あるいは空虚なヴィジョン』）と評した。こうした高みにこの作品が達したのは、近代文学が第一とする独創性に囚われず、東西における物語性の成果を存分に生かしたことによると考えられる。戦後文学なり近代小説の一作品として読むのでなく、もっと広いところへ持ち出して読むべきであろう。古典に依拠することによってもたらされた成果の一つである。

こうして小説の領域でも、より自由に、東西を問わず古典を取り込むなり依拠することが行われたが、演劇と異なって、そのところを明示するのは難しい。以降、『獣の戯れ』が能「求塚」のパロディであると小西甚一が指摘したほか、『英霊の聲』が能の修羅物に拠るのが明らかなことなどが挙げられるに留まる。ただし、三島自ら明かしているように、大作『豊饒の海』四巻が平安時代の『浜松中納言物語』に依拠、夢と転生によって舞台が海外にまで広がり、展開される。舞台が海外に及ぶのは、今日では珍しくないが、執筆当時に在ってはかなり冒険であった。なにしろ日本語の通用しない地域である。しかし、平安の昔にそうした物語が紡ぎ出されていたとなれば、心強かったろう。

こうした小説や演劇のジャンルでの展開と並行して、もう一つわが国の古典劇の創作にも手を伸ばした。三島は少年期から歌舞伎に親しみ、戦時下からは夢中になって見て来ていたが、そのあたりのことを知ったひとを介して、まずは柳橋の芸者の温習会のための舞踊台本が依頼された。その『艶競近松娘』（昭和26年10月、明治座）が合格点であったのであろう、昭和二十八年にも依頼されて『室町反魂香』（10月）を書いた。これは没後に国立大劇場で歌舞伎として公演されたように、立派な歌舞伎脚本となっていた。

その同じ二十八年十一月の歌舞伎座上演の脚本として、松竹から芥川龍之介『地獄変』の脚色を依頼された。すでに親しくしていた中村歌右衛門らによって上演され、人々を驚かせた。明治以降、小説家の手になる歌舞伎脚本と決定的に違って、浄瑠璃を歌舞伎の舞台に移した丸本物と呼ばれる様式に忠実に従って書かれていた。その点では徹底した擬古様式で、今日では不可能と思われていたことを、やってのけたのである。その上、こうすることによって、無視しがちになっていた古典歌舞伎の勘所に改めて光を当て、舞台も成功した。

この擬古様式を採った点が「近代能楽集」とは対蹠的である。そちらでは現代性、前衛性へと突き進む姿勢が明らかだだが、こちらでは逆に徹底して墨守姿勢を採った。それというのも、この様式がいまなお卓越した強力な表現力を持つ、と三島は考えたのだ(2)。

この同じ姿勢で、『鰯売恋曳網』（昭和29年11月）『熊野』（昭和30年2月）『芙蓉露大内実記』（昭和30年11月）『むすめごのみ帯取池』（昭和33年11月）と書き継ぎ、いずれも歌右衛門らによって歌舞伎座で上演された。

この姿勢を一貫して執ることにより、現代語で歌舞伎脚本を手掛ける大佛次郎と論争、その結果、昭和四十四年十一月、国立大劇場上演の『椿説弓張月』の執筆となった。

また、この姿勢は自作『鰯売恋曳網』の文楽化を企てることにもなった。この企ては未完に終わったが、浄瑠璃に大きな期待を寄せたことを雄弁に語る。

話が先に行ってしまったが、「近代能楽集」のほうは、『葵上』（新潮、昭和29年1月号）、『班女』（新潮、昭和30年1月号）と書き、五編となったところで、『近代能楽集』（昭和31年4月）としてまとめられ、刊行されると、ドナルド・キーンが英訳、アメリカで刊行されたのを皮切りに、世界各地で翻訳、上演され、一時はブームとなった。国内以上に、その劇の異質さが鮮烈に受け取られたのである。異質さが異質さにとどまらず、より深い層で、強く働く力となったのである。異なった文明はそれぞれ厚い皮をかぶり、隔てられがちだが、それを突き抜ける力を示したと言ってよかろう。

＊ラシーヌに学ぶ

三島の演劇としては、もう一点、フランスの古典劇のなかでもラシーヌの作劇法の摂取に努めたことを指摘しておかなくてはならない。多幕物としての最初の成功作が『白蟻の巣』三幕（文芸、昭和30年9月号）だが、その「三一致の法」を活用している。時間は一日以内、場所は一つ、筋書も一つとするのだが、台詞中心の劇の構成を緊密化し、劇的展開を立体的で力強いものとする上で効果がある。もっとも完全に忠実ではなかったが、以降、『鹿鳴館』四幕（文学界、昭和31年12月号）などから、『薔薇と海賊』（群像、昭和33年5月号）『熱帯樹』（聲、昭和35年1月号）『サド侯爵夫人』（文藝、昭和40年11月号）を経て、『朱雀家の滅亡』（文藝、昭和42年10月号）、『わが友ヒットラー』（文学界、昭和43年12月号）に至る傑作群は、ここに始まるといってよかろう。

そのラシーヌ作劇法の摂取法だが、徹底していた。例えばその『ブリタニキュス』五幕だが、翻訳し上演台本を作る段階から加わり、文学座による上演（昭和32年3月）までもって行っている。また、『フェードル』を歌舞伎化して『芙蓉露大内実記』として昭和三十年十一月には中村歌右衛門、市川猿之助らの出演により歌舞伎座で上演した。薬籠中のものとしたのも当然だろう。

そればかりでなく、このフランス演劇の流れを十九世紀まで下り、大衆的人気を得たサルドゥ『トスカ』を採り上げ、自らの企画、潤色により文学座で上演（昭和38年6月）、文学座が分裂、三島も脱退すると、新たに結成された劇団のため『サド侯爵夫人』を書いたのを始め、ユゴー『ルュイ・ブラス』（昭和41年10月）、サルドゥ『皇女フェドラ』（昭和44年10月）を上演した。これは築地小劇場から始まるわが国の新劇運動の流れを脱却、広く人々が集い、楽しむ劇場芸術の在り方を示そうとするものであった。

晩年、今も挙げた『朱雀家の滅亡』を書いたが、古代ギリシアの「エウリピデス『ヘラクレス』に拠る」との注記が付けられている。古代ギリシア古典劇との係りは小説『獅子』で始まったが、輪を結ぶかたちになったと思われる。その舞台は、天皇の侍従を勤めた朱雀経隆の邸宅で、庭に祀られている弁天社が重要な意味を持つが、『ヘラクレス』が神殿の前を一貫して舞台としているのに対応する。そして、この家の主は停戦へ向けて尽力、その息子は軍人を志願、戦死するに至るまでが扱われる。

古代ギリシアなりヨーロッパ古典劇の持つ意味が、三島にとっては極めて大きかった。それというのも、近現代の域では、受容が模倣の段階にとどまりがちだが、古典となると、より本質的な域での摂取となる。それぞれの文化圏において、長年にわたって伝承され、積み重ねられ、かつ、洗練されることによって、個別性を脱し、普遍性を帯びるに至っているからであろう。それがまた、単なる模倣を許さないのである。

＊二つの文学理念

三島と古典との係りのおおよそを見て来たが、その三島の文学的活動全体が、古典文学の二つの美的理念「古今集」と「新古今集」でもって、大まかに整理することが出来ると思われる。これも三島自身が、わが国の古典文学に思いを深く巡らし続けてきていることと係るだろう。現に『日本文学小史』がある。

そのおおよそを述べれば、出発期を性格づけるのは、「古今集」の美学である。学習院で親しく師事した清水文雄は、新進の和泉式部研究者で、広島高等師範以来の親友に蓮田善明がいたが、その代表的著作は『詩と批評—古今和歌集論』である。かなり独特で、必ずしも分かりやすくはないが、清水が共感をもって理解、折りに触れ三島に語った。また、清水の宿舎では、毎月、「文芸文化」の同人たちを中心にして「古今集」の輪読会が催され、三島も出席を許された。そうして受け取った核心を『古今の季節』（昭和17年）で綴り、次いで『古今集と新古今集』（昭和42年）、『日本文学小史』の中の「古今集」の記述となっていると考えてよかろう。

出発期においてはその考えが深く刻印されている。ただし、戦火が激しくなり、自らの死を確実なものと覚悟して、文学に熱中して行くとき、「古今集」中心の立場に留まり続けることが出来ず、「新古今集」を第一とする立場へと移行した。現実の次元の出来事を虚として突き放し、文学言語が開く世界へと深く没入する姿勢を執ったからである。この姿勢は、早く『中世』に見られ、『岬にての物語』に通じ、さらに最初の長篇『盗賊』がそうだと見ることが出来る。

さらにこの姿勢は、『仮面の告白』のものでもあり、以降一貫していて、『金閣寺』において絶頂に達したと見ることが出来よう。「近代能楽集」も単行本でまとめられた『班女』までが明らかにそうである。

これは、ゾルレンたるところを描き、自己改造を企てる姿勢と照応する。現に在るところ、ザインではなく、在るべき在り様を現出させるべく、描くのだ。

ただし、『金閣寺』の後、その足取りは不確かなものとなった。そうして採られたのが新古今的美学を引きずりながら、古今的美学に拠ることであったと、一応、言っておいてよいかもしれない。ただし、その場合の「古今集」は、かつての知的透明な抒情に留まらず、現実社会のリアルな在り方と真正面から向き合うところへ導いたといわねばなるまい。『鏡子の家』がその始まりだが、しかし、登場人物たちの掲げる目的はいずれも砕け落ちてしまう。が、そこに立ち止まらず、さらに先のより困難なところへと踏み込んで行った。

三島自身にしたところで、作家でありながら現実と向き合い、行動でもって対応するところへと、自らの予想を越え、踏み込んで行くことになった。それは険阻で怖ろしく危険な道筋であったが、それゆえなおさら、この道筋を辿ることを選び続けた。

以上の概観が正しいかどうかは措くとして、三島にとって古典は、自らの在り様と深く係っていたのである。

そして、そのことによって、自らが生きる時代、場所に囚われず、遠くへと不断に越え出ることが出来たのだ。そのことはいくら強調しても強調し過ぎることはなかろう。三島の世界の豊饒さ、洗練度の高さは、もっぱらこのことに拠る。

注1　かなり遅いものだが、ベストセラーにもなった山田宗睦著『危険な思想家―戦後民主主義を否定する人びと』（昭和40年3月、カッパブックス、光文社刊）が代表的なものだろう。三島とともに、竹山道雄、林房雄、石原慎太郎、江藤淳が採り上げられている。

2　「擬古典という挑戦」を参照。

禁忌と神話と――性

＊四つの系列

三島にあっては、性が独特の位置を占めている。

戦後、初めて文芸雑誌に掲載した短篇『煙草』（人間、昭和21年6月号）が、学習院中等科の学生生活を採り上げ、この時期にありがちな同性愛的傾向を扱ったが、『仮面の告白』（昭和24年7月刊）となると、自ら同性愛者であることを宣言すると言ってもよいかたちを採り、人々を驚かせた。次いで『禁色』（第一部は群像、昭和26年1月〜10月号、二部は文学界、27年8月〜翌年8月号）では、同性愛の美青年を中心に据えて、巷に出没するようになった同性愛者たちの姿を真正面から描き出している。

こうしたことから三島自身が同性愛者と見なされるようになったが、この見方は、この時点では、早合点であったというべきであろう。いま挙げた『禁色』にしても第二部の後半になると、同性愛者であること自体が主題から退き、ほとんど消える。

それというのも性には、同性愛にとどまらず、問題にすべき厄介な事柄が幾つもあるのだ。その点については拙著『三島由紀夫エロスの劇』で指摘しているが[1]、三島の作品を見渡すと、取りあえず四つの系列が挙げられよう。

一　天使的な純粋無垢さへの希求――『苧菟と瑪耶』『サーカス』『岬にての物語』『盗賊』『頭文字』

『翼』など。

二　同性愛――『煙草』『殉教』『春子』『仮面の告白』『禁色』そして『暁の寺』など。それに戯曲『三原色』など。

三　加虐的被虐的で殺害にも及ぶ――『館』『縄手事件』『鏡子の家』『暁の寺』、戯曲『サド侯爵夫人』など。

四　近親相姦を扱う――『軽王子と衣通姫』『春子』『家族合せ』そして『音楽』。戯曲『火宅』『灯台』『聖女』『熱帯樹』『アラビアン・ナイト』など。

三島の中に、そうした在り方に深く拘るなにかがあるのは疑いなく、それらは時に絡み合い、ぶつかり合うこともあれば、溶け合うこともある。

わが国では、第一項の性格の作品は少なくない。明治以降でも、長塚節の『野菊の墓』を初め幾編も秀作がある。第二項では、院政期以来、比較的目につくようだし、室町期の小説・物語類になると、それが主流と思わされかねない状況になる。しかし、明治以降は、ごく限られた作家たちの仕事となる。第三項は、谷崎潤一郎『刺青』以降、豊かな作品群がある。第四項となると、どうだろうか。正面から打ち出すことがほとんどないが、歌舞伎の黙阿弥『三人吉三廓初買』の「巣鴨在吉祥院の場」では、知らずに夫婦になった兄妹が墓場で犬となって戯れる様を見せる、陰惨な場がある。犯せば犬畜生になるという伝承にもとづく。

そうした点で、正面切って同性愛者であることを告白、ほとんど宣言すると言ってもよい『仮面の告白』は、異色である。『禁色』となると、派手派手しくもうさんくさい舞台装置となっている気配があると言ってよかろう。多分、この背景には、戦後のアメリカ軍による占領初期のピュリタン的傾向から、急速に風俗化が進み、性的自由が表面へ迫り出してきたことによる変化が関係していよう。

しかし、そうなると、異端としての同性愛に対する思い入れが、急速に退くことにもなった。

その替わりに出て来たのが、年上の女が主人公の若者に注ぐ無償の愛情である。三島の中で、何かが大きく変わったのである。

この後、こんなことを言い出す、「同性愛は、すべて心理的問題です」（『新恋愛講座』週刊誌「明星」昭和30年12月号～翌年12月号まで連載）。独自の性愛として主張する立場を、この時期には全面的に取り下げているのだ。

なにがこうした変化をもたらしたのか。確実なのは、実生活上の変化があったことであろう。三島が書いた歌舞伎脚本『鰯売恋曳網』が昭和二十九年十一月、歌舞伎座で上演されたが、主演が六世中村歌衛門で、東大生のころから熱烈なファンだったから、その楽屋に盛んに出入りした。そうして出会った、赤坂の料亭の娘と急速に親しみ、交渉を持つようになったのだ[2]。そういうことがあって、いまも触れた女性週刊誌の連載となったのだが、さらにこうも書いた。「生まれつき同性愛の人はゐない」「同性愛は、すべて心理的原因ですから、心理的に自分で解決していくことです。それが解決できない人は、何も解決できないのだといふことを、同性愛ほどはつきり例示してゐる例はないでありませう」。

口述によると思われるので、単純化されている傾向があるようだが、明らかにこの時点で三島は、長年悩んできた性の問題をすっぱりと解決して、男として彼女に夢中になっていたのだ。

この少し後には、同じ週刊誌で「羞恥に閉ざされ、セックスについて結局ほんとうのものをつかまないで思春期を過ごしてしまふ少年」のために、性の手ほどきをする「性の学校」の開設を提案している

多分、三島本人こそその少年であり、いまでは二十九歳になっていたが、十歳ほど下の彼女の手ほ

どきを受け、ようやくその喜びを知ったのであろう。このことからも、当初の同性愛が、女性と交渉が持てなかったところからのものであったことが明らかである。戦後直後の『盗賊』で扱われた純潔無垢な恋にしても、不能状態において構想されたと見るのがよく、加虐被虐的傾向も、このところに根があるったのだろう。

榊山保の名で発表された『愛の処刑』（男性同性愛の会アドニス機関誌別冊「APOLLO」昭和35年10月号）は、中学校の体操教師に対して教え子の美少年が、自殺した友人の責任を問い詰め、短刀で割腹させるが、そこに至って互いに愛を告白しあう。ほぼ同時期に書かれた『憂国』（小説中央公論、昭和36年1月号）の変奏といった趣があり、ともに二項と三項に跨る。

三島が愛読する『葉隠』は、武士同士の同性愛に限って扱うが、「日本人本来の精神構造の中においては、エロースとアガペーは一直線につながつてゐ」ると指摘する。そして、「純一無垢なものとなるときは、それは主君に対する忠と何ら変りはな」くなるという。今日では理解が難しい点だが、忠と恋を徹底させると、ともに死を厭わぬところへ進み出ることになる。それが幕末には「恋闕の情」と呼ばれる「天皇崇拝の感情的基盤」をなすとも言う。

＊最も重みを持つ

こうした諸相の中で、四項目の近親相姦が重みを持つ。

一般論としてだが、母親なり姉妹がいる場合、男は成長するにつれ、自ずと母親なり姉妹に異性を見るようになっていく。このこと自体はごく自然なことで、避けることはできない。三島の場合、祖父母と同居する家の中で、祖母が初孫の彼を溺愛、独占、囲い込むようにして寝起きを共にし、母親とさえ自由に接触させないようにしたらしい。このため、母子双方とも、強く慕うようになったのは自然な成り行きであったろう。

　三島が幼くして文字に親しむようになったのも、この状況の中、母親が母親として我が子に愛情を注ぐことがかなわないまま、本を贈ることは許されたので、しきりに贈り、受け取った子は喜んでその本を真剣に読み、会った時には必ず感想を母に話した、こうして愛情の交換をしたことが大きかったはずである。いやがうえにも通常のレベルを超えて文学に親しみ、理解を深めることになったのだ。

　こうした母子の関係は、妹や弟が生まれても続き、八歳の時、家が手狭になるまま、祖父母と両親が二軒隔てて別居するようになると、三島ひとり祖父母の許で寝起きするようになった。このような暮らしに、母親は随分苦しんだようである。

　この状態がおよそ四年間続いたが、こうなると三島の母親や妹、弟への気持も、当然、通常のレベルを越えるのは当然だろう。

　そして、十二歳の春に中等科へ進むと、ようやく祖父母の許を出て、両親弟妹と一緒に暮らすようになった。ただし、すでに乱読が始まっていたから、少年の早熟な感覚、意識がどのように動いたか。

　加えて、この親兄弟との同居が復活した年の秋、父梓が大阪営林局長となり、単身赴任した。父は文学の道へ進むのに強く反対していたから、開放感を覚え、拍車がかかった状態になった。が、また、父親不在の一家にあって、長男としての立場を意識することにもなったろう。父親が戻って来たのは四年後の昭和十六年八月、農林省水産局長に就任してからであった。

　そうした父親不在の状態にあって、学習院の師、清水文雄にこれまでの作品を見てもらおうと思い立ち、「これらの作品をおみせするについて」を昭和十五年正月から三月下旬にかけて書いている。そのなかの一節にこうある、「私の空想は一途に、非道徳なもの（ユリシーズの影響）、醜悪なもの、肉体的なもの、性的なもの、無秩序なものの極限までとんでゆき、すべての空想をそつちばかり駆使して書いてをりました。金銭、社会、姦通、盗み、汚れた青春、……まことに悪趣味の最たるところまでつつ走つてしまひました」。

文中の「ユリシーズ」は、ジェイムス・ジョイスの作品。そして、谷崎潤一郎『武州公秘話』に刺激され、血塗られた物語ともいうべき『館』（輔仁会雑誌、昭和14年11月）を書いていた。

当然、近親相姦について考え、タブー意識を強く持つようになったとしても不思議はなかろう。『古事記』や『日本書紀』には、允恭天皇の時代、その長子の軽王子と同母妹衣通姫との悲劇的な恋が扱われているが、早くから読んでいて、作品化を試みている。そうして敗戦直後から書き出したのが『軽王子と衣通姫』（群像、昭和22年4月号）であった。わが国では近親相姦に対して比較的緩いようではあるが、同母間の関係ははっきりタブーとされていたから、軽王子は天皇の位に就くことが許されないばかりか、伊予へ流刑となった。その後を姫が追い、ともに死んだ。

この話の作品化は、多分、敗戦までは憚られたろう。敗戦後になって、早々に取り組んだのである。そこには妹の死も係っていたかもしれない。

次いで『春子』（人間、昭和22年12月号）は魅力的な短篇だが、奔放な叔母との関係を軸とする。そのなか、このような一場面がある。灯火管制の夏の夜、主人公の寝ている蚊帳のなかに、叔母が入ってくるのだが、母の浴衣を着ている。主人公は異様な興奮を覚えるとともに、激しい嫌悪感に襲われ、「いけない。お母様の浴衣じゃいけない」と抵抗する。と、叔母は「ふしぎに実質な声」で、「ぬげばいいんでしょ、ね、ぬげばいいんでしよ」と応じる。そういうことがあって、この叔母と彼女の亡夫の妹との同性愛関係の中へ彼は導き入れられて行く。

戦後の混乱を背景に書かれたのが、短篇『家族合せ』（文学季刊、昭和23年4月号）である。こども時代、兄と妹が女中たちと一緒にカード遊び「家族合せ」（明治末から昭和初期まで流行）をよくしたが、ある晩、女中たちにお嫁さんごっこを勧められ、座布団を並べたところに妹が寝て、その上に乗るように言われ、兄が脚を震わせて泣いたことから書き出される。兄が数えで十一歳の時であったが、やがて母親が書生と通じ、露見すると自殺、学者の父親も病没、戦後は兄妹のふたりで過ごしている。しかし、兄は無気力に沈み、妹は夜毎男を家へ引き入れるような生活をしている。そうしたある夜、兄が妹に告白する、「僕の体は十歳のこども」だ、と。性的に大人になっていないというのである。それに対して妹は、「お兄様を一人前の体にしてあげるわ」と応じる。しかし、兄は「純潔を守る」と言って応じず、争いになる。結局、「二人でもう一度子供になりませう」と言い合い、一緒に寝床に入る。ところがそこに妹の男がやって来るのだ。日頃から妹と兄の間を疑い、殺してやる、と言ってい る。妹は恐れ、兄に抱きつくと、その妹の上に書生に抱かれた母親の姿を想像、自分は母親を抱いているのだと思う。妹の方は、自分を守ってくれる立派な男だと思う。兄は、さらにこうしていて妹の男に殺されることを期待するとともに、無垢な子供たちが自分の回りを歌い踊る幻を見る。

なんとも入り組んでいるが、自分と妹、そして母親との近親相姦が二重に重ねられているのだ。ただし、この自分は、「十歳の子供」で、「純潔」という不能に掴まれており、このまま殺されるのをひたすら夢見ている。

性関係は、近親相姦において最もまがまがしい様相をみせる。それを犯すぐらいなら、死んだほうがまし、と思い詰めることにもなろう。なにしろ人間関係の根幹そのもの犯すことになるからだ。性的不能という事態が起こったとしても不思議はない。深く親しみ愛情を覚えていればいるほど、思いがけず許されぬ行動に出る可能性も高まるが、それを退け通すため万全を期して、自らの性的欲求そのものを完全に封殺しようとするのである。

ただし、近親相姦への恐れを覚えずに、性的欲望を覚えるまま振る舞う方途がないわけではない。

すなわち、自らを同性愛者と規定し、そう確信することである。もはや母も妹も対象ではない。

じつはこういうところから、同性愛者としての道を辿る少年が少なくないようである。

＊『熱帯樹』

この近親相姦への恐れがいかに深刻か、三島は若い女性の不感症を採り上げ、『音楽』（婦人公論、昭和39年1月〜12月号）を書いた。

少女期に兄から愛撫を受けた記憶があり、成人して恋人を得、結婚を約束、性的交渉も持つが、一向に喜びを感じることがない。相談を受けた精神科医が原因を探索するが、そうして明らかになったのは、彼女と兄とのことであつた。自分は兄の子を産まなくてはならないといつの間にか無意識に思い込んでいて、そのため胎を空けて置かなくてはならないと考えるようになっていたのだ。行方不明になっていたその兄と出会い、他の女に子を産ませていたことが分かり、ようやく許嫁の男と喜びをともにすることができるようになる。

女の性意識を軸に据えて、サスペンスも豊かに展開させ、面白い作品としているが、三島自身、近親相姦の犯す恐怖によって、自らの心身自体が深く囚われて来たから、ここまで書くことが出来たのではないか。

この問題を扱った作品としては、もう一つ、戯曲『熱帯樹』（聲、昭和35年1月号）がある。『鏡子の家』を刊行、戯曲『女は占領されない』を上演、翌昭和三十五年の大映映画「からっ風野郎」の主演と、文学座「サロメ」の演出に取りかかるといった状況で執筆されたのだが、三島戯曲の様々な要素を圧縮、死の影が濃く差し、エロティックでメタフィジックな彩りが塗り込まれた、実験性も秘めた三幕である。ある富豪の館で起こった奇怪な事件を扱う。

幕が開くと、病床の娘・郁子が鳥籠の小鳥に語りかけている。あなたの命は今日一日きりだよ、と。もう余り長くないと言われている彼女が、一方的に定めた日数、小鳥を生かして殺し、そのたびに嘆き悲しんで見せるのだ。そうして始まった午後から深夜までが扱われるが、この家の当主は、妻・律子に小娘のなりをさせ、そのように扱っている。ただし、その律子は、息子・勇の自分への恋着を利用して、夫・父を殺させようと考えている。また、兄・勇の心を我がものとしている病床の郁子は、勇を唆し、母を殺そうと企んでいる。母と息子、兄と妹が近親相関関係にあり、それぞれが親殺しと夫殺しを企んでいるのである。そして、当主は息子の殺意を察知、もみ合いにもなれば、妹は母の寝室へ兄を忍び込ませ、絞殺させようとする。が、母は豊かな胸を押し広げ、勇を迎え入れ、殺意を殺いでしまう。この事態に郁子は、兄に体を与えると、ともに死ぬべく自転車で海へ向う。こうしたなりゆきを館の当主の従妹・信子が静かに見守っていて、姉弟が去るのを見送るとこの家を出る。残された律子は、「怖ろしき微笑」(ト書き)を浮かべて、夫に向い、熱帯樹を庭に植えようと提案することで、幕となる。

いま、最後のところで律子の台詞として、熱帯樹が出てくるが、第一幕で、律子は郁子と勇の二人の子供が空想の産物として育てた罪の樹がこの家の中には繁茂していると、嘆いている。そのとおり、死病に罹っている郁子に発する妄想といった性格をもつが、それを基にして二組の近親相姦が生じ、逞しく枝葉を広げ、破局へと突き進んで行くのである。ただし、それが不思議な透明感のある哀しみへと収斂していく。

こうして性愛なるものが純粋に結晶するところを、三島は見届けたとも思われる。この後、「近代能楽集」の『弱法師』(聲、昭和35年7月号)で、世界の終わりの幻を中心に据えるが、当然の成り行きかもしれない。

＊神話的領域へ

ただし、『豊饒の海』四巻でさらに様々な展開をして見せる。殊に第三巻『暁の寺』がそうである。第一巻、第二巻と脇役にとどまった本多繁邦が、産を築いた弁護士として作の中心になるが、別荘を建て、泊めた男女の痴態を覗き見るのを習いとするのだ。もつとも主目的は、かつて日本人の生まれ変わりと信じていたタイの王女ジン・ジャンが成長して留学して来ているが、その彼女が生まれ変わりの印である黒子をもっているかどうか、確認するためである。

そうして彼女が、隣の別荘の主の夫人と、女同士、抱き合っている情景を目にすれば、「性の千年王国」を夢見て語るのを常としているドイツ文学者と愛人が、その愛人の和歌の女師匠の面前で交わる、奇怪な情景を見てしまう。

こんなふうにさまざまな性の在りやうが展開され、それを目にしていくのだが、なかでもドイツ文学者の語る「性の千年王国」が、おそろしく奇怪で、残酷である。サドと対抗しようとでも考えたのだろうか。この王国では肉の美しさが第一とされ、選んだ男女をより美しくなるよう育て、年頃になると醜い人間たちの性的玩弄の対象とし、さまざまな工夫を凝らして、なぶり殺しにした末、喰う……。こんな極端な妄想も語られる。そしてこの男は愛人とともに、火事となった別荘と運命を共にする。

怖ろしく危険な領域へ落ち込むこともある性の世界なのだが、その最たるものが近親相姦で、アナーキそのものともなる。いや、それはまた神話的世界であろう。一組の男女からこの世界が始まったとすれば、以後の展開にはその侵犯が不可避である。『熱帯樹』が繰り広げているのは、明らかにそういう世界である。そして、『日本文学小史』では、軽皇子と衣通姫の物語を採り上げなくてはなら

ない。(3)

性の世界は、いずれにしても三島にとって創作の沃野であった。

注1　拙著『三島由紀夫エロスの劇』(平成17年5月、作品社刊) 参照。なお、三島の実際の性関係については、多くの情報が流通して来ているが、代表的なものとして、次の四著がある。福島次郎『三島由紀夫―剣と寒紅』(平成10年3月、文藝春秋刊)。堂本正樹『回想回転扉の三島由紀夫』(文春新書、平成17年11月、文藝春秋刊)。岩下尚史『ヒタメン―三島由紀夫が女に逢う時…』(平成23年12月、雄山閣刊)。高橋睦郎『在りし、在らまほしかりし三島由紀夫』(平成28年11月、平凡社刊)。本稿もこれらに拠るところが多いが、福島次郎著は、やや問題がある。殊に三島が昭和四十一年八月、熊本を訪れた際の記述は私的妄想と考えざるを得ないだろう。

2　前掲岩下尚史『ヒタメン』参照。

3　「文学史を構想する」参照。

偽善のバチルス——占領下に在ること

＊まず歌舞伎で

交戦相手国の占領下に身を置くとは、如何なることであろう。時代と交戦状況などによって、かなり異なるだろう。二十世紀の半ば、アメリカを中心とする連合国を相手に、戦域は恐ろしく広大で、航空機や艦艇、通信機能などが恐ろしく発達、原爆まで登場して来た、苛烈も苛烈な戦いの末のことであった。

昭和二十年（一九四五）八月十五日、ポッダム宣言を受諾、九月二日、降伏文書に調印、八日にアメリカ軍が首都東京に進駐して、連合国（実質はアメリカ軍）による占領が始まった。そして、異例の長期に及び、昭和二十七年（一九五二）四月二十八日、平和条約が発効して、占領が終わったが、この条約に終戦間際に参戦したソビエット連邦が調印しなかったため、完全な終結とはならなかった。

この占領下にあることを、三島はどのように受け止め、考えるようになったか。まずは、戦時下から夢中になっていた歌舞伎を通して思い知った。

書きつづけていた『芝居日記』を見ると、終戦半月後の九月、東京劇場が早々に幕を上げると早速、出かけている。ただし、市川猿之助一座による「黒塚」「弥次喜多」で「わらべうたノ振ヨシ」とあるだけ。待ち兼ねていたのに、感想を綴るほどの舞台ではなかったらしい。しかし、翌十月四日夜、ラジオ放送で、連合国最高司令官総司令部（GHQ）の情報頒布係長が、興行協会会長を呼び、十月興行を批判したとのニュースを聞いたとある。「封建的色彩強く」「ポツダム宣言の趣旨に沿ふもの頗る貧困也」と指摘、対処を求めたが、はなはだ具体的で「須《すべか》らく帰郷兵士等が新建設にいそしむ様等を描ける新作を上演し、或ひは劇作家を動員してかゝる新作せしむべきなり、と訓示」したという。「嗚呼、歌舞伎より封建的色彩と軍国主義をマイナスして何か残る」と三島は書いている。

占領軍は、この四日後の十月八日、日本政府によるこれまでの言論統制を廃止し、言論の自由を高らかに謳った。ところが、翌日から新聞、出版、放送、映画、演劇、電信・電話から、一般市民の私信まで、開封、検閲する挙に出た。私信の場合は開封の痕跡が残るのが避けられないが、新聞、出版などでは原稿、ゲラの段階で行い、痕跡を残すのを厳しく禁じたのである。その点で、日本政府が行った検閲と比較にならない徹底ぶりであった。それにしても、なんとも言いようのない二枚舌ではないか。

十一月の新宿第一劇場の舞台には、新作が出た。四日に観劇した三島は、「マ司令部迎合で無味乾燥」と書き込んでいる。早々に司令部の要求に応えたのだ。

そして、十二月十九日付「東京新聞」の報道を目にして、「遂に怖れてゐた事態は来た。丸本物の名作は全滅、実に致命的な禁演命令である。言論の自由がきいて呆れる」とある。年を越して一月二十日、占領軍による上演許可演目の発表があり、『芝居日記』に写し取るとともに、「遂に歌舞伎最後の日が来た」と記している。その同じ日の「時事新報」には菊五郎出演の読者希望の演目が掲載されたが、その九十九パーセントが禁止に該当した。

言論、表現の自由、民主主義を声高に言いながら、占領目的の遂行のため、かつてない徹底した統制を課し、一般の演劇にとどまらず、古典演劇にまで及んだのである。

もっともその愚かさに、早々気づいたようで、この年の五月下旬には「勧進帳」が解禁され、六月に上演されると、三島は早速見に行っている。ただし、感想はなにも書かれていない。占領軍のお情けで、やっと見られたと思えば、いかに立派な舞台であろうと素直に喜ぶことはできなかったのであろう。

＊高等文官試験の準備

昭和二十一年元旦、天皇がいわゆる「人間宣言」の詔勅を出した。これが如何なる衝撃を与えたかは、後年の『英霊の聲』に見ることが出来る（別稿参照）が、四日にはＧＨＱが公職追放令を出した。これまた、衝撃を与えた。父梓が農林省の局長までなっていたから、知人縁者に該当者がいた。この追放令は、以降随時、出された。例えば鳩山一郎が追放されたのは、最初の総選挙によって首相として有力視されるようになった段階の五月四日である。そして翌年に二次追放令が出るなどして、二十万人以上に及んだ。

三島は、東京大学法学部法学科に在学中で、祖父も父も高級官僚であり、父からは同じ道を進むよう厳しく言い渡されていたから、翌年の卒業とともに高等文官試験を受ける予定であった。そのため占領軍のこうした動向には、歌舞伎以上に注意を払ったたし、試験科目、その内容にも気にかけていたはずである。

二月十三日、ＧＨＱが「憲法改正草案」を政府に手渡すと、二十日ほど後の翌三月六日には、政府が「憲法改正草案要綱」を公表した。ＧＨＱ民生局のメンバーと日本側との共同作業の結果とされるが、実際は民生局メンバーによる英文の「改正草案」を、ほぼそのまま翻訳にしたものであるのは明らかであった。

この新憲法制定の動きとともに、準備が進められていた「極東国際軍事裁判」が五月三日、市ヶ谷の元陸軍省で開廷した。こうして威嚇しつつ、憲法改正を初めとする施策の実施を厳しく要求する姿勢に出たのである。

そして、十一月三日に、憲法が公布された。この時点で、三島はこの憲法を受験のため勉強しなければならなくなった。これまでは明治の帝国憲法を学んで来ていたから、当然、詳しく比較もしたろう。そして、そのお手軽さ、憲法の知識もあまりない民生局ケーディス局次長以下のメンバーによる速成作業であるのを、確かめることになった。巷間では「マッカーサー憲法」と言い習わされたが、その他の法律などもいきなり変更される事態に備える必要があった。受験直後になるが、改正民法が公布された。そうした配慮をしながらの受験準備が、敗戦の屈辱を繰り返し舐めることになったのは言うまでもあるまい。

昭和二十二年五月三日、憲法が施行された。そして、二度にわたる大掛かりな公職追放を行った上で、総選挙が行われ、六月に片山哲内閣が成立した。これによりいわゆる民主主義としての政体が一応整ったかたちとなった。

十一月、三島は東京大学法学部法学科を卒業すると、十二月六、八、十日の三日にわたって、高等文官行政科試験を受けた。施行されたばかりの新憲法の下、最初であり、かつ最後であつた。翌年からは国家公務員一種試験と改変された。

この頃、三島はすでに『夜の仕度』や『春子』など力作を発表、雑誌社から注文も来ていて、それに応えるのに懸命だったし、憲法を初めとする試験科目の多くが、いずれも占領政策の下、大急ぎで変更された、あるいは変更されるであろうものであったから、身を入れて勉強が出来なかったたろう。

それにしても戦勝国が敗戦国に対して、ここまで行うのはまったく異例中の異例であった。多分、当時のアメリカを初めとして連合国は、アジアの国を相手にした初めての苛烈な戦争であったから、強い報復意識を抱くとともに深刻な恐怖心も抱いて、日本の文化・社会を異質な、異形の文明と捉え、その徹底した制圧と改変を意図したと思われる。そうして国家として存立する基礎である軍事力をゼロとし、アメリカを初めとする国々に従属する、国ではない国たらしめようと意図したのである。憲法前文でいう、われわれ自身の安全と生存を諸外国の公正と信義に委ねるとは、そういうことであったのだ。

もっともこの方針は、東西冷戦の激化もあり、昭和二十三年半ば辺りから微妙に変化、朝鮮戦争の勃発（昭和25年6月25日）によって大きく変わったが、当時は恐ろしく厳しい姿勢に終始していた。そのことを思い知らされる時期での、三島の受験勉強であった。

＊大蔵省事務官として

その受験結果は一六七名中一三八番という、芳しいものでなかった。しかし、父梓の意向を受けて大蔵省に入り（昭和22年12月24日付任官）、銀行局国民貯蓄課に配属された。新憲法下の最初の新任中央官僚となったのである。庁舎は占領軍に接収されていたから、四谷駅前近くの四谷第三小学校の木造校舎が職場であった。

当時は、片山哲内閣で、大蔵大臣は早々に入れ替わった二人目の栗栖赳夫であった。入省後も新体制についての講義があり、日々の業務では、日本国が占領下にあってGHQの指示に服従しなければならないことを、強く思い知らされたろう。現に片山内閣は、GHQが閣僚人事に煩く干渉したため、早々に瓦解、三島が任官して一ヶ月と十七日、昭和二十三年二月十日に総辞職した。年末と正月を挟んでいたから、まだ席にも馴染まない内のことで、芦田均内閣に変わり、大蔵大臣は北村徳太郎となった。この芦田内閣も、昭和電工疑獄事件によって、十月には総辞職することになる。

このような政治状況とともに、インフレが激しく進行した。物価の変動の一端を品目で見ると、こんな具合である。


白米（十キロ）＝昭和20年12月・六円。21年3月・一九円五〇銭、11月・三六円三五銭。22年7月・九九円七〇銭、11月・一四九円四五銭。

豆腐（一丁）＝昭和20年・二〇銭。22年・一円。23年・八円。

弁当箱（一個）＝昭和21年・七円八〇銭。22年1月・一〇円五〇銭、10月・四四円一〇銭。

鉛筆（一本）＝昭和20年・二〇銭。21年二月・五〇銭、9月・八〇銭。22年・二円。23年・五円。


（週刊朝日編『値段の風俗史』による）


大雑把な数字であるが、その凄まじさは知れよう。米は三年間で二十五倍近く。豆腐は四十倍。弁当箱を挙げたのは、当時の食糧事情から、学童、生徒、学生を初め、働く人々が、現業、事務職に係わりなくほぼ全員が持参する必需品であったからだが、二年ほどの間に五倍以上になっている。鉛筆は二十五倍である。

このような状況下、三島は、配属された課の職務として、貯蓄を勧めなくてはならなかった。その目的のために大臣の講演の原稿を書き、宣伝ポスターを募集し、その審査に従事した。また、各銀行にさまざまな指示を出すようなこともしたろう。

しかし、物価が瞬く間に二倍三倍、またそれ以上に跳ね上がるのを目の前にして、国家の名の下、貯蓄を勧めるとは、どういうことかと、考えずにおれなかったろう。金銭の実質的な価値は、三分の一に、五分の一に、さらに十分の一にと下落する。それを承知した上で、国民に対して貯蓄を勧めるのである。いわゆるハイパーインフレの到来が案じられたが、そうはならずにすんだものの、こうした貨幣価値が下落する現実を目の前にしながら、対応策を出すどころか、貯蓄を勧めつづけたのだ。

この年、芦田内閣の総辞職に先んじて三島は、昭和二十三年九月二日、辞表を提出した。

理由は小説家として執筆に専念するためであった。確かに帰宅すると深夜まで執筆に専念、睡眠不足から数字を間違えたり、駅のプラットホームから転落するようなことを起こしていた。それに当時の慣例として、後二ヶ月すれば、税務署長として地方に出なければならず、そうなれば作家活動を断念せざるを得なくなる。それとともに、占領下の中央官庁の官僚であることに耐えられない思いを抱いたこともあったろう。

＊惨めさと虚偽の時代

昭和二十六年十二月二十五日、横浜港からプレジデント・ウィルソン号に乗り、翌年一月六日朝（現地時間）、サンフランシスコに入港、アメリカの土を初めて踏んだ。既に連合国（ソ連は除く）と平和条約を調印していたが、発効（四月二十八日）まで日本は占領下にあり、民間人の渡航は認められなかったので、父の旧友の計らいにより朝日新聞特別通信員としてであった。そして、日本人経営の粗末なホテルに泊まったが、旅行記『アポロの杯』でこう書いている。「ここでは日本といふ概念が殊のほかみじめでなので、まるでわれわれは祖国の情けない記憶だけを強いられてゐるやうな気持になる」。「身をかがめて不味い味噌汁を啜つてゐると、私は身をかがめて日本のうす汚れた陋習を犬のやうに啜つてゐる自分を感じた」。

味噌汁を含めた日本の風習一般が、アメリカ本土に身を置くことによって、一段と骨身に沁みて惨めに感じられたのだ。そこには、聞き知った戦時中の在米日本人が舐めた苦難も込められていた。「日本人が移入して、ささやかに日本人の間だけで売られてゐる味噌汁には……二重の不調和があり、二重の醜悪さがある」と書いている。

ニューヨークについては、「一言にして言へば、五百年後の東京のやうなものであらう」と記している。

この後、フロリダ、プエルト・リコを経て、リオ・デ・ジャネイロに飛んだが、機上からこの都市の美しい夜景を目にして「飛行機が翼を傾けたとき、リオの燈火の中へなら墜落してもいいやうな気持がした」と記している。

どうしてこうまで感じたか、「私にはわからない」と言うが、戦勝国アメリカから出た開放感が作用しているのではないか。それにブラジルは日本からの移民が多く、その人たちが今度の戦争で日本が勝ったとする「勝ち組」と、いわゆる「負け組」とに別れ、なおも軋轢を繰り返しているという状況も、意識の片隅にあったかもしれない。戦争の決着はまだついていないとする人たちが、この地にはいたのである。加えて、リンス近郊に大農園を持つ、元東久邇若宮の多羅間俊彦を訪ねることになっていた。

そうしたことがあって、ヨーロッパからギリシアを訪ね、その地で講和条約発効の四月二十八日を迎えて帰国したが、帰国後の仕事として、『潮騒』や歌舞伎『地獄変』のほか、幾つかの短篇があるが、そのなかに『江口初女覚書』（別冊文芸春秋、昭和28年4月号）がある。占領期間が正式に終了したのを受けて、その総括を試みたといってよい性格のものである。

どちらかと言えば三島は、占領下において慎重に振る舞った。駆け出しの時期に執筆の制約を受けると致命的だからだが、それだけ内に蓄えたものがあったのだ。「覚書」とあるように、男好きのする容貌と人を人と思わない悪知恵でもつて占領期を生きた女の、七年にわたる足跡が簡潔に辿られているが、江口の名は遊女の発祥の地名によるのであろう。その彼女はこういう認識を持っていたとする、「占領時代は屈辱の時代である。虚偽の時代である。面従背反と、肉体的および精神的売淫と、策謀と譎詐《けつさ》の時代である」。

これがそのまま三島の、占領時代への基本認識であったと言ってよい。一般に占領といえば、武力による制圧、弾圧、拘束等々に力点が置かれがちたが、表向きは「民主主義」「人道主義」を掲げる「策謀と譎詐」、そして「偽善」を強調する。「偽善」となると生命を脅かすことはないが、人の心、精神を内から蝕み、腐食する。そうして屈辱も誇りも、真の主体性も自由も知らず、真実を真実と認める力を失った状態へと陥れる。アメリカの占領が、まさしくそういうものだったと捉えているのだ。

このような時代であると、その特性を見抜き、それに合わせ、かつ、利用し、生き抜いて来たのがこの女主人公であり、自分は「かういふ時代のために生まれて来た」とさえ考えている。被占領下を巧みに泳ぎとおした日本人を象徴する存在なのだ。しかし、占領期が終わろうとする頃には、これまでのウソがばれて行き詰まり、学生と心中しようとする。が、「虚偽の時代はまだ終つてゐない。初子はうしろから自分を引きずつてゐる虚偽の強大な力を感じ」て、思い直す。そして、逞しく生きようと心を決め、歌を詠む。「世の中の荒波いかにひどくとも心をこめて乗り切らんとぞ思ふ」。腰折れもひどい腰折れだが、占領期とそれに続く時代の在り様を的確に要約したような一首である。「偽善」がすでに強大な力を獲得していて、これから変わることもないはずだから、これまで以上に「心をこめて」、というのである。占領軍が「虚偽」「詐術」「偽善」を凝らして制定した憲法が、占領期間が終わっても持続するのが正義であるかのように唱え続ける、その道筋が見えていたのかもしれない。

＊女の胎を踏む

翌年には、三島自身が大蔵省事務官であった日々を扱った『鍵のかかる部屋』（新潮、昭和29年7月号）を書いた。その主人公が夜毎見る夢には、サディストらしき男たちが深夜に集まる、政府の手で密かに「公設」された酒場が出て来る。そこで供されるのが女の血である。インフレのただ中、貯蓄を勧めることによって民から搾り取った、との意を含んでいるとも読める。

『金閣寺』（新潮、昭和31年1〜10月号）になると、冬の早朝、酔っ払った米兵が金閣寺にやって来て、案内する主人公に、連れている妊娠した日本人娼婦の腹を踏むよう強要するのだ。その場面、

（米兵の）太い手が下りて来て、襟首をつかまへて、私を立たせた。しかし命ずる声音はやはり温かく、やさしかつた。

「踏め。踏むんだ」

抵抗しがたく、私はゴム長靴の足をあげた。米兵が私の肩を叩いた。私の足は落ちて、春泥のやうに柔らかいものを踏んだ。

米兵は腕力を見せつけながら、声ばかりは優しく、日本の女の胎を日本の若者に踏ませる。占領政策遂行のやり方そのものとも言えるかもしれない。

次いで『文章読本』（婦人公論別冊付録、昭和34年1月）を見ておくと、第二章の中の「文章美学の史的変遷」の項、明治以降、日本語の文章は革命的変化をへて来ているが、翻訳文が大きな影響を与えている旨を指摘して、こう言う、「皆さんは終戦後のマッカーサー憲法の直訳である、あの不思議な英

語の直訳の憲法を覚えておいでになると思ひます。それはなるほど日本語の口語文みたいなもので綴られおりましたが、実に奇怪な、醜悪な文章であり、これが日本の憲法になつたといふところに、占領の悲哀を感じた人は少なくなかつたはずです」。

中味がどうの、という以前に、一国の憲法としての資格を持たない幾つもの点――、占領軍最高司令官マッカーサーの指示によるものであること、日本語ではなく英語で起草されたこと、その英語文を直訳したものであること、その上、日本語の翻訳文が「日本語の口語文みたいな」「奇怪な、醜悪な文章」であることを指摘している。そして、なによりも文章自体が「占領の悲哀」を感じさせる、という。

占領期は既に終了しながら、このような憲法を奉じつづけるとは何事かと、この時点で問いかけているのだ。いまや占領軍と、被占領国の間の問題ではなくなり、われわれ自身が現に行いつづけているのである。占領軍が犯した二枚舌、偽善を、われわれ自身が犯し続けているのだ。それも占領軍同様、正義を行っているような振りをして、あるいは、半ば信じ込んで。

三島は『文章読本』を出した年の九月には、日比谷の芸術座で、越路吹雪主演により『女は占領されない』四幕を上演した。「昭和二十×年米軍占領下の時代」と設定、GHQ民政局次長で権勢を振るい、憲法草案の起草者のひとりとなったケーディス大佐そのひとをモデルとしたエヴァンス中佐を正面切って登場させた。

中佐は、生真面目、純情で、越路吹雪の演じる炭鉱王の未亡人伊津子を一目見るなり恋する。その彼に、折から占領下最初の選挙――実際は昭和二十二年四月二十五日だが劇中では初夏――を前にして、保守党、革新党の政治家たちやその妻が、臆面もなく働きかけて来る。卑屈、狡猾で、脅迫することも辞さない。

そのやり取りの中で、中佐がこういう台詞を吐く。

「司令部には誰も逆らへません。天皇でさへも。いいですか、私の掌の上に今日の日本が載つかつてゐるんですよ」

「実にけしからん！　司令部に干渉しようといふのか。（中略）さあ、とつとと帰りなさい！　とつとと帰れ！　日本人の分際で、何といふことを」

この通り、占領軍の中枢に身を置くことによって、弁護士出身のアメリカ人らしい正義感、いわゆる人道的進歩的考えを持つ男が絶大な権力を持ったのである。そうして憲法まで制定、内閣の人事まで干渉した。その在りようを、ここで三島は焙り出した。

当時は、昭和三十五年六月の日米安保改定を控えていて、反米の叫びは日々高まっていた。ところがこの戯曲に反応する声は全くなく、ひたすら越路吹雪の華やかな舞台という受け止め方で終始した。作者としては拍子抜けしたに違いあるまい。占領状態に関してまともに考えず、その場きりの反米感情を噴出させるだけにとどまったのだ。そうして高度成長期へと入って行き、基本的には被占領状態のままとなった（1）。

＊偽善というバチルス

いまも挙げた『鍵のかかる部屋』の特装版を、三島が自決する昭和四十五年の六月、刊行したが、思うことがあってのことであろう。日本はいまなおそこで描いたままの状態だ、と。

続いて、『果たし得てゐない約束――私の中の二十五年』（産経新聞、7月7日夕刊）を書いたが、その二十五年前とは、言うまでもなく敗戦、占領下に置かれた昭和二十年夏である。それからの年月はどうだったか。「その空虚さにびつくりする。私はほとんど『生きた』とはいへない。鼻をつまみながら通り過ぎたのだ」と書く。三島にとっては作家として才能を存分に発揮、海外にまで知られるに至った年月ではないか。それをこう、にべもなく言い切るのだ。

続けて「二十五年前に私が憎んだものは、多少形を変へはしたが、今もあひかかはらずしぶとく生き永らへてゐる。生き永らへてゐるどころか、おどろくべき繁殖力で日本中に完全に浸透してしまつた。それは戦後民主主義とそこから生ずる偽善といふおそるべきバチルスである」と書く。

バチルスとは、最近あまり使われなくなったようだが、黴菌、黴や細菌など有害な微生物の俗称である。

「戦後民主主義」が生み出した「偽善」がそのバチルスとなって蔓延、猖獗を極め、戦後二十五年、営々と重ねて来た営為、なかでも三島の営為は、総て空しくされてしまった、と言っているのである。占領下では、軍事力による徹底した強制力により、アメリカ製民主主義を日本国に植え込むという、基本的に矛盾した所業を、人類の正義の名の下で強行、偽善を内に仕込んだのだ。その要が日本国憲法だろう。やがて独立、軍事力が去っても憲法を初めとする戦後体制が存続すると、かの偽善がわれわれ自身の内なるものとなり、いつしか日本の社会全体に及ぶようになる。多分、ここにはアメリカのような歴史の浅い移民国家の場合、抽象的理念が力を持つため偽善も善に収束する傾向があるのに対して、日本では逆に偽善が増殖する傾向がある。そうしてさらに瀰漫、モラルを蝕み、文化の根幹に及び、日本語自体も腐らすに至る、というのが三島の認識であったのだ。(2)

こうなると、これまで二十五年、自分は何をして来たのか、と考えずにはおれまい。厳しすぎる考え方かもしれないが、偽善に犯された言葉、そのような言葉で綴られた文学作品、そうして形成された文化を誰が信頼できるか、と自問せずにはおれないのだ。三島はひたすら真正の雅びな日本語を心掛け、ゾルレンを重んじ、近代西欧の精神世界も越え、東西の古典に心を潜ませ、かつ、日本根生いの在り様を求め、これまで道を切り開いて来たはずなのである。それだけに、偽善が入り込んでいたとなると、どうか。すべて徒な営為となり、自らの作品の数々も朽木と化す……。「私はほとんど『生きた』とはいへない」ということになる。

このような日本にあって、もはや文章を書くことは出来ない……。それがここで至り着いたところだったろう。

注1　ここで記したことの多くは、「戦争、そして占領の下で」（『三島由紀夫論集Ⅰ三島由紀夫の時代』平成13年3月、勉誠出版）などで触れた。

2　平成二十九年になって公表された、昭和四十五年二月下旬に行われたジョン・ベスターによるインタビューでも三島はこう言っている。「平和憲法です。あれが偽善のもとです」「死なないために今の憲法の字句をうまくごまかして自衛隊を持ち、いろんなことをやって日本は存立しているんですね。日本はそういう形で何とか形をつけているんです。でも、それはいけないことだと僕は思うんですよ。人間のモラルをむしばむんです」。

英霊の行方——二・二六事件と神風特攻隊

＊まずは『憂国』

事件は十代の入口、昭和十一年（一九三六）二月二十六日の雪の朝に起った。三島は学習院初等科五年、満十一歳になって間もなくで、雪を押して登校したものの休校となり、先生から「いかなることに会はうとも、学習院学生たる矜りを忘れてはなりません」との訓示を受けて帰ったが、何事にも出会わなかった……（「二・二六事件と私」『英霊の聲』昭和41年6月刊）。事件当日の記憶としては、これだけに過ぎない。

ただし、舞台の中心になった永田町は学習院にさほど遠くなかったし、殺害された斎藤実内相の私邸が裏すぐに位置していた。また、在校生の父兄なり縁者のなかに狙われた人物がいたこともあって、後々まで関心から消えず、やがて記憶の底に沈んで行ったものの、形成された何かがあったのだ。それが顕われ出たのは、『鏡子の家』（昭和34年9月刊）の執筆中、武田泰淳が『貴族の階段』（中央公論、昭和34年1月〜5月号）を連載したことによるところが大きかった。(1) それから一年半ほど措いて三島は短篇『憂国』（小説中央公論、昭和36年1月号）を発表した。

しかし、この作品は二・二六事件を中心に据えているわけではない。青年将校の仲間たちが軍を率いて決起したのを鎮圧すべく赴かなくてはならなくなった武山信二中尉を主人公とする。彼は結婚して間がなかったため、誘われなかったため、この成り行きとなったのだが、その任に当たることはできないと自決を決心、新妻も行をともにする覚悟を示したので、最後の愛の営みをして、切腹、喉を突き、新妻は胸を突いて夫に折り重なるまでを描く。

三島自身は、昭和四十三年九月刊文庫解説で、「春本」として読まれても構わないといい、「ここに描かれた愛と死の光景、エロスと大義との完全な融合と相乗作用は、私がこの人生に期待する唯一の至福であると云つてよい」、「三島のよいところ悪いところすべてを凝縮したエキスのやうな小説」がこれだ、と記した。

「エロスと大義……」と、大義を持ち出しているものの、執筆時点では、焦点はいま言ったエロスの燃焼にあったと思われる。

そこには三島自身がボディビルによって自らの肉体を作り上げたことによって、正面から初めて男女のエロスと向き合い、描こうとしたという経緯もあっただろう。頑健な、ひとの目にさらすこともできる、肉体らしい肉体を獲得したことは、三島自身にとって大きな意味を持ったが、まずは、長年の欠落を充足させた喜びがあった。前年の昭和三十五年二月には、大映と俳優として契約、映画「からっ風野郎」を撮影したし、この年の秋からは細江英公のモデルとなり、写真集『薔薇刑』（昭和38年3月刊）の撮影に入った。前者では演技能力の欠如ぶりを露呈したが、後者では白黒の映像美を示し、世界的反響を呼ぶことになった。

このような状況のただ中で、無垢とも言える性愛に直向きに命を燃焼させ、己が腹へ刃を突き立て、引き回すという行為に没入する、その肉体の在り様を見極めようとして、『憂国』を書いたのだ。目を背けたくなろうとも、あえて見尽くそうと視線を向けていると言ってもよかろう。

続けて、二・二六事件の後日譚と言うべき戯曲『十日の菊』（文学界、昭和36年11月号）を書いたが、青年将校たちに命を狙われながら、無事であった大蔵大臣（仮構）の後日談という形を採る。彼は、いまはサボテンを相手に日々を消していて、あの時こそ自分にとって栄光の時だった、それを取り逃がしたとの思いに苛まれている。そこへかの日、身を挺して彼を守ってくれた女中頭の菊がやって来る……。このように皮肉な視点から扱っている。

多分、この視点が当時の三島のものであったろう。昭和の歴史のなかで屈指の事件の渦中にあった人々の今（発表当時は事件後二十五年に当たる）を、冷ややかに見ている。

＊自らの肉体により

その後、『憂国』を自らの手で映画化することを考え始めた。獲得した自分の肉体そのものの直截な表現が、眼目であっただろう。

多分、昭和三十九年中、想を暖め続けたと思われるが、短篇『剣』がこの年三月に市川雷蔵主演で映画化され、五月には加藤剛主演でテレビ・ドラマ化されたことや、十月には東京オリンピックが開催され、競技場に頻繁に足を運び、取材したことも影響したのではないか。

翌四十年一月早々に、堂本正樹と大映プロデューサー藤井浩明に話を持ち出したところ、具体化した。そして、自らシナリオ化すると、四月十五、六日の両日に撮影、三十日には二十八分の短篇映画として編集、完成させた。恐るべきスピードであった。

この映画は、能舞台というわが国の歴史が創出した抽象空間において、至純な愛がそのままエロティズムの極まりに至るとともに、各自が自らの肉体を、強烈な意志と無私の愛でもつて切り裂き、死へと踏み入るさまを、克明に映し出したのである。

その画面には、「大義」と大書された書が常に映し出され、その下で進展するかたちになっているが、いま言った強烈な意志と無私な愛を成立させるのが、「大義」にほかならないと三島は考えるようになっていた。『憂国 映画版』（昭和41年4月刊）の「製作意図及び経過」で、「日本人のエロースが死といかにして結びつくか、しかも一定の追ひ詰められた政治的状況において、正義に、あるいはその政治的状況に殉じるために、エロースが如何に最高度の形を採るか、そこに主眼があつた」とも述べているが、大義に殉じるかたちを採る時、すぐれて個人のものであるエロスが、公明正大にして威風堂々たるものとなるのだ。やがて問題とする「恋闕の情」にも繋がる。

それとともに、決して自ら目に出来ない己が肉体の死に至るまでの姿態を、映像化することによって自らにも可視化したのだが、これまた、三島の意図するところであったろう。それだけに自ら演じた将校役の映像に、三島自身、引きずり込まれる思いを覚え、後々までも脳裏から消えなかったのではないか。

完成した翌昭和四十一年（一九六六）一月、フランス・ツール国際短篇映画祭で披露され、センセーションを呼び、四月十二日に国内のアート・シアター系で封切られた。すると評判を呼び、三島自身もまた熱狂したようである。幾度となく上映館を訪れ、観客の反応に一喜一憂したという。

こういうことを通して、二・二六事件が三島にとって何重もの意味を持つようになり、事件自体が持つ様々な層へと踏み込んで行くことになった。

そして、少年時代、この事件の「挫折によつて、何か偉大な神が死んだ」（「二・二六事件と私」）とまで書くことになった。この思いを抱いたのは、言うまでもなく少年期でなく、この頃になってからであろう。

映画公開がもたらした、こうした高揚感のなかで書いたのが、『英霊の聲』（文藝、昭和41年6月号）であった。

＊『英霊の聲』

『英霊の聲』は早春の夜、開かれた帰神会の記録という形式をとり、小説作品としては工夫のない作品、といった印象を与える。ただし、能形式を採ったとの指摘があるように二・二六事件で刑死した青年将校たちの霊が、正面切って現われて来る。

主宰の老先生が審神者を勤め、石笛を吹くと、雨戸を叩く風雨は激しさを増す。すると、神主＝霊媒の盲目の若者が玉なす汗を浮かべ、上体を左右に揺らし、手拍子を打ち、歌い始めるのだ。「かけまくもあやにかしこき／すめらみことに伏して奏さく」と、霊媒者の心の中に現われた何者かが天皇に向かって、直接に奏上する。その声は一人でなく、大勢の者たちが合唱するかのようで、こう続く。「人ら泰平のゆるき微笑みに顔見交はし／利害は錯綜し、敵味方も相結び、／外国の金銭は人を走らせ／もはや戦ひを欲せざる者は卑劣をも愛し、（中略）いつはりの人間主義をたつきの糧となし／偽善の団欒は世をおほひ」と。

経済成長を謳歌する当時の日本を厳しく糾弾するのだ。そして、「かかる日に／などてすめろぎは人間となりたまひし」と言う。天皇を咎めるのだ。

その上で、「われらは裏切られた者たちの霊だ」と身の上を明かす。ただし、何者に裏切られたか、即座には明かさない。が、ややあって「われらは三十年前に義軍を起し、反乱の汚名を蒙つて殺された者である」と言うに到る。

雑誌に発表されたのが昭和四十一年だから、三十年前は昭和十一年である。三島は、こうした点は意外に正確である。その年の二月二十六日早暁、決起し、要人を殺傷、天皇の指示を待ったが、期待に反して反乱軍と見做され、軍事裁判に掛けられ、処刑された青年将校たちの霊だったのである。

このように天皇に対して、文学作品でもって真正面から批判を浴びせるのは、異例である。文学作品である限り何らか虚構性を凝らすはずで、例えばこの帰神会は虚構であろう。しかし、如何に虚構を凝らそうと、天皇ともなれば、簡単に底が割れ、実在の昭和天皇と知れ、文学作品としての広りを持ち得ない。その点において、疑義があると言ってもよい。

ただし、そうしたことはよく承知した上であろう。文学作品としての基本を踏み破るべく心を決めていたのだ。端的に昭和天皇批判を繰り出すのである。それも戦後日本の体制の根幹とも言うべき、いわゆる「人間天皇」を糾弾して、神たるべしと主張、「などてすめろぎは人間となりたまひし」と繰り返す。はなはだ衝撃的であった。

ただし、その言うところを、いま少し詳しく見ると、決して単純ではない。「昭和の歴史においてただ二度だけ、陛下は神であらせられるべきだつた」と言っている。常時、神として在ることを求めているのではなく、昭和の時代にあってただの二度だけ、神として臨まれることを求めているのだ。続けて、

「何と云はうか、人間としての義務において、神であらせられるべきだつた。この二度だけは、陛下は人間であらせられるその深度のきはみにおいて、神で在らせられるべきだつた」。

その場合も「人間としての義務」「人間であらせられるその深度のきはみ」において、すなわち、決して神としてでなく、あくまで「人間」として在ることを通して、「神で在らせられるべきだつた」と言っているのである。

すなわち、天皇は「現人神」――この世に人として生を受け、人間離れした能力を持つわけでもなく、長ずれば家族を持ち、子をなし、寿命が来れば生を終える。ただし、伝統的祭祀を主催、この世全体の安寧を祈念し、その立場から政治に係わり、稀に神として振る舞うことがある。そういう存在

と捉えているのである。熱狂しながらも、基本的には独断的でも神懸り的でもなく、バランスの採れた考え方をしていると見てよかろう。

＊一主体としての至純

ところがこの霊たちは、そこから自分たちの天皇への「恋の至純」について、熱っぽく語り出すのである。天皇に対して、われわれは「恋して、恋して、恋して、恋狂ひに恋し奉ればよい」と言う。『葉隠入門』でも触れている「恋闕の情」である。ここから熱狂が始まる。そして、われわれの「一方的な恋も、その至純、その熱度にいつはりがなければ、必ず陛下は御嘉納あらせられる」はずであり、それが「君臣一体」のわが国の「国体」にほかならない。ゆえに天皇は「われらがそのために死すべき現人神」であるとまで言う。

昭和において二度だけ、と言った冷静さは投げ捨てられてしまったかのようだが、誰であれ人たる者が心底から誠を尽くそうと決めて思いを傾ける時、おのずと「恋の至純」に至るのではないか。一主体たる存在が、すぐれて主体的な思いを突き詰め、精神的なエロスの領域に踏み込むと、死も辞さないというところまで行く。

ここに出現した霊たちは、実際に自らの命を賭けて行動に出たのであり、いまはその時点に立ち戻って語っているのだ。広く視野をとって冷静に見てではなく、一主体たる存在として一つ限りの命を投げ出し、一度限りの行動に出た、そのところにいるのである。昭和の歴史を通して幾度目になるかはともかく、立っているのは一度限りの時である。

加えて、この霊たちが軍人であったことに留意すべきだろう。使命の実現のために命を賭けて行動するのを基本とする。そういう者の視点から、事態を見て、訴えているのだ。

白馬に乗って現われた天皇が彼らに向かって「死ね」と命ずる幻想の一場面が、至福感をもって描かれるのも、その視点からである。行動する限り、死を覚悟しているし、その行動が天皇の差配に属する領域を犯すならば、死を甘受すべきなのである。当時、三島自身、一主体たる存在として、一度限りの行動へ出ることを考え始めていた。

このように一回性、絶対性を著しく帯びることが、われわれの生のうちには間違いなく用意されている。冷静な観察者と行動者とでは、事態は変わって見え、持つ覚悟も変わる。当たり前のことだろう。一方をファナティックだとか没理性的だとか言って、退けることはできない。

誠を尽くして行動へ踏み出そうとする者の前に、天皇は絶対性を強めるのだが、しかし、いわゆる唯一神的絶対性とは別である。あくまで現人神として、すぐれて主体存在たる軍人それぞれの前に、その神性を顕現するのである。

＊「大御心に待つ」革命

二・二六事件の青年将校たちの天皇観が実際にどのようなものであつたか、必ずしも明らかでないが、『英霊の聲』によればこうである。「皇祖皇宗のおんみ霊を体現」、「無双の武勇と無双の仁慈の化現」であられ、「民草をひとしく憐れ」み「慈雨よりもゆたかなおん方」である。神として遠く、美しく、清らかに光っておられる。しかし、一民草であれ、その前に出れば、距離は消え、如何ようの忠義であれ、正しく理解し、受け入れて下さる。ところが現実には、奸臣佞臣に囲まれ、囚われの身となっておられる。だから「君側の奸」を排除、「お救ひ申し上げ」さえすれば、本来の在り方を現じられ、世は治まるはずだというのである。

この考えが決起部隊の行動を貫いている。だから、兵を勝手に動かし、重臣たちを殺害しても、天皇はわれわれの真意を察知なさり、「義挙」として嘉納なさるだろう、いや、嘉納なさらなくてはならない、と考える。ただし、これは天皇の意向を忖度した点で不遜であり、かつ、天皇の軍の法を犯した点から、罰せられるべきで、死を賜るのを覚悟しなくてはならない。しかし、その時こそ天皇は神として顕現し、「神人対晤の至高の瞬間」が訪れる……。

恐ろしく独善的な見方とも言えよう。しかし、だからわれわれとしては死を覚悟して、「君側の奸」の排除のため武力を行使しなくてはならないが、その武力行使は、「君側の奸」の排除に限定され、それ以上に及んではならない。後は神を祀り民草を慈しむ天皇がすべてを察知し、神として振る舞われるから、その時をひたすら待てばよい、とする。

本来の武力革命であれば、政権の中枢を撃ち、あたうかぎり素早く、統治機構を広範に制圧しなければならない。しかし、彼らは側近の高官たちを殺傷しただけで、天皇の下命をひたすら待った。三島が「『道義的革命』の論理―磯部一等主計の遺稿について」（文藝、昭和42年3月号）で述べたところで、「蹶起ののちも『大御心に待つ』ことに重きを置」き続けたと指摘する。これが彼らの「天皇信仰」の核であり、二・二六事件は一般の革命とは異なった「道義的革命」だとする。ただし、それゆえ「つねに敗北をくりかへす」と指摘する。

現実の天皇は、青年将校たちの行動を「義挙」とは認めず、立憲君主の立場から反逆者としたのである。そして、彼らを裁判にかけ、死刑に処した。

青年将校の立場から言えば、「このとき大元帥の率ゐたまふ皇軍は亡び、このときわが皇国の大義は崩れた」ということになる。天皇と青年将校たちの間に通底するものがあるという確信は、完膚なきまで瓦解したのである。如何に誠を尽くし、命を捨てても、通じ合うことはない……。

霊媒の若者は、「鬼哭としか云ひやうのない、はげしい悲しみの叫び」を挙げる。

＊「人間宣言」の衝撃

これには続きがあった。二・二六事件の青年将校の霊たちが退場、老先生が立ち上がろうとすると、海上の彼方から飛行服を着、胸元の白いマフラーを血に染めた一団がやって来るのを認める。そうして霊媒の若者が再び語り出すのだが、彼らは先の霊の「弟神」で、「第二に裏切られた霊」であると名乗る。

大東亜戦争の末期に活躍した神風特攻隊員たちの霊であった。半年の訓練を重ねて出撃したが、彼らの死はすでに「予定」されており、天皇によって「嘉納」されることに決まっていた。ところが敗戦を迎えたのだ。「日本の滅亡と日本の精神の死」によつて、われわれは「神の死ではなくて、奴隷の死を死」んだ、と悲憤の声を挙げる。

昭和二十一年元旦のいわゆる人間宣言の詔勅を問題にしているのである。ただし、この霊たちはこうも言う、「陛下の御誠実は疑ひがない。陛下御自身が、実は人間であつたと仰せ出される以上、そのお言葉にいつはりのあらう筈はない。高御座にのぼりましてこのかた、陛下はずつと人間であらせられた。あの暗い世に、一つかみの老臣どものほかには友とてなく、たつたお孤りで、あらゆる辛苦をお忍びになりつつ、陛下は人間であられた。清らかに、小さく光る人間であらせられた。それはよい。誰が陛下をお咎めすることができよう」と。

しかし、「昭和の歴史においてただ二度だけ」、二・二六事件と敗戦の折の二度だけは「陛下は神であらせられるべきだつた」と言うのである。そして、重ね言う、

「御聖代が真に血にまみれたるは、兄神たちの至誠を見捨てたもうたその日にはじまり、御聖代がうつろなる灰に充たされたるは、人間宣言を下されし日にもはじまつた。すべて過ぎ来しことを『架空

なる観念』と呼びなし玉ふた日にはじまつた」。

　ここで言う「架空なる観念」の語だが、詔勅「人間宣言」のものである。そのところを引用すると、「朕ト爾等国民トノ間ノ紐帯ハ、終始相互ノ信頼ト敬愛トニ依リテ結バレ、単ナル神話ト伝説トニ依リテ生ゼルモノニ非ズ。天皇ヲ以テ現御神トシ、且日本国民ヲ以テ他ノ民族ニ優越セル民族ニシテ、延テ世界ヲ支配スベキ運命ヲ有ストノ架空ナル観念ニ基クモノニモ非ズ」。

　即ち、日本国民が「他ノ民族ニ優越セル民族ニシテ、延テ世界ヲ支配スベキ運命ヲ有ス」という考えを、「架空ナル観念」として明快に否定したのだが、それとともに、「天皇ヲ以テ現御神」とすることも、同時に「架空ナル観念」としたのである。

　これには占領下ならではの、詔勅作成過程においての致命的なミスがあったことが、後年になって判明している。以下もっぱら長谷川三千子『神やぶれたまはず』（平成25年7月、中央公論社）の記述に拠るが、ＧＨＱから英文草案が出され、それを幣原が書き直した英文を翻訳、詔勅が作成されたのだが、「現御神」の訳語として「divine」（人間と隔絶した神概念をいう語）とあった。キリスト教の神Ｇｏｄに当たる。即ち、天皇としては絶対神であることを否定、日本古来の信仰風土から生まれた現人神であることを主張しようとしていたのだが、この訳語の間違いのため、「現御神」（現人神）であることを「架空ナル観念」として否定したことになってしまったのである。

　この誤りを天皇が知り、明治天皇による「五箇條の御誓文」を附載するよう指示、その文言をいささか緩和させたとも言われている。

　こうした経緯は一般に知らされなかったから、この詔勅を文字通り受け取り、「現御神」であることを自ら否定、「人間」であることを宣言したとされ、三島もそう受け取ったから、烈しい怒りを覚えたのだ。「現御神」の下、神（これまた「現御神」に対応する）となるべき特攻隊員を、天皇が「裏切り」、

「天翔けるものは翼を折られ」たと嘆かずにおれなかったのである。

そうして、「などてすめろぎは人間となりたまひし」と繰り返す。その憤怒の激しさに、霊媒の若者は耐えられず、命絶えるところまで行く。と、その若者の顔は「何者かのあいまいな顔に変容」していた、とあって作品は締め括られる。

この顔の記述については、いろいろな見解が出されているが、創作ノートにはこうある、「最後に誰とも知れぬあいまいな表情あらはる。それを見て一同慄然とする。／霊媒死す／天皇の化身」。だから「天皇の化身」、それも神であるべき時に神でなかった天皇の素顔であろう。

＊涙による応答と

『英霊の聲』を発表すると、既に触れた短篇『憂国』と戯曲『十日の菊』を併せ「二・二六事件三部作」とし、エッセイ「二・二六事件と私」を添え、単行本『英霊の聲』を出した。そのエッセイで、「敗戦に際会したとき、私はその折の神の死の怖ろしい残酷な実感」を持った、と書いた。

しかし、大きな反響を呼ぶうちに、いまも見た訳語の行き違いについて、三島に知らせるひとがいたのではないか。

時を置かず書いたのが、戯曲『朱雀家の滅亡』四幕（文藝、昭和42年10月号）である。別稿で詳しく述べたが、平安時代から蹴鞠で仕えて来た朱雀家の邸宅を舞台にして、戦争末期、侍従職にあった主人が、戦争継続の方針を崩さない首相を辞任に追い込んだのを機に辞任するとともに、海軍予備学生の息子が入隊を志願するのを、家族の反対を押し切って認める。その息子が激戦の南の島に赴任すると、早々に戦死が伝えられ、母親が手厳しい非難を主人に浴びせる。その最中、空襲があり、自宅は燃え、母親も死に、主人一人生き残る。そうして敗戦の年の冬、天皇が「人間天皇の詔勅」を準備しているのを思いやり、かつて息子がしたように庭の高台に立ち、海を見渡して長い台詞を口にする。「……今やお上も異人の泥靴に涜されようとしておいでになる。民のため、甘んじてその忍びがたい恥を忍ばうとしておいでになる」と。

このところは『英霊の聲』と明らかに違う。許せないと糾弾するのではなく、身を寄せ、「いやまさるおん苦しみを、遠くからじつとお支へ」しようと心を砕くのである。その上、息子の霊に向かって、天皇になり代って呼びかける、「かへつて来るがいい」と。そして、「耳をすまして、お前の父親（今やほとんど天皇と一体となった）の目に伝はる、おん涙の余瀝の忍び音をきくがよい」と言う。天皇のひたすらな大いなる悲しみを、戦死したお前も、しかと受け止め、怒りを鎮めよ、と言っているのである。

あれほど苛烈に天皇を糾弾しながら、特攻隊員として死んだ我が子の霊に対して、悲しみの中での融和を呼びかけているのである。『英霊の聲』の怒りは、鎮めなくてはならないのだ。

もっとも神となるべき英霊たちが神となり得ていない問題は、なおも残る。その責任は、今や天皇だけでなく、われわれの社会のものとなっているのではないか。

注1　拙著『三島由紀夫の時代―芸術家11人との交錯』（水声社刊）の「武田泰淳　自我の『虚数』の行方」参照。

肉体と行動——対立・緊張の中で

＊言葉さえ美しければ

『詩を書く少年』（文学界、昭和29年8月号）で、自らを天才と信じた十五歳の自らの在りようをこんなふうに書いている。

……言葉さえ美しければよいのだ。さうして毎日、辞書を丹念に読んだ。
少年が恍惚となると、いつも目の前に比喩的な世界が現出した。毛虫たちは桜の葉をレエスに変へ、擲たれた小石は、明るい樫を越えて、海を見に行つた。

この少年は、虚弱で、現実と向き合う体力を持ち合わせていなかった。「私は病弱な少年時代から、自分が、生、活力、エネルギー、夏の日光、等々から決定的に、あるいは宿命的に隔てられてゐると思ひ込んできた。この隔絶感が私の文学的出発になつた」（「ボクシングと小説」）と書いている。
もっともこの認識は、一面に留まることを言って置かなくてはならない。既に触れたように、戦争終結の直後において実社会に生きるのを断念、文学世界一つに賭けることを選んでいた。その決断を、今言った虚弱な少年の在り様が、容易にし、拍車を掛けたのである。

ところが、その虚弱な肉体が徐々に変化して来た。

その切掛けとなったのが、昭和二十六年（一九五一）十二月二十五日、横浜から客船に乗って世界一周の旅に出て、船上で日光浴に親しむようになったことである。それまでは夜、机に向かって執筆することが生活の中心であったが、太陽の下で過ごすことを知ったのだ。『私の遍歴時代』ではこう書いている。

　生まれてはじめて、私は太陽と握手した。いかに永いあいだ、私は太陽に対する親近感を、自分の裡に殺してきたことだらう。

　そして日がな一日、日光を浴びながら、私は自分の改造といふことを考へはじめた。

当時、三島はギリシアに憧れていて、この最初の海外旅行の最大の目的をギリシアに置いていた。現に紀行文『アポロの杯』では、その感激を手放しでこう書いている。「今、私は希臘にゐる。私は無上の幸に酔つてゐる」と。

こうまでギリシアに心を傾けたのも、「希臘人は外面を信じた。それは偉大な思想である。キリスト教が『精神』を発明するまで、人間は『精神』なんぞ必要としないで、矜らしく生きてゐたのである。（中略）希臘劇にはキリスト教が考へるやうな精神的なものは何一つない。それはいはば過剰な内面性が必ず復讐をうけるといふ教訓の反復に尽きてゐる。われわれは希臘劇の上演とオリンピック競技とを切断して考へてはならない。この夥しい烈しい光りの下で、たえず躍動しては静止し、たえず破れてはまた保たれてゐた、競技者の筋肉のやうなような汎神論的均衡を思ふことは、私を幸福にする」。

精神よりも、目に見える肉体の美を希求するようになっていたのである。勿論、ここにはキリスト教ばかりでなく、ヨーロッパ近代文化、それに追随する日本の在り方への、根底的な批判、異議申し立てをしようとする意識が働いていたと思われる。敢えて異教的——ヨーロッパ世界から見て——世界へ踏み込もうとしていたのだ。

そうして帰国後も、日光浴を習慣とするようになり、それとともに幾らか体力が付くと、先にも触れたように昭和三十年夏にはボディビルを始めたのだ。「だれでもこんな体になれる」という週刊誌の記事を見て、「病人が何でも新薬をためしてみるやう」（「実感的スポーツ論」）に編集部へ電話をして、早大の玉利齋を知り、その指導の下、日々汗を流した結果、わずかに半年で「人前に出して恥ずかしくないほどの体」になったのである。

このことに三島自身が驚いた。「私の若き日の信念では、自意識と筋肉とは絶対の反対概念であつたのに、今、極度の自意識が筋肉を育ててゆくこの奇蹟に目をみはつた」と書いている。ここで自意識を言うのは、ボディビルでは自分の体を絶えず鏡に映して確認し、かつ、在るべき筋肉の付き方を思い描き、それに近づけるよう努めることを必須とすることによる。この仕組みにより、三島は強靭な意志によって、絶えず自意識を働かせ、現状を確認しつつ、在るべき筋肉獲得へ向けて勤め、その速成栽培に成功したのである。

こうしたことを可能にしたボディビルを「アメリカ文化のもつとも偉大な発明の一つ」と三島は言うが、自らの肉体を自意識による形成物とする捉え方——『太陽と鉄』の根底を貫く——は、こうして獲得されたのである。

そして、翌年の地元での夏祭に、神輿を担ぐ一員に加わることができたが、それは他の担ぎ手たちと神輿との一体感と、そこに生まれる「陶酔」を知る（「陶酔について」）こととなった。強健な肉体だけがもたらすものにも目覚めたのである。

じつは、この頃、三島は女性と肉体的交渉を持つことが可能になったことも、記して置かなくてはなるまい。自意識が障害になっていたのが、ボディビルを通じて、味方につけることが出来るようになったのだ。

　そして、『金閣寺』をほぼ書き上げた時点で、先に触れた『自己改造の試み』(昭和31年8月号)を書いた。ザインではなくゾルレンを目指して自らの文体の改造に努め、成果を挙げて来た道筋を語ったのだが、その営為と、ボディビルにより肉体改造を行って来た道程が、ぴたりと照応したのである。多分、互いに影響しあい、この道程を確実なものとしたのである。

　ここで『太陽と鉄』の次の一節を引用しておきたい。

　　私にとつては、言葉の記憶は肉体の記憶よりもはるかに遠くまで溯る。世のつねの人にとつては、肉体が先に訪れ、それから言葉が訪れるであらうに、私にとつては、まづ言葉が訪れて、ずつとあとから、甚だ気の進まぬ様子で、そのときすでに観念的な姿をしてゐたところの肉体が訪れたが、その肉体は云うまでもなく、すでに言葉に蝕まれてゐた。
　　まづ白木の柱があり、それから白蟻が来てこれを蝕む。しかるに私の場合は、まづ白蟻がをり、やがて半ば蝕まれた白木の柱が徐々に姿を現はしたのであつた。

　文学において恐ろしく早熟であったから、このような在り方――すでに『詩を書く少年』でも見た――をしていて、文体を変えて行くことが先行したのだろうが、そうして自己改造を遠くまで着実に歩むことが出来たと思われる。

＊行動への誘惑

以後、三島はさまざまなスポーツに手を出した。そして、ボクシングにまで及んだ。ともかく無性に体を動かしてみたくなったのだ。ただし、ボクシングは過激すぎた。

玉利齋がボディビルは筋肉をつくるものの、動きを問わないから、その欠点を補う機敏な動きを要求する剣道がよいのではないかと奨めると、早速、剣道を始めた。昭和三十三年十一月のことである。

学習院中等科で剣道をやらされていたが、当時はまったく馴染まなかった。なによりもその掛け声が、「恥ずかしさで耳を覆いたくなる」と感じるばかりだったという。

ところが今回、鍛えた肉体をもって改めて始め、掛け声を発するのにも慣れて来ると、それが快く感じられて来て、やがては心から好きになるという変化が起こって来た。

なぜなのか。鍛えられた自分の肉体の内から、竹刀の一瞬の動きとともに、声を迸ばしらせる、それは心身一体となった一瞬、と受け取るようになったのだ。これまで体験したことのない、しかし、長年、希求して来た事態の実現、と言ってよかつた。

そこからさらに三島は、こうも書く。

それは私が自分の精神の奥底にある「日本」の叫びを、自らみとめ、自らゆるすやうになつたからだと思はれる。この叫びには近代日本が自ら恥ぢ、必死に押し隠さうとしてゐるものが、あけすけに露呈されてゐる。それはもつとも暗い記憶と結びつき、流された鮮血と結びつき、日本の過去のもつとも正直な記憶に源してゐる。

（「実感的スポーツ論」昭和39年10月）

剣道を始めて、このエッセイが発表されるまで、約五年の月日が経過しているが、その間には、なによりも『鏡子の家』の書き下ろしの刊行があり、次いで映画「からっ風野郎」への出演、短篇『憂国』、長篇『美しい星』、評論『林房雄論』、モデルとなった細江英公写真集『薔薇刑』の刊行などがあった。

その推移のうちに何か大きな転換が起こったのだ。その推移を別の視点から見れば、三島が優れてヨーロッパ的と考えるビクトリア朝風コロニアル様式の自宅を馬込に建て、「洋風」を日常生活において徹底させたが、一方では歌舞伎脚本を書き継ぐなど、「和風」にも徹底させた。これはこれまでの適当な和洋折衷に安住する在り方を突き崩そうとする思いからであったろう。

そういうところにおいて肉体が前面に出て来たのだが、これはボディビルというアメリカの肉体促成術に徹底して依拠した成果であったものの、この筋肉を獲得した肉体は、日本人の中年男以外のなにものでもなかった。そうして剣道に励むことによって、一段と明らかになったのは、いまも引用した文章によって知られるとおりであったのである。

ギリシアに憧れ、始まった肉体の改造が、近代日本の在り方への批判ともなり、さらには「自分の精神の奥底にある『日本』」に深く思いめぐらせることになったのだ。

そうして、その身体を動かすことがスポーツに留まっている限りは、健康を増進するとか、他人と力なり技を競いあい、自らの存在を輝かせるにとどまるが、この現実の次元において他に働きかけ、何らか新たな事態を作り出そうと動き出すことになる。行動へ出ることを考えはじめたのだ。

その行動なるものについては、『行動学入門』などで三島は語っているが、三島自身の身にとって差し迫った課題となって来たのだ。ただし、文学者であるものが行動に出るとは、その基本的在り方から逸脱、まったく別の領域へ越境することであろう。そのようなことが果たして可能かどうか。

ああ、危険だ！　危険だ！

文士が政治行動の誘惑に足をすくはれるのは、いつもこの瞬間なのだ。

行動も政治行動が浮かんできたのだ。昭和四十一年（一九六六）正月、四十一歳の新春にこう書いた（「われらからの遁走」『われらの文学5』3月、講談社刊）。これには読者は驚いた。この引用の前にはこうある。

「……文学はもちろん大切だが、人生は文学ばかりではないといふことを知りはじめたのだ。それを知るのはたしかに遅すぎたが、今からでも、ひよつとすると、遅すぎないかもしれないのである」。

なんと素朴な、しかし、危険すぎる、口にすべきでないことを言い出したのである。

当時、三島はノーベル文学賞の候補に挙げられるほか、幾多の文学賞を手にして、作家として紛れもなく華々しい地位にあった。現に『憂国』を自ら映画化して世を驚かし、ライフワークと自ら称する『豊饒の海』第一巻『春の雪』の連載を開始し、戦後の戯曲のベストワンと称賛される『サド侯爵夫人』の公演（昭和40年11月）が人気を呼んだばかりであった。それにもかかわらず、「誘惑」されるという。

作家として不動の地位を築いてしまっていること自体が、こう考えさせるのか。また、言葉に拠って独自の虚構世界を築く、この営為自体に今や倦んだためだろうか。

しかし、この誘惑に身を委ねたら、どうなるか。答えははっきりしていよう。無様な姿をさらし、嘲笑の対象になるだけである。映画「からっ風野郎」に出演して、そのことはよくよく承知させられたはずであった。が、数行置いて、こう書いている、「一方では、危険を回避することは、それがどんなに滑稽な危険であつても、回避すること自体が卑怯だといふ考へ方がある」と。こんなふうに考え始めると、すでにその罠に堕ちているようなものだろう。そうと本人も承知しているから、狂言『釣狐』に触れ、「老狐は自分の存在理由を全面的に否定するやうな危険にしか惹かれない」と書き添える。

笑い者になるだけと承知すれば承知するほど、引き寄せられる……。

そして、前章で述べた『英霊の聲』（文藝、6月号）を書き、半ば実際の政治的問題に関与する立場を示すとともに、ライフワークと自ら称する『豊饒の海』第一巻『春の雪』を脱稿（11月26日）、第二巻の『奔馬』にかかった。神風連の行動に心酔、それを手本として二・二六事件に似た行動に出ようと志す若者、勲を主人公にするが、その連載第一回分を書き上げた十二月十九日の雨の午後、林房雄から紹介された「論争ジャーナル」を創刊した学生二人が訪ねて来た。その彼らが熱心に語るところを聞いて、三島は不思議に呼応するものを覚えた。「恐いみたいだよ。小説に書いたことが事実となって現れる。そうかと思うと事実の方が小説に先行することもある」と編集者に語っている（小島千加子『三島由紀夫と檀一夫』）が、彼らが三島を行動へと誘い出す一役を果たすことになった。

強い感銘を受け、『「道義的革命」の論理』の執筆準備にかかったのだが、その傍ら執筆したのが、「年頭の迷ひ」（読売新聞、42年元日）であった。

年をとるにつれて賢明になるといふのは、とんでもないまちがひだ。若いころは、しかし、まだまだ先が在るつもりで、人生の最終的な決断を迫られるなどとは夢にも考へず「文士か、しからずんば、英雄か」なんて、奇妙な二者択一について思ひわづらふことがなかつたのであらう。この問題が、四十歳から四十二、三歳までの間に、絶対的二者択一の形で迫つて来ようなどとは、想像もしてゐなかつた。

一年前の発言同様、時代錯誤というべき文言を持ち出してお道化てみせているが、一段と厳しく、二者択一へと追い込まれている。いや、自分を追い込んでいるのだ。作家として在り続けるべきか、決然と政治行動に身を呈すべきか、いづれにすべきか、と。

もともと三島の癖として、事態を極端に二元化する傾向があり、かつまた、人を脅かそうと振る舞いがちなところがある。が、一年を隔てて同趣旨のことを言いながら、確実に歩を進めているのが感じ取れよう。

普通の作家なら、このあたりで踏みとどまるかもしれない。が、三島は出来ないし、また、しない。意志の弱さ故でなく、逆で、意志が驚くほど強靭であるがゆえに、ゾルレンとして指し示されるままに、先へと踏み込む。殊に自分が言葉と自意識に深く犯され蝕まれているのを嫌というほど自覚していたから、その先へである。見方を変えれば、三島は、自らを己がザインからゾルレンへと絶えず追放するべく努めて来たのだが、今やゾルレンが指し示すのはザインとなっている、と言ってよかろう。

＊対立・緊張関係

三島は昭和四十二年四月、単身、自衛隊に体験入隊した。政治行動へ踏み込んだのである。そうして、「文学か実人生か」「文士か英雄（行動者）か」の選択を果たしたのだが、「二者択一」による終わりとはならなかった。依然として作家であり続けながら、政治行動に係ることとなったのである。

それればかりか、このことによって三島は、作家たるために肝要な在り方をより徹底して採らなくてはならなくなったと思われる。

体験入隊から戻って刊行された『葉隠入門』（昭和42年9月、光文社刊）には、こういう一文がある。「芸術といふものは芸術だけの中にぬくぬくとしてゐては衰えて死んでしまふ、と考へるものであり、この点でわたしは、世間のいふやうな芸術至上主義者ではない。芸術はつねに芸術外のものにおびやかされ鼓舞されてゐなければ、たちまち枯渇してしまふのだ。それといふのも、文学などといふ芸術は、つねに生そのものから材料を得て来てゐるのであつて、その生なるものは母であると同時に仇敵であり、芸術家自身の内にひそむものであると同時に、芸術の永遠の反措定《アンチ・テーゼ》なのである」。

こうしたことは、作家として改めて言うまでもなく、よくよく承知しているはずのことなのだが、作家として踏みとどまるべきかどうか迷いに迷った末、なおも記さなければならなかったのだ。言い換えれば、体験入隊することにより行動者としての地平へ踏み込んだことに間違いないものの、作家たることを止めることにはならなかった。その点では、目覚ましい変化は起こらなかったのだが、逆に、作家として本来あるべき在りようをより鋭く自覚するに至ったのだ。すなわち、文学内と一般の現実との異質さを、より明瞭に認識し、作家としての自由を賭けて、一語一語を紡ぎ出し、書くように努めたのである。

逆説の理路――『葉隠』

＊死の準備としての必読書

死と鋭く向きあうことによって、三島は人生を始めた。

その過酷な日々において頼りにした書が『葉隠』であった。それも戦時下も、終戦直後も、また、それ以降においても、一貫してそうであったという。「戦争中から読みだして、いつも自分の机の周辺に置き、以降二十数年間、折りにふれて、あるページを読んで感銘を新たにした本といへば、おそらく『葉隠』一冊であらう」と、『葉隠入門』で書いている。

戦時下では、この本が持て囃され、巷に溢れた。例えば岩波文庫は上中下の三分冊が、昭和十五年（一九四〇）四月から翌年九月にかけて刊行され、よく売れた。殊に若者たちにとっては、戦場に赴く覚悟を固めるため手に取らずにおれない一冊だった。なにしろ「武士道といふは死ぬ事と見付けたり」の一行があったのだ。

その岩波文庫版には巻頭に古川哲史の「はしがき」が添えられているが、藩主の死を追って殉死するはずであった佐賀藩士山本常朝の後半生について、殉死を禁じられ、「殉死の禁をみたして、しかも国禁にそむかない道」を歩んだと要約している。その常朝の許に七年間通い詰め、語るところを筆録した田代陣基《つらもと》については「辛抱強い、誠実な求道者」であり、「如何に生くべきかについて憂悶の時期にあつた」と記す。その上で、「どこを切つても鮮血のほとばしるやうな本」であり、「気違ひ」「死狂ひ」「曲者」といふ類の穏やかならざる文字がしきりに出て来て、「我に狂気を与へよ、と叫んだあのドイツの狂哲学者（ニーチェのことであろう）の向ふを張り得る唯一の日本人であるかもしれない」と記されている。当時の若者を惹きつけるのには十分であった。いや、好悪を越えて手にせずにはおれなかった本であったろう。

そのため敗戦後は、荒縄で縛り、ゴミ箱へ棄てられる扱いを受けることになったのだが、三島は違っていた。上に引用した文章のつづきでこう書いている、「戦争時代が終はつたあとで、かえつてわたしの中で光を放ちだした。『葉隠』は本来そのやうな本であるかもしれない。戦争中の『葉隠』は、いはば､光の中に置かれた発光体であつたが、それがほんたうに光を放つのは闇の中だつたのである」。

＊生きるための指南書

まさしく戦後には闇に葬られたのだが、闇に置かれることによって、その真価を三島は見出したのだ。それというのもこの本が、死を勧める本ではなく、逆に「生きる力を与へ」てくれる本だったからだという。少なくとも三島にとっては、戦時下と同様、あるいはそれ以上に生と向きあい、生きしのいで行くために不可欠な本だったのである。

ただし、そう読むのには、それなりの心得が必要であった。漫然と読めば、岩波文庫の編者も言うように、穏やかでない文字がしきりに出て来て、死へ誘うかのように思われる。だから、三島はこう言う、その過激で奇矯とも見える文言は、決して「犬儒的な逆説ではなく、行動と知恵と決意がおのづと逆説を生んでゆく」性格のもので、そのところを的確に読み取らなくてはならない、と。そうすれば、「自由を説き」「情熱を説」いていることが明らかになり、共感を呼ぶ「類のないふしぎな道徳書。いかにも精気にあふれ、いかにも明朗な、人間的な書物」と知れよう、と書いている。

この「逆説」の理路を読み解くのは、必ずしも容易でない。容易でないからこそ、三島は折に触れ読み返し、思いを巡らして来たのだが、『葉隠』は、哲学的思弁や政治思想をではなく、日々、現に向きあう事態に対して、如何に対処、行動に出るべきかを問題にした、はなはだ実践的な「行動哲学」を語っていて、即効性ある処世訓が綴られているのだと注意する。それも実は、簡明至極であって、事に臨んで「いつも主体を重んじて、主体の作用《はたらき》として行動を置き、行動の帰結として死を置いてゐる」のだ、と。

この最後に死を置く点が問題かもしれないが、如何なる場合においても主体を重んじるのは、人間として最も望ましいことではないか。われわれの社会は、このところをないがしろにしがちなのだ。そのすぐれて主体的な在り方を貫くかたちで、普段に行動するのは至難の業である。大事を前にすればするほど人は遅疑逡巡し、機会を失い、主体性をすんなりと出すことが出来ない。

このことを可能にするのが、じつは死を「覚悟」することなのだ。「武士道といふは、死ぬ事と見付けたり」「武士たる者は、武勇に大高慢をなし、死狂ひの覚悟が肝要なり」と説く所以なのである。ただし、その一方で、常朝はこう言う、「人間一生誠に纔《わずか》の事なり。好いた事をして暮らすべきなり。夢の間の世の中に、すかぬ事ばかりして苦を見て暮らすは愚かなることなり」。怖ろしく厳しく責任を課すかと思うと、ひどく無責任な享楽者の態度を奨めると読める。が、死を覚悟することによって、ともに開けて来る境地であり、武士としての厳しい姿勢が根底を貫いているのだ。

三島はそのところを過たず捉えた。それというのも戦時下の一時一時、死ぬ覚悟を固めつつ生き、敗戦後となると、自分を生きるに値しない、死んでもよい存在だと思い定めることによって、文学への道筋を開いたのである。

こういう三島であったから、『葉隠』の「逆説」に満ちた姿勢、その文言を読み解くことが出来たのであろう。そこでは死が死で終わらず、逆により強く鋭く、生へ、そして芸術へと踏み込むことを可能にした。

そうして三島は、先にも触れた「自己改造」のために書く姿勢を採り、『仮面の告白』を皮切りに、幾編もの秀作、注目作を書き、世界一周の旅に出たのを切っ掛けに、「自己改造」を肉体の改造へと及ぼす方途を知った。そして、成果を挙げ始めるとともに、『潮騒』（昭和29年6月）がベストセラーとなり、歌舞伎脚本『鰯売恋引網』（同年11月歌舞伎座公演）が成功を収め、『三島由紀夫作品集』全六巻（新潮社刊）を同じ年の四月に完結させるに至った。

その上で、これまでの作家活動の総決算をすべく、長篇『金閣寺』の執筆にかかったのだが、その一環として書いた日記形式の評論『小説家の休暇』の昭和三十年八月三日の項で『葉隠』を採り上げた。当時にあってもこの書への親近感を語るのは多少勇気を必要としたようで、「封建道徳などとい ふ既成概念で『葉隠』を読む人には、この爽快さはほとんど味はれへぬ」と断っている。

それから十二年後の『葉隠入門』で、その時に書いた文章をわざわざ引用、今とほとんど変わらないと言っている。ただし、三島の書く作品の方は大きく変わっていたのだ。いまも言った『金閣寺』（昭和31年10月刊）を完成させると、やがて書き下ろしの大作『鏡子の家』（昭和34年9月刊）にかかったし、以後『憂国』（昭和36年1月号）『美しい星』（昭和37年10月刊）『喜びの琴』（昭和39年2月号）などを経て、『豊饒の海』四部作の連載を開始（第一巻『春の雪』昭和40年9月号から）するに至っているのである。変化は誰の目にも明らかなのだが、『葉隠』に関してばかり変わっていない、と言うのだ。

変わらない理由はなんであろうか。

いまも言った『金閣寺』に着手した昭和三十年の時点で、「戦後初めて」この書への「愛着」を洩らしたのだが、このとき、「はじめて『葉隠』がわたしの中ではつきり固まり、以後は『葉隠』を生き、『葉隠』を実践することに、情熱を注ぎだした、といへるであらう」と書いている。戦時下から一貫して変わらないことに間違いはないのだが、これまでとは違って、意識して、その教えを実践すべく努めるようになったのである。いや、いまの引用文のつづきではこう言っている、「つまり、ますます深く、『葉隠』にとりつかれることになつた」と。

『金閣寺』を書き上げることによって向き合うことになったのは、これまでの小説の書き方を採ることが出来なくなった、ということであった。『自己改造の試み』(昭和31年8月号)で確認したのは、ほかならぬこういうことであった。そして、この先、如何なる姿勢で、書き進めるべきか、差し迫った問題となっていたのだ。そこにおいて、『葉隠』の哲学により強く依拠するようになったのだ。

＊犬死も辞さず

そのあたりの一端は、『葉隠入門』の先にも引用した一節に窺えるように思われる。「芸術といふものは芸術だけの中にぬくぬくとしてゐては衰えて死んでしまふ」。「文学などといふ芸術は、つねに生そのものから材料を得て来てゐるのであつて、その生なるものは母であると同時に仇敵であり、芸術家自身の内にひそむものであると同時に、芸術の永遠の反措定なのである」。

この芸術に関しての考えは、大筋において確かに終生変わらなかったし、また、芸術家として誰もが心得ることだと思われるが、三島は続けてこう言わなくてはならないところへと行く。「わたしは『葉隠』に、生の哲学を夙《つと》に見いだしてゐたから、その美しく透明なさわやかな世界は、つねに文学の世界の泥沼を、おびやかし挑発するものと感じられ」、「芸術家としてのわたしの生き方を異常にむずかしくしてしまつた」と。

文学の世界を「泥沼」呼ばわりしている点に、すでにその傾き具合が察せられるが、芸術と現実、虚と実、さらには思想と行動、生と死をより尖鋭的に突き合わせることにおいて、変化が生じて来たのだ。そのあたりのことは、よく知られた「武士道といふは、死ぬ事と見付けたり」に続けて来る文章が係るだろう。すなわち、「二つに二つの場にて、早く死ぬはうに片付くばかりなり。別に仔細なし。胸すわつて進むなり」。二者択一の場面に際しては、自らの死を選ぶこととして、事に当たるばかりだというのである。

もともと三島は、二項対立的に扱うのを好んできた。ただし、そのいずれかに帰着して解消するのではなく、対立緊張関係を一段と高め、その末、時に両者が入れ替わるような事態が生起するのを喜ぶ傾きがあった。三島が好む「逆説」が成立するのも、突き詰めるとそういうところにおいてであった。緊張感の下、柔軟性、飛躍性が目覚ましく働くのである。

しかし、そうした変換が容易に起らなくなって来た。一方をより重く受け止めるようになると、それに応じて固定化が進むのである。そして、対立が激化し、猶予のない二者択一へ進む……。

その顕れが、後に取り上げる昭和四十一年正月の、「小説家であり続けるべきか、行動家となるべきか」と自らに問いかけることだったろう。必ずしも『葉隠』が導いたとは言えないものの、文学か現実か、あくまで対立的に扱わなくてはならない状態へと、進んだのである。

そしてこの対立は、これまで文学上で議論されてきたのと性格を異にして、生き方としてであった。現実の次元に生身の人間として生きるか、文学という現実と一線を画した次元に身を置き続けるか、である。そうなると、「生なるものは母であると同時に仇敵」であるといった段階も半ば抜け出そう。

こうして『葉隠入門』を締め括るにあたって、こういう文章を書き付ける。「日本人の死のイメージは……何かその死の果てに清い泉のやうなものが存在してゐて、その泉のやうなものから現世へ絶えずせせらぎがそそいでゐるやう」だ、と。

また、かうも書く、「われわれは、一つの思想や理論のために死ねるといふ錯覚に、いつも陥りたがる。しかし『葉隠』が示してゐるのは、もつと容赦ない死であり、花も実もないむだな犬死さへも、人間の死としての尊厳を持つてゐるといふことを主張してゐるのである。……いかなる死も、それを犬死と呼ぶことはできないのである」。

「犬死」と言われる恐れのある死を、ほとんど覚悟してる、と読めるのだろう。その点で、『葉隠』に対する考え方も、変質していると言わなくてはなるまい。

＊最も危険な要素

少し先へ行き過ぎたが、何にもまして死を選ぶべきだとする『葉隠』の思想が、二・二六事件の将校たちを、次いで神風連の決起に加わった者たちを、身近に呼び寄せる大きな働きをしたのは確かである。『英霊の聲』を発表したのが昭和四十一年「文藝」六月号であり、八月末には神風連の取材のため、熊本に赴き、十二月には『奔馬』を書き出している。あるいは、いま挙げた創作活動が、改めて『葉隠』を呼び覚まし、『葉隠入門』を書かせたという側面があるかもしれない。

『豊饒の海』で神風連を取り上げることは、第一巻『春の雪』の構想を立てる段階で、すでに決めていたと思われるが、そうすることによって一段と三島をして先へと進ませることになった。拙著『三島由紀夫の時代』で林房雄との係りを採り上げて指摘したことだが、二人が『対話・日本人論』（昭和41年10月、番町書房）を始める前までは、林の『文明開化』を絶賛していたのにもかかわらず、対話が始まると、一言も口にせず、大東亜戦争の敗戦は、西洋文明の摂取をもって西洋に対抗しようとしたこと自体に、「最終的な破綻の原因」があると、強硬に主張するように変わるのだ。

この姿勢の転換には、神風連について知見を深めたことが係っていたろう。なにしろ電線の下を通るのにも、扇子を掲げたと言った笑い話が伝えられるほど、徹底した態度を採ったのである。三島もまた、文化的折衷主義を厳しく退ける態度を採って来ていたが、和洋両者それぞれの在り方に徹底、敢えてその対立・緊張の内に身を置くべく努めて来ていたが、和への一元的姿勢を辞さない態度へと変わって行ったと思われるのだ。福田恆存に向って「福田さんは暗渠で西洋に通じてゐる」（昭和43年1月の座談会の席上）と言い放ち、年来の友、村松剛には昭和四十五年秋に「きみの頭のなかの攘夷を、まず行う必要がある」（村松剛『三島由紀夫の世界』）と目を据えて言っている。

これははなはだ危険な立場だと言わなくてはなるまい。現に明治以降の日本は、西欧近代文明を適当に採り入れ、自らのものとすることによって、西欧に呑みこまれず、存在し続けて来ているのである。それを否定することは日本自体の存続を危うくする恐れがあると言ってもよい。それを承知した上で、こう主張するのである。例えば『西郷隆盛―銅像との対話』（産経新聞、昭和43年4月）では、西郷の心の美しさを言い、それは日本人の中にひそむ、純粋さを求める「もつとも危険な要素」と結びついていると指摘しながら、それをよしとする。西南戦争において自決するのを、最初から覚悟していたのだ。

三島は、このところをさらに掘り下げ、探索し、そこに独自な「革命哲学」――今日の日本の在り方を根本から変える――を見出そうするところへと行く。『革命哲学としての陽明学』（諸君、昭和45年9月号）がそうだが、そこで強調しているのが、「日本人のメンタリティの奥底に重りをおろした思想から出発する」こと、いまいった危険に根を降ろすことであった。

そういうところまで『葉隠』が示す道筋が、一本、間違いなく通っていると認めなくてはなるまい。ただし、その三島がひたすら見据えていたのは、死ではなく純正な生なるものであった。

輪廻転生——「豊饒」の次元

＊輪廻とは

　輪廻思想は、恐ろしく古くから人類の想念を彩って来た。個々の生死を越えて、この生なるものを考えようとすると、必ず現われてくる。今のこの生は、これだけのものではなく、生まれ変わり死に変わって、果てしなく続いて来たし、これから先も続いていく……。古代インドで、古代ギリシャないし中央アジアで、そうした思想が生まれた。

　わが国の場合はどうであろう。太古なり古代の日本において、そのような考えがあったかどうか。あっただろうと思われるが、ある程度の思想的なかたちをもって意識されるようになったのは、仏教がもたらされるとともにであっただろう。そして、阿弥陀信仰、観音信仰、地蔵信仰などと結びつき、習俗の領域にも深く根をおろした。

　だから、人間が死ねば、六道の辻に立ち、地獄、餓鬼、畜生、修羅、人間、極楽、いずれかの道を新たに歩むことになる、と語られて来た。

　もつともここにあるのは、生を苦として捉える考え方である。六道の内、極楽へ至らない限りは、果てしない苦の生を繰り返しつづける……。そこに閻魔王や鬼や脱衣婆が現われれば、地蔵や観音も現われた。

＊出会い

三島は、少年期から戦後直後の作品において、しばしば「前世」、「後世」に言及する。例えば『煙草』（人間、昭和21年6月号）では、「前世《さきしやう》から流れてくるやうな懐かしい静謐と一つになりえたと感じた気持……」といった具合である。それでいて、地獄・極楽、六道などについて触れることが全くない。それればかりか、暗さ、恐れが漂うこともなく、逆に、懐かしさ、快さを感じているふうである。

祖母に可愛がられて育てられると、一般的には六道思想に馴染むことになりがちである。三島も祖母夏子にひどく可愛がられて育った。ところが、その気配がきれいさっぱりないのだ。祖母は、家庭内では恐るべき暴君で、公威を独占、よく歌舞伎に出掛け、謡を習い、泉鏡花を愛読、孫が中学生になると歌舞伎に連れて行ったりしたが、お寺参りには同行させなかったのではないか。平岡家は曹洞宗であったが、祖母自身、水戸藩の流れをくむ身であった。そのため彼女自身、寺へはあまり行かなかったと考えられる。また、母方の祖母トミは能へよく連れて行ったものの、東京開成中学校長を夫としていたから、古い宗教的環境には馴染ませない配慮をしたのかもしれない。

そうだったとすれば、六道思想抜きの特異な輪廻思想に、少年三島が、如何にして出会ったのだろうか。

やはり読書においてであっただろう。それも少年期であったから、仏教書とか思想書ではなく、文学書、それも小説であったのではないか。

その小説として、川端康成が昭和七年に発表した短篇『抒情歌』（昭和9年に単行本化）が考えられる。三島は昭和二十一年一月下旬に川端康成をその邸宅に初めて訪ねたが、その折、一冊の作品集を贈られた。その御礼の手紙にこう書いている。「『抒情歌』は、四、五年前、鵠沼の叔母の家で夢中で読んだきりでございましたので、今度も第一に再読させていただき……不思議な暗号を感じました」。そして、手紙の半ば以上を、この作品の感想で埋める感激ぶりを示しているのだ。その作品だが、離別した夫の死を知った女性が、その亡夫に向けとめどなく語る形式で、こんなことを言う、「輪廻転生の教へほど豊かな夢を織りこんだおとぎばなしはこの世にないとわたしには思はれます。人間がつくつた一番美しい抒情詩だと思はれます」。

「おとぎばなし」を入口にして、文学の世界へ踏み入り、まだ間のない身にとって、深く染み込む言葉だったのではないか。その頃に書いた作品の半ば以上が、語る形式を採っている。物語を語る喜びが、文学に親しむ機縁となることが多いが、三島もそういう時期に身を置いていて、その最大の成果が『花ざかりの森』（文芸文化、昭和16年9月〜12月号）だったのだが、そこには『抒情歌』を読んだ刻印が見て取れる。例えば登場する語り手の女たちには、あの亡夫に語り掛ける女と通い合うものがある。また、その序の巻のこうした記述はどうであろう。「わたしはいつも静かなうつけた心地といつしよに、来し方へのもえるやうな郷愁をおぼえた」。「追憶は『現在』のもつとも清純な證なのだ」。「祖先はしばしばふしぎな方法でわれわれと邂逅する」。これらは、「輪廻転生」の語を得て表現されるようになったものなのではなかろうか。そうして「前世」なり「後世」が「豊かな夢」を自由に織り出す次元として意識化され、地獄や極楽が顔を出す余地がなくなったと考えられる。

＊戦時下での深まり

ただし、十四、五歳の頃に初めて読み、大きな感銘を受け、二十一歳で再読するまでには、苛烈な戦時下の日々が挟まっている。死が確実で、文字通り明日のない、勤労動員先の工場の事務机で小説を書き綴ることに集中した日々だが、そこにおいて輪廻転生の考えが育ったようである。この時期、主に取り組んでいたのは『中世』（文芸世紀、昭和20年2月〜21年1月）だが、息子義尚を失って悲しみにくれる足利義満が、僧に向かってこう言う、「そちも知つての通り、輪廻は健やかであつて、人間界のあわただしささへそこでは昼の雲のやう。輪廻の庭では人間界のかまびすしい雑音もせせらぎの如くきかれるさうな」。また、『中世に於ける一殺人者の遺せる哲学的日記の抜粋』（文芸文化、昭和19年8月号）には、「春の森は彼を迎へて輪廻するもののやうにざはめいてゐる」、「花咲くことは輪廻の大きな慰めである」といった語句が見られる。

戦時下、死と厳しく向かい合うことをとおして、輪廻なるものが浮かび上がり、滅亡と逆の「健やか」な、あるいは「慰め」をもたらすものとなっていたのである。

エッセイの類でも、戦局の前途が厳しくなった昭和十九年夏に執筆した『廃墟の朝』以降、輪廻への言及が集中的に見られる。『詩論その他』（昭和20年5月〜6月）、『二千六百五年に於ける詩論』（二千六百五年とは皇紀による昭和20年のこと、執筆はその6月）、『別れ』（昭和20年6月22日深夜）、『昭和廿年八月の記念に』（昭和20年8月19日）、『図らずも廿一年に発表の機を得た稿の前書』（昭和21年2月末日）などである。カッコ内は執筆年月日。

その『二千六百五年に於ける試論』には「詩人は輪廻を愛する人でありますⅠ」の文言がある。ここでは「愛」の対象となつているのだ。『別れ』は「輔仁会雑誌」が戦火のため回覧雑誌になっていたが、それも休刊となるのに際して綴ったもので、末尾に近い一節を引用すると、こうである。「喪失がありありと証ししてみせるのは喪失それ自身ではなくて輝かしい存在の意義である。喪失はそれによつて最早単なる喪失ではなく喪失を獲得したものとして二重の喪失者となるのである。それは再び中絶と死と別離と、すべて流転するものゝ運命をわが身に得て、欣然輪廻の行列に加わるのである。別離とは抑々何であらうか」。喪失を逆転させ、積極的意味を持たせているのがよく解る。

また、『図らずも……』は昭和二十一年二月末日の日付を持つ、自作『廃墟の朝』についての短文だが、その「草稿はあの時期の死を控へた青年の心理を部分的にも吐露し得たところがある」と述べた上で、「国家の運命の不吉さと、滅亡への親近の裏側に、我々がこの諦観を越えた行動的な輪廻愛を見出して、それを霊感の泉として来たことは認められてよいことである」と書いている。

日々、日本の滅亡と自らの死を覚悟しなければならないところにおいて、永生へ、輪廻へと心が向い、輪廻への愛を言わずにおれなくなっているのだ。

この輪廻への「愛」なる言葉が持ち出されるようになったのには、ニーチェの「永劫回帰」の思想の影響があったと思われる。『葉隠』の文庫本解説で古川哲史がドイツの狂哲学者に言及していたが、三島は『悲劇の誕生』や『ツァラトゥストラ』などを読んでおり、特に戦時下のこの時期、愛読して「かぶれる」までになり、先に挙げた『中世に於ける一殺人常習者の遺せる哲学的日記の抜粋』を書いたことを明かしているが、[2]より積極的に受け止めるようになっていたのである。

詩編にも、輪廻の語句が織り込まれているものがある。その部分を掲げると、

今何かある、輪廻への愛を避けて。
それは海底の草叢が酷烈な夏を希ふに似たが
知りたまへ　わたしを襲うた偶然ゆゑ
不当なばかりそれは正当な
不倫なほど操高いのぞみだ、と
さやうに歌ひ、夜告げ鳥は命じた
蝶の死を死ぬことに飽け、やさしきものよ
輪廻の、身にあまる誉れのなかに

（「夜告げ鳥―憧憬との訣別と輪廻への愛について」第四聯）

現象のやうに死ね　蝶よ

書いた年月日―20.5.25―の記入がある。これまた『ツァラトゥストラ』とともに伊東静雄とリルケあたりの影響が顕著であるように思われるが、「身にあまる誉れ」を与えてくれるものとして輪廻を捉え、それに与りつつ死ぬことを願っていると読めよう。

しかし、敗戦後、『ツァラトゥストラ』への言及はなくなる。戦時下の高揚した状況では「永劫回帰」を持ち出す余地はなくなったのだ。

ただし、川端の『抒情歌』が示す「輪廻」は、なおも三島の前に在った。戦時下では、言わば「輪廻」に縋って今の一瞬において「永生」を得ようと願ったが、いまや作家として生きるため、その確かな次元を確保するものであった。

戦後、すでに触れたように川端宛へ手紙を書いた後、「民生新聞」（昭和21年4月29日）に短い評論「川端氏の『抒情歌』について」を掲載しているが、その中の一節にはこうある、「人間の女の微細な変様を、水に映る影を書きとめるかのやうに、不可能なまでに怪しく生々しく写し取った作者が、ここでは輪廻転生の叙情をうたつて作中の恋人をして一茎の花への転身を翼《ねが》はせるのだ」。こうした比喩に満ちた文章を解きほぐすのは難しいが、ともかく文学の営為への願いを輪廻の次元に託そうとしているのは明白だろう。

＊近代と異質な時間、世界観

もっとも戦後作家として活躍するとともに、三島の念頭から「輪廻」は影を薄くした。そうしなくてはこの時代が求める小説を書くことが出来なかったからだが、川端康成との係りが、基本的に忘れさせなかった。また、昭和二十七年一月下旬の日曜日、最初の世界一周旅行先のリオ・デ・ジャネイロの街路をひとり散歩していて、「一度たしかにここを見たことがあるといふ、夢の中の記憶のやうなもの」に襲われている。『アポロの杯』に書き留めているのだが、南半球であったから夏の陽光が満ち、合歓の並木が影を落としているばかりで、人影はなく、両側の家々は鎧戸を閉ざしている街角に立った時、かつて一度ここに来たことがある……、と強く感じたのである。

しかし、いまも言ったように近代以降において小説を書くことは、時空の枠がかっちりと嵌まった現実なるものと向き合うところでなくてはならなかった。『真夏の死』（新潮、昭和27年10月号）の母親は子を奪った波の彼方に見入りもすれば、『金閣寺』（新潮、昭和31年1月〜10月号）の主人公は金閣が輝く闇を窺うが、輪廻の成立する次元に及ぶことはない。『鏡子の家』（昭和34年9月刊）となると、時代そのものを描こうとしていて、個々人の視界のこちら側に留まる。

が、近代小説と異質な長篇小説を構想しようと考えるようになると、輪廻思想が顔を出す。

三島は、西欧の大長篇小説が「年代記的」記述に終始していることに不満を感じ、それとは異質な「時間がジャンプし、個別の時間が個別の物語を形作るが、全体が大きな円環をなす」、これまでなかった「世界解釈の小説」（「『豊饒の海』について」毎日新聞、昭和44年2月26日）を探り求めた。

年代的記述は、時間が未来に向けて一方的に進むものとの前提に立つ。これはヨーロッパ近代のものであり、かつ、基本にはキリスト教の時間意識に拠る。超越的絶対者、万物の創造主による最後の審判が行われる最後の日まで、多少の曲折はあっても後戻りすることなく、進むのである。

この捉え方は、この世界は客観的に実在する、という考えと一体である。絶対神によって造られたこの世界は、揺らぐことなく存在しつづけ、そこに時間が未来へと一方的に進行していく。いわゆる西暦――キリスト教起源暦がそうであって、今日では、最後の審判の日に換えて、太陽系に属する地球が消滅する日までが、その暦となっている。

しかし、時間なり年月はそう整然と進むとは限らず、まったく違ったふうに推移することがあり得る。現にわれわれの日常において、そうした事態が常に起こっているではないか。時計の上ではともかく、少なくとも人間の生と意識において、時間はしばしば跳んだり滞ったり、また、後戻りしたり、繰り返したり、また、密度を増して膨張したり、収縮したり、別の時間の流れと交差、合流したりする。そのような時間の総合が、実はわれわれの生の時間ではないか。それも個々の主観内に限られない。時計上の時間はさまざま在るそのうちの一つにすぎないのだ。

こういう考えに基づいて、この人間世界をより大きく自由に捉える小説を求め、それを可能にする次元を設定するものとして、輪廻転生思想が三島の前に改めて立ち現れて来たのである。

輪廻思想は、いまも言ったように古くからあり、殊にインドにおいて考察が重ねられ、唯識思想と結びついて仏教の成立に深く係った。それがわが国まで伝来、奈良時代以来、仏教の基本として重んじられて来た歴史がある。

三島は、この唯識思想のなかでも、人間に備わる六識（眼、耳、鼻、舌、身、意）とそれを越えた第七の阿頼耶識を認め、各人の生の功はこの阿頼耶識に「種子」として収められ、やがて発芽するという形で輪廻するとする考えを採りあげた。ただし、六道輪廻に関しては「やりきれない罪に汚染された哲学」（『葉隠入門』昭和42年9月刊）として、はっきり切り捨てた。そして、最後の大作『豊饒の海』四巻を貫く基本思想としたのだが、キリスト教を基礎とした欧米近代思想に対峙するためにも、ニーチェの「永劫回帰」の思想と一線を画するためにも、これだけの体系的思想が必要と考えたのである。

こうした欧米文化に対峙する姿勢は、例えば『奔馬』の取材のため熊本を訪ねた際、地元新聞記者のインタビューに答えて、「日本人の神髄は何か」考えてみたかった（熊本日日新聞インタビュー、昭和41

年8月31日）からだと答えているところなどによく現われている。また、最晩年には陽明学と結びつけ、『革命の哲学としての陽明学』（諸君、昭和45年9月号）を著わすのも、そうだろう。
もっともそれはひどく危険な域へ踏み込むことだった。

＊その類例のない場面

こうして三島は、この『豊饒の海』[3]四部作によって、他にない独特の魅力を放つ場面を幾つとなく描くことに成功している。

第一巻『春の雪』は伏線を張るのに留まりがちだが、第二巻『奔馬』となると、要所に出て来る。例えば終り近く憂国の情に駆られた十九歳の主人公飯島勲らが決起を企てるものの、直前に拘束され、裁判になる、その一場面――、勲らがよく出入りしていた青年将校の下宿屋の老主人が証人に立つが、被告席の勲の顔を見ると、二十年あまり前、女連れでやって来たと言い出す。そのため証言能力なしと認定され、勲は起訴猶予となるが、その二十年あまり前とは、第一巻の主人公松枝清顕が、この下宿で宮家との婚約が定まった聡子と密会を重ねたのだ。清顕本人からそのことを聞かされていたから、弁護人として法廷に出ていた本多は、思い当たり、戦慄する。そのところを三島はこう書く。下宿の老人の「記憶の混乱があらはれて、一つの古い家の中に起つたさまざまな出来事の、色彩の濃淡だけが時間を超えて結びつき、むかしの恋の情熱と新しい忠義の情熱とが、いずれも矩《のり》を踰《こ》え準縄を外れた所で混り合ひ、丁度あいまいに掻きまはされて沼のやうになつた生涯の記憶の上に、二輪だけ秀でた紅白の蓮の花が、一茎の蓮として観念された」と。そして、本多は今こそ「常人の目には見えない巨大な光りの絆を瞥見したのである。窓外の前庭の松の葉一本一本鋭利に光らせてゐる夏の光りは、たしかに室内を占めてゐる法秩序よりも、さらに峻厳、さらに壮大な光りの縄に源してゐた」、と。

そうして勲は間違いなく清顯の生まれ変わりだと、本多は確信する。

このようなページは、これまでの如何なる小説にもなかった。リオ・デ・ジャネイロの街頭で覚えたことを小説化するのに成功した、と言ってよいかもしれない。

この法廷の場になる前、勲は収監され、留置場で過ごすが、夜、夢を見る。勲にとって恐ろしく「奇異で不快」な夢で、自分が女に変身した夢だった。「自分の肉が明確な稜角を欠いたものとなつて、柔らかに揺蕩する肉になつたのを感じた。やさしいだるい肉で内部が充たされ、すべてがあいまいになり、どこを探しても秩序や体系は見当たらず、つまり柱がなかつた」。「どうしてもかうあらねばならぬと信じてゐたものは、片端から無意味になつた。正義は一匹の蝿のやうに白粉入れの中にころがり落ちて噎せ、そのために命を捧げるべきであつたものは、香水をふりかけられてふやけてしまつた」……。

これはあくまで男として自らを貫こうとしてきた若者にとって、ひどく官能的であるとともに性に深く囚われてしまう恐怖を表現しているが、これまた類のない魅力的なページであり、それが次巻『暁の寺』に繋がる。

その第三巻は、昭和十六年の初夏、雨期のバンコックである。仕事で訪れていた本多が、王室の七歳になる姫君が自分は日本人の生まれ変わりだと言い立て、幽閉同様の身になっているのを知り、手を尽くして会いに行く。

その最初の謁見の際、姫は椅子を飛び降りて本多にしがみ付き、「本多先生！　何といふお懐かしい！」と呼びかけるのだ。その上、「黙って死んだお詫びを申し上げたいと、足かけ八年といふもの、今日の再会を待ちこがれてきました。こんな姫の姿をしてゐるけれども、実は私は日本人だ」とまで言うのである。

驚いた本多が、清顕と松枝邸で月修寺門跡に会った日、勲が逮捕された日を尋ねると、即座に姫は、その年月日を正確に答える。

　この姫と再び会うべく、今度は離宮へ赴くのだが、その途、あの時の姫は「時間と空間とを同時に見てゐた」のだと考える。そして、「今襖といふ襖の取り払われた大広間のやうな時間にゐる」と感じる。「あまりに広く、あまりに自在なので、住みなれた『この世』の住家とも思へぬほどだつた。そこに黒木の柱はひしひしと立ちつらなり、何か人間の感情では届く筈のないところまで、目も届き、声も透りさうに思はれた。姫の幼なさの至福がひろげたこの広間の、群立つ黒檀の柱のかげには、まるで隠れんぼうをしてゐる人たちのやうに、あの柱のうしろに清顕が、この柱の裏に勲が、それぞれの柱のあまたの輪廻の影が、息をひそめてゐるやうに思はれるのだつた」。

　この四巻の要になるところだろう。さまざまな時、さまざまな場が一つに折り畳まれて現前しているのだ。こうしたところを中心にして、構成されているのである。

＊究極の阿頼耶識

　この後、本多は帰国、早々に始まった戦争下、ベナレスなどでの見聞を踏まえ、唯識論に基づく輪廻転生の研究に専念する。そして、その説くところを理解して行く……。

　そのところを説明するのは難しいが、このわれわれが生きているこの世界を、唯識は「瞬時も迸り止まぬ激湍として、又、白くなだれ落ちる滝として」解する。「それは一瞬一瞬に生滅してゐる世界」であり、「過去の存在も、未来の存在も、何一つ確証はなく、わが手で触れ、わが目で見ることのできる現在一刹那だけが実有」と考えることであった。そして、こうしたことを保障するのが阿頼耶識なのだが、その阿頼耶識はわれわれ人間が生きている「無明の長夜を存在せしめ、かつ、この無明の長夜にひとり目ざめて、一刹那一刹那、存在と実有を保障しつづける北極星のやうな究極の識」であり、それゆえ阿頼耶識は滅びることがない。

なぜなのか。「迷界としての世界が存在することによつて、初めて悟りへり機縁が齎されるから」という、「究極の道徳的要請」によるからだとする。

言い替えれば、輪廻転生は、死ぬことによって動き出すのではなく、「世界を一瞬一瞬新たにし、かつ一瞬一瞬破棄してゆく」、すなわち「一瞬一瞬、この世界といふ、巨大な迷ひの華を咲かせ、かつ華を捨てつつ相続される」ものであって、その一瞬において「この世界なるものすべてそこに現はれてゐる」とする。

この思想に本多は戦時下、空襲に脅かされながら思い至るのだが、それは三島自身が、同じく戦時下、空襲に脅かされながら、川端康成とニーチェに半ば助けられ、二十歳にして至った思想とぴったり重なるのではないか。それをいま改めて唯識思想として把握し直している、と言ってもよかろう。それは、まさしく「輪廻転生への愛」の発露であり、そしてまた、戦時下から愛読するようになった『葉隠』とも繋がるようである。肝要なのは今の一瞬であり、その一瞬の「激湍」の持続と心得ることなのだ。

三島自身、そうだと言っているわけではないが、中年になった作中の本多は、戦時下の若き日々において三島自身が抱いたと基本的に同じ思想に立ち至っていると考えられる。そのことを示すのが、第一部終わりの松枝邸の無残な焼け跡の上に広がる夕空だろう。「大金色孔雀明王経」から抜け出した孔雀が凶々しくも豪奢な翼を広げる……、『豊饒の海』全四巻の核となる場面である。

この後、『暁の寺』は第二部となり、本多が戦前から係っていた土地の帰属問題が、戦後の法律改正により決着、膨大な富をもたらしたため、御殿場に別荘を建て、留学生として日本にやって来たジン・ジャンを迎える。ただし、幼時の記憶は完全に失っていて、ひたすら南国の魅惑的な女の肉体の主として現前、まさしく「迷ひの華」として本多を翻弄するのである。本多はこれまで立ち続けて来た「識」の立場なるものを思い知らされ、魅惑的肉体を見極めようとしつつ、その立場から踏み出そうともする。その相克がつづられ、結局、彼女の肌に清顕・勲の転生者である印の黒子を確認、従来の在り方へ押し戻される。また、ジン・ジャンも早々に帰国すると、毒蛇コブラに噛まれて死んだとの報だけが届いて、終わる。

この完結が三島自身には信じがたく、かつ、「実に実に実に不快」（『小説とは何か』）だったと、三島自身、記すが、それは別稿で触れるとして、最終巻『天人五衰』の冒頭は、この巻の主人公透が職場の望遠鏡を通してだが、インド神話が語る宇宙創造の「乳海攪拌作用」をまざまざと見るのである。そのようなところまでこの小説世界を押し広げ、かつ、そこまで見渡す宇宙の縁に三島は立った、と言ってよかろうと思う。

注1　決定版全集未収録で、井上隆史『三島由紀夫幻の遺作を読む』光文社新書の引用による。
2　冒頭の章注5参照。
3　『豊饒の海』のタイトルは、月面の地名で、不毛の意を込めていると述べているが、この説明を信じてはならないだろう。心底からそう考えていたら、四巻にわたる大作を書くはずはないのである。

（三島由紀夫研究18号、平成30年5月、加筆）

『文化防衛論』と『暁の寺』――騒然とした状況下で

＊一連の論

昭和四十年代（一九六〇年後半）に入ると、北ベトナムへのアメリカ空軍による爆撃が始まり、反戦運動が世界各地に拡大するなど、騒然とした空気が広がった。三島が四十一年（一九六六）正月、すでに触れたように、「嗚呼、危険だ　危険だ」と、社会的行動に出ようとする自分に対して、警告を発したのも、こうした状況があったのである。

そうして二月四日には、羽田沖で全日空機が墜落、乗客・乗員全員が死亡、それから一ヶ月後にはカナダ機が羽田空港の防潮堤に衝突、炎上、多量の死者が出たし、翌日には、ＢＯＡＣ機が富士山頂近くを飛行中に空中分解して、全員が死んだ。この相次いだ悲惨な航空機事故が、時代の先行きに不安を抱かせた。そうした中、四月に映画『憂国』が国内で封切られ、五月初旬には、『英霊の聲』（文藝、6月号）を発表したのである。三島は間違いなく、この日本を始めとする、世界全体に広がる騒乱の状況に呼応するように、活動の展開を意図しており、自ら行動へ誘惑されると嘆いた背景には、こうした状況があったことを見逃してはなるまい。

その騒乱状況は、わが国では大学が中心であった。授業料値上げ反対運動が全国に広がり、そこにベトナム反戦運動が重なって、いわゆる新左翼が既成秩序の破壊闘争の前面に出て来た。この動きは、ヨーロッパではパリを中心に「五月革命」とも呼ばれ、実際に騒乱状態を出現させる事態となった。この事態に三島は危機感をもって対峙するようになった。マルクス主義を初めとする暴力革命を辞さない勢力による、実力行使が始まったと受け止め、防衛体制の確立を考え、昭和四十二年四月には、自衛隊へ体験入隊したのである。

七年前の反安保運動当時は、自らを野次馬と規定していたが、それと異なった対応であった。同じような事態が起こったらどう対応するか、前もって考えて来ていたのだろう。三島自身、この頃には海外に知られる存在となっていたこともあって、日本文化の在り方に責任を感じるようになっていたのである。

その立場から幾つもの文章を草し、それらを集めて刊行したのが単行本『文化防衛論』（昭和44年4月、新潮社刊）である。その「あとがき」にこう記した。「小説『英霊の聲』を書いたのちに、かうした種類の文章を書くことは私にとつて予定されてゐた」と。「こうした種類の文章」とは、文学の領域のものでなく、実際の政治状況に対応するところの、行動の次元に属する、との意であろう。「ああ、危険だ！」と言いながら、その域を歩み始めたのを如実に示す文章である。

その単行本収録の文章を発表順に掲げると（雑誌類の刊行月号は実際より約一ヶ月前。学生とのティーチ・インは、目次では最後に一括掲載されているのを改めた）

昭和四十二年二月　「道義的革命の論理―磯部一等主計の遺稿について」（文藝3月号）
昭和四十三年六月　一橋大・学生とのティーチ・イン（16日）
　　　　　　　　「文化防衛論」（中央公論7月号）
　　　　　九月　「橋川文三氏への公開状」（中央公論10月号）
　　　　　十月　早稲田大・学生とのティーチ・イン（3日）

「自由と権力の状況」（自由11月号）

十一月　茨城大・学生とのティーチ・イン（16日）

昭和四十四年一月　対談＝いいだ・もも「政治行為の象徴性について」（文学界2月号）

二月　「反革命宣言」（論争ジャーナル）

「道義的革命の論理」は、別稿でも触れたが、二・二六の青年将校のなかで思想上の指導的役割を果たした特異な存在、磯部浅一一等主計の獄中手記が発見され、公表するに際して付載されたものである。その点で『英霊の聲』（文藝、昭和41年6月号）から真っすぐ繋がっていて、三島の政治行動の理念の一端を雄弁に語る、と見てよかろう。

そうして、いまも記したように四十二年四月に、初めて自衛隊に単身体験入隊をし、一ヶ月半を過ごして戻ると、自衛隊OBや村松剛の協力のもと、民間による祖国防衛隊の設立を企てた。

じつはこれより前、『奔馬』の執筆を本格化、第一回連載分の原稿を書き上げた直後、「論争ジャーナル」の学生二人が訪ねて来て、感銘を受けたことは既に触れたが、その学生たちと親密の度を深め、防衛構想に彼らの存在が深く関与することになった。そうして、祖国防衛隊構想を具体化させ、四十二年末までに「J・N・G（祖国防衛隊）仮案」を作成、『祖国防衛隊はなぜ必要か？』を執筆、それに「隊歌」を添え、パンフレットを作成した。

その仮案では、革命勢力による間接侵略の脅威を指摘、基幹産業自身による防衛が肝要であるとして、「企業防衛イコール国土防衛の精神の確立」の必要を説き、「祖国防衛隊」組織のための具体的提案を行っている。各企業が社員の中卒あるいは高卒の若者を十日か一ヶ月、定期的に自衛隊に体験入隊させ、その際は制服を着用、出張扱いとするなどである。

当時、社員教育のため自衛隊体験入隊を実施している企業があったから、それを発展、組織化しようとも考えたのであろう。決して荒唐無稽な案ではなかったと思われる。そのパンフレットを配り、財界に協力を求めて動き出した。綱領案には「市民による、市民のための、市民の軍隊」であることを掲げていた。

その一方で三島は、集まった大学生二十人を連れ、三月一日から月末近くまで自衛隊富士学校滝ヶ原駐屯地に体験入隊した。各企業の隊員たちを教育、指揮する者を養成しようと考えたのである。その入隊中、学生たちと寝起きをともにして、おおよそを書き、五月五日に擱筆したのが、『文化防衛論』であった。

以降、同じ考えを持つ学生を集めるべく、望まれると大学へ赴いたが、そこで開かれたティーチ・インなどでの発言は、おおよそ『祖国防衛隊はなぜ必要か?』『文化防衛論』に基づく。

また、四月中頃かと思われるが、藤原岩市（元陸軍中佐、戦後は自衛隊調査学校長、師団長を歴任）の仲介で桜田武日経連常任理事（後に会長）に会い、祖国防衛隊実現への協力を求めた。当時、イデオロギー色を強める労働組合と対決して桜田は苦労している最中であった。しかし、村松剛『三島由紀夫の世界』（平成2年9月、新潮社）によると、桜田は「――きみ、私兵をつくってはいかんよ、といっていくばくかの金を差出した」（日時を五月か六月とする）。山本舜勝『三島由紀夫憂悶の祖国防衛隊賦』（昭和55年刊）『自衛隊「影の部隊」』（二〇〇一、講談社）によると、三百万円の援助を言い、やはり私兵云々といった。これに対して三島は激怒、席を立った。国のため、努力している者にこのような応対はないだろう、侮辱されたと思ったのだ。この後、しばし交渉は続けられたものの、七月上旬には、最終回答があった模様である。財界との連携、財政支援は断念しなければならなくなったのである。

こうして祖国防衛隊構想は頓挫、学生たちの存在は宙に浮いた。しかし、七月二十三日から第二回の学生の自衛隊体験入隊はすでに決っており、三十三人と共に約一ヶ月にわたって実施した。

この二度の体験入隊した学生を合わせて、十月五日に「楯の会」を発足させた。将来は一般公募を視野に入れた半ば公的性格を持つはずの組織だったのが、一転、私的なものとなったのである。

こうした事情から『反革命宣言』は、『文化防衛論』の要約でありながら、変化している。企業への言及は消え、全国組織へ拡大させるのではなく、逆に「千万人といへども我往かんの気概」といった言い方が前面に出て来る。そして、われわれがなそうとしているのは「前衛としての反革命」であり、「少数者の誇りと、自信と、孤立感にめげないエリート意識を保持しなければいけない」と強調する。ある意味では危険なところへ、踏み出さざるをえないよう追い込まれたのである。加えて会の運営費、制服製作費など全額を三島が負担することになった。

そして、四十四年三月には、一日から二十九日まで、学生二十四人と第三回体験入隊したが、その間に単行本『文化防衛論』の「あとがき」を書き、七日には取りに来た編集者に渡している。その単行本の構成だが、巻頭に『反革命宣言』を置いた。現在の位置を示すためには、当然であった。そして、論文を第一部、ティーチ・インを第三部に置いて、第二部にはいいだ・ももとの対談を入れている。その題が「政治行為の象徴性について」だが、これは思いがけず立ち至った三島の在りようを示していよう。防衛問題の一翼を実際に担うつもりであったのが、象徴的行為へと逸れてしまったのである。

＊月並みよりも低い

いま指摘したような齟齬が出て来たのだが、『文化防衛論』は主に間接侵略に対して、半ば公的な形で全国組織をもって対処する前提で、執筆されているのである。文化なるものを真正面から、客観的総合的に論じる体裁をとっているのは、この事情によるのだろう。ただし、そのため文章としては日頃の冴えが影を潜め、橋川文三から「『月並み』よりも少し低いというのが私の印象である」（「美の論理と政治の論理―三島由紀夫『文化防衛論』に触れて」中央公論、9月号）と評されることにもなった。

実際に博物館には生きた文化はないとか、日本文化の三つの特性、全体性、再帰性、主体性についての記述など必要であったかどうか。ただし、執筆の目的が、半ば公的な性格の祖国防衛隊の実現のためで、その組織を実際に動かす役割を期待する学生たちと寝起きを共にして、議論しながら書いたという事情が深く関与していたと思われる。

ただし、論の中心は、「文化概念としての天皇」である。先に『英霊の聲』で「人間宣言」を行った昭和天皇を厳しく糾弾、衝撃を与えたが、戯曲『朱雀家の滅亡』では天皇と特攻隊の英霊の融和の糸口を示した旨を指摘した。が、衝撃は鎮まるに至っていなかった。そうした状況で、天皇擁護論を如何にして持ち出すか、考えなくてはならなかったろう。

そこで新たな論点を出した、と言えるかどうか、とにかく伝統、歴史、文化との係りに改めて重点を置き、押し出したのである。そして、天皇は「国と民族の非分離の象徴であり、その時間的連続性と空間的連続性の座標軸」であるだけでなく、「雑多な、広汎な、包括的な文化の全体性と見合」い、「変革の原理」としても働くとした。固定化し、狭小化するのを徹底的に排除しようとしたのである。もしそうなれば、一部の者にとっての存在となり、彼らが利用することになる。

これを先に触れた文化の三つの特質と関連づけて言えば、全体性は、「無秩序の側へも手を差し伸べ」、自ら「変革の原理」となることによって実現する。再帰性は、伝統の持続、展開にほかならず、今上天皇がそのまま歴代の天皇でもあるところに、端的に現われる。主体性は、祈る存在として祭祀を専らとするところに示される。この国土と民の安寧と繁栄をひたすら祈ることは、何にもまして没我の、開かれた主体的行為であろう。そして主体性こそ生命を生命たらしめるのだ。

このような天皇の存在が、わが国の中心を貫き、文化となり、その歴史を紡ぎ出して来ており、それが伝統となっているとする。

＊それとのズレ

こんなふうに要約すれば簡単だが、この論を執筆するのには、容易ならぬ道程があった。なによりも文学の次元を踏み出し、行動の次元に踏み込まなくてはならなかったのである。そして、その先があった。先にも引用した「あとがき」にこうある、ここに収めた文章に「私の独創があると主張するつもりはない」と断った上で、「もし私の独自性があるとすれば、私はこれらの文章によつて行動の決意を固め、固めつつ書き、書くことによつていよいよ固め、行動の端緒に就いてから、その裏付として書いて行つたといふことである」。

政治行動の次元で具体的行動をとるため、これらの文章を書き継ぎ書き継ぎした、と言っているのである。言い換えれば、先への見通しがついた状態ではなく、試行錯誤とまでは言わないものの、一歩々々確認しつつ、さらに先へと歩を進めるかたちをとって、政治行動に出ようと自らを運んでいるのである。

そのため、整然とした一貫性は必ずしもなく、同じ言葉でも微妙な揺れ、差異があり、時には多少の齟齬などもないわけではない。

じつはこの「決意を固め、固めつつ書き、書くことによつていよいよ固め」るといった書き方は、すでに行っていた。基本的には出発期からそうで、『金閣寺』までの歩みを自ら「自己改造の企て」と呼んでいる。感じやすく、虚弱な肉体しか持ち合わせていない自分の在り方を「改造」して、確固たる存在となし、作家として描きたいものを十分に描き得るよう、企てつづけて来たのだ。

もっぱら文学の領域ではあったが、その歩みをより確かに行うべく、未知の在り方へと自己を不断に押し出しつづけて来たのである。『豊饒の海』最終巻を、執筆時点の未来に設定して書いたのも、そうした姿勢の現われであろう。「あとがき」ではこうも言っている、「これらの文章によつて私の行動と責任が規制されることも明らかであるが、私のこれらの文章が、行動と並行しつつ、行動の理論化として書かれたことも疑いがない。このやうな相関関係は、本来、文学の世界にはなく、政治の世界にのみあるもの」だとし、先にも引用したように、「本書は政治言語でかかれている」と言い切る。

しかし、実際にそうだろうか。これらの文章には、珍しく分かりにくさ、晦渋さが付きまとう。文学の領域から政治行動の領域へ進出して行く過程での、三島自身の思考、覚悟を形成していかなくてはならないという事情があり、加えて、この足場の定まらぬところから、「文化」なるものの本質を問題にするという事情もあったと思われる。およそ「文化」なるものの本質は、「政治言語」では直接語ることができない。あくまで具体的な事例に関して、語るに終始する。ところがそのことを顧慮せず、「政治言語」を目指して文章を綴りながら、「文化」なるものの本質を問題にしている。そのため、この文章は明確な論理性を示さず、個々の言葉にしても微妙な揺れがあり、時には齟齬し、矛盾することもないわけではなくなっている。

そのことをもともとよく承知していたから、三島はこれまで「政治言語」が立ち入り得ないところに立て籠もって、『古事記』や『万葉集』以来の日本の文学の積み重ねに依拠、創作活動をして来て、「日本文化」の伝統を守ることが、そのまま自らの文学を守ることに繋がると、強く意識するに至っていたはずなのである。その点は「学生とのティーチ・イン」の発言に明らかであろう。「日本文学の最も優雅な、最もなよやかなもの」、「ある意味では自分の文学といふものを最終的に護るためにはかうせざるを得ないのだといふところに気持が追ひ込まれた」と語っている。あくまで自らの営為により、「追い込まれ」ているのだ。

だから文学の領域から政治行動の領域へ抜け出したと言っても、基本的には文学の次元に身を置いていて、そこから半身を乗り出し、「政治言語」を発しているに留まっているのではないか。言い替えれば「政治言語」を行使し得ないところにいて、企て、行使していると考えている、と。

実はこのような在り方しか取れないため、行動の一回性を強調するところへ行ったのではないか。本来の政治行動は、決して一回的なものではない。粘り強く繰り返す、飽くことのない持続性を肝要とする。一回性が意味を持つのは、基本的に非政治的人間にとってであり、そうした人間が政治世界を一気に斬り裂く場合だろう。その点でテロ行為と近似性を持つが、勿論、別である。三島の行動は、そういう性格のものだったのではないか。

＊文化を守るということ

もう少し『文化防衛論』について見て置くと、文化はあくまで創造主体が生きて働かなくてはならず、それもその主体が「その時、その時の、最上の成果へ身を挺する」姿勢を持つことが肝要である。だから政治体制は、その自由を保障するものであることが肝要であると、力説する。その通りであろう

ただし、文化を守るのは「剣の原理」であり、「必ず危険がつきまとふ」。それというのも「文化における生命の自覚」が「生命の連続性を守るための自己放棄といふ衝動へ人を促す」からだという。この指摘は、そのまま現代文化への厳しい批判だろう。「自我分析と自我への埋没といふ孤立から、文化が不毛に陥るときに、それからの脱却のみが、文化の蘇生を成就すると考へられ」るのであり、その文化の「蘇生は同時に、自己滅却を要求する」のだと主張するのだ。その上で、じつは「このやうな献身的契機を含まぬ文化の、不毛の自己完結性が、『近代性』と呼ばれたところのものであつ

た」と指摘する。

このような性格を備えた文化を一身に備えることが出来るのは、たしかに天皇ばかりであろう。「文化概念としての天皇」を説く所以である。すなわち、一文化としての全体性を体現し、時間的連続性においては祭祀を、空間的連続性においては政治的無秩序まで包含し、加えて最深のエロティシズム、また、神権政治とアナーキズムも包摂するとする。

ここで採り上げているのは、およそ近代の政治体制と無縁というよりも、排除されるべきと考えられて来ている事柄かもしれない。しかし、文化の域では入り込んでくる。いや、内在し、不断に現われ出て来る。だから、考えに入れておかなくてはならないのだが、それが可能なのが「文化概念としての天皇制」であるとするのだ。

その立場から、昭和天皇の二・二六事件の対応も批判する。また、明治憲法が祭政一致を標榜しながら、時間的連続性は充たしたものの、空間的連続性（言論の自由）には係らなかったと指摘する。戦後の天皇制となると、いずれもが損なわれているとする。

その上で、文化一般ではなく、日本の文化を問題として、全体性は「自由と優雅といふ立体的構造の裡にしかない」と指摘、「天皇といふ絶対的媒体なしには、詩と政治とは、完全な対立状態に陥るか、政治による詩的領土の併呑にをはるしかなかつた」と言う。

このところが三島の日本文化論なり天皇論の要であろう。現代において最も耳を傾けるべき指摘だと思われるが、説得的に説かれているかというと、そうはなっていない恨みを覚える。

この文化防衛のための論はこう締め括くられる、日本の「文化の全体性を代表するやうな天皇のみが究極の価値自体（ヴェルト・アン・ジッヒ）」であり、そのため「天皇が否定され、あるいは全体主義の政治概念に包括される時こそ、日本の又、日本文化の真の危機」であるから、守らなくてはならないと主張する。殊に当時は、天皇が「全体主義の政治概念に包括」される危機を強く感じていたようである。このあたりも忙しい記述で、正直なところ納得しにくいが、危機感は明瞭である。

そして、新たな状況に応じて『反革命宣言』が書かれた。その内容については既に簡単に触れたが、最後は「われわれは日本の美と伝統を体現する者である」の一行で終わる。この「日本の美と伝統」を阻害するのが現憲法と捉えて、三島とその下に集まった学生たちは、進んで行ったと見てよいのであろう。

＊フラスコのなかの純粋性の実験

その『反革命宣言』が書かれた経緯に関して、もう一つ、前年四十三年十月二十一日の国際反戦デーに触れておかなくてはなるまい。当夜はデモが荒れ、騒乱状況にまで行った。三島はその情景を見て歩き、強烈な印象を受け、四十四年の反戦デーは一段と激化、警察では対応できず、早々に自衛隊が治安出動することになると考えた。この認識は三島が接触した自衛隊のものでもあり、治安出動要請があれば、楯の会と連携して、国会を占拠、自衛隊を国軍とする憲法改正の発議をさせようとする動きが具体的に出て来た。三島は、現に執筆中の『暁の寺』の中断も甘受、その先陣に立ち、斬り死する決心を密かに固めたようである。

そうした時期の三島の心中を伺かがわせる手紙がある。三回目の体験入隊中に、楯の会の運営の一切を仕切っていた持丸博の結婚相手、松浦佳子宛（昭和44年3月11日付）に書いたものである。「われわれの仕事は不確実な、ふしぎな仕事です。外面は荒つぽいが、小生は、すべてが詩のやうな仕事だと思つてゐます。われわれにとつては、純粋性ほど大切な観念はありません」。自らふしぎな仕事と言い、「詩のやうな仕事」と言っているのである。加えて「この兵営のなかで、フラスコの中のやうに、われわれはその純粋性の実験を、不確実な未来へ向つてやつてゐることをどうか御理解下さい」。この「話のやうな」「純粋性の実験」は、『豊饒の海』の中絶に換えても足りると考えるに至ったのだ。

しかし、計画が具体化するとともに、五、六月頃にもなると、自衛隊側に慎重論が出て来たし、楯の会の中でも過激な姿勢に付いて行けず、持丸博ら創設メンバーたちが抜ける事態ともなった。表向きは三島の意向に反して彼らが外部に資金援助を求めたためとされているが、じつは三島自身に多くの隊員を過激な行動に巻き込むのを避ける配慮があったという見方がある。(1) 勿論、実際のところは分からない。

こうして十月二十一日国際反戦デーを迎えたが、三島はこの日の成り行きを既に見極めていて、行動に出る態勢はとらず、見て回るだけであった。実際に警察の態勢が強化されていて、一部で前年に上回る荒れようとなったものの、制圧された。それを確認するにとどまったが、三島の失望落胆ぶりは激しかったという。「檄」ではこう書いている、「十月二十一日といふ日は、自衛隊にとつては悲劇の日だつた。創立以来二十年に亙つて、憲法改正を待ちこがれてきた自衛隊にとつて、決定的にその希望が裏切られ、憲法改正は政治的プログラムから除外された」。自衛隊に裏切られたとの思いを抱いたのだ。

この事態を受けて三島は「楯の会」の主要メンバーを集め、活動目的を問いなおし、森田必勝ら有志とだけによる、死を賭して憲法改正を訴える象徴的な挙にでるべく計画を新たにして、推進することとした。

その数日後の十一月三日、国立劇場屋上で、「楯の会」結成一周年パレードを行ったが、主賓たるべき川端康成の姿はなかった。

＊完結の不快

三島は、行動へと踏み切る時、いつか訪れるであろう死を覚悟していたが、いまも見たように準備期からこの日まで、楯の会の性格が目まぐるしく変化し、それに応じて覚悟も変えずにはおれなかったのだ。そうして落着したのは、ごく少数の者と決起、死ぬことだったが、このゴールは、当初の予定より二年ほど早かった。『豊饒の海』四巻を書き上げるのは昭和四十六年末（「『豊饒の海』について」毎日新聞、昭和44年2月26日）と考えて来ていて、この時点ではまだ第三巻『暁の寺』の執筆中だった。

そうして年を越して一月二十日に至り、思いがけず筆が走って、第三巻を完結させた。昭和四十三年七月一日に書き出し、一年と七ヶ月後のことであったが、これは当の三島にとっては信じ難い出来事であり、「実に実に実に不快だつた」と、並行して連載中の『小説とは何か』で書いた。

この完結が信じ難いとは、中断で終わるのを承知の上で十月二十一日に死ぬ覚悟を固めたからだが、事、志しに反して生きのび、完結に至ったのだ。僥倖といってもよいが、「実に」と三度も重ねて完結を不快というのは異常だろう。なにがそれほどまで思はせたのか。

これまでにない長い長い小説を書くのに際して、三島は工夫を凝らしていて、その一つが終りの部分を「不確定の未来」に委ねること、そして、作品内の事態と作品外の事態を裁然と区別し、対立と緊張関係に置くことであった。そうすることが、書く根源的衝動を更新しつづけるのに必要であり、この「二種の現実のいづれかを、いついかなる時点においても、決然と選択しうるといふ自由」があって、書くことを選び続けることが肝要とも言う。

その「二種の現実」の対立と緊張が、『暁の寺』を書いている間、今までになく「過度に高まつた」

のだ。そして一時は、自らの死による中断まで決意した。だから作品の完成へ向け筆を走らせながら、完結が信じられなかったのだが、思いがけず完結、それとともに「それまで浮遊してゐた二種の現実は確定せられ、一つの作品世界が完結し閉じられると共に、それまでの作品外の現実はすべてこの瞬間に紙屑になつた」とする。それが「不快」の理由であった。

その二種の現実だが、『奔馬』では共鳴現象まで起こしたのだが、『暁の寺』となると、およそ無縁である。作中では生まれ変わりのタイの女子留学生がひたすら蠱惑的な肉体の持主にとどまり、中心的存在の弁護士本多は、絶えず輪廻転生に思いを凝らしつつ、覗き見の誘惑に駆られている。一方、作品外では楯の会を中心とした深刻な推移があり、死をあれこれと考えつづけ、最終的な死に方を決定するまでになっていた。

そうして作品が完成すると、この過度な緊張関係が一挙に消失したのだ。一方は作品内に収まり、一方の楯の会を中心とした「行動」の次元の推移として、書く営為と無縁となった……。勿論、それによって楯の会を巡る事柄が消えたわでなく、自分が死ぬと決めたこと自体は厳然として動かないが、『暁の寺』を書きつづけるのを支えた緊張関係は消えて、いまや喪失感ばかりを強く覚える……。それが「不快」の正体であろう。

それに加えて、改めて見えて来た作品の出来具合もあったかもしれない。この巻では、「異国《とつくに》ぶり」を出すためにも、華麗な比喩表現を多用したが、目指した段階には達しなかったと思われるのだ。「実に」と三度繰り返して「不快」を言わなければならなかった一因であるかもしれない。

それでいて、死ぬまでに書き上げなくてはならない一巻が、目の前にあるのだ。如何なる姿勢でもって書くことが出来るだろうか。残る時間も僅かとなったところで、改めて考えなくてはならない……。

が、死ぬ覚悟を不断に固めるのを日常としたことが、若い自分を文学へと駆り立てたことを思い出すのに、さほど時間はかからなかっただろう。明日どころか次の一瞬に死を不断に覚悟し続けたそのことにおいて、唯識論に基づく輪廻思想に真直ぐ繋がっていたのだ。

注1　犬塚潔『三島由紀夫と持丸博』（平成29年7月7日、私家版）。持丸博・佐藤松男『証言三島由紀夫・福田恆存たった一度の対決』（平成22年10月30日、文藝春秋）。

文学史を構想する──『日本文学小史』

三島が最期まで書き継いだものに、『日本文学小史』がある。なぜ、文学史を書く必要が三島にあったのだろうか。

自身の文学史的位置なら、後世に委ねるべきであろう。作者自身の思いと係りなく享受、批評の積み重ねがあって、その上で、後世の誰かが歴史に組み入れる。もっとも三島の場合、この連載を開始した時点（群像、昭和44年8月号）で、そうしたことを少しは考えたかもしれない。なにしろ自分の仕事に大きな自信を持っていたし、死を間近かに据えていたから、想像しないわけにはいかなかったかもしれない。

しかし、三島は、早くからわが国の文学史と向き合いつづけて来ていた。古典学者清水文雄、蓮田善明の教えを受けたし、古典文学に親しむのを出発点のひとつとして仕事を推し進めたから、日々そうする必要を感じもしていたのだ。

作家たるもの、この列島で日本語を書く以上は、これまで獲得されて来たさまざまな成果を、しっかり受け継ぎ、一段と生かし働かせ、かつ、発展もさせなくてはならない、と明確に考えていたのだ。

そのような考え方を持った作家は、明治以降、稀有といってよかろう。逆に退けるなり切り捨てるのをよしとして来た。ところが三島は違っていた。例えば『近代能楽集』といい、『鰯売恋曳網』ほかの歌舞伎脚本といい、最後の大作『豊饒の海』といい、古典の世界に深く踏み入り、それをもって、前衛的といってもよい大胆な企てとしている。そのようなことをするのには、長い歴史のなかから生み出されて来たさまざまな営為とその成果それぞれをよく知るとともに、これまでの日本語に拠る表現活動の流れについても、深く考えて来ているはずなのである。その上で、自分の作家としての営為、文章の一行々々から全体の構想に至るまで、突っ込んで考えている。

＊文化意志

『日本文学小史』の第一章は方法論とあり、扱われるのは、「文化意志」だとする。その上でこう宣言する、「私の文学史が論ずる作品の作者には、どんな古い時代に生きた人でも、それ相応の明確な文化意志を要求する。私はこの文化意志こそ文学作品の本質だと規定するからであり、文化意志以前の深みに顚落する危険を細心に避けようと思ふからである」。

この「文化意志」の意味するところが必ずしも明らかではないが、民俗学的方法、精神分析学的方法、マルクス主義的方法のように、文化生成の源を探って、文化生成以前のところを探るようなことはしない。なんらかの洗練、熟成があって、初めて文化として成立するのであって、そのところを肝要と考える、と言う。それとともに、このレベルに到達するのには、主体的「意志」がなくてはならない。その主体とは、一個人の場合もあるが、数人の、あるいはグループの、時には一時代のものであることもある。そのいずれにしても、主体的「意志」が働かなくてはならないとするのだ。文化が、生きて働くのには、なによりもこれがなくてはならない。博物館に収蔵されているモノのように存在するわけではないのである。

こうした点を強調するのは、『文化防衛論』と同じだが、それ以上にここでは、三島自身が創造への意志を働かせる姿勢を採って、文学史を見ているからである。この創造への意志なるものを持ち出すところに、ニーチェの考え方の遠い反響が認められるかもしれない。

そうして日本の太古からの文学的営為を見渡し、注目すべき作品を挙げるのだが、それを三島は、「一時代の文化を形成する端緒となつた意志的な作品群」と呼ぶ。一つの「文化意志」が、個々人の営為から一群の人々のものとなって、明確な形態を採り、一時代をなすに至った、その端緒となった作品群というわけであろう。そして、次の十二の作品を選んで、掲げる。

（一）神人分離の文化意志としての「古事記」
（二）国民的民族詩の文化意志としての「万葉集」
（三）舶来の教養形成の文化意志をあらはす「和漢朗詠集」
（四）文化意志そのものの最高度の純粋形態たる「源氏物語」
（五）古典主義原理形成の文化意志としての「古今和歌集」
（六）文化意志そのもののもっとも爛熟した病める表現「新古今和歌集」
（七）歴史創造の文化意志としての「神皇正統記」
（八）死と追憶による優雅の文化意志「謡曲」
（九）禅宗の文化意志の代表としての「五山文学」
（十）近世民衆文学の文化意志である元禄文学（近松・西鶴・芭蕉）
（十一）失はれた行動原理の復活の文化意志としての「葉隠」
（十二）集大成と観念的体系のマニヤックな文化意志としての曲亭馬琴

この他に、隠者文学、軍記物、説話集、「梁塵集」以降の歌謡を加えることができるだろうと、付言している。

ただし、この『日本文学小史』は未完で終わった。雑誌掲載は「古事記」、「万葉集」、次いで「和漢朗詠集」は「懐風藻」に変更され、「古今和歌集」、「源氏物語」についてはわずか記されただけにとどまった。残念だが、多分、三島が書きたかった根幹のおおよそは、この掲載分でほぼ尽くしたのではないか。

＊「神人分離」

第一章「古事記」だが、「神人分離」の意味を探る一点に絞り、景行天皇とその子倭建命《やまとたけるのみこと》、ついで軽王子《かるのみこ》と衣通姫《そとおりひめ》の恋に限って採り上げる。

父景行天皇は、兄宮大碓命《おおうすのみこと》が朝夕の大御食《おおみけ》に出てこないので、弟の小碓命《こうすのみこと》（倭建命）に、注意するように命じたところ、用便中の兄宮を捕らえ、四肢を引き裂いてしまった。じつは大碓命は、父帝が恋着した二人の乙女を連れて来る途、自分のものとし、他の乙女を偽って差し出し、怒りを買っていた。それを抑えての注意だったのだが、小碓命は父帝の心中を察し、この行為に及んだのだった。それ以来、父帝は「形ハ則チ我ガ子ナルガ、実ハ則チ神人」と小碓命を恐れた。そして、西へ東へと遠征へ差し向けた。

この時、神的なデモーニッシュなものと統治機能が分離した、と三島は見るのである。倭建命は神的天皇であり純粋天皇であって、景行天皇は人間天皇であり、統治的天皇である。そして、神的天皇は放逐され、流浪せねばならないが、その代わりに伝説化、神話化され、文化を体現、栄光の根源として無限に回帰しつづける。

このあたりの記述は、自らの最期へ疾走しながら記述しつづける気配があり、やや繰り返しが多く、それも微妙なズレが認められるなどするが、しかし、ここに至ってなお現人神天皇なる存在が孕むドラマの原型を見届けようとしているのが明らかである。そして、この倭建命は、ほとんど『英霊の聲』

の二・二六事件の青年将校たちが仰ぎ見た天皇であり、行動に出ようとしていた三島が切望する天皇像でもあろう。

　軽王子と衣通姫は同母の兄妹でありながら恋しあい、それを許されない罪として、王子は天皇の位を継ぐべき身でありながら、放逐される。すると、ふたりは、流刑地で密かに恋を生きることをせず、たちどころに心中死する。すなわち、王子は国を失った時、「エロスの最終的な根拠」を失ったからであり、これまた「神人分離」の一挿話なのだと言う。

　神話の領域のことになるが、多くの神話では独り神の出現から始まる。『古事記』ではまず五柱が、独り神として相次ぎ出現し、独り神として消える。続いて七世、やはり独り神だが、半ばから男女の神となり、伊弉諾、伊弉冉が出現して、国土が創られ、男女の交合がおこなわれ、多くの神々が出現、やがて天と地を繋ぎ、人々を統率する天皇が出現する。その過程において同じ親の子同士が通じる事態がなくてはならず、一旦、人の世となると、そこにはエロスが働くことになる。ただしその者が国土を支配する天皇なり天皇となる存在であれば、問題はないが、それがそうでなければ、罪を問われ、死ななければならない……。

　エロスの働きが、「神人分離」によって、是とも罪ともなるのだ。

　こういったところまで問題を広げなくとも「神人分離」は、以後、歴代の天皇が向きあわねばならない微妙な難問であり、その天皇を奉戴するこの国の民にとっての難問でもあろう。それが日本文化の要でもあるのだが、天皇は詩と政治を繋げる「絶対的媒体」となると『文化防衛論』で言っているのも、このことと係っていよう。詩において神人分離と神人融合の志向が交差するのだ。

　ただし、そのところはまた、可能な限り明瞭に意識化、対象化されなくてはならない。「万葉集」では柿本人麿を採り上げ、「集団的感情の詩」を詠んだと、まずする。今日広くおこなわれている解釈だが、そうして「自然を統制し醇化し」「自然を自然たらしめ」「所与の存在を神化」する、言い換えれば、「古代世界で、言葉を感情から引き離し、はじめて詩的言語を何ものかの定立のために用ひ」る、そういうことをやったのだと指摘する。一般に感情を表現するのが歌であり、こうして感情を言語化したとしておわるが、詩が成立するのには、表現対象と言葉を引き離して捉え、表現を自覚して行うことがなくてはならないとする。この点を重要なポイントとする考えは、じつは蓮田善明が古今集論『詩と批評』で述べたところで、それを人麿へと遡り、適用していると見てもよかろう。

この人麿に遅れて、地方から呼応したのが防人だが、その防人には「倭建命的なもの」が底流しているとする。言い替えれば、「神人分離」以前の状況が窺えるというのである。

相聞歌となると、外的な事情によって隔てられた男女が、内的な衝動、魂の燃焼を知り、非政治的文化意志を開花させたとする。

こうした点で「万葉集」は、決して素朴で健康な抒情詩のアンソロジーではなく、「古代の巨大な不安の表現」であり、かつ「国民精神そのものの文化意志」となった。そこに強く働いたのが、これなくして「古代の神的な力の源泉が保てない、といふ厖大な危機意識」だったと言う。

この「膨大な危機意識」は、いよいよ切羽詰まったかたちで、今日のものとなっていると、三島は考えているのだ。だから彼が防人を採り上げて語ると、二・二六事件の青年将校の存在が浮かんでくるし、恋を言えば『春の雪』の清顕の生きざまが浮かんで来るようである。

＊文化の亭午

「懐風藻」を採り取り上げたのは、「外来の観念を借りなければどうしても表現できなくなつたもろもろのものの堆積を、日本文化自体が自覚しはじめた」点において、重要と考えたからだと言う。もとは「和漢朗詠集」を採り上げる予定であったが、それでは漢文学の日本化への歩みに論点が行く。次の「古今集」を考えるのには重要だが、それよりもより外国文学と衝突した当初に近いところで起こった事態へと関心が動いたのである。この事態は、わが国にあっては繰り返し起こっており、今日になると、不断に生起し続けているのだ。

それとともに、悲運の大津皇子について触れずにおれない思いが、三島の内に強まったのであろう。「外来の詩的形式と国風の詩的形式を、感懐の性質に応じて使ひ分け」る「明確な意識」が、この皇子に見られ、さらに「その後のわが文学史を還流する二元的な文化意志の発祥」も伺い見られると指摘するのだ。そこに三島は、日本の文学史の流れに浮かぶ、「国風の詩形式」で表現しきれないものを抱いてしまった初めての孤独な魂を見たようである。そして、彼もまた、死場所へ赴かなくてはならなかつた。

この皇子に光を当てたのが、蓮田善明であったことも、意識していたろう。

「古今集」となると、この時期、三島が最も望ましいと考えていた文化秩序を実現していると捉えている。なにしろわが国において古典主義が確立され、その成熟ぶりを示したのだが、人であるとともに神でもある天皇の存在を軸として、構成された言語秩序として「古今和歌集」が出来上がっているとする。ただし、その言語秩序は、知的方法論と批評（戦闘的批評とも）によって厳正に整えられ、無秩序を領略し、雅びとなることによって「あめつちを動かす」のを可能とする、詩として最も希求すべき在り方を実現していたと見る。

ここで三島が言っていることは多岐にわたっていて、言及し切れないが、肝要な点はいま言ったことにほぼ尽きよう。そして、「日本語といふものの完熟を成就」し、「未熟も退廃も知らぬ完全な均衡の勝利」を手にして、この世界の詩的統治を可能にするとともに、抒情という詩の源泉を確保したとするのである。

そうして日本の「文化の時計は……亭午を斥《さ》」した……。実際に以後千年、明治までこの歌集がわが国の文芸の基準たり続けたのである。

文芸、文化は、その熟成の基準を持ったかどうかに、決定的意味がある。三島は、作家たる自分がそのところに与かることを切実に望んだのだ。『文化防衛論』も、ここで述べていることによって支えられ、内実を持つことを忘れてはならない。

＊美と官能と奢多三位一体

「源氏物語」についての記述は、ごく短い。ここでは「物語の正午」の例として語ろうとするのだが、源氏二十歳の社交生活の絶頂「花の宴」と、三十五歳の「この世の栄華の絶頂の好き心」を描いた「胡蝶」を取り上げる。そして、この二つの巻は、十五年隔てて「源氏の生涯におけるもつとも悩みのない快楽をそれぞれ語」っており、『もののあはれ』の片鱗もない快楽が、花やかに、さかりの花のやうにしんとして咲き誇つてゐる」と指摘する。その上で、「この美と官能と奢侈三位一体を、この世につかのまでも具現」する一夕を、「物語のほどよいところに鏤《ちりば》めること」が制作の動機をなしていたかもしれず、「もし純粋な快楽、愛の悩みも罪の苦しみもない純粋な快楽が、どこかに厳然と描かれてゐなかつたとしたら、源氏物語の世界は崩壊するかもしれない」と書く。

このような言説を筆者は耳にしたことがないので、もう少し引用しよう。「何らあとに痕跡をのこさず、何ら罪の残滓をあとへ引かない、快楽の純粋無垢な相がこの世に時折あらはれることを知つてゐればこそ、源氏の遍歴は懲りずまになり、それを源氏は二十歳の時と三十五歳の時に知つたのだ」。

「源氏が美貌の徳に恵まれた快楽の天才であるといふことは、この物語を読むとき、片時も忘れられてはならない」。そして、こうも書く、「源氏にさへ委せておけば、どんな俗事も醜聞も、たちどころにに美と優雅と憂愁に姿を変へる」「手を触れるだけで鉛をたちまち金に変へる、この感情と生活の錬金術、これこそ紫式部が、自らの文化意志とし矜持としたものだつた」。

　これらの文章を、自らの死を決意し、その時間表に従って、日々を推し進めながら書いているのである。平凡な者の立場からは、絶望の最中、さらなる奈落へと滑り落ちながら、とも考えられる状況であったはずだが、それにかかわらずこうも「純粋無垢な快楽」の貴重さを、しっかりと見据えているのだ。

　これはなにごとであろう。

　多分、生の頂点、文芸だけが到達できる頂点を見ていて、そのことばかり記せば足りると考えているのであろう。一旦は文学を棄てた、と言ったが、そうではない。いまも言った、文学が到達できる頂点を、しっかりと見定めて離すことがなかったのである。

　ただし、三島自身の作品群の多くは、そのところをしばしば掠め、かつ、半ば実現したものの、十全に捉えきるには至らなかったのではないか。が、それは現代に生きる作家の宿命と考えるべきであろう。

　多分、そこからさらなる飛翔を、三島は『椿説弓張月』の最後、源為朝の天馬に跨っての飛翔に仮託したし、寂寞を極めた夏の閑雅な庭に、見たのだ。

　その『椿説弓張月』の幕切れの台詞を引用して置けば、こうである、「もはや、これまで。必ず嘆くな。葉月も末の夕空に、弓張月を見るときは、この為朝の形見とも見やれ。舜天丸《すてまる》（為朝の子で琉球王）、さらば」。

三島由紀夫は、文学者として人生を歩み出し、最期は、自らさまざまな発言をし、また、さまざまな見方があるものの、基本的には文学者、あるいは芸術家としての在り方を突き詰め、生涯を閉じた、と見るべきであろう。

なにしろ昭和四十五年（一九七〇）十一月二十五日の朝、自らライフワークと称していた『豊饒の海』第四巻『天人五衰』の最終稿を渡しているのである。また、浪曼劇場の追悼公演となる『サロメ』の詳細な演出プランを演出補助の者に渡し、自らの全集の基本プランを出版社の責任者に伝えていた。その他、作家としてやるべきだと考えたおおよそは、仕上げるなり指示を済ましていた。

だから、「三島由紀夫が志したもの」を問うならば、やはり三島が作家――小説家、戯曲家、評論家、そして演出家なり映像（映画、写真など）表現などを引っくるめて――として、「志したもの」をまず問わなくてはなるまい。三島が政治的行動において求めたものは、それらから考えるべきであろう。そうしなければ憲法改正の訴えも、内実を持たないのではないか。これまで問う順序を間違えて来たといってよかろう。もっともここで言う順序は、価値の順序ではない。どちらが上で、どちらが下だというようなことではない。そもそも三島は、価値を比較して論じるなどという次元を突き抜けてしまっている。ここで言う順序は、三島由紀夫という一人の人間の生涯を踏まえて、その「志したもの」を総体としてよく捉えるためである。

もっともその最期の行動があまりに苛烈、鮮烈であったから、われわれとしては、そちらを先に考えずにおれなかった。しかし、没後五十年近くになったいま、三島が歩み、突き詰めて行った順序に従って、しっかり考える必要がある。

＊「あめつちを動かす」

その作家三島由紀夫が「志したもの」だが、それについては、最近刊行した拙著『あめつちを動かす』（試論社）で示したつもりである。すなわち、文芸をもって「あめつちを動かす」に至らしめること、と言ってよかろう。

「あめつちを動かす」の言葉は、醍醐天皇の勅により延喜五年（九〇五）に成立した最初の勅撰和歌集『古今集』の仮名序の一節である。選者のひとりの紀貫之が書いた。

仮名序について説明する前に、この醍醐天皇の時代を「延喜の治」と呼び、天皇親政の下、世が理想的に治まった時期とされ、後々賛美されて来たことに留意しなくてはなるまい。実際は、天変地異が相次ぎ、菅原道真の怨霊などが跋扈したのだが。

また、『古今集』は、明治になって正岡子規が「歌よみに与ふる書」（明治三十一年）で糾弾するまでは、千年を越えて、詩歌を初め文芸全般の規範とされ続けて来たことを忘れてはならない。三島は、この子規の所業を受け入れず、わが国の歴史の流れを明治の前で断ち切ったり、大東亜戦争の敗戦で断ち切ったりすることも排して、一貫する流れとして捉えるとともに、その中に、自らの文学も据えようとしたのである。

『古今集』以前には、『万葉集』を初め文芸と呼んでしかるべきものがすでにこの国土に成立していた。しかし、洗練化の動きがさまざまな過程を経て、「文化の亭午」（『日本文学小史』）に至り、文化的秩序ある統一性を具現するに至ったのが、『古今集』であるとしたのである。その『古今集』を規範として仰ぐ態度は、明治に至って退けられたものの、それまでは真っ当過ぎる常凡な態度で、年少の三島の身辺には、その意味するところを改めて受け止めようとする一群の国文学者がいた。学習院の恩師の清水文雄がそうであるし、清水の友人で、雑誌「文芸文化」をともに刊行、その中心となった蓮田善明がそうであった。蓮田は、その著書『詩と批評』の冒頭に『古今集』仮名序の全文をわざわざ掲げるなどして、その立場を強く打ち出していた。

こうした考え方を三島は引き継いだのであり、『古今集』を重んずる態度は、三島の独創でもなんでもなかった。

この「独創」でないことについて、説明しておく必要があるかもしれない。近代以降、とくに芸術の領域では「独創」が尊ばれ、「独創」を競って来ているが、「独創」とは所詮個々人の領域に止まる。個々人の領域に止まっていては、「あめつちを動かす」ことなど到底かなわない。というより、「あめつちを動か」そうという発想自体、出てこないだろう。その点で、近代以降の文学は、恐ろしく矮小化していると言うことができよう。

この矮小化した文学、さらには近代文明が作った壁が、三島は我慢がならなかったのである。そして、その壁を越えて大きく踏み出そうと、さまざまな試みをした。そうした方向を定めたのが、『古今集』の仮名序の一節だったのである。

＊仮名序

そこで『古今集』の仮名序だが、別に難しいことを言っているわけではない。ご存じの方も少なくないと思うが、

まず冒頭、

　やまとうたは、ひとの心を種として、よろづの言の葉とぞなりける。

人間は心にあれこれ思うものだから、それを元に言葉でもって言い現わそうとするところに、歌が生まれた、とまず概括的に言っているのである。ごく当たり前の人間観、ごくごく当たり前の文芸観――少々素朴過ぎるが、異論の挟みようのない基本を言っているのである。ただし、「やまとうたは」と限定している。すなわち、漢詩と対置して、この国土で、この国の人々が、この国土の言葉で詠んだ歌、としているのである。

平安京に都が移される（延暦13年・七九四）と、早々に『凌雲集』（弘仁5年・八一四）『文華秀麗集』（弘仁9年）、『経国集』（天長4年・八二四）と三つの勅撰漢詩集が編まれた。そのことからも明らかなように、わが国の文芸が展開して行く上では、漢詩文の摂取が大変大きな意味を持った。ただし、漢詩は、基本的に外国の言葉と文字に拠り、かつ、もっぱら公ごと、政治に係わること、また、その志しを主に扱う。それに対してわが国の歌は、自らの国の言葉によるものであり、公ごとを多少は扱うものの、もっぱら私的な「ひとの心」に根差し、それを表現する。言い換えれば、人間にとってより主体的で根源的な層に根ざしているのである。

つづき、

　世の中にある人、ことわざしげきものなれば、心に思ふことを、見るもの聞くものにつけて、言ひだせるなり。花に鳴く鶯、水にすむかはづのこゑをきけば、生きとし生けるもの、いづれか歌をよまざりける。

この世に生きている限り、なにかと感じ、心を動かし、思ひ、行うのが人間であり、人間たるもの誰もが歌を詠まずにはおれないと、詠歌普遍主義を押し出す。漢詩が貴族のなかでも特別な才能と知識を持つエリートが作るのに対して、こう言っているのである。そして、文字を知らない者、文字とかかわりのない人たちも呼び入れられる。鶯や蛙に言及されるのは、そういう意味である。現にこの『古今集』には、よみひとしらずの歌が多くとられ、東歌も選び入れられている。そして、それらの少なからぬものが口承された歌である。この点で『万葉集』の流れも、間違いなく汲んでいるのだ。

その詠み方だが、見、聞く具体的なものに託して、言い出すのであって、抽象的、観念的に言うことは決してない。そこに文芸による表現の要諦がある、としている。これはまた、いま言った、文字を知らない者、文字とかかわりのない存在も呼び入れようとすることに繋がる。観念、理屈を説くのではなく、花を見、鳥の声を聴いて誰もが感じ取るように、その言語表現は受け取られるべく工夫しなくてはならないとするのである。

このようにわが国の歌が、漢詩とは違って、いかに深く自然にわれわれの生へと入り込んでくるか、そして、われわれ自身の生命と分かち難く結び付くか、分かろうというものである。

今日、文芸は、直接的に役に立たないとの理由で、軽んぜられる傾きがあるが、それは人間そのものに対する基本的な認識を欠落したもの、と言わなくてはなるまい。少なくとも我が国にあって文芸は、いまも述べたようなところに深く根を降ろしているのだ。

もっとも今日の文芸の側にも責任がないわけではない。もともと本来の在るべき在り方を保つのは至難で、狭く偏ったところへと、文芸もまた容易に陥る。そして、そうなると、本来の働きをしなくなる。

いつの時代でもその恐れがつきまとうが、今日、その事態が著しく進行しているのを認めなくてはなるまい。先にも言ったように個人の領域を出ることができず、「独創」を競い、珍奇な作品を生み出すか、世俗的関心に迎合するのを競っている。

＊人間的な精華の世界

つづいて、問題の文章である。

力をもいれずして、あめつちをうごかし、目に見えぬ鬼神をもあはれとおもはせ、男女のなかをもやはらげ、たけきもののふの心をもなぐさむるは歌なり。

この先を見ておくと、

この歌、あめつちのひらけはじまりける時よりいでにけり。

こう述べて、歌が詠まれるようになった歴史的叙述にはいる。いまは歴史的経緯は問題にしないが、この世界に存在するものは、小石一つであろうと動かそうとするなら、力を使わなくてはならない。それが小石でなく、巨石ともなれば、何十人何百人の力を集めなくてはならない。あめつち全体となると、とんでもない力を必要とする。ところが歌なり文芸の領域では、言葉だけでもって力を用いることなく、あめつちを動かすことができる、と言うのである。

どうしてそのようなことが可能なのか。

ここで言う「あめつち」は、物理的な次元の空間ではなくて、目に見えぬ神や仏、霊から、男女の間に通うもの、そして、四季の花、鶯や蛙の鳴き声に感応する心などが満ち満ちて、成立しているのである。すぐれて人間的な雅びの生き生きした世界と言ってもよかろう。

その世界へ働きかけるのは、実際の力でもなければ、権力でもなく、現実に飛び交っている言葉でもなく、次元を異にした文芸の言葉であり、現実の事象と直接係わることがないため、制約されることなく言葉として十全に展開され、洗練されたところの言葉なのである。そして、それが一首の歌として整えられ、詠み出されるとき、その働きは「あめつち」を動かすに至る……。

ただし、その「動かす」とは、変えることを意味するわけではない。われわれの時代は、変革だとか革命だとかを簡単に口にするが、変えてどうするのか。変えること自体に意味があるかのように主張する向きがあるが、そうして出来するのは、えてして混乱であり、不安を呼び起す事態だろう。肝要なのは、この世界のもろもろのものが本来の在り方をし、生き生きと働くことである。花の色、鶯の鳴き声に感応し、恋する心が通じ合えば喜び、失われれば悲しんで、自らの生を豊かに繰り広げることであろう。

人間を初めもろもろのものを本来の在り方へと立ち返らせ、安んじるとともに、いきいきとさせることに尽きるのである。それが「あめつちを動かす」ことにほかならない。

神社でのお祓いでは、幣を振り、鈴を振ることが一般には行われるが、これはもろもろの妄念や邪念、恐れ、そして穢を除いた上で、生命を揺り動かし、本来の働きを呼び覚ますためとされているが、歌も基本はほぼ同じと考えてよいだろう。もろもろの妄念、邪念、恐れ、欲望などを退け、雅びな言葉を十全に働かせ、人たるものが持つ本来の生命を呼び覚ますのである。

だから、恋愛といったごく私的な感情を取り上げても、個人の枠のなかに止まらず、「あめつち」

全体へと及ぶ。

天皇が勅命を下し、歌集を編纂させたのは、やまと歌がこういう働きをするからであり、『古今集』以降、つぎつぎと編纂されつづけた（二十一番目の『新続古今集』永享11年・一四三九まで）所以でもあろう。

＊天皇を中核とした秩序体系

上に言ったような文芸の在り方が可能になるためには、網のように広がった精緻で柔軟、強靭な言語の秩序体系がなくてはならないが、『古今集』の時代、間違いなくその言語の秩序体系が形成されており、歌を詠むことは、なによりもその秩序体系を活溌に働かせることであり、人間が抱くもろもろの感情、思いを整え、秩序化し、原則的には誰もが与かり得るものとすることであった。そして、この時代、それに照応する雅びな秩序体系が実社会にもおおよそ存在したと三島は捉えた。

その秩序体系だが、天皇が中心に位置していることによって、絶えず雅びな洗練を目指し、かつ、「あめつち」全体の本来の在り方へと、絶えず揺り動かし、持って行く働きを備えているとした。秩序体系というと、しばしば閉ざされた体系を考えがちだが、天皇の存在が不断に「天」へ、無私な清浄さへと向かわせ、大きく解き放つとともに、「地」の根源的な生の闇へも向かわせる。それとともに、われわれの時間を現在にばかり引き留めて置かず、それを貫いて太古から明日へと向かうものとすべく働くとする。(1)

もっとも『古今集』が、十分な空間と時間の広がりを獲得していたわけではなかったが、言葉が十全に働き、文学が文学として成立する基本的在り方が形成され、提示されているのに疑いはなく、この在り方を踏まえることによって、以後、日本の文学的営為は行われ続けて来たのである。三島もまた、自らの文学を、そこに据え、「あめつちを動かす」働きをするところまで持って行くことを望んだのだ。

そう望むとともに、当然、この言語秩序体系をより広く、より自由かつ鋭敏に活動するものとして、今日、作家として依拠し得るものにすべく努めることとになった。

＊天皇の二重の構造

以上に述べたのが、三島の基本姿勢である。

だから、三島が政治的発言を積極的に行うようになった最初の著書が『文化防衛論』（昭和44年4月、新潮社刊、同論初出は「中央公論」43年7月号）なのである。そして、この論文で、アナーキーにも手を差し伸べることのできる「文化概念としての天皇」を押し出した。反秩序も包み込む大きさと柔軟さを持った秩序体系を、天皇が可能とするはずだとしたのである。

三島の活動は、一般的常識でいうところの秩序には収まるものではなかった。流血と残酷を喜び、性的倒錯にも深く踏み込む。そのようなところから天皇を中核とする創造的な秩序体系を言っているのである。

そして、その天皇を、肝要な時に神として振る舞うべき存在として捉え、神話的世界へも溯って論ずる。

今日の多くの人たちは、いわゆる近代的思考の枠組みに深く囚われ、自由さ、柔軟さを失い、小さく縮こまって、人間の本質、文明なるものについての基本的理解さえ見失っている、というのが三島の見方である。だから、われわれもそのところを突き破って、考えなくてはならないのだ。

そうして「文化概念としての天皇」と「政治概念としての天皇」、「神的天皇」と「人間天皇」なり「統治的天皇」といった対概念を引き出し、上代においてはそれが一体であったが、景行天皇の時代、「神人分離」が起った、それが景行天皇の王子日本武尊の悲劇だったとする。

ただし、天皇は、いつの時代でも今言った二様の在り方を常に課せられており、それが均衡している時もあれば、一方に傾く時もあり、傾き過ぎて転倒する危険に晒される時もあると考えられる。

＊運動体としての現人神

いま、天皇について深入りする余裕はないが、すでに拙論「三島由紀夫にとっての天皇」（『あめつちを動かす』所収）で述べたように、天皇は、天下安寧を祈念することを最も肝要な責務としている。自分なり一部の者のためではなく、ひたすら人々のため、天下のため、その安寧を祈念（具体的には五穀豊饒、子孫繁栄、世の平安といったこと）しているのである。天神地祇を祀り、さまざまな祭祀を総覧、主だった祀りは自らが執り行っているのである。宮中三殿には天照大神以来、代々の天皇の霊を祀っているが、これは今上の只今の祈念に集中して力を持つべく望んでのことである。(2)

ところで三島は、昭和天皇に対して、二・二六事件と大東亜戦争の敗戦の折の二度、神で在るべきであったと『英霊の聲』で言っているが、ここで注意したいのは、天皇を現人神と見なすに当たって、常住不断、神であるとしているわけではない点である。祭祀を行うに際して天皇は必ず身を清めるが、そのことからも分かるように、天皇は生まれつき清浄な存在でも神でもない。日常生活を営む限りにおいては人である。しかし、潔斎することによって身を清め、神前に進み出て、祈る時、神に近づき、さらには神ともなるのだ。

現人神とは、人の姿となってこの世に現われた神、と解されるが、それでは不十分で、いま言った動き、動態において捉えるべきであろう。言わば絶えざる運動体として存在しているのである。いわゆる唯一神の場合、神は最初から永遠に、徹頭徹尾神であって、変わることがない。しかし、天皇の場合は違う。日常においては人として存在するが、潔斎し、祭祀を執り行って祈ることを通して神へ近づき、自ら神的存在に、さらには神そのものともなる。その点において、祭祀王としての独自な生を生きているのである。いま、独自と言ったが、祀り祈るひとが、祀り祈ることを通して、最後には祀る対象の神と化すことは、別に特異なことではなく、世界に広く見られる宗教上の現象である。キリスト教のような唯一神が勢力をもったために、特異と思う人々が出て来たに過ぎない。

このように天皇は人から神へと不断に運動、その運動を繰り返しながら、存在しているのである。そのような在り方を、野蛮な信仰のように言う人があるが、決してそうではない。人間と神とを切り離すことなく、祀り祈るというすぐれて人間的で主体的、真摯な姿勢を突き詰める活動において、繋げるのは、却って優れているのではないか。現にわれわれ自身、ある一つの在り方に釘付けされているわけでなく、日々、変化し流動しており、それが生きていることであろう。天皇もすぐれてそうなのである。ただし、われわれはしばしば在るべき在り方から逸脱するが、天皇はそういうことはない。狂いなく繰り返して潔斎し、神へ近づき、自ら神的存在にとなりつづける。

ただし、この運動体を捉えるのに、われわれはしばしばその一点ばかりにおいてし、その一点の在り方をもって、全てとしがちである。そのため天皇を絶対神とも、ただの人間だとも、正体の定まらぬ曖昧模糊とした存在、また、未開な信仰をいまだに引きずる存在、果ては専制政治のための機構などとすることになる。これは捉える側が、硬直した理解力しか持ち合わせていないために過ぎないといわなくてはならない。

＊潔斎の意味と女性天皇の問題

女性天皇の是非をめぐる議論も、この視点から考える必要があるだろう。三島は、女性天皇を許容したとの説が一部でおこなわれているが、歴史上、実際に存在した域を越えて、許容したかどうか。

三島は、天皇についてさほど突っ込んで述べているわけではないので、簡単には言い切れないところがあるが、いま見たように天皇を捉えるなら、許容したとは考えられない。

人から神へと進む上では、身を清めること、潔斎が決定的重要さを持つ。まず身を清め、日常的な次元から離脱するとともに、もろもろの妄念や邪念を退け、無私へと限りなく近づいて行くことによって、神の域へと踏み入って行くのである。

だから、朝廷では長きにわたって清浄が大事にされて来た。時にはそれが瑣末で滑稽な域にまで達したことは、平安朝以来の記録や物語類に見られるとおりだが、そうまでして心身ともに清浄へもって行き、真実、無私となって、この世の安寧を祈る。それはそのまま、政治――まつりごとの在るべき在り方を身をもって示すことになるのである。

ところが女性の場合、大きな制約がある。毎月、一定の日数は潔斎が不可能だし、妊娠すれば、十ケ月の長期にわたって出来なくなる。そのことはそのまま天皇として最も大事な職責を果たせないことになる。

ここで断っておかなくてはならないのは、このことをもって従来は穢とし、不浄としてきたが、この見方は基本的に誤っている。月のものといい妊娠といい、子孫の誕生に結びついており、人間にとって子孫の誕生は最も願わしい事柄で、奇蹟でも見る思いで喜び迎えて来ているのである。不浄として退けるなどということは、基本的にあり得ない。ただし、あまりに喜ばしい事柄に繋がるゆえに、畏れ憚って、さまざまな禁忌でもって囲い込んだ結果、死を恐れ退けようとしてさまざまな禁忌でもって囲い込んだのと同じようなことが起り、混同が生じたということがあるのだろう。そこへ仏教の女性観が加わった。だから、必要なのは、この混同を解きほぐし、仏教の教えの混入を見極めることである。女性天皇に制約を設けることをもって女性を不当に貶めるものと見てはならない(3)。

それに天皇が天下安寧の祈念する、その重要な柱の一つが子孫の誕生であり、願うのは、女性が毎月順調に月のものを迎えることであり、妊娠すれば胎児ともども健やかに生育し、無事に出産することである。そのことを切望して、祈るのである。

その際、当の女性はひたすら安らかにしていて、他の者たちが潔斎して祈念するのを受け入れ、実現へと己が身をもって行くのが肝要である。祈る側に立つ必要はない。勿論、自分なり腹の中の子がすこやかであることを自ら祈願はするだろう。ただし、身を清め、神へと近づいて他の人々のため祈願するようなことをする必要はまったくない。身に障る可能性があるから、してはならないと言ってもよかろう。

そういう意味で、女性は祈る立場ではなく、祈られる立場にあると言ってよい。最も尊崇されるのが天照大神であるのも、こうしたことと無縁であるまい。

だから、祭祀の王というべき天皇の位に、出産年齢にある女性が就かないのは、ごく当然のことだろう。ただし、出産年齢を外れた女性となると、その限りではないというのが歴史的事実である。

＊行動のための天皇観

以上述べたようにこの地上の存在でありながら、不断に神ともなる運動体であるのが天皇であり、それを中核として、秩序体系が形成される。それがわが国文化の基本的な在り方で、言語体系として具現するが、それをさらに洗練し働かせる歌なり文芸が「あめつちを動かす」に至る……。もろもろのものの本来の在り方を呼び覚まし、文芸の次元で生き生きと働かせるのである。

ところがその中核が脅かされる事態が起って来た。昭和四十年代にはいるとともに、学生運動が盛り上がりを見せ、既存の体制の破壊が激しく主張されるようになった。

それは、三島が考えるわが国の文化の在り方の危機であるとともに、自らの文芸の存立の危機でもあると受けとった。その点で、自身にとっての切実な問題となったのである。いわゆる近代文学の立場にあるなら、そうした社会情勢と自分の文学は切り離して考えることができよう。なにしろ自分ひとりの個人的世界に属するのが文学だからである。しかし、三島にあっては違っていた。

『英霊の聲』（昭和41年6月）が書かれたのは、そういう危機意識からであった。そして、じつはこれに先立って、行動に出る誘惑を覚えていることを、「『われら』からの遁走」（同年3月刊）で告白している。危機意識は意識するだけで終わらず、なんらかの対応をとることへと出なくてはならないのだ。

そうして、文化防衛を問題にし、自ら「行動」に出なければならないのではないかと考え、「まだ間に合ふ」（「年頭の迷ひ」昭和42年1月）と書き、自ら進んで自衛隊体験に入隊（昭和42年4月）し、「文化防衛論」（昭和43年7月）を書くところと進み出て行くことになった。

ただし、ここには厄介な問題が横たわっていた。

文芸は、すでにのべたように現実の世界とは次元を異にしており、そこで言葉自体の洗練を目指す。ところが現実の政治なり社会体制の問題となると、実践行動が持ち上がってくる。この現実世界に存在する物体なり事態を動かそうとするのなら、同じ現実の世界のただ中に身を置いて、それに必要な力を行使しなくてはならない。

ところが三島は、これまでひたすら文芸の次元で仕事をして来ていて、それが自分の在り方となってしまっていた。だから、そこから無理にでも身を引き剥がさなくてはならない。それは恐ろしく困難で、辛いことであったろう。時には文芸を呪い、否定する激しい言葉を吐かずにおれなかったのも、当然である。

それとともに、神風連（『奔馬』昭和42年2月号〜）とか、天皇への忠義に殉じた二・二六事件の青年将校、とくに磯部浅一（「道義的革命の論理」昭和42年3月号）に注目、その思考と行動を追い、陽明学（「革命哲学としての陽明学」昭和45年9月号）について考えもした。行動へ出る手立てを求めたのである。ただし、それは世において一般に考えられる行動とは違い、自らを犠牲に供し、大いなる存在を顕現するかたちでなくてはならなかった。

ただし、このようなところで三島が思い描く天皇と、これまで自らの文学を成立させる秩序体系の中核を貫く天皇とでは、当然、違ってくる。ここでの天皇は、行動へと導く存在でなくてはならないのである。「恋闕の情」の対象として、誠と生命を捧げる究極的な一点に在って動かず、絶対的性格を持つようになるのだ。その点で、キリスト教的な唯一神へと近づく。

しかし、三島の天皇思想の全体を見るなら、絶対唯一神として措定しているわけでは決してなく、また、行動のためのバネとしての過激さ一色で塗りつぶされているわけでもなく、明知が、雅びが、清明さが求められている。そしてこれまで見て来たとおり、人から神へと絶えず動き、文学が「あめつちを動かし」て覚醒させ、本来の生命を取り戻し、生き生きとするのを可能にする秩序体系の中核なのである。「文化概念としての天皇」を強調する所以である。このところを抑えておかないと、混乱し、理解が難しくなろう[4]。

三島は最期の行動に出て、憲法改正と自衛隊の国軍化を訴えて天皇陛下万歳を唱え自決したが、最終的に提示したのは、この「あめつちを動かす」秩序体系の確立と保存であったと受け取らなくてはなるまい。

注1　主に『文化防衛論』の「文化の全体性と全体主義」の項参照。
2　拙著『あめつちを動かす』（試論社）で引用しているが、福田恆存との対談「文武両道と死の哲学」

で三島はこう述べている、「その根元にあるのは、とにかく『お祭』だ、ということです。天皇がなすべきことは、お祭、お祭、お祭、お祭、――それだけだ」。

3　人の産穢は、弘仁格式（弘仁11年・八二〇成立）で七日間の忌み、月経は貞観格式（貞観13年・八七一成立）で祭日の前日に宮中より退出の規定があり、「延喜式」（延長5年・九二七撰進、康保4年・九六七施行）はこれを引き継ぐ。ただし、成清弘和は『女性と穢れの歴史』（塙書房）において「八世紀初頭の令（大宝律令）制定時（大宝元年七〇一）においては「産穢」という習俗が古代日本社会に存在したとは考えがたく、（中略）その前段階の出産瞥見の禁忌が存在していたにすぎないと推考する」としている。

4　この点について、三島自身に多少の混乱はあったかと思われる。行動のバネとして絶対性を強く要求せざるを得なかった事情によるのであろう。そのことが橋川文三らの批判を浴びる理由の一つになったかもしれない。

（原題「三島由紀夫の志したもの」祖国と青年、平成19年1月号、加筆）

Ⅱ　その小説

小説家としての出発――師・清水文雄との出会い

三島由紀夫の名で初めて小説『花ざかりの森』第一回が「文芸文化」昭和十六年（一九四一）九月号に掲載されたが、その際、蓮田善明が編集後記にこう書いたのは、よく知られている。この作者は「われわれ自身の年少者といふやうなもの」で、「悠久な日本の歴史の申し子」である、と。

当時、学習院中等科で国語を担当していた清水文雄が、中等科三年の平岡公威から原稿を見せられ、深い感銘を覚えるまま、同人の賛同を得て、掲載したのである。

こうして三島由紀夫という作家が誕生したのだが、清水と蓮田の二人は、その誕生に係わっただけでなく、三島の生涯を通して、少なからず重い役割を果たした。清水は、三島が生涯師として遇した唯一の存在で、最期の行動に出るのに当っては、真情を吐露した手紙を書き送っている。また、蓮田は、昭和二十年の敗戦直後の自死によって、三島をあのような最期へと導くのに少なからぬ影響を与えたと考えられる。

そのような二人だが、なにがこのような結びつきを生み出したのであろうか。

蓮田についてはすでに幾つもの論考があるので、ここではもっぱら清水について見ていくことにするが、彼は昭和十三年四月に、成城高等学校から学習院に講師として赴任、十四年には、文法と作文担当の教師として、教室で平岡少年と顔をあわせた。平岡少年は、すでに『酸模』や詩などを学内雑誌に発表していて、早熟な才能の持主として知られており、清水も、少なからぬ関心をもって、この少年を見たようである。

ただし、親しく係わるようになったのは、翌十五年四月に清水が、新設された青雲寮の舎監を命じられ、一日置きに学内の舎監室に宿直するようになってからである。放課後、道場と体操場の間の欅の木立を縫って、鞄を下げ舎監室へやって来る、青白い痩せた少年の姿を、清水が後年、思い出している。

当時の清水は、充実した日々を送っていた。広島高等師範で同じ斉藤清衛教授の門下であった蓮田善明、池田勉、栗山理一と四人で月刊誌「文芸文化」を刊行していたからである。表紙を棟方志功の版画で飾り、国文学者を中心としながらも、作家、評論家、詩人、歌人、俳人の寄稿を得た雑誌は、清新なものだったと言っていい。編集発行人は蓮田であったが、発行所は、清水の住居であったし、蓮田は、昭和十三年（一九三八）七月に創刊して間もなく、同年十月から十六年二月まで、兵役と負傷後の療養のため、東京を離れていたから、当然、編集実務はもっぱら清水が担当した。それとともに、専攻していた平安朝文学についての論考を、同誌に次々発表していた。

この雑誌について、いま少し述べておくと、上に挙げた四人が昭和八年から出し始めた研究紀要「国文学試論」が母胎となっている。そして、清水が成城高等学校から学習院へ移ると、その後任として、台湾台中商業学校にいた蓮田が就任、上京してきた。そこで二人が申し合わせ、すでに東京に移住していた斉藤清衛に計りながら、大阪の府立中学にいた池田、栗山と「日本文学の会」を結成、発行所を東京の世田谷祖師谷の清水宅に置き、引き続き「国文学試論」を出すとともに、「文芸文化」を創刊したのである。

垣内松三、西尾実、久松潜一、松尾聡ら在京の国文学者、それにつながりのある文学者の協力を得たもので、実証的文献学が主流を占めていた当時において、あくまで文学としての国文学研究を目指した、まことに意欲的な雑誌で、小説こそ掲載することはなかったが、伊東静雄、田中克巳、丸山薫らが詩を、前川佐美雄、斎藤史らが短歌を、飯田蛇笏、中村草田男らが俳句を掲載、保田與重郎、中河与一らがエッセイを寄せていた。もっともその意欲的であったことにより、大陸ですでに戦端が開かれ、英米との対決へと傾いていく時代状況と結びつくことになって行った。これまで、このことをもって「文芸文化」を戦時協力集団として片付けてきたが、旧弊を脱した新しい主張を打ち出そうとすれば、なにほどか時代の動きと結ぶことになるのは避けられないところだろう。

こういう雑誌の編集者であり、かつ、意欲的な研究者として活躍していた清水に、平凡な学校教師に飽き足りない思いをしていた、早熟な少年が惹き付けられていったのは、当然であった。

そうして、親しく出入りするようになってから一年ほどたった昭和十六年の初夏、少年が持ってきた七十枚の原稿を、清水は、寮生が寝静まってから読んだ。

「読みすすむに従って、私の内に眠っていたものが、はげしく呼びさまされる実感を味わった」（「『花ざかりの森』をめぐって」）と、清水は書いている。

そこには、教師と生徒の出会いにとどまらず、編集者で、かつ、意欲的な研究者との出会いがあったのだが、その意欲的な研究者である者が内に抱えていたものも、かなり重要な意味を持ったと思われる。

＊

そこで昭和十六年夏あたりまでの、清水の研究上の足取りを、簡単に見ておくと、「国文学試論」に、「蜻蛉日記」研究を掲載するとともに、「文芸文化」の創刊号には、自らの平安朝女流日記研究の基本的な姿勢について述べた「対詠精神」を、昭和十四年一月号には、「王朝発想の地盤」を発表している。これら論考の題名が、この頃の研究の姿勢がいかなるものであったかを明瞭に語っていよう。すなわち、作品が発想され、書かれる、言い換えれば、種が宿り、やがて発芽し、徐々に成長、作品として形を成して行く、その過程に焦点を絞っているのである。

これまでの国文学研究が、文献を中心とした実証的なもので、あくまでも既に出来上がった作品とその作者を、外側から客観的に検証にするにとどまっていたが、内側へ踏み込み、創作活動が発動して、作品を形成して行く生成過程を扱ったのである。

こうした姿勢は、やはり画期的なものであったと言ってよかろう。勿論、これは清水ひとりではなく、蓮田らと共有するものであったが、清水は、それを平安朝の女流日記で行ったのである。

三島は、後に、清水について、「主に平安朝文学の世界へ私をみちびき入れ」(「師弟」)てくれたと述べ、感謝しているが、それは、いまも言った平安朝文学を外側からでなく、書く者の内側から捉える態度によるものであったのである。そして、その同じ文章で三島は、「氏がおだやかな美的考察を唯一の尺度に古典の宝窟を切りひらいてみせてくれたとき私を襲つた感動は、終生二度と私を訪れることがあるまいやうな感動であつた」と書く。古典文学を、若年にあって感動をもって知るとは、めったに起らないことだが、そのような稀有で幸運な事件が、昭和十五年に起ったのだ。

もっとも清水の立場は、必ずしも「おだやか」と言えるようなものではなかった。その人柄と、やがて知った矯激な蓮田との対比の下に、そのように印象づけられた、というのが実際であろう。

三島の文章を引用したついでに、もう少し引いておけば、こうも書いている。「清水氏から教はつたものは、日本の古典が日本の現代人の心にも執拗に巣食ふ力をもつてゐるといふ一つの信念に他ならなかつた」と。なによりも眼前の清水という一個の存在が、自らのうちに古典を巣食わせることによって、生き生きとしている、と感じさせられたのである。平安朝の女流日記の作者たちが創造への道筋を辿る内面へと立ち入るのには、なるほど、そうでなくてはならなかったろう。

こうした姿勢で書かれた、「更級日記」についての論考を、十四年の十月号から翌年二月号まで四回載せ、「国文学試論」掲載の「蜻蛉日記」論に、もっぱら「和泉式部日記」を扱った「女流日記の形成」などを加えて、昭和十五年七月、単行本『女流日記』が文芸文化叢書の一冊として、子文書房から刊行された。

この書は、三島の蔵書目録にも出てゐるが、多分、刊行と同時に手にしたのだろう。もっとも、ここに収められている論考の多くは、すでに雑誌で読んでいたと思われるが、この書が平岡少年に持った意味は、小さくなかったと考えられる。

例えば、「序にかへて」として掲げられた「対詠精神」（「文芸文化」昭和14年8月号）だが、『かげろふの日記』の作者堀辰雄に宛てた手紙の形式で書かれている。三島は、初期において、堀辰雄の影響を少なからず受けているが、じつはその影響とこの文章とがなにほどか関わりを持っているようである。

ただし、大事なのは、ここで清水が、古典を甦らせるのには、客観的科学的に検討分析するのではなく、「詩人の目」が必要であることを改めて思い知らされたと言いつつ、次のような一節を書き込んでいる点である。

「自分だけのいはば私的な苦しみを、公的なものに形を与へたい――さういふ物語作者の発足は、昔も今も違はなかつたのですね。さうすることがまたあなたの言はれるやうに、須臾の生を永遠のものたらしめることにもなるのですね。それがまた存在喪失の『物はかなさ』から自分を救ふ自己救済の道ともなるのですね。（中略）『物語』を『小説』を書かうと思ひ立つ、その心裡の機微には昔から今に一貫するものが厳然として存することを、あなたが明示してくださいました」。

すなわち、私的苦しみから公的なものへ、須臾の生から永遠へ、物はかなさから自己救済へ、という志向が、今も昔も変わらぬ、小説なり物語を書こうとする作者の「心裡の機微」だと、明確に言い切っているのである。

一方的な独断かもしれない。多分、この時代と仲間と若さが、言わせた独断であったかもしれないが、ここに、先に指摘した清水の基本的態度が鮮明に示されている。そして、そのことを発見したとの思いが、処女出版の著書の巻頭に、この文章を据えさせたのに違いないのである。

その小説実作者の「心裡の機微」だが、本論に入ると、そのまま歌から物語へ、の展開と重ねられることになる。

当時、平安朝文学研究では、歌集から物語への発展が、盛んに論じられていた様子で、その問題に答えを出す意図もあって、歌を詠むことから物語の形成へと通じる道筋を明らかにしようとしたのであろう。当時の一般的な考え方として、歌を詠むとは、一個の個性が、自らのうちに錘鉛を深く降ろし、その己れの内にあるものを、あるいはその己れの内から現われ出てくるものを表現する営為だとされていた（すぐれて近代個人主義的文学観である）ようだが、そのように孤独な内面的主情的なところから、叙事的な物語の世界へと出ていく道筋を明らかにしようと、堀辰雄を一つのモデルにして、考えをめぐらしていたのであろう。

この探索は、そのまま、物語なり小説の源泉を探り出すことにもなるはずである。

平安朝には、「伊勢物語」に代表される歌物語という独特なジャンルがあり、かつ、日記文学と称されるものの、歌物語的性格を濃厚に持つものがある。なかでもその性格の顕著なのが「和泉式部日記」であり、清水は、そこに着目して考察を進めた。

「和泉式部日記」は、和泉式部がいまは亡き帥宮敦道親王と交わした贈答歌を核として、二人の恋愛を回想しつつ、書き綴られているのだが、それがおのずと物語としての性格を獲得して行くのである。

この論述が、昭和十五年後半あたりの平岡少年には、ある切実さをもって受け取られたと思われるのだ。

それというのも、当時の彼は、まさしく詩歌から物語の道を進もうとしていたからである。

この年は、彼が、最も詩作に熱中した時期であった。そのあたりの事情は、後の作品『詩を書く少年』に明らかなように、次から次と詩ができ、「自分のことを天才だと確信」するような有様で、川路柳虹に師事し、自分のためにだが、詩集を幾冊も編み、詩人になろうと真剣に考えていた。しかし、その傍ら、すでに小説の試作を重ねていた。それも膨大な量であったことが最近明らかになったが、そのなかの一篇が『彩絵硝子』である。十五年十一月、学内誌「輔仁会雑誌」に掲載されたこの作品は、少年らしい背伸びした気取りが見られる、感覚的断片をつなげたようなものだが、一応は小説らしい体裁の、これまででは最も長いものであった。

このように詩に熱中しながらも、小説を書くところへ進み出ようとする気持が高まるまま、現に盛んに書いていたのだ。そして、自分の詩への才能の限界を、薄々感じ始めてもいた。翌年四月のことになるが、上級生の東文彦を介して詩を見てもらった室生犀星から、かなり手厳しい批評を受け、半ば納得するようなことがあったらしい。

しかし、詩から小説への道は、容易に辿れるものではない。

そうしたところに立っていた早熟な少年に、清水の論考が、論考の域を越えて強く訴えてきたのは、想像にかたくない。清水が言う「小説家の心裡の機微」は、そのまま自分のものだと考えたかもしれないのだ。

そればかりか、『花ざかりの森』を初めとして、以後、「文芸文化」に発表された作品を見ると、この清水の論考の影がかなり濃厚に認められる。そして、清水が言っていることを手掛りに、詩を作るところから、散文作品を書くところへと進んでいると見ることもできそうである。

＊

すでに触れたように、清水は、「和泉式部日記」が和泉式部と敦道親王の贈答歌を核としていることに注目する。そして、その歌が、決して単独に、自らの思いを表現したものではなく、受け取り手のことを考えての表現であり、かつ、その表現は、受け取り手にさまざまな連想を呼び起させ、新たな意味を見い出させ、そこから生まれた表現が投げ返されてくることによって、また、同様な事態がこちら側でも起り、新たな表現が行なわれる。そんなふうにして展開されていくところに、物語の芽が胚胎すると見るのである。

すなわち、個の私の心情の表現であるはずの歌が、その段階にとどまらず、他の私へ呼び掛けることをとおして、さらに大きく開かれ、展開を見せることになるのだ。

この相手を求め、相手の共感を望んで、歌を交わす心を、清水は「対詠精神」と呼ぶが、その背後には、自らの生の「はかなさ」「空虚さ」の切実な自覚と、もう一つ、相手と自分が共に拠って立つ文化的基盤がなくてはならないとする。表現主体は、いかに充実していようとも個として閉じられているわけでは決してなく、文化的基盤へと開かれていると捉える。そして、その文化的基盤だが、たとえば橘の花（敦道親王との交渉は、この花をめぐる歌の贈答から始まった）なら、その花自体と、それについて詠まれた古歌があり、それぞれから浮かび上がってくるさまざまなイメージ、情感、意味、また、それらが相互に響きあうことによって生ずるところの、イメージ、情感、意味があって、それらが互いに、発見の喜びをもって了解し合うのを可能にするとする。言い換えれば、現実の花と、文学の歴史が磨き上げてきた花なる言葉とが、二つの磁極となってさまざまに展開、新たに磁場が形成されるようなものであろう。そこをきちんと踏まえることによって、歌の贈答が互いに心を通わせるばかりか、さらに次なる展開へと誘うのである。

これはなにも橘の花のやうな特別のものに限られるわけではなく、言葉の世界全体に及んでいる。そして、そこに一貫して流れるものを、清水は「みやびの精神」と呼ぶ。だから、歌の贈答は、じつはこの「みやびの精神」を個々の場面において顕在化させ、洗練するのであり、それはまた、「自分だけの私的苦しみを、公的なもの」とすることにほかならない、とする。

このあたりになると、蓮田善明の考え方と一部似通ってくるが、ほぼ同時期、蓮田がその古今集論『詩と批評』（「文芸文化」に昭和14年11月号から翌年1月号まで連載）で、より明確に示していると言ってよかろう。

そして、三島だが、これら両者の考えに依拠したと思われるかたちで、昭和十七年の「文芸文化」七月号に評論『古今の季節』を書いている。そこでは「公的なもの」に関心を寄せ、晩年の古今集論に通ずるところが認められるが、この時点では、あくまで上に見たように、詩から小説への道筋が関心の中心になっていた。

＊

ところで『花ざかりの森』だが、散文詩風の物語的文章でつづられた、五つの章から構成されている。

序の巻は、老いづいた心を持つ語り手が、追憶へと向う心を語る。そして、「一」では、語り手が自らの幼年時代を語り、「二」では、語り手の遠い祖先の、異教にこころひかれた夫人の、自らの思いを綴った日記が紹介される。「三（上）」では、それよりさらに昔、平安時代の海に憧れた女の物語が記され、「三（下）」になると、同じように南の海に憧れた祖母の叔母の生涯と現在がつづられる。

このように一筋の血に繋がるものの、時代を異にした四人の内面の思いなり回想が、いずれの章においてもひたすら語られるのである。すなわち、孤独な情念から紡ぎだす言葉ばかりが綴られるのである。この点で外界と向きあう事がないから、基本的に散文ではないと言わなくてはなるまい。すなわち、これまで詩を書いていたのとさほど異ならないところに、同じような姿勢で、作者は立っているのだ。ただし、同じモチーフながら、異なった時代の、異なった人物の、異なった表現法による、四つの異なった文章が組み合わされていて、それが小説的な性格を帯びさせる。

この組合せを考えつかせたのが、清水の論であったのではないかと考えられる。異なった時代を越えて、共感しうる男女が、それぞれに自らの心の底に流れている思いを表現していて、贈答というかたちではないが、「みやびの精神」といってもよい共通する地盤を踏まえて、個の私がそれぞれに自らの内なる心情を表現していると見ることができる。

清水は、別のところで、俳諧の付けのような展開とも言っているが、あるいはそのほうが適当かもしれない。

そして、いまいずれの章もひとりの人物の内面の思いなり回想が語られるばかりと言ったが、そのところをもう少し詳しく見ると、序の巻の語り手が、追憶そのものについて語って、それは「『現在』のもつとも清純な証」で、「現実におくためにはあまりに清純すぎるやうな感情」と結びついたものだと言う。この言葉から、自らの「清純すぎるやうな感情」ゆえに、現実に立ち交じることができず、現在と別の次元に身を置こうとしている、感受性の鋭敏過ぎる人物の姿が浮かんで来る。現在ではなく、現実と顔を突き合わさなくてよい追憶の次元で、その自分を守っているのである。そして、追憶の彼方からやって来るものばかりを、その感受性を働かせて受け取っている。「消極がきはまつた水に似た緊張のうつくしい一瞬であり久遠の時間」において、それを受けとめるのだ、とも言う。可能なかぎり、自らを無として、感受性を純一に働かせているのだ。

その追憶の彼方からやって来るものだが、それを作者は「祖先」と呼ぶ。幼年時代の自分も、異教にこころ引かれた夫人も、物語のなかの海に憧れた女も、祖母の叔母も、じつは語り手の「祖先」たちなのである。

その「祖先」たちだが、彼女ら自身いずれもが彼方へと憧れている。語り手が現在を逃れて追憶へと赴いたのと同じく、ただし方向は逆で、異教の神という彼方、あるいは海の彼方へ、憧れているのである。

『花ざかりの森』は、このようなところで書かれた文章の束なのである。一篇々々は、すでに言ったように、少年の孤独な心情を綴った、いわゆる詩的な文章である。小説世界を生み出す要素は、ほとんど排除されていると言ってもいい。ただ辛うじて束であることによって、多少の相対化を呼び込み、なにほどか小説らしい影を滲ませている。

この孤独な心情を綴った文章を組合せて、作品を作る方法は、次の『みのもの月』にも見られる。平安朝を舞台に、男と女、そして、男の友人が交わす手紙で構成されており、ここでも手紙という、己れ一人の思いをつづるのにふさわしい形式がとられていて、それが贈答されるわけである。すなわち、清水が示した贈答歌の展開による物語というかたちを、より忠実にとっているのが認められるのである。

こんなふうにして、三島由紀夫という名を持った少年は、小説家への道を、おぼつかなげに歩み出したのである。

＊

こうした作品を、清水なり蓮田らは、ある感激をもって迎えたのだが、その理由の一端は、これまで見てきたところから明らかであろう。

清水が取り組み、設定していた歌から物語への枠組みを、おおよそそのまま活用するかたちで、作品が書かれているのを、見いだしたのである。

ただし、その点をあまり過大に考えてはなるまい。自説の傍証となるかたちで、自分の教え子が作品を書いたからといって、手放しで喜ぶようなことはなかっただろう。やはり、自らの感受性に忠実たらんとして、可能なかぎり澄み返らせ、そこに出現してきたものを、学生ばなれした古典的美意識の行き渡った文章でもって、表現している点を喜んだと見るのが順当であろう。ことに無私の感受性が生み出すものを、追憶と憧憬のうちに無垢なまま保持し、それと古典的美意識とを溶け合わせているのである。古典的美意識が純粋なかたちで今に甦った、とも思われたろう。

その美意識は、清水も蓮田も自分の内に間違いなくあると信じ、かつ、国文研究者として捉え直し、自らの思惟の根底に据えていた当のものでもあっただろう。

「私の内に眠っていたものが、はげしくよびさまされる実感を味わった」と、清水は言い、「われわれの年少者といふやうなもの」と蓮田が書いたのも、このゆえであったのではないか。近代小説として考えると、はなはだ物足りない作品であるが、少年なるがゆえに、却ってそこまで根をとどかせているると、彼らには受け取られたのだ。

それが清水、蓮田らと三島の、多分、一回限りの幸運な出会いであった。そして晩年に三島は、作家たる己の「源泉」を、そのところに確認することになるのである。

異形な小説『禁色』

恐ろしく異形な小説――と言うのが、『禁色』を読み始めて最初に感じることではなかろうか。例えば主人公の南悠一だが、完璧な美青年として設定されている。こうした臆面もない設定は、通俗小説を除けば、他には見られない。元禄時代の『好色一代男』の世之介か、遥か千年以前の『源氏物語』の光源氏あたりまでさかのぼらなくてはなるまい。

この一事からでも、三島が如何に挑戦的、野心的であったかが分かろうというものである。およそ近代小説なるものについて読者が考える在り方とは逆に出ており、いわゆるリアリティある作品を書くうえでは、採るべきでない方向へと進む設定、構成を、敢えて採っているのである。

いかなる美青年であれ、この世に存在する人間である以上は、なんらかの欠点、弱点を持っているはずだが、この悠一にはない。絵に描いたように文句なく美しく、女という女の心を奪う。言い換えれば、現実らしさを徹底的に欠いているのだ。この現実らしさを欠くことは、近代小説にとっては致命的である。しかし、その現実らしさの欠如を、三島は真正面から押し出すのである。

ただし、通常の人間的な欠点は持たないものの、じつは恐ろしく根底的な欠落を持つ。すなわち、異性に対する欲望を持たないのである。欲望を覚えるのは、美少年に対してばかりで、女に対しては何も感じない。いわゆる同性愛者であり、今日では、必ずしも根底的な欠落とは見なされないが、生殖としての正常な性欲の欠落は、家族の生成なり血縁による社会の外へと当人を弾き出すのである。

これまた、通常の現実に係わり、リアリティを獲得して行く道筋から、主人公を外す設定にほかならない。少なくともこの作品が書かれた時点(第一部は昭和26年1月〜10月号、第二部は27年8月〜28年8月号)では、間違いなくそうであった。

ただし、この女への欲望の欠落ゆえに、美青年の悠一は、女たちが決してわがものに出来ない存在であって、絶えず恋慕し、賛仰しつづけるほかない対象となる。欠点のはずが、現実の次元を越えた、間違いなく完璧な美青年となる条件となるのだ。

このようにして、悠一を主人公とするこの長篇は、近代小説の領域の外に、構築されることになる、と言ってよかろう。

ただし、この美青年が登場するのは、自らの特異な在り方を、ひたすら欠落として意識している段階においてであり、そのため自分から積極的な行動に出ることがない。女たちから熱く見つめられながら、立ちすくんでいる。

そこに、この美青年を操り動かそうとする老作家が現われる。檜俊輔である。唯美的作品を書き継いで、高い世評を得ているものの、醜貌で、恋着する女たちにことごとく裏切られ、冷たくあしらわれつづけて、女なるものに根深い恨みを抱いている。そこで悠一を使い、出来れば、かつての恋を実現させるか、さもなくば彼女たちを苦しめ、恨みを晴らそうと企むのである。

例えば、悠一に寝床へと当の女の一人穂高恭子を誘い込ませたうえで、闇のなか悠一と入れ替わって、彼女を抱く。

この挿話が端的に示すように、恐ろしく観念的図式的な作り方をし、時には荒唐無稽に及び、三島自身、「アラビヤン・ナイト」からヒントを得たと言っているように、大人の童話と言った趣でもある。およそ一人前の現代作家が、作品として書く設定ではない。

こうして悠一は、老作家俊輔と契約を結び、俊輔が指示するまま行動する、謂わば生きた操り人形となり、俊輔の方はこれまで手にできなかった快楽さえ手に入れる、という展開になる。

＊

このような設定を敢えて採って小説を書いたのは、これが初めてではない。初めての長篇（実質的には中篇だが）『盗賊』がそうである。失恋した若者が自殺を決意、同じように失恋して自殺しようとしている娘と出会い、共感して、結婚するが、その初夜、体を交えることなく心中する——これがこの小説の筋書きである。およそ在り得ない馬鹿々々しいと言ってよい展開で、作品の出来も失敗作と見做さなくてはなるまい。が、それに勝るとも劣らない、現実離れした設定を採り、今一度、長篇を書こうとしているのである。それもこの時点で最も長大な作品として。

なぜ、三島はこのようなことを企てたのか。

『盗賊』から『仮面の告白』を書くに至った経緯と、『仮面の告白』を書きあげることによって到達したところについて、先の拙著『三島由紀夫エロスの劇』で詳しく述べた(1)が、そのところが深く係わっていよう。

すなわち、三島は、二十歳代になりながら一向に明確にならない自分の性の在り方を、同性愛と自ら決め、それを受け入れる方向で自分の誕生から今日までを整理して描き、言わば自身に対し自分が同性愛者であることを立証したかたちにして、自ら同性愛者として行動するようになった、と考えられるのである。

この態度は、一見、優れて私小説的な作家のものでもあろうが、現にある自分、その「ザイン」に焦点を絞るのではなく、在るかもしれない、あるいは在るべき、「ゾルレン」としての自分を描くのである(2)。そして、その性の実際を決めるのは、この肉体の存在形態ではなく、当の主体の決定に拠るとしたのである。

多分、三島が提出したものの捉え方、考え方で重要なのは、性の領域にこのような捉え方を持ち込んだことであろう。人間は必ず一個の肉体をもって出生し、男か女の性を持って生きる。だから性は、この世における人間の生存の最も基本的な条件をなすのだが、その生得の性をもって人生を生き始めるとき、それを受け入れられない者が出て来る。今日では性同一障害として、手術による性転換の対象にもなっているが、三島が生きた時代、そういった対処法は成立していなかった。しかし、自らの肉体と人生の大枠を決めると言ってもよい性は、生得の絶対的なものでなく、主体自らの決定によるところがある、とするところへ踏み出した。この時期の三島の最も深刻な発明であろう。

このことは、われわれの人生が展開される最も基本的な地平と信じて来たところが、大きく揺らいだことに外ならない。この事態の深刻さ、恐ろしさを考えなくてはなるまい。ある意味では、これまで無前提に依拠してきたところが、宙に浮いた、と言ってもよい。

『仮面の告白』を書くことによって三島は、そういうところに自分を置くことになったのである。もっとも書き上げた時点では、解放感を覚えたに違いないが、生の底が抜けたような不安が襲ってきたろう。先に指摘した『禁色』の現実性の欠如は、ここに根差しているのではないか。

同時代の野心的な若者の悲劇を扱った『青の時代』の執筆もそこそこに、この長篇に取り掛かったのも、この根底的な不安と向き合い、そこから自分の小説世界を構築、同時に、自らの在り方を確かなものにする必要を強く覚えたからにほかなるまい。

しかし、このようなところで小説を構想するとは、どういうことであろう。ある点では虚空に絵を描くようなものではないか。現実として踏まえるところがないまま、夢想し、観念を転がすまま、書き進める……。

悠一という美青年は、まさしくそういうところで、持ち出された人物であった。通常の男として致命的な欠落を抱えていながら、夢想の、観念の完璧さへ至る自由を手にしているのである。童話的とも見えるのは当然だろう。現実に根拠を持たない、そのことを逆手にとって、作者は行けるところまで行こうとしているのだ。そして、その悠一の後には、生身の三島が半ば貼り付いてもいる。

ただし、この悠一は、人生を生きるべく自ら動き出すことができない。夢想・観念の完璧さに手を届かせることが出来るかもしれないと考えていれば、当然だろう。そこに悠一を操ろうと企む老作家が登場する。

作品は、いよいよもって観念的で人工的、童話的な構成になる。近代小説として、異形な性格をますます強めるのだ。

＊

ところで、自らの性を自己決定するとともに、生の底が抜けたに等しい根底的な不安に、三島は襲われたと述べたが、じつは作家という存在自体、現実の生を対象化しなければならないことによって、自らの現実の生そのものに距離を置かなくてはならず、それは、現実の生そのものから、自身を引き剥がし、虚空のうちに置くこととともなる。

少なくとも三島は、近代の作家であり芸術家である以上は、こうしたことが課せられると考えていた。例えば『小説家の休暇』(昭和30年11月刊)に、このような文言を書き込んでいる、「小説を書くことは、多かれ少なかれ、生を堰き止め、生を停滞させることである」。「小説固有の問題は、かくて、われわれが生きながら何故又いかに小説を書くか、といふ問題に帰着する。もつと普遍的に云へば、われわれが生きながら何故又いかに芸術に携はるか、といふ問題に帰着する」。

現実に生きることと、書くことは矛盾していて、書く以上は、自己の人生を堰き止めるなり棚上げしなくてはならない。そして、場合によっては、退け、否定に至ることもあるだろう、と考え、それを自分にとって切実な問題として、反芻しつづけていた。

そうした芸術家の基本的在り方と、上に見た、通常の性の傾向を失った者の在り方とが、期せずして重なって来る。いずれも自らの足場を、現実なるものの内にでなく、そこから外れた、虚空に置かなくてはならない。三島は、この認識を厳しく自らに課したのだ。

そして、その芸術家の基本的在り方——三島好みの言によるならその「宿命」——を、いまや克服するのではなく、逆に徹底することを選び取った。現実の生から弾き出され、虚空から現実の生を見据える在り方を、積極的に自らのものとし、かつ、徹底してみせようとしたのだ。そうすれば、そこにまた別の現実が出現するかもしれない。また、それと同様に、性に欠落＝異性への不能＝虚空を抱えた者もまた、課せられた生き方に徹底するならば、そのものの存在も主張できるようになるかもしれない、と。

こういう姿勢を取ることによって、性的傾向と芸術家としての在り方が、自ずと結び付くことになった。そしてまた、その在り方が、そのまま主人公悠一と老作家桧俊輔のものともなった。

すでに指摘したように悠一は、実人生へと歩み出せずに立ちすくんだままだが、じつは作者自身、彼を扱って筆を動かすことが出来ずにいたに違いない。夢想の完璧さを持つとなれば、せいぜい海の中から姿を現わすところを描くにとどまる。ところが芸術家の在り方となると、三島が自らを賭けて現に問いつづけていることであり、現実の生から弾き出されていると鋭く意識する老芸術家が案出する不埒な企てが導きの糸となって、筆は動き出す。それに従って、悠一も動き出すのだ。

悠一を操られる生き人形、俊輔をその操り手とする設定は、この作品を書くための実際的な方法の素直な反映であろう。

＊

ここまで触れなかったが、当時まだ二十歳代半ばであった三島は、もう一つ、切実な課題を抱えていた。自らの鋭敏すぎる「感受性」「官能性」を、如何にコントロールするか、ということである。後の『金閣寺』を書き終えようとしている時点でのエッセイ「自己改造の試み」（昭和31年8月号）に、そのところがよく伺えるが、鋭敏すぎる「感受性」が彼自身を苛みつづけていたのだ。その「感受性」を、いかにコントロールするかに苦労しつづけていた。

そこで三島が採ったのは、いまも性的傾向と芸術家の在り方において見たのと同様、コントロールするのではなく、逆に、思い切って存分に働かせることであった。もともと三島は、「感受性」とするところを「官能性」「感性」「感覚」とも書く。そして、その主体である肉体を、男か女という枠組みから外しているのだ。

そのような在り方が、夢想の完璧さとともに、この長篇の主人公悠一に付与されているので、言って見れば、彼は性の枠組みが外されたところで働く「感受性」の塊そのものであろう。「男色」者であるのも、一応、第一義的にそうであるに過ぎない。

そうして「感受性」は徹底して放し飼いにされる。しかし、「感受性」自体はあらゆる事象に対して鋭敏に反応するばかりで、自ら働き出すことはない。その点で、悠一は作品の主人公たる資格を欠くのだが、先にも述べたように、老いて感受性も枯れようとしている作家桧俊輔が代わりにあれこれと指示を出すのだ。

この長篇を書き進めながら、「途方もなく長いものになりさうな予感」を覚えた（「三島由紀夫作品集3　あとがき」）と三島は言うが、確かに「感受性」の働きを見極める作業に、終わりが容易に来るとは思われない。他者とは表層の係わりに終始しがちで、(3)老作家にしても、その企てが簡単に達成できるとは思われない。

しかし、いつまでもこのようなところに悠一は足踏みしつづけるわけではない。一人の男として登場した限り、感受性だけの領域から踏み出すなりゆきになる。例えば妻の康子とは正常でない性交を持った積りなのに、彼女は妊娠し、出産して、母親となり、その在り方を変える。また、鏑木夫人も悠一を深く愛することによって、性愛の域を越え、自己犠牲的な愛情を抱くようになる。こうした事態に、悠一にしても応じざるを得なくなって行く。

如何に非現実的な設定の小説世界においてであれ、登場人物を的確に動かして行くと、こういうことが起こるのだ。

＊

いま言った変化に作者として三島が気づいたのは、第一部を書き終えた時点であった。急遽、「改訂公告」（群像、昭和26年11月号）を出し、プラン通り自殺した鏑木夫人を生き返らせ、第二部は彼女を中心として書き進めることになった。

また、主人公悠一も、自らの人生を生きようと望むように変わる。それも、そこら辺にいるごく平凡な現実の人生を求めて。

この平凡さ、凡俗さへの希求は、およそ近代小説の多くの主人公たちと逆である。彼らは、この現実世界のただ中に生きていて、平凡、凡俗そのものに深く囚われていながら、そこから脱却を希求する。じつはその希求が、彼らの平凡さを決定づけることになるのだが、この点においても、三島は逆の方向を向いている。そして、平凡さが現実性を保証するとも捉える。(4)

巻末近く、悠一は、操り人形になる契約を俊輔と交わした際に受け取った金五十万円を返却して、完全に自由で自立した存在になろうと、俊輔を書斎に訪ねる。

これは操り手の俊輔の立場からすれば、操り役を御免になることにほかならないが、三島はそこを、芸術家が営々と造形に勤めて来た人物がいよいよ完成、作り手・操り手から独立、自由に動き出す————として描き出す。

その大団円の前の章、第三十二章「桧俊輔による『桧俊輔論』」では、題のとおり桧俊輔自身による自らの芸術についての考察が書かれている。現実の生から離脱、「死人の口腔から抜き取つた金歯のやうな芸術を創始」したと自己規定し、それは「貶められた凡ゆる人間的価値」を執拗に描いた、「何か不吉」な「人工楽園」だったと、振り返る。これまで「肉体的存在に似た芸術作品の制作」を目指したが、皮肉なことにその作品は「いづれも屍臭を放ち、その構造は精巧な黄金の棺のやうに、人工の極といふ印象を与へる」結果になった。「自分の感情を精撰し、自ら美《よ》いと思ふものを芸術に、悪いと思ふものを生活に、選り分け」、「最良の意味において唯美的であり、最悪の意味でおいて倫理的であるやうな、奇妙な芸術」を成立させたからであり、そこには「必ず翳がある。不幸な工人の、見えない醜悪な指紋が残つて」いる、と。

こうした老作家が繰り出す事々しい理屈に付き合う必要はないが、いま少し見ておくと、晩年において悠一と出会うことにより、「老年の知謀を生かして、今度こそは鉄壁のやうな（翳のない）青春」を、作品として創り出すだけでなく、自ら「生きてやらう」と考え出した、と言う。そして、これこそが桧俊輔が「終生果たさなかつた理想的な芸術作品の制作」にほかならなかった、と。

ここには論理の混乱があるように思われるが、いまの引用にもあるとおり、現実には存在しないものを現実に「造型」し、かつ、それを自らの生のものとしようとしているのである。作品の領域から現実へ越境しようとしているのだ。論理の飛躍とも見えるところへ、敢えて踏み込んでいる。

この俊輔が最終的に抱いた企図は、三島が『禁色』に託した夢でもあろう。『禁色』を完成させるとき、この越境を果たし、さらには自らの「自己改造」も行おうというのである。

大団円で、悠一の訪問の意図を察した俊輔は、自らの企てが成功、「金剛不壊の青春の塑像」の「造型」の鑿を置くべき時が到来した、と受け止める。そして、悠一に向かい、自分が抱懐するに至った美学を縷々と述べる。まずは芸術の創作行為が目指す「美とは到達できない此岸」であると言う。美は、この世にあて現前しており、官能でもって味わい得るが、そのものへは到達できない。「官能による感受」自体が「到達を遮げる」。これは先に挙げた『小説家の休暇』に見た考え方である。ただし、その「到達できない此岸」である美と、そこへ到達しようと挑みつづける精神（表現者）が「和解」し「交合」する瞬間——美を自らの生のものとする——がある。それは芸術家自身が意志した死を死ぬ時だ、と。

この要約は必ずしも正確でないかもしれないが、俊輔は、作家としての役割を果たし終えるとともに、悠一を書斎に待たせて、書庫で全遺産を贈る旨を書き残し、致死量のパビナールを飲み下す。自らの芸術に殉じた、と言ってよかろう。

＊

恐ろしく観念的で、図式的な構成をとった、およそ非近代的小説であるこの長篇でもって、三島は、じつに多くのことを企てた。

その要の一点は、自らの文学のゾルレン、文学に係わる自分自身のゾルレンを、可能な限り裸形において、果てまで突き詰めてみせたことであろう。

『金閣寺』に至るまでの活動において『禁色』が占める位置は、多分、それ以降の活動において『太陽と鉄』が占める位置と、照応しているのではないか。片や異形の小説、片や異形の評論で、ともに観念性図式的論理性を前面に押し出している。それでいて、感受性なり性、そして、肉体を中心に扱っているのだ。

勿論、『金閣寺』以前と以後とは大きな違いが認められる。その最も顕著な点は、以後になると、文体による自己改造などといったことを口にしなくなる。作品を創り出す書く営為と現実とを直接繋げるようなことはしなくなるのだ。しかし、基本的には、この姿勢は保持しつづけたと見るべきであろう。私小説作家のように現実の自分をそのまま書くようなことはしないが、それだけ却って厳しく、書くことを自らの生を賭けた行為とし、そこへ自分を追い込みつづけた。

が、文体による自己改造といった枠がなくなると、収拾をつけるメドが失われて苦慮しなければならなくなり、現実の死へじかに接する方向へ進んだ、とも考えられる。そのあたりの消息も『太陽と鉄』に伺えるのではないか。

いずれにしろこの長篇の異形さは、三島という特異な作家が、なにも確かなものがなくなったところで、より端的に自らの生を生きようと努め、いわゆる近代小説なるものを引き裂かずにおれなかった、その烈しさを端的に示していると思われる。(5)

注1　『三島由紀夫 エロスの劇』(平成17年5月、作品社刊) 第五章性の自己決定、第七章欲望の解放を参照。

2　いわゆる私小説と異なっているのは、三島の言い方をもってすれば、自らのザインではなく、ゾルレンを示そうとした点である。そうなし得たのには、自らの存在の稀薄さ——性さえも自己決定の対象となし得るような在り方をしていると自覚したことに拠ると思われる。

3　『禁色』執筆当時の三島が考えていた「男色」は、基本的には「感受性」なり「感覚」「感性」といった表層に終始するものであった。第八章「感性の密林」の次の文章を見れば明らかである、「男の肉体は……単なる外面であり、純粋な可視の美の体現だつた」。「要するに、この世界には感性のその日暮しが、感性の暴力的な秩序があるだけだつた」とも書いている。

4　『薔薇と海賊』の千恵子の台詞に端的に表れている。丹生谷貴志が「月と水仙」（『砂漠の小舟』筑摩書房刊所収）で「〈平凡さ〉〈単調さ〉が氏の作品の、あるいは、氏の試み――懸案に於いて、何かしら中心的な位置をしめているのではないか」と指摘して、そこを批判点のポイントとしているが、三島にとって「平凡」は現実でなく、批判の対象でもなく、目的なのである。

5　『禁色』と基本的に同じ書き方をしたのが、『沈める滝』で、姉妹篇と言ってよかろう。その点で、『沈める滝』の検証が、『禁色』の特徴をさらに浮き上がらせることになると考えている。ただし、『沈める滝』には『禁色』の烈しさはない。その烈しさは、スキャンダラスな事件を扱う（『親切な機械』『青の時代』がそうである）にとどまらず、書くことでもってスキャンダラスな事態を起こし、そこに社会を引き込もうとする意図によるかとも思われる。それがまた作品に別種のリアリティを与えるはずとも考えていたのではないか。

（三島由紀夫研究5号、平成21年1月）

無秩序への化身――『鍵のかかる部屋』

三島由紀夫は、昭和二十二年（一九四七）十二月二十四日、大蔵省事務官に任官、銀行局国民貯蓄課に配属された。本庁舎は占領軍によって接収されていたため、四谷駅前の焼け残った小学校の木造校舎であった。

総理大臣は、前年六月に就任した片山哲であった。その就任直前の五月三日に、新憲法が施行されていたから、官吏として学習、習得しなくてはならなかったが、その成立事情を法学部の学生として三島は承知していた上に、官吏としてその詳細なり、施行の意味、影響、結果を実地に知って行くことになった。

その片山内閣は、占領軍の厳しい干渉もあって一向に安定せず、翌二十三年二月十日には総辞職、三月十日に芦田均内閣が成立した。ただし、六月には昭和電工疑獄事件がおこり、この内閣も十月七日には総辞職することになる。

その総辞職を待たずに、三島は小説家として生きていく決意を固め、九月二日に大蔵省に辞表を出した。任官してから八ヶ月と数日、正式の退職はその二十日後であつた。

在職期間中には日記をつけていた。それを使い、当時の政治情勢や経済状況を織り込んで、退職して六年後に書いたのが短篇『鍵のかかる部屋』（新潮、昭和29年7月号）である。

＊

「けふ、社会党内閣が瓦解した」と書き出され、その前日に片山首相がマッカーサーを訪ね、懇談したことも書き込まれている。主人公児玉一雄は、前年秋に大学を卒業、財務省（三島による仮称）に入り、銀行局国民貯蓄課に配属されていると、実際の三島と同じ身分に設定されている。大臣の演説の原稿を書いたり、貯蓄宣伝のためのポスターの審査に加わるなど、担当事務官として実際に携わったことであったが、この主人公もそれらをおこなう。そして、同僚たちと、首班指名が芦田均か吉田茂か、話題にする。

こんなふうに自らの体験の実際に即して、昭和二十三年二月から四月いっぱいまでの時期を背景にして、ある女性との係わりを軸に、奇怪な血だらけの夢なども織り込み、ひとりの若者の精神の危機的様相を描く。

その危機だが、国民貯蓄課の課員として、貯蓄を進めるべく仕事をしていること自体によるところが大きい。なにしろインフレが進行中であり、やがて破滅的段階に進むと盛んに言われていて、現に生活必需品が三倍、四倍、物によってはそれ以上に跳ね上がっていく。そのような状況下、貯蓄を勧めるのである。それがこの時点の国家公務員としての役割であり、この主人公は、その役割を忠実に務めるべく努めなければならないのだ。

その彼の夢の中に、焼跡だらけの都市のあちこちに、深夜に店を開く会員専用の酒場がある。床には酒ビンが破れてころがり、赤い血のやうな酒が流れている。集まって来るのはサディストたちで、少女たちの血を絞って精製した「血酒」を飲みながら、女たちを苛み、殺す夢想を語りあう……。『仮面の告白』などに見られる性的嗜虐的傾向、なんであれ過激に走らずにおれない若い作者の感性が認められよう。しかし、それ以上に留意すべきは、この酒場が「政令×号に基づき、都内各所に開設」されたとされている点だろう。「政府がサーディズムに法令の保護を加へ」ているとも記されている。

奇怪な、夢魔的政府が出現し、いつの間にか主人公はその官吏になっているのだ。

そこには、当時の中央官庁の事務官を初め、銀行員、富裕な商人たちの所業に対する寓意が込められていよう。すなわち国の指示の下、貯蓄を勧めることによって、多くの人々を経済的破綻へと追い込むべく努めているのである。血税という言葉があるが、それどころではない。貯蓄された金は、インフレによって見る間に価値を落とす。とんでもないサディストたちによる組織的行為に等しいのだ。このような営為に従事する自分を、ひとは受け入れることができるだろうか。

昼間、同僚たちと混乱した社会状況を話題にして、こういう会話を交わす。

「君は革命が起ると思ふか?」と一雄は同僚にたづねた。

「起らないだらう」

「何故」

「だつて司令部があるもの」

「破局的インフレーションは来るかしらね」

「来ないだらう。その前にＧＨＱが何とかするよ。第一、さうしなけりや司令部が損じやないか」

新任間もない事務官同士とはいえ、恐ろしく無責任といわなくてはならないが、このような姿勢を採るよりほかないのだ。一応、政府があり国会があり、選挙も行われているが、すべての権限は占領軍司令部が握っていて、国民に対しては加虐的な行為に出るよりほかない。

「前略、生存してをります、敬具」とあるだけの葉書を友人から受け取るが、その直後、友人は自殺、葬儀にでた挿話が出てくるが、突き詰めれば、自らの人生を放棄するよりほかないのである。それでいて、なおも生きようとするなら、どうすればよいか。

一つは政治的、社会的な混乱状況、無秩序状態を常態と心得て、それに抵抗するのをやめ、如何なることに対しても責任を取ることをせず、その場限りの行動に終始するのを基本姿勢とすることだろう。責任は占領軍がとればよく、インフレの進行中であれ、指示が出ている以上は貯蓄奨励の活動に従事すればよい。

しかし、主人公はこうした対応を取り切れず、「一人ぼつちだ」と感じる。そこからこういうことを企てる、「外界の無秩序にさからつて、内心の無秩序を純粋化して、ほとんどそいつに化身してしまはう」と。

深刻な負の事態に向き合い、どうにもならなくなった際に、三島はしばしば逆の対応に出る。この場合もそうで、自らの意志も責任を持つことが許されず、無秩序へ、人間的頽廃へとひたすら流されて行くよりほかない状況において、その流れと競い合い、己が心のうちをより徹底して無秩序とし、無秩序を自ら体現してみせよう、そうして外界の無秩序を圧倒しよう、と考えるのである。

この企てを遂行するのに、恰好な場と相棒がいた、とすることによって、この小説は成立する。ダンスホールで知った女に招かれるまま、家を訪ねると、結婚していて小学二年の女の子も女中もいて、なに不足ない暮らしをしているが、夫は午前一時にならないと帰って来ない。その一家にひどく歓待されるが、やがて女の子と女中が部屋から出て行くと、女は扉に鍵を掛ける。そうして恣な行為へと誘うのだ。主人公はこうして彼女とこの世の秩序に反する行為に耽り、無秩序にと化身する一時を共にする……。

しかし、その女が衝心を起こし、主人公の胸の上で死ぬ。それから一月後、訪ねると、迎え入れてくれるが、女の遺影に手を合わせていると、少女が部屋に鍵をかけ、かつて女がしたようにレコードを掛け、踊りに誘う。座ると膝の上にあがって来て、接吻を強請る。それ以来、主人公は自分が少女を引き裂く行為に出るのではないかと恐怖を覚え、「誓約の酒場」では九つの女の子を引き裂き、血を流して死なせた、と語る。

この少女だが、主人公が係る貯金勧誘ポスターに応募していた。芝生に面した明るいテラスに、椅子だけ三脚、それぞれに新聞と眼鏡、編み物、絵本と人形を置いて、父母と娘三人の幸せそうな家庭を暗示する図案であった。それが三等に入選するが、主人公は拘りを覚えて少女に問うと、小学校の先生に勧められるまま、アメリカの雑誌にあった絵を真似して描いたと答える。それに一段とやりきれなさを覚えるのだ。すなわち、アメリカの幸福な家庭像がそのまま占領下の日本人の夢となって、貯蓄へ、破滅へと誘う……。少女と二人、そのような所業を犯している。

そうして彼はこう思う、「世界と無秩序はそのむかう側にあり、冒涜されたがつてゐる小さな肉が目の前にあつた。この肉をつきぬければ、彼の前に世界はひろがるだらう。あるいは彼は、自適した、自在な、無秩序の住人になるだらう」。

四月の快晴の日、その家を訪ねると、少女は病気で休んでいた。そして、主人公の腕のなかで、体を固くするのだ。彼は初めて一人前の女にするような接吻をして、ドアの鍵を自らかけようとする。と、女中がやって来て、少女は初潮を迎えたこと、亡くなった女の子でなく自分の子だと明かす。主人公は「もう会はないほうがいい」と言って部屋を出ると、少女が内側から鍵を閉める音を聞く。が、女中は追って来て、「もうおかへりになるんですか。それはいけません」と言いつのる。

＊

さきに引いた『短篇全集』の「あとがき」で、「私の窮屈な文体を思ひ切り崩してみたいと思つて書いた」と記しているとおり、意図的に少々投げやり、無造作な書き方がされているものの、無秩序の極まりへと踏み込んで行く恐ろしさが、徐々に立ち上がってくる。「物語はフィクションであり、破局的インフレの進行といふ状況は、別の、精神的破局の進行の比喩である」とも書いているが、そのとおり、「破局的インフレの進行」が、主人公の破局への接近の足取りとなっているのである。それに従い、上に触れたように幾つも張られた伏線が、後半になると効果を挙げて来て、多様な意味を獲得するとともに、それが占領下にある日本に生きる者たちの、破局となって来る……。

上に触れた「あとがき」には、この小説を執筆、発表した昭和二十九年頃は、「泰平ムードが固まらず、世間がまだ偏狭な道徳観に身を鎧は」ず、「妙に世間がエロティシズムに対して寛大な時期」であった、とも書かれている。実際にそうであったかどうか、この二年前の昭和二十七年四月二十八日にサンフランシスコ条約が発効、占領体制の下からようやく解放された。その解放感が、こうした空気を生み出していたのかもしれない。街頭テレビが人を集め、電気洗濯機が普及しだすのもこの頃からで、伊藤整『女性に関する十二章』が昭和二十八年には人気を呼んだ。

三島自身は、その日本が独立した日を、初めての海外旅行のギリシアで迎え、帰国すると、『真夏の死』を起稿、『禁色』第二部の連載を始め、その完結を前に、最初の集成『三島由紀夫作品集』全六巻（新潮社刊）を刊行、各巻末に自ら解説を加えた。

こうして自らの活動に一区切りもつけたのだが、そこで三島は、これまでの自分の歩みを振り返り、大蔵省に入り、一人前の社会人として歩み出しながら、作家の道を選び、辿ってきた今までの、占領下とほぼ重なる期間が、如何なるものであったか、改めて考えたのである。

そこから生まれた最初の作品が、サンフランシスコ条約発効からまる一年後に発表した短篇『江口初女覚書』（別冊文芸春秋、昭和28年4月号）である。男好きのする容貌と、人を人と思わぬ鉄面皮と悪知恵と嘘でもって、占領期を生き抜いた女の足取りを、梗概といってもよいかたちで綴っている。七年近くにも及んだ占領の全期間を通覧するために、敢えてこういう書き方をしたのであろう。

その彼女は、こういう認識を持つ、「占領時代は屈辱の時代である。虚偽の時代である。面従背反と、肉体的および精神的売淫と、策謀と譎詐の時代である」。そのうえで彼女は「本能的に自分がかういふ時代のために生まれて来たことを感じ」て、占領軍の軍人たちを初め、金もうけを企む男たちと係わりをもつ。そうして講和条約が締結され、占領時代が終わろうとすると、一度は死を決心する。が、「虚偽の時代はまだ終つてゐない」と思いとどまり、活力を新たにして立ち向かう。

『鍵のかかる部屋』の主人公は、無秩序に化身しようとしたが、『江口初女覚書』の主人公は、虚偽の化身となって、この世を押し渡り、占領期が終わっても生きとおそうとするのである。この二作は、占領下の深刻な自覚から生まれた双生児といってよかろう。


（「占領下の無秩序への化身」三島由紀夫研究15号、平成年27年3月を改題、改稿）

『金閣寺』の独創

いかに才能豊かな作家であっても、真に傑作と名に値する作品となると、多くはない。三島由紀夫の場合、その数少ないなかでも一、二に挙げられるのが『金閣寺』（「新潮」昭和31年1月号〜10月号）である。ただし、疵のない玲瓏たる長篇かというと、そうとは言えないのではないか。正直なところ、少なからぬ歪みなり疵が認められるように思う。ただし、それゆえ却って、ある種の謎を孕み、大きく見えるのではなかろうか。

それというのも、この長篇は、古典的な佇まいを見せながら、本質はひどく独創的で、三島由紀夫という芸術家にして特異な一人の男の生が、文字どおり賭けられていて、四十五年におよぶ人生の最も大きな転換点を、この作品を書くことによって、確実に通過していると思われるのだ。

三島はしばしば自作解説をしているが、『金閣寺』を書き上げて二年半ほど後の「十八歳と三十四歳の肖像画」（群像、昭和34年5月号）で、こう書いている、「自分の気質を完全に利用して、それを思想に晶化させようとする試みに（中略）曲りなりにも成功して、私の思想は作品の完成と同時に完成して、さうして死んでしまふ」。なにを言っているか、よくは分からないところがあるが、「死んでしまふ」という穏やかならぬ表現から、書き上げることによって容易ならぬ事が自分の身の上に起こった、すなわち、決定的な転換点を曲がり終えた、との自覚を鋭く持ったのは確かである。

＊

いま、書き上げることによって容易ならぬ事が、と記したが、そこをもう少し詳しく言えば、転換点を曲がり終えるべく意図し、そうなるよう作品に仕組み、実際に書くことをとおして曲がりおおせたのである。そして、そこに、この長篇の最も基本的な構造の核心があると思われるのだ。

そのあたりを説明するには、まずは『金閣寺』と『仮面の告白』（河出書房、昭和24年7月刊）との相似性を指摘するのがよいかもしれない。自伝的色彩が濃厚で、性愛の領域にほぼ限って描かれた、二十四歳の折りの書き下ろし長篇と、昭和二十五年（一九五〇）七月二日の早暁、実際に起った金閣炎上事件を扱った『金閣寺』とでは、およそ似ても似つかぬ作品と見るのが一般かもしれない。確かに題材、作品の世界がまるで違う。『金閣寺』には、いわゆる自伝的な要素はなく、主人公は、丹後海岸の貧しい寺出身の京都・金閣寺（正式には鹿苑寺）の徒弟であり、その若者の生い立ちから、金閣に放火した直後までが扱われるが、彼は吃音者で、自分の思うことを自由に言葉にできず、孤立した生き方をやむを得なくさせられている。そして、大学へ進むと、女たちが現われるものの、抱き寄せようとすると性的不能に襲われ、女たちに軽蔑される。このように他人と人並みの結び付きを持つことができず、孤独へと深く落ち込んで行きながら、抜け出そうと足掻きつづける……。

孤独に深く囚われつづけるとき、他者との距離がまったく掴めず（作中では住職との関係に代表される）、自らの在り方自体までが曖昧に溶けて来て、苦しみは倍加するのだ。作者は、このような在り方へと絶えず突きやる象徴として、金閣を据える。美しいものは、ひとの心を激しく惹きつけるが、決して一体化を許さない。惹きつけることによって、その者をひたすら見る立場へと引き据えるのである。それゆえに、一旦、美に囚われた者は身動きできず、孤独に釘付けにされてしまう。主人公は、そのようなところから金閣そのものを破壊し、消滅させようと考えるようになるのだ。

『金閣寺』と『仮面の告白』とは、このように異質な作品だか、ともに主人公の生い立ちから二十歳過ぎまでが扱われている。それも戦時下から敗戦、占領下へと同じ時期である。そして、主人公自身が自分のこれまでの足取りを想起し、検証し、分析しながら、告白する。そうして基本的には手記の形式を採るのだが、その枠組みには必ずしも囚われず叙述を進めている。

これだけなら、さほど相似性を問題にする必要がないが、両作とも、最後に至って、主人公はある決意を示す。『仮面の告白』では、今後は同性愛者として生きていこう、と。『金閣寺』では、駆け上がった左大文字山の頂から炎を吹き上げる金閣を見下ろしながら、「一ト仕事を終えて一服している人がよくさう思ふやうに、生きよう」と、さりげなくだが、強い決意を示す。

そして、この決意は、言うまでもなく作中の主人公のものであるが、それだけでなく、作者三島自身のものである、と見なさざるを得ないのだ。

三島は、作品世界と現実ときっぱりと分けて仕事をした作家と見られているし、それに間違いはない。が、そうきっぱりと分けるとともに、別の次元で、自分の生における切実な問題を、一段と突っ込んだかたちで作品に持ち込んでいるのである。一般の私小説作家は自分の私生活を採り上げ、そのありのままを詳細に描いて作品とするが、三島は決してそのようなことはしない。例外的に『仮面の告白』ではしているが、それも「仮面」という設定をとる。その代わり、作品を書くという作家にとって最も直截的な行為自体のうちに、自らの生の切実な問題を組み入れるのだ。その点では、いわゆる私小説作家よりはるかに自らの内に食い込んだ係わり方を、自作との間にとる、と言わなくてはならない。だからこそ、書くことによって、曲がり角を確実に曲がる、ということも起こるのだ。

じつは『仮面の告白』も、そういう性格の作品である。ただし、性の領域にほぼ限定した。それに対して『金閣寺』は、そのような枠組みを外し、孤独に深く囚われた若者の苦悩へと普遍化して、その軌跡を追求した。普遍化という言い方は、正確でないかもしれないが、三島は、先に引用した文章で「思想に晶化させ」と言っているので、こう言ってもよかろう。

＊

抽象的だが、作品を書くという作家にとって最も直截的な行為自体のうちに、自らの生の切実な問題を組み入れると、上に記したが、そのところを知るには、いま一つの自作解説を見るのがよかろう。『金閣寺』の連載も後半にかかった頃に執筆した、「自己改造の試み」（文学界、八月号）である。

十五歳の時の作品『彩絵硝子』から現在執筆中の『金閣寺』に至るまで、例文を挙げて自身の「文体」の変遷を説明し、この十七年にわたる変遷を「感性的なものから知的なものへ」と要約、そのうえでこう記している、「私が文体によつて生を更新しようと試みてきたことは、多くの青年が思索によつてさうしようと試みてきたのと同様、多分大きすぎる間違ひではあるまい」。

多くの若者たち（当時、三島は同時代の若者を代表しているという立場を好んで採っていた）は、「思索」によって自らの「生を更新」しようとして来ているが、作家たるわたしは「文体」によって行って来た、と言っているのである。文体にそのような力があるかどうか、疑問があるが、三島は、とにかくそう信じ、十七年間、あれこれ自らの文体について工夫し、作品を書くことによつて、自らの「生を更新」して来た、と言っているのである。

この発言は、独特な「文体」観を踏まえている。文体とは「作家のザインを現はすものではなく、常にゾルレンを現はす」と捉えているのだ。いまは「文体」が問題ではないので、詳しく見るつもりはないが、いま少し引用すると、「ある作品で採用されてゐる文体は、彼のゾルレンの表現であり、未到達なものへの知的努力の表現であるが故に、その作品の主題と関はりを持つことができる」のであり、それゆえ「私の文体は、現在あるところの私をありのままに表現しようといふ意図とは関係がなく、文体そのものが、私の意志や憧れや、自己改造の試みから出てゐる」と言う。

作家の文体は、作家自身の意志によって変えられるものではなく、その意志を越えて、現にある在り方に係わる――言い換えればザインに係わるとするのが一般的考え方だが、そうではなく、ゾルレン――在るべき在り方にこそ係わる、とするのである。そこから、自らの「生の更新」、あるいは「自己改造」を目指して、文体を変える工夫を実践し続けて来た、と言うのである。

このような「文体」観の正否をいまは問わない。肝心なのは、自らの「生の更新」なり「自己改造」を目指して、文体を工夫しつつ、一行々々文章を書き、作品を書いて来ているということである。三島の発言は、文体に限定されているが、それがそのまま、作品を書く基本的な姿勢であるのは間違いあるまい。

すなわち、小説を書くことは、単に書きたいことを書く、表現したいことを表現するという次元にとどまらず、自らの在り方自体に深く係わっていて、自分が現に切実に望む在り方へと、自らの「生を更新」し「自己改造」しようとしてであり、これまでなにほどかは実現、『金閣寺』でその仕上げをおこなった、と言っているのである。私小説作家と別の次元で、私自身の内により深く食い込んでと言う所以である。六年前の『仮面の告白』では、自分に限りなく近い若者の成長過程を、性意識の枠のなかに限って検証し、自らを同性愛者として自己規定し、同性愛者として生きるべく自分の背を押すかたちで完結へ持って行ったが、いまや『金閣寺』では、放火へと走った若い徒弟を採り上げ、性意識の枠に囚われず、より広く、実人生に近いかたちで、より徹底して検証、孤独な一青年の内面を普遍的広がりをもって浮かび上がらせたのである。

そうして、三島自身のこれまでの在り方を相対化して捉えるとともに、「自己改造」に「成功」、曲がり角を曲がった……と。「文体」改造を重ねて作品を書く所期の目的は果たした、と言っているのである。

＊

この曲がり角を曲がることとは、孤独に足掻き、狂的にもならざるを得ない暗鬱な青春から、脱出することであったが、それはまた、これまで三島が営々と築き上げて来た、「美学」を破棄することであった。

この長篇のクライマックスは、主人公がいよいよ金閣に火をつけようとするところだが、雨もよいの闇夜、当の金閣は闇に溶けてほとんど見えない。そして、間もなく主人公の手で炎上、消え失せる運命にある……。その時、金閣が完璧な美しさを現わすのである。彼は、言ってみれば二重の無化の相のもと、完璧な美の金閣を幻視するのだ。

ここには敗戦間近となって以来、持ち続けて来た、三島の「美学」が、突き詰められていると言ってよかろう。その時三島は、この日本という一世界の破滅を確信していたし、自分の死も疑わなかった。現実――殊に日常において最も確かな様相を呈する現実を、ほとんど崩壊し失われるものとして見ていた。そして、そこから三島は、文学的出発をしたのである。やがて戦争は終結したが、この世界のあやふやさ、いつ破滅するか分からないという思いは、消えるわけではなかった。少なくとも占領がつづいている間は、間違いなくそうでありつづけた。

このようなところで形成されたのが、この「美学」にほかならず、世界と自分自身が破滅に瀕し、現実感が恐ろしく希薄になった状況にあって、破滅を恐怖するのではなく、その状況を逆手にとって、破滅がもたらすはずの虚無を活用、想像力なり言語の表現力を、現実に制約さることなく、限度を越えて働かせ、現実にはあり得ない完璧な美を構築し、出現させようとしたのである。想像力と言語だけによって、全《まった》き在りようを出現させるのである……。

この「美学」を、三島は「新古今集」に見いだしていた。「存在しないものの美学――『新古今集』珍解」

（昭和36年4月）で、藤原定家のよく知られている歌「みわたせば花ももみぢもなかりけり浦の苫屋の秋の夕ぐれ」を採り上げ、重点は上の句にあり、そこには「純粋に言語の魔法」が働いていると指摘する。すなわち、現に見渡している「現実の風景にはまさに荒涼たる灰色しかない」のにもかかわらず、読む者の胸中には「絢爛たる花や紅葉が出現してしまふ」のだ。虚における言語の玄妙な働きである。これを三島は「言語のイロニイ」と呼ぶ。

上に言った曲がり角とは、この「美学」を小説において実現させ、同時に、この「美学」と決別することでもあったのである。

こうして、虚無に美的世界を構築するのではなく、現実と向き合うに至った、と言ってよかろう。それはまた、「戦後」の終わりであり、この現実の地平において「戦後」を見直すことでもあった。

引き続いて取り組んだ大作『鏡子の家』に、このあたりのところが作品化されている。主人公の鏡子は、入り婿の夫を追い出し、四人の若者たちと交友を持ち、各人それぞれが実人生へ出発するなり挫折に見舞われる有様をつぶさに見届けて、再び夫を家へ迎え入れて終わる。すなわち、人間が営む日常生活が再び戻って来るまでを扱うのが、大枠であり、それが焼け跡に覆われた「戦後」の終息と重ねられている。

この大作の執筆と並行して、三島は、同じ芸術家の娘と結婚、こどもを儲け、家を建てた。こうした実生活上の事柄もまた、日常の現実を生き始めたことを雄弁に語っていよう。ただし、それはより大きな苦難に満ちた道行きとなったのを、われわれは知っている。

＊

『金閣寺』という作品は、このように三島が文学上、思想上、実生活上、幾つもの曲がり角を畳み重ねて、一気に曲がるべく企み、書くことによって実際に曲がりおおせたところに、成立しているのだ。

そのことが作品に奥行きと立体性を与え、読む者を搏つ力を持たせている。が、いわゆる文学性の枠を逸脱し、不透明性を含み持つことにもなった。それが初めに指摘した歪みなり疵の原因でもあろう。

ただし、それゆえにこの長篇は、三島の全生涯に深く打ち込まれたかたちで存在し、かつ、当の作者がこの世から消えて歳月を重ねた今も、孤独に苦悩する若者の魂を掴むのだ。

（文藝別冊・総特集三島由紀夫、平成17年11月、河出書房新社）

『鏡子の家』その方法を中心に

馬が合う、合わないといったことが言われるが、三島由紀夫の場合、作家同士では、武田泰淳と不思議に馬が合ったようである。ただし、実生活上で親しく交際することはなく、逆に距離を置いていた。しかし、端倪すべからざる作家として互いに認め合い、かつ、自ずと通じ合うところがあったと思われる。

その点について、『憂国』と『貴族の階段』を採り上げ、木田隆文が「ひそやかな共同創作――『憂国』と武田泰淳」（三島由紀夫研究12号）で詳しく指摘している。こうした関係は初期から認められるように思う。例えば三島最初の長篇『盗賊』には、作柄はまったく対極的であるにかかわらず、武田の『愛のかたち』と共通するものがある。

そのことに気づいた編集者がいたのだろうか、『盗賊』が新潮文庫化（昭和29年4月刊）された際に、武田が解説を寄せている。「ラディゲの向うを張」ろうとして「無慙な結果」になったと自ら認める作品だが、武田は真正面から生真面目に論じ、称揚している。誰もが斜に構えて貶すなかにあって、異色であった。三島にとって心底から嬉しく、勇気づけられたろう。

そういうこともあって、およそ近代小説の枠組みに収まらない、独特な書き方をする武田の小説に、三島は注意を払いつづけていたようである。

その武田の小説で、最初に大きな話題となったのが、『風媒花』（昭和27年1月から11月号まで連載）であった。この長篇がやはり新潮文庫化された時（昭和29年6月刊）には、三島が解説を書いた。文庫編集者の計らいなのか、どちらかが希望してのことか分からないが。

その解説の冒頭、「一種の綴織《タペストリイ》風の小説、多くの登場人物がそれぞれの行動の姿態を保つたまま封じ込まれてしまつた小説、時間の同時性が辛うじてかれらの人間関係を保証しそれ以外に登場人物たちが何らの因果関係も結合の自覚も持たないやうな小説、滑稽な悲惨・悲惨な滑稽にみちた小説」。

なんとも奇怪なこの小説の特徴を的確に言い当てていると、『風媒花』の読者なら思うだろう。そうして、後年の『鏡子の家』の読者なら、どうであろうか。三島自身がこの大作の基本構造を語っていると受け取るのではないか。

三島が『鏡子の家』を書き出したのは、『裸体と衣裳』に拠れば、昭和三十三年（一九五八）三月二十二日らしい（全集年譜では十七日）。『風媒花』の文庫解説執筆から三年半ほど後になる。そして、この大作を書き出す前の二月二十七日には、武田の『おとなしい目撃者』を感心して読んだと書き付けている。

だから、『風媒花』について書いた自分の文章を忘れているはずはない。そればかりか、その特異な作品構造がずっと頭の中に在って、これまでにない作品を書くための手掛かりにしようと、思案しつづけていたのではなかろうか。

＊

三島は『金閣寺』を書き上げることによって、これまでの作家活動の頂点に立ったのは疑いない。そして、短篇では『橋づくし』、戯曲では『鹿鳴館』、歌舞伎脚本では『鰯売恋曳網』で成功を収めていた。

それとともに、自ら言うところの「自己改造」を成し遂げ得たとの思いを抱いたと思われる。ひ弱な肉体と鋭敏すぎる感受性を抱えて、苦しんで来たところから、ようやく抜け出した、と。

これを受けてといってよいと思うが、結婚を決意し、見合いをし、式を挙げ、新居を新築した。今後、職業作家として着実にやって行くため、実生活を整えたのである。

それと平行して書き下ろしたのが『鏡子の家』であった。これまでの成果を踏まえて、取り組んだ大作であり、小説家としての地位をより不動のものとすべく意気込んでいた。

このあたりの思いをよく示すのが、「近代能楽集」の『熊野《ゆや》』（昭和34年4月号）だろう。『鏡子の家』脱稿二ヶ月前の発表である。能でも『熊野』は人気曲で、爛漫と咲き誇る桜が散り始める時、母を案じて憂いに沈む遊女が舞うところが眼目である。その引き立て役が、平清盛の跡を継いだ宗盛である。これを受けて「近代能楽集」では、大規模開発を計画する大実業家で、五十歳位の宗盛が、候補地の伐採予定の桜が今年を限りとして咲き誇るのを、愛人熊野を伴って愛《め》でようとする。ところが女は応じない。恋人がいて、彼と逢うため、手練手管を弄して断りつづけるのだ。宗盛はその真意を承知しながら、誘い、最後には明かすものの、女の艶やかな対応ぶりを密かに愛で、最後、「いや、俺はすばらしい花見をしたよ」の台詞で幕になる。

如何に偽りや裏切りが含まれていようとも、目に見えるところが麗しければ嘆賞し喜ぶ姿勢を貫くのである。疑い、不安を覚え、右顧左眄し、詰《なじ》るようなことをせず、現前するところをそのまま積極的に評価してかかる。そういう果敢とも言える現実肯定の姿勢を採ることができるようになったのを、誇示している、と言ってもよい。

そのような態度でこの大作に取り組む三島は、強い覚悟を踏まえていて、自信に満ち、その文章も、悠々とした大家の、達意のものとなっているのを誰もが認めよう。拳闘場面であれ、日本画家の筆の運びであれ、流血の交歓であれ、緻密な描写から思弁的考察にまでわたって、自在に筆を運んでいる。

間違いなく、三島はここでひとつの高みに達している。

そうして企てたのが、「時代」を描くことであった。「『金閣寺』で私は「個人」を描いたので、この『鏡子の家』では「時代」を描かうと思つた。『鏡子の家』の主人公は、人物ではなくて、一つの時代である」と、『鏡子の家』の広告リーフレットに書いている。

もう少し詳しく言えば、『金閣寺』までもっぱら「個人」を描いて来て、やるだけのことはやったので、次は「時代」を、と意図したのだ。勿論、小説である以上、何らかのかたちで時代に相渉ることなしにすむはずはなく、長篇に限っても、これまでに『青の時代』『禁色』などがそうした意図を示していた。が、いずれも中途半端に留まった。そこで本格的に、正面から「時代」と取り組むのを意図したのである。

それはまた、今まで囚われていた「個人」＝自己の枠を越えて、作家としてより自由に筆を振るうことができる地平へ出よう、と意図していたと思われる。

ただし、そのためには「個人」を描く場合と異なった、新たな方法を以てしなくてはならない。しかし、そのような方法を、三島は持ち合わせていたかどうか。

例えば『潮騒』だが、この作品は伊勢湾の小島を舞台に、青春を描いてユルスナールの言うとおり、掛け値なしの「透明な傑作」となったが、三島としては「個人」を内からでなく、外から描き、どれだけのことが出来るか、そのところを見届けようとした側面があったと思われる。ただし、その結果に三島は満足できなかった。「あの自然は、協同体内部の人の見た自然ではない。私の孤独な観照の生んだ自然にすぎぬ」「少しも孤独を知らぬやうに見える登場人物たちは、痴愚としか見えない結果に終つた」（「小説家の休暇」七月二十九日の項）と書いている。この言は自作評としては苛酷に過ぎるが、いま言った関心によるとすれば、妥当だろう。作家として「孤独」に囚われず、それでいて「孤独」

の深みに及ばなくてはならない。外から個人を扱い、集団なり社会を描くのでは、型どおりに留まると判断せざるを得なかったのである。

そこから、これまで通り「個人」を内から描く、三島が十二分に習熟した方法を棄てるのでなく、生かす方策を考えたと思われる。

＊

ところで描く対象の「時代」だが、可能な限り現在に近く、かつ、ある程度の対象化ができる時期でなくてはならない。すなわち、執筆開始の時点から四年前の昭和二十九年（一九五四）四月から、二年後の昭和三十一年四月まで、「戦後が終はつた」と言われるようになった頃までとした。ここにも三島の野心の一端が窺えよう。

そして、主人公だが、本来なら、一人であろう。しかし、「一個の総合的な有機体としての人物」を創るのを断念したと、『裸体と衣裳』の七月八日の項に書いている。

理由だが、少々分かりにくいその記述を見ると、もし一人の主人公を設定するとすれば、「受動的」在り方をとらせなくてはならない。主題を追って行くのにはそうする必要があるが、「能動的」な在り方も併せて持たせたい。が、そうすると、主題を追うのが難しくなるばかりか、主題そのものを破壊することになるだろうし、主人公の態度は「痙攣的に変はる」ことになる……、とある。

そうして結局のところ、これまで通り主題を追って描くのには、一人の主人公を設定するのがよいが、「時代」を描くためには、一人格に収まらない行動、対応をとらせなくてはならず、一主人公では駄目だと思い至った、と言うのである。それというのも、「時代」を可能な限り大きく、広く捉えよう、より総合的に捉えようと意図したからであろう。

しかし、外から描く方法の限界はすでに承知していた。如何に大きく、広く捉えたところで、人間の主体的在り方にまで及ばなくては、本当に描き出すことにはならず、個々人の孤独な深みにまで入り込まなくてはならない。そこで従来どおりの「個人」を描く方法を採るものの、「唯一の主人公を避けて、四人の主人公」を設定した、というのである。

結局のところ、四人の若い男それぞれが、この時代において青春を生きる、そのところを、これまで通り内面に寄り添って描くのである。そして、それらが合わさって、全体として時代の在り様を浮かび上がらせるようにする……。

その四人だが、大雑把に、次のような違いを持たせた、「画家は感受性を、拳闘家は行動を、俳優は自意識を、サラリーマンは世俗に対する身の処し方を代表」するようにした、という。

この言辞は、創作のための心覚え程度のもので、あまり信用してはならないと思うが、それぞれに若い日本画家山形夏雄、私大の拳闘選手の深井峻吉、売れない俳優の舟木収、商事会社のエリート社員杉本清一郎として登場して来る。

社会的地位も関心事も性格もいずれも異なる。そして、彼らが立ち向かう事象（現代社会の一面）も、当然、それぞれ異なる。

ただし、彼らは、三島がこれまで書いた作品から出て来たようなところがある。深井峻吉は『潮騒』の久保新治、舟木収は『禁色』第一部の最も暗い時期の南悠一、杉本清一郎は『鍵のかかる部屋』の児玉一雄、山形夏雄は『死の島』などの菊田次郎あたり、であろうか。少なくともそれらからあまり遠くないところに出生地を持つ。

中でも『鍵のかかる部屋』は昭和二十三年の占領下、片山哲内閣が瓦解する時期の、投げやりな官僚たちの姿が背景にあるが、杉本清一郎はニューヨーク駐在員として赴任、アメリカ財界の退廃的な情景を目にすることになる。三島自身が昭和三十二年七月から年末までニューヨークを中心にして滞在した経験が生かされている。

現在の日本を描くのには、作品の世界をアメリカまで広げなくてはならないという考えがあってのことで、いまでこそ珍しくないが、戦後では、初めてであろう。そして、実際に作品世界が大きくなっている。

ただし、この四人の男たちは、互いに絡み合うことがない。結び付けるのは、鏡子の家に気ままに出入りする一点に留まり、それぞれ自分の前の道筋を突き進む。そして、劇的と言ってよい波乱の道筋を辿るものの、いずれも挫折して終わり、俳優の舟木収は死ぬ。

早く佐藤秀明が「時代の表現・時間の表現」（『三島由紀夫の文学』）で指摘しているが、三島ははっきり意図して、このようなかたちを採ったのだ。念のため、佐藤が引用した毎日新聞インタビュー（昭和34年9月29日）を見て置くと、三島自身、こう語っている、「それぞれが孤独な道をパラレルなまま進んでいく。ストリーの展開が個々人に限定され、ふれ合わない。反ドラマ的、反演劇的な作品」を意図した、と。

これまで三島の作品は劇的に過ぎると批判されて来たが、ここでは、その逆を目指したのである。すなわち、武田泰淳の「多くの登場人物がそれぞれの行動の姿態を保つたまま封じ込まれてしまつた小説、時間の同時性が辛うじてかれらの人間関係を保証しそれ以外に登場人物たちが何らの因果関係も結合の自覚も持たないやうな小説」である。

そして、最後、「滑稽な悲惨・悲惨な滑稽」の様相を呈する。四人の最後がいずれもそうだろう。個々には、いまも言ったように「劇的と言ってよい波乱の道筋を辿る」が、誰とも出会うなり結び付くことなく、恐ろしい孤独な道筋ゆえに、なおさらそうなる。

この男たちの道行きを、要の位置に身を置く鏡子は娘の真砂子を気にして、どの男の人生にも引きずり込まれることなく、見届けて、健全な日常生活者の夫が、戻って来るのを迎え入れるところで終わる。

じつは三島には二十歳の時、終戦とともに日常の到来に恐怖した体験があるが、それを一段と突き詰めよう、という思いが、この大作の根本的なモチーフとしてあったのではないか。現に鏡子の夫の帰還は、この大作全体の重しとして機能する。

こうして個々の人物の内面は十分に描いたのだが、しかし、作品全体としては立体的に構築されず、展開性も孕まない、「一種の綴織《タペストリイ》風の小説」となったのである。

＊

ここまで再三引用して来た『風媒花』の解説文だが、その先で、作品の構造から主題へと進み、こう書かれている。「……これら激動する人物の背後には、中国、あの模糊たる膨大な国土が横たはつてゐる。その国土は綴織の色あせた海のかなたに、死んでは蘇り、傷つけられては目覚め、いつも死のやうにまた生のやうに混沌として、今や新中国の不可思議な回春ホルモンを発散しつつ、その蠱惑的な寝姿を示してゐる。／『風媒花』の女主人公は中国なのであり、この女主人公だけが憧憬と渇望と怨嗟と征服とあらゆる夢想の対象であり、つまり恋愛の対象なのである。皆がこの女の噂をする」。

こうなると『鏡子の家』との相似性はなくなるかのようだが、「中国、あの模糊たる膨大な国土」の代りに、当時の日本社会を三島は置いていると見るべきだろう。占領期を終えて一応の安定を取り戻し、退屈で、行き先を見失っているが、実はアメリカを中心とした経済の歯車が大きく動き出そうとしている、そういう時代のなかの日本である。そうした「時代の壁画」を描くべく、三島はこの方法を用いたのである。

冒頭の場面は、勝鬨橋が開いて、通行車両の前に路面の鉄板が壁となって立ち塞がるところでもって、言いようのない閉塞感を表現しているが、しかし、その勝鬨橋を渡った先の埋立地では大規模な建築が始まろうとしていた。経済高度成長は、もうすぐそこに来ていたのである（中元さおり「古層に秘められた空間の記憶―『鏡子の家』における戦前と戦後」三島由紀夫研究11号参照）。ただし、その時代は、決して未知ではなかった。なにもかもが既知であり、それを前にすれば登場人物と同様、欠伸をするほかないが、しかし、その量的規模はとんでもないものとなる。その行き先を、われわれはすでに知っており、三島も『英霊の声』で手厳しく批判することになる。

そういう到来しようとしている時代を、四人の若者を通していろんな角度から捉えようとしたのである。

もっとも『風媒花』は最も戦後文学らしい作品で、三島の資質とも意図する作品世界とも異質である。そのことをよくよく承知した上で、この「綴織風小説」の方法を大々的に採用、自らの幾つもの野心も織り込んで、書いたのだ。

インタビューの続きで、こうも言っている、「そうした構成のなかに現代の姿を具体的に出していった。ここに僕の考えた現代があり、この小説はその答案みたいなものである」と。

＊

こうして刊行されたこの大作の評価は、芳しいものでなかった。

これまでの三島の小説は、個人の内面に深く入り込み、そこから劇的な展開が生まれて来た。その劇的であるところが、既に触れたが、欠点ともされて来ていたのだが、ここでは逆に、劇的な性格が希薄であることをもって欠点とされたのである。多くの読者も、その点に失望を隠さず、三島の小説は変わってしまった、と嘆いた。筆者自身の初読の印象もそうであった。

作者三島と読者は、見事に行き違ったと言わなくてはならない。

ただし、三島にしても「反ドラマ的、反演劇的」な構成を採り、それでもって現代という「時代」の実相を浮かび上がらせ、それでもって読む者を打とうと目指したはずである。その企てに失敗した、と言わなくてはなるまい。

理由は幾つも考えられるが、四人の若者を主人公として、それぞれを「個人」を描く方法で扱ったため、基本的には似た四編の小説を、内的な関連なしに併置したかたちになったことである。その結果、互いに相対化し合い、違いが減殺され、繰り返しの印象を招いた。

そして、四人それぞれが向き合った事態が、噛み合い、「時代」の総体を浮かび上がらせるはずであったのが、一と繋がりに受け取られ、平板な印象に止まった。

また、四人それぞれが恐るべき孤独に終始するため、いずれも他人なり現実なるものと出会うことがなく、作品として展開するダイナミズムが宿ることなく、一方的で単調な流れに、終始することになった。

中心に座り、全体の繋ぎ役であるはずの鏡子の関心が、過去となった敗戦直後に向けられていて、現在に向き合っておらず、叙述が結果的に過去へ流れるかたちになったのも、大きな原因であろう。

こうして「反ドラマ的、反演劇的」であることが、新たな力とならず、マイナスとしてばかり働いた。それにもうひとつ、致命的だと思われるのは、この作品でもって現代社会の根本的な在り方に対する認識を差し出した、と三島が考えたことだろう。先にも引用したが、「ここに僕の考えた現代があり、この小説はその答案みたいなもの」と明言しているが、そうはならなかった。

この作品は「ニヒリズム研究」(『裸体と衣裳』)であるとも称しており、確かに四人の若者はそれぞれに、ニヒリズムのさまざまな相を経巡っていく様子が繰り広げられる。そして、それぞれ恐ろしい孤独の内に、絶望し、破滅し、死ぬか、立ちすくんだままとなり、先にも言ったとおり「滑稽な悲惨・悲惨な滑稽」の様相を呈するのだが、それがこちらへ切実さをもって迫っては来ない。いずれも底無しのニヒリズムへとずり落ちて行き、溶解するばかりであって、われわれの生の現実としての厳しさを獲得することがないのだ。

三島には、ニヒリズムを徹底させ、凝縮し、押し出せば、現代に対する時代認識を提示したことになる、という思いがあったのであろう。「反ドラマ的、反演劇的」な書き方をしたのも、そのための工夫という側面があったと思われる。しかし、ニヒリズムは所詮、ニヒリズムであった。すべてが無意味に化して、溶解してしまい、時代認識としての実質を持ち得ない。それにもかかわらず、持ち得ると考えた。

その点で、三島は思い違いをしたのである。殊に自己改造を意図どおりに成し遂げたとの自負を持っていただけに、実質を持ちえないものに実質を見たと思ったのである。そして、このことを理解するのに、少々時間がかかった。

こうして『鏡子の家』という壮大、壮麗、沈鬱な綴織風の小説は、総体として時代を捉えることができなかったばかりか、作品自体としても、存立する確かな礎を確保できずに終わったと言わなくてはなるまい。

しかし、すでに言ったように、多くのページページは、成熟した作家にして初めて書き得るもので、魅力を放っている。そのため、三島の錯誤が見えにくく、三島自身にしても達成感を覚えたのだ。が、やがて新たな道を探り求めて出発しなくてはならないと、考えるようになった。それは芸術家三島にとって、ひどく辛く、苛酷な事態となった。

この後、三島は『宴のあと』『獣の戯れ』『美しい星』『絹と明察』などと長篇を書き継ぐが、いずれも『鏡子の家』で企てたことのさらなる追究という性格を持つ。『宴のあと』の女将福沢かづは鏡子の後身だろう。『獣の戯れ』の大学生幸二は拳闘選手の深井峻吉、幸二に殴打され廃人となった逸平は舟木収に当たるだろう。『美しい星』の大杉重一郎と敵対する羽黒は、杉本清一郎が抱えているものを二分して設定されていると見ることができるだろう。『絹と明察』の岡野はまさしく杉本清一郎の後身であり、駒沢社長は戻って来た鏡子の夫である。岡野はハイデッガーの思想に親しんだ人物として設定されているが、ニヒリズムを信奉、表面的には駒沢に勝利するが、最後、実際的には屈服する。それはそのまま、ニヒリズムが辿る道筋だといってよかろう。

（三島由紀夫研究14号、平成26年5月）

枠を越えて見る――『憂国』

率直に言えば、筆者はいまだに映画『憂国』の切腹場面を、正視できずにいる。そして、短篇『憂国』にしても、一行々々しっかりと読みたどることが出来るかと言えば、いささか心もとない。その点で、この小説を論じる資格がないと言ってよさそうである。

しかし、この短篇が三島にとって、いわば臍のような位置を占め、殊に後半期の展開を前もって要約するようなところがあると思われるのである。

昭和三十四年（一九五九）、大作『鏡子の家』を書き上げて刊行、評価は散々であったが、翌年、映画「からっ風野郎」に初めて主演し、懸案のワイルド作「サロメ」の文学座公演の演出を行い、もう打ち止めと思っていた「近代能楽集」で『弱法師』を得て、年初めから連載していた長篇『宴のあと』を脱稿、映画出演の体験をもとにした『スタア』も書きあげた上で、執筆したのがこの短篇であった。十月十六日に書き終え、翌十一月一日には、夫人とともに、世界一周の旅に出た。アメリカではエドワード・アルビーと対談、ヨーロッパへ回ると、パリで舞台稽古中のジャン・コクトーと会った。帰国は翌年一月二十日で、掲載誌「小説中央公論」一月号を手にとったのは、この時であった。

ついでに触れておくと、同じ出版元の「中央公論」同月号に深沢七郎『風流夢譚』が掲載され、論議を呼んでおり、二月一日には同社社長宅を訪れた少年が家人二人を殺傷する事件が起きた。そればかりかこの作品掲載に三島も関与したとの噂が流れ、三島宅にも脅迫状が届き、警察の護衛が就く騒ぎとなった。

このため血なまぐさい印象が殊更まつわりつくような印象が生じたようだが、三島としては正面から力いっぱいに取り組んだ、大事な作品であった。『弱法師』が彼岸の中日、四天王寺の西門へさまよい出た盲目の少年が、入り日とともに西方浄土をありありと見たと狂う謡曲を踏まえて、空襲で目を焼かれ、盲目となった少年が、生みの親と育ての親が親権を争う家庭裁判所で、女性調停委員が窓外の夕色につつまれてきた様子を口にしたのに誘われ、自分が盲目になった火炎に包まれた情景を語り、やがて世界の終わりを見た、と言い募り、「狂い」を見せる。その壮麗にして無残な世界の終わりに対比すべきものとして、初々しくも健やかな男女の最後の性愛の限りと死を、描き出そうとしたと、見ることもできそうである。

そのために呼び出されたのが、二・二六事件であった。それも事件そのものではなく、新婚ゆえ決起の仲間に加えてもらえなかったばかりか、討手側に回らなくてはならなくなった青年将校と新妻を登場させた。

多分、この時、二・二六事件を取り上げたのは、無垢な若さをもって端的に死へと身を投じるための条件付けというところに、重きを置いてのことであったと思われる。そして、床の間の掛軸の「至誠」の文字と「皇軍万歳　陸軍歩兵中尉武山信二」と書かれただけの遺書、懐剣を前にした白無垢姿の若妻、そして、「最後の営み」と、後事をすべて妻に委ねた夫とその任を遺漏無くやり遂げた上での妻の自決が揃えば、他になにも加えるものはないと思ったろう。

冒頭、型に嵌まった文語文の、夫妻についての簡潔な誄詞《るいし》ともいうべき一文が掲げられているが、小説として余計な叙述が入り込むのを排除する意味合いがあったと思われる。

そうして、できるだけ抑制的、簡潔に事実を叙述、文章もまたそれに相応しいものでなくてはならない、と考えたろう。

三島の場合、事実に即してとなると、逆に華麗な文飾、比喩などを盛んに用いる傾向がある。この作品の場合がまさしくそうなのだが、それを抑えに抑え、要所で用いるに止めて、簡潔を目指した。

これまで三島が手本とするとしばしば言って来たのが、森鷗外の文体である。「感受性の一トかけらもなく、あるひはそれが完全に抑圧されてゐる」「清澄な知的な文体」、重く「専ら知的に強靭な作家」の文体（「自己改造の試み」）である。勿論、実際に森鷗外の文体がそうであるかどうかは別だが、この作品で採られるべき文体は、その文体であるべきだろう。

題材も作品全体の出来も、簡潔さ、力強さを意図しているのである。

そして、狙ったとおりをほぼ達成したと、三島は確信したと思われるのだ。

だからこう言う、「私の作品を今まで一度も読んだことのない読者でも、この『憂国』といふ短篇一篇を読んで下されば、私といふ小説家について、あやまりのない観念を持たれるだらうと想像する。そこには、小品ながら、私のすべてがこめられている」（講談社版短編全集「後書き」昭和40年8月刊）と。

また、四年後にも、この見方には変りはないとし、「ここに描かれた愛と死の光景、エロスと大義との完全な融合と相乗作用は、私がこの人生に期待する唯一の至福」（文庫解説、昭和43年9月）である、とも書いている。

こうまで三島が言っている作品は、これだけである。文学表現について長年、希求して来たことを実現したとの思いを持ったのである。

しかし、読者として、この評価を全面的に受け入れ、申し分のない傑作と認めることができるかどうか。

＊

三島が達成感を持ったのは、扱った題材、その文体が大きくかかわっていると思われるが、特に肉体を実体感をもって捉え、描き出し得たことが大きかったろう。

これまで三島は、自らの肉体について確かな存在感を持つことができないままやって来た。見た目も貧弱に過ぎ、風邪を引きやすく、劣等感に悩まされつづけて来ていた。ところがボディビルを中心とした鍛錬を重ねることによって、ようやく筋肉が付き、健康にもなって、体を誇示することも出来るようになった。その上、結婚し、子をもうけ、社会の一員としての存在感も、自ずと覚えるようになったのである。

そうして自分の男の肉体なるものを、実体感をもって受け止めるようになっていた。これまで肉体とは、なによりも不健康さと存在感の欠落であり、鋭敏すぎる感覚・官能であり、性的欲求であって、平衡を欠いていた。ところが存在感の欠落が満たされ、感覚も官能も性的欲求も健康に働くようになり、肉体なるものに、自然に向きあうことが出来るようになったのだ。

そこに新たな表現世界が広がる、という思いを持ったと思われる。肉体なるものにより自然に、かつ、生きた主体的存在として端的に向き合い、余計なものを切り捨て、対象として据え、文体を整え、言語化すべく取り組んだのだ。

その成果だが、第三者の目から見てどうであろうか。

力作であり、標準を遥かに越える作であることに疑いはないのだが、肉体について、殊に切腹の様子について、過剰に詳しく描き過ぎていている印象は拭い難い。初めに言った筆者の感想と繋がるわけだが、暗示する、象徴する、比喩を用いるといった表現法を出来るだけ排し、目に見える事実そのまま、忠実に描こうとする態度を過剰に押し出していると思われる。

そのため三島が本来持つ、文章の生動感——この作品でも随所に見られるものの、肉体の描写が続くと、平板さへと傾く。

これは対象を狭く限定して即物的に捉えようとする、繰り返すが、過剰さから来ているようである。

この作品に取り掛かる前、映画「からっ風野郎」に主演しているが、そこで体験したことが少なからず関係しているかもしれない。高度なカメラが精密に写し出し、恐ろしく拡大して映像を見せてくれるが、そのように文章でもって即物的・精密に肉体を捉えてみよう、と考えたのではないか、と思われるのである。五年後になるが、この短篇を自ら映画化し、センセーションを起こすが、自ずとそうするだけのものが当初から織り込まれていたのではないか。

それにもう一つ、この姿勢の背後には、『鏡子の家』のなかの画家山形夏雄に降りかかるある事態が深く関与しているように思われる。夏雄は富士の裾野を訪れ、絵に描こうとするのだが、眼前の風景が消滅する体験をする。この画家として致命的な事態に夏雄は苦悩する……。じつは『鏡子の家』という大作そのものが、これまでのように個人的な内面世界ばかりを扱うのではなく、外界を描こう、時代を描こうという思いを、基本的モチーフとしているのである。

その点で、見ることがキイの役割を負っている。見ることを通してこれまでの枠を抜け出て、外界へ、実在自体の許へと至り、そのものを捉えようとする。じつは三島に代わって画家が、外界を的確に描こうと見詰めるのだが、そうすると当の対象そのものが消滅するということが起こる……。三島自身の切実な問題意識を踏まえているのである。

この事態に悩んだ末、画家夏雄は、一本のスイセンの花を見ることをとおして活路を見出す。そのように小説家の三島は、この短篇を書くことをとおして、若々しく健やかな男女の肉体、それもエロスに発熱し、輝きながら、意志して死へと滑り込んで行く有様を見据え、描いた、と言えるのではなかろうか。

それとともにこの『憂国』は、「徹頭徹尾、自分の脳裏から生れ、言葉によつてその世界を実現した」作品だと、先に触れた講談社版短編全集「後書き」で三島自身が言っている。そのような性格の作品であれば、なおさら見ることによって描く態度を強く打ち出すことが必要であろう。徹底して見て、外界の物象を確実に取り込み、作品化しなければならないのだ。

ここでもう一つ、浮かんでくる情景を記しておくのがよさそうである。ボディビルの道場には大きな鏡が据えられていて、自分の肉体を不断に映し、チェックしながら、習練に励むのが必須とされているのである。三島も日ごろからそうしていた。その姿を捉えた写真が、幾葉も残されている。そのように自分の肉体を見、点検して、外界に息づいている主体的存在を表現しようと、ここでも意識を傾けたのだろう。

こうして、やや過度に即物的に見る傾向を強め、叙述がやや窮屈に、重くなり、本来の振幅の大きい生動感ある表現が掣肘され、時に平板になったように思われるのだ。

が、三島自身にとっては、年来、望んできたことの諸々の事柄を達成した上での、成功作であった。その隔たりに、三島という作家の特異性の一端を伺い見ることができそうである。恐ろしく観念的であるだけに、肉体なるものに深く囚われ続けるのだ。

＊

以上、見たように、この作品はこれまでの三島の歩みを集約するようなところがあるが、同時に、これ以降、晩年と言ってよかろうが、そこで展開される事柄が、前以て集約的に示されている。

まずは二・二六事件である。この後、早々に戯曲『十日の菊』を書き、少し時間を措いてだが『英霊の聲』を書いて、二・二六事件三部作として単行本『英霊の聲』を刊行すれば、エッセイ「道義的革命——磯部一等主計の遺稿について」を草するなりゆきになった。エロス、死、大義、それから殉死、革命、天皇、神と言った問題が迫り出て来るのだ。そうして、誰も当てたことのない光を昭和史に当てることとなった。

また、見ること自体を主題化して、短篇『月澹荘奇譚』を書き、思弁的自伝ともいうべき『太陽と鉄』において厳しく突き詰め、『暁の寺』『天人五衰』では、覗き見する中年と老人の姿を描くこととなった。

この作品を書くことによって、諸々の問題を呼び出すことになってしまったようである。その点からも、思いを凝らさなくてはならない作品と言わなくてはなるまい。

（有元伸子・久保田裕子編『21世紀の三島由紀夫』平成27年11月、翰林書房刊）

いいしれぬ不吉な予言――『月澹荘綺譚』

三島由紀夫の短篇小説のなかから、一篇を選び出すのは、おそろしく困難な作業である。それもあまり有名でなく、三島らしい特徴を備えた、と条件がつくとなおさらである。

思いつくまま心当たりの作品を読み返してみたが、改めて思い知ったのは、三島の才能が短篇小説にいかに叶ったものであるか、である。長篇小説よりも中篇小説、中篇小説よりも短篇小説、と言ってよさそうである。三島の創作の作法は、長篇であれ戯曲であれ、最後の結びへと追い込んで行くものであるのは、本人もしばしば語っているとおりだが、この創作作法が最も効果的なのは戯曲であり、短篇小説だろう。

最後の数行に、全篇をとおして現われては消えて来たもろもろのものが、一塊となって出現、読者を搏ち、感銘を与えるのだか、ときにはそれが思いがけない謎解きとなったり、どんでん返しになったりする。

その数多い短篇のなかでも、『金閣寺』あたりまでは、官能性と抒情性が豊富で、それが機知に満ちた構成を生かして、なんとも好ましい。最初は、その時期の短篇を選ぶ気持になった。

しかし、三島のスケールの大きさを窺わせるものとなると、やはり物足りない。これより十年足らずの間となると、『橋づくし』『憂国』など有名な作品があるが、有名過ぎて、いまさら採り上げるまでもないし、作品そのものが、やや偏った性格を持つと言わなくてはならないのではないか。

　こんなふうにあれこれ思い迷った末、あの劇的な最期へと歩を向け始めた気配のする昭和四十年以降で、物語的構成もしっかり備わり、三島年来の問題を正面から扱っているものを、とおおよその条件を決めて、探した。

　この時期は、『豊饒の海』全四巻に集中、それに『サド侯爵夫人』『朱雀家の滅亡』『癩王のテラス』『椿説弓張月』など戯曲を書き継いだこともあって、短篇は少ない。そして、その多くない短篇のなかでは、話題になった『英霊の聲』がある。ただし、この作品は文学性に問題があるだろう。作者は、明らかに文学的質など拘らないところに立ち、訴えたいことを端的に提示するため、便利な形式を選んでいるのである。

　こんなふうにあれこれ思案を重ね、自分なりに条件を設定して、ようやく選んだのが『月澹荘綺譚』（「新潮」昭和40年1月号）である。

　この作品は、短篇集『三熊野詣』（昭和40年7月、新潮社）に、表題作と『孔雀』『朝の純愛』の三作とともに収められているが、その「あとがき」に、三島はこんなことを書いている。

「この集は、私の今までの全作品のうちで、もつとも頽廃的なものであらう。私は自分の疲労と、無力感と酸え腐れた心情のデカダンスと、そのすべてをこの四篇にこめた」、「……自分の哲学を裏切つて、妙な作品群が生れてしまふのも、作家といふ仕事のふしぎである。自作ながらこれらの作品に、いひしれぬ不吉なものを感じる。ずいぶん自分のことを棚に上げた言ひ方であるが、私にかういふ作品群を書かせたのは、時代精神のどんな微妙な部分であるのか？　ミーディアムはしばしば自分に憑いた神の顔を知らないのである」。

　そして、ここに収めた四篇の内、最も愛するのは『孔雀』だと言う。

　たしかに『孔雀』は、「疲労と、無力感と酸え腐れた心情のデカダンス」が込められていると言ってよかろう。そして、少年期をいたずらに美しく思い返す気持が表現されている。ただし、作品としては、二流の出来にとどまっていると私は思う。ことに最後が、そこへと狂いなく集約されるかたちになっているかと言うと、どうも微妙な齟齬があるように思われる。

それに対して『月澹荘綺譚』は、およそ狂いというもののない短篇である。そして、冒頭、伊豆下田の荒磯の描写が出てくるが、この描写は見事である。「疲労」「無力感」といったものを感じさせず、正面切って描き切っている。三島の作品には、幾つも忘れ難い海の描写があるが、これまたそうである。

時刻は夕暮れ。刻々と影が濃く伸び、海や山は色を変えて行くが、そのさまがよく捉えられている。三島はしばしば時間の移り行きを捉え損ね、平板さに陥ることがあるが、ここではそうした気配はまったくない。三島が時間の流れを捉え損ねるのは、彼が視覚のひとだからだが、この荒磯では、その時の移り行きが、まさしく視覚としてくっきりと顕現しつづけるのである。

そして、そこに獣めいた老人が姿を現わす。その老人に、月澹荘のあり場所を尋ねたところ、老人は衣服を改めて案内に立つ――。

「綺譚」が語られるのにふさわした状況である。そして、その老人が重い口を開くのだが、その物語は、「綺譚」と言うに足る奇怪で哀切な、かつ、三島ならではの知の悲劇を秘めたものなのである。

もっともこの展開の仕方、語り方は、すでに馴染みのものであって、新味はないと言ってもよい。泉鏡花『高野聖』をはじめとして、幾つかの名作と共通するパターンを踏襲している。この点を捉えて、月並みだと言うひともいるだろう。しかし、三島にとって「月並み」はなんら欠点とはならない。「月並み」をしっかり踏まえることが、ある意味では、三島の課題となっているのである。

そして、この作品は、その三島の技法的修練の達成度の高さを示すと言ってよかろう。老人は無骨だが、作者の巧んだ設定で、それがそのまま巧みな展開への定石として働く。その技法の冴えは、珍重するに値しよう。十分に酔わせるものがある。

そして、かつて老人がひたすら仕え、仰ぎ見た、限りなく美しい夫人が、物語のなかに登場してくるのだ。物語のなかでなければ、決して姿を現わすことのない女人である。

この着物をいつもきっちりと着込んで、乱れることのない、涼やかで怜悧な麗しい女人だが、終わり近く、一言でもって夫との閨の有様が、くっきりと示されるのだ。そこでは別荘名の由来となった漢詩の一節までが、恐るべき効果を発揮する。

三島は、戯曲であれ小説であれ、実在の人物を念頭に置いて書いたようだ、という話をベテランの編集者と話していて、幾人かの女性の名を挙げてみたことがあるが、その中に、いまいう、着物をいつもきっちりと着込んで、乱れることのない、涼やかで床しい女人も間違いなくいた。いまは故人になってしまったが、誰もがそれと認めずにはおれない、あのひとだなと、読み返していてその思いを強くしたが、勿論、これは作者の想像のうちのことだから、真偽は定めようがない。が、あのようなひとの、閨のなかのエロティクな裸像を三島は想像したのかと思うと、これまた興を覚えるのも確かである。

そうして、恐怖すべき惨たらしい場面で終わる。彼女の夫が死体で見つかるのだが、その両眼がえぐり取られ、その穴には赤い茱萸の実がぎっしり詰め込まれていた、というのである。ここに至って、この「綺譚」は、作家である三島を苦しめて来た、彼自身の生の根幹にかかわる問題の、あざやかな提示となる。

ここでは、未読の読者のため、犯人を明かすことはしないが、冒頭、案内役の老人が「猷めいた」姿で現われることに思い至るはずだとばかり、書いておく。

この目の人、見る者という在り方の、行く末という問題は、この短篇集をまとめてから取り掛かったライフワーク『豊饒の海』の、とくに第三巻、第四巻のものである。第三巻『暁の寺』では、これまで転生する主人公の証人であり、傍らから見る者であった人物本多繁邦が、中心の位置を占め、第四巻『天人五衰』では、主人公の少年安永透も本多と同じ見る者なのである。そして、少年は自殺を図って失明、目を失って生きながらえることになる。この生きながらえるところは違うが、目を失うところは、美しい夫人の夫と同じである。

じつは、この第四巻の主人公がたどる道筋は、作者が構想し、望んでいたものではなく、避けられるものなら避けたいと考えていたものだったと思われる。ところが、見る者は永遠に見る者以外のなにものにもなり得ず、その見るという呪縛――美しい妻を得てもその裸体を見ることしかできない――を抜け出るためには、自らに決定的な滅びを課すよりほかなかった。それが『豊饒の海』全四巻の結論のひとつともなったのである。

その決定的な滅びに至るよりほかないのを、『豊饒の海』に取り掛かる前に、はっきり予言するかたちになったのが、この短篇だったのである。その点で、「自作ながらこれらの作品に、いひしれぬ不吉なものを感じる」と書いた通りになった、と言ってよかろう。

それに加えて、『豊饒の海』の最後の部分を書いたのが、この下田のホテルにおいてであった。だから、その筆を運びながら、この短篇の舞台としたあたりへとしばしば散策の足を伸ばしては、不思議な思いを覚えたのではあるまいか、とも想像したくなる。

ここに含まれているものは、短篇ながら決して小さくはないのである。もしも三島が、この短篇を書かなかったら、『豊饒の海』は別の結末になった可能性があったのではないかと考えることもできそうな気がする。そのような奥行を持ちながら、綺譚らしい綺譚として楽しむことができるのだ。

（「名作再見」季刊文科第17号、平成12年11月）

究極の小説『天人五衰』
——三島由紀夫の最後の企て

三島由紀夫の最後の数年間、最も近くにいた文学者は、村松剛であろう。事件一ヶ月後、『天人五衰』についてこう書いている、「つらい思いでくりかえし読んでいる。いまからふりかえるからそう思うのだろうが、すでに死を決意した氏の息づかいがわかるようで、つくづくつらい小説である」（『三島由紀夫―その生と死』）と。筆者は、その謦咳に接することもなかった身だが、やはりこの『豊饒の海』最終巻を読むと、その思いを覚えずにおられない。なにしろ三島は、すぐれて生きるために書き、書くことによって生きた作家だと考えるからである。

その姿勢のおおよそは、拙稿『三島由紀夫を読み解く』（ＮＨＫカルチャーラジオ「文学の世界」）などで述べたつもりだが、自らライフワークと称したとおり、文学活動のすべてを集約し、かつ、これをもって打ち止めにする作品を書こうとした。さらに言えば、書き上げれば、後は小説なるもの自体が不要になる、最後の最後の小説、すなわち「究極の小説」を書こうとしたと思われるのだ。

この姿勢は、書き進めるに従い、一段と強まり、第四巻『天人五衰』に至って、文字通り実現すべく周到に用意し、周知のとおり身をもって達成してみせたのである。

もっとも、いかに天才の呼び名をほしいままにする人間であろうと、「究極の小説」といった意図自体、口にすれば世の人々の顰蹙を買うであろう。だから、直接的に言及することはなかったが、例えば大学生との討議で、昭和四十三年（一九六八）十一月にはこんなふうに言っている、「……現在の時点における自分の存在の中に、連綿たる過去の日本の文化伝統と日本人の長い民族的蓄積とが、太古以来ずっと続いている、その一番ラストに自分はいるんだ、自分が滅びたらもうお終いなんだ、自分は日本というものの一番の精髄をになってここにいま立って、そこで自分は終わるのだ」（昭和43年11月16日、茨城大学講堂）と。

この覚悟をより尖鋭化させ、小説に集中し、このライフワークを書き続け、完成させた、と考えてよかろうと思う。

清水文雄宛の最後の手紙では、このような自分の姿勢を「増長慢の限り」と言っているが、そのとおり、この世に作家なるものが出現して以来、「増長慢の限り」において構想された、希有の大作である。

そのような長篇連作『豊饒の海』の基本的な構造はどのようなものであったか、おおよそはこうであった。

一、屈指の長さを持つ、四巻の長篇連作である。二、個人の枠を超え、かつ、国境も越え、広大な時間と空間に展開する。実際に主人公はいずれも二十歳で生を終え、輪廻転生し、巻ごと年月を飛び越えるとともに、国境も性も変われば、その境遇も性格も大きく変わる。三、各主人公は（正確には二巻に留まるが）自ら望む生き方を貫いて生命を燃焼させ、人生の最も輝かしい連鎖を形成する。四、その輝かしい生の連鎖を軸にして人間世界の在り方、意味を根底から解き明かすべく努める。すなわち、この世界の根本的な成り立ちを輪廻転生と設定し、その根拠として仏教哲学の唯識論をもってし、それが説く第八識の阿頼耶識に及ぶ。人間は六識（眼・耳・鼻・舌・身・意）を働かせ、かつ第七識（末那識＝自己愛の根源）によって、この世界を存在せしめているが、その根底に時空を越えて横たわるのが阿頼耶識だとする。五、日本文学の歴史に根差し、その成果を生かし、日本語として完全を期す。そのために並行して『日本文学小史』を執筆する。その書は未完に終わったが、「古事記」「万葉集」

から「古今和歌集」まで連載、「源氏物語」は遺稿として残された。

以上は、折に触れ三島が語ったところをまとめて記したが、その基礎になる輪廻転生思想は、明治の文明開化以来、古くさい迷信と見なされて来た。それを敢えて持ち出したのは、主に近代的思考への根底的批判を意図してであり、そこにはニーチェが少なからず係わっているが、それよりも年少期に手にした川端康成の『抒情歌』（昭和7年）に基づくところが大きい。なにしろ物語世界を徹底して自由に展開することが出来る次元を開く思想と受け止めていたのだ。この世界は実在せず、識によって現象しているとすれば、そう解することも可能になろう。

＊

『豊饒の海』第一巻『春の雪』は、昭和四十年（一九六五）の「新潮」九月号から連載が開始された。そして、昭和四十二年一月号まで十七回であった。第二巻『奔馬』は同年二月号から昭和四十三年八月号まで十九回。第三巻『暁の寺』は同年九月号から昭和四十五年四月号まで二十回と休みなく書き継がれた。

その『暁の寺』を脱稿したのは、三島最後の年の二月二十日であったが、激しい虚脱感に襲われたことを『小説とは何か』で自ら詳しく記している。

なにゆえであったかは措くとして、この時点で三島は、昭和四十五年中に楯の会を率いて決起、自決する覚悟をすでに固めていた。前年の八月四日付の川端康成宛書簡で、はっきり死後の家族のことを依頼している。そして本来なら、引き続いて第四巻に取り掛かるはずであった。これまで休載することがなかったし、四十四年十一月の読売新聞掲載インタビューで、構想はすでに考え抜いており、休まずに取り掛かる旨を語っていた。それにもかかわらず、この後、二ヶ月にわたって休載した。

それというのも、構想を大幅に練り直したからである。これまでの構想に従うなら、完結は「昭和四十六年末」になる。しかし、下した決意によれば、死は昭和四十五年中であり、それも十二月は論外だから、ぎりぎりのところ十一月下旬までではなくてはならない。一年以上、繰り上げなくてはならないのである。

三島の場合、長篇の構想と執筆スケジュールが密接に結び付いていたから、そこから変えなくてはならなかった。現に『暁の寺』は、当初の執筆スケジュールどおり四十五年の四月号までかかってしまった。途中で繰り上げることが出来なかったのである。

そこで敢えて二ヶ月休載、三月一日からは二十八日まで陸上自衛隊富士学校滝ヶ原分屯地に楯の会会員を連れて長期体験入隊、虚脱感を克服するとともに、大幅に構想を練り直した。そして、執筆期間を五月から十一月までの七回とした。『春の雪』は十七回、『奔馬』は十九回、『暁の寺』は二十回だから、従来の半分以下である。

これまで具体的手法についてこんなふうに言っていた。昭和四十三年十二月には、「(書く)時点の日本の現状にあるものをみなブチ込んで、アバンギャルド的なものにするつもりだ。転生した主人公が現代で見失われ、それを追跡することにする」(「数奇なドラマ展開」)。昭和四十四年二月には、「書かれるべき時点の事象をふんだんに取込んだ追跡小説で、『幸魂』へみちびかれゆくもの」(「『豊饒の海』について」)にするなどと。

また、創作ノートの一冊目(決定版全集14巻収録、以下も同じ)では、「月蝕」と題し、「偽者」が幾人も登場、最後に「ホンモノ」が出て来る。その少年は「電工」＝電気工事に従事している。

こうした構想(井上隆史『三島由紀夫　幻の遺作を読む』光文社新書に詳しい)はいずれも破棄された。見失われた主人公を追跡、それが『幸魂』へ導かれて行くように書き綴る、時間的余裕も精神的余裕も、なくなっていたのだ。

それに代えて打ち出したのが、より鮮明に「究極の小説」を書くことであった。小島千加子によれば、「今の小説が終つたあとのことは、何も考へられない」と、繰り返し言うようになった（『三島由紀夫と檀一雄』構想社）とのことだが、その「後のない」ところを目指したのである。

死を決めたところで、なおも小説を書くことを可能にするのは、こうした意図をもって突き進むよりほか、如何なる途があっただろうか。如何なる才能と強固な意志をもってしても、こうでもしない限り、最後まで書き通すことは出来まい。そうして死ぬ直前まで書き綴り、完結させた時を死ぬ時とするのである。「究極の小説」という目標を掲げ、全力を傾けるのだ。

以下、その足取りを詳しくたどってみよう。

＊

四月になると、「海を見ていることが仕事であるような少年」を見つけてほしいとの緊急の依頼が、新潮社出版部の吉村千穎に三島から入った。そこで静岡の清水港を中心に、水産高校、船員養成所、大学研究所などをリストアップ、六日から三日間予備調査に出かけ、十日に三島に報告、十九日夜に吉村の案内で現地に赴いて翌日取材、五月一日から三日にかけて再取材した（『終りよりはじまるごとし』めるくまーる）。その様子は創作ノート二冊目に見ることが出来るが、この頃になって、ようやく構想が固まったのである。

そうして書き出したが、題名を「月蝕」から「天人五衰」に変更する旨、編集部に連絡したのは五月二十日前後だったという（小島千加子前掲書）。掲載予定の七月号締め切りまで五日ほどしかない時点である。市ケ谷での自決までなら六ヶ月と数日前である。

清水港の船舶信号通信社事務所（港からは離れた清水市駒越地区に当時実在した）に勤務する十六歳（雑誌掲載時は十七歳）の少年安永透[1]が、望遠鏡で見詰めている海の描写で始まる。二行目中程から、……日は強く、雲はかすか、空は青い。

きはめて低い波も、岸辺では砕ける。砕ける寸前のあの鶯いろの波の腹の色には、あらゆる海藻が持つてゐるいやらしさと似たいやらしさがある。

乳海攪拌のインド神話を、毎日毎日、ごく日常的にくりかへしてゐる海の攪拌作用。たぶん世界はじつとさせておいてはいけないのだらう。


この引用からも明らかなように、船や半島が靄から現われたり消えたりする在り様とともに、存在そのものが立ち現われたり消えたりするところを見究めようとしており、さらにはその存在の彼方を窺おうとしている。

ここにこの巻の中心モチーフが明らかである。すなわち、この世界のもろもろの存在の根源を見届けようとしているのだ。それは「見る」ことを突き詰め、その限界を越えて見ることであるが、同時に、そこまで見ようとする者の在り方自体を問うことにもなる。前巻『暁の寺』で追求した唯識論そのものを、真正面から形象化しようとしている、と捉えてもよかろう。また、言葉でもってこの世界を出現させる小説家たる者が拠って立つ根拠を究めようとしている、とも考えられる。

その少年透だが、この望遠鏡を不断に見続けることによって、自分にとって「すべては自明、すべては既知、認識のよろこびは海のかなたの見えない水平線にしかな」いと考え、自らを特別な「恩寵をうけてゐる」存在であるとし、脇腹の三つの黒子をその証しだと思っている。

この事務所の安永が見る船舶出入り予定の掲示には「昭和四十五年五月二日（土曜日）」とある、これは三島が実際に取材した年月日で、それがそのまま書き込まれているのだ。これまでの構想は破棄したものの、小説を書く現在を作中に持ち込むことは、こんなかたちで保持されている。

そうして六章終りまで、連載第一回の原稿六十二枚を、五月二十五日に編集部に渡した。雑誌上は七月号、連載としては通常の倍の多さであった。

続いて連載第二回の執筆にかかったが、六月十日には、清水市の郊外三保の松原へ取材に行く。そして十三日には、森田必勝、小賀正義、小川正洋の三人と会い、自衛隊は期待出来ないから、自分たちだけで蜂起する方針を示し、二十一日には、自衛隊での拘束相手を決め、武器は日本刀、自動車の購入も決めるなど、最終行動の準備を着々と進めた。

こうした多忙さゆえか、執筆したのは七章だけにとどまった。しかし、前半の要となるところと見てよかろう。

本多繁邦とかつての別荘の隣人慶子（モデルは朝吹登水子と白洲正子を足して二で割ったような人物＝小島千加子前掲書）が、老いによっていよいよ不逞と言ってもよい在り方を示し始める様子を扱う。本多の方は、若い日の親友松枝清顕（第一巻『春の雪』の主人公）の恋人聡子を月修寺に訪ねたいと思うが、その時までに認識の人としての自らの在り方を突き詰めようと考える。

そうして六月二十五日頃、連載第二回目の原稿三十八枚を編集部に渡した。雑誌上は八月号、二十ページである。

この後、三十日に公正証書による遺言状を作成した。その上で、七月五日には森田ら三人と会い、決行を十一月の楯の会の例会の日と決めた。

まだ二十五日とはしなかったようだが、それまでに『天人五衰』を書き上げる目処がついたのだ。翌日六日には川端康成宛に、「このところ拙作も最終巻に入り、結末をいろいろ思ひ煩らふやうになりましたが、最近成案を得ましたので、いつそ結末だけ、先に書き溜めようかと思つてをります」と書き送っている。

連載第三回は、八章から十二章に及ぶ。本多は慶子を三保の松原に案内、「天人五衰」について説明、羽衣の松を眺め、清水の次郎長とお蝶の顔をくりぬいた記念写真用の作り物から交互に老いた顔を出して、周囲の人々の喝采を博する。なんとも苦い笑いを誘う辛辣な筆が生彩を放つ場面だが、六月十日の取材にもとづいて描かれていることが、創作ノートで分かる。この後、二人は信号所に立ち寄り、勤務中の透が棚のものを取ろうと手を伸ばし、ずり上がったシャツから現われた脇腹に黒子があるのを見る。これまた六月十日の取材に拠る。本多は、この少年こそ清顕、勲、ジン・ジャンと続いた転生の連鎖に繋がる存在と思い定め、養子にする決心をするのだ。

ただし、透は一連の若者と違い、本多自身と相似形の、「自意識の雛型」かもしれないとも思う。すなわち、清顕に始まる転生の連鎖に繋がる生を純粋さで輝かせて短い生涯を終えるのではなく、自分と同じく、すべてを見、知って、無目的な悪意で生を白けさせ、破壊する存在ではあるまいか、とも思うのである。

最初の構想では、先に見たように「『幸魂』へみちびかれゆくもの」で、主人公の少年透は、正真の転生の連鎖に繋がる存在であり、最後には「光明」がもたらされ、本多もそれに与かるかたちになるはずであった。が、この巻は、あくまで「見る」「知る」「意識する」を、少年と老年の二つの立場において、徹底的に突き詰める形で書くことにしたのである。多分、このところが最も大きな変更であろう。

もともと三島には、作家たる者はそういう存在だとの思いがあり、「行動」へと出て行くとともに、その行く末と、拠って立つところをしっかり見定めようとの考えが、ここには強く働いていると思われる。

構想と実際に書くことは別だと、三島は繰り返し言っているが、ここに至って、作品の進むべき方向はいよいよ決まったのだ。それとともに、完結の場面も浮かんで来たのではなかろうか。

＊

第三回目の原稿六十二枚、九月号掲載で三十四ページ分を、いつもより早く七月二十日に編集部に渡すと、その日のうちに京都へ発った。そして、都ホテルに泊まり、二十二日には月修寺のモデル奈良・帯解の円照寺を訪ねた。タクシーで行ったが、その途中から、目にするものを詳細にノート（創作ノート三冊目）した。

この取材旅行から帰宅すると、先に渡した原稿のゲラ――三島は通常ゲラをほとんど見なかったが、今回に限り、見せるよう原稿冒頭の欄外に書き付けた――を既掲載分と照合、点検、透の最初に登場する際の年齢を十七歳から十六歳へと引き下げ、それに応じて関連する年数も変え、次号に訂正を掲げることにした。主人公の二十歳になる時点が大事だが、それを一年遅らせたのである。その上で、結末の部分にかかった。

いまも記したように円照寺の取材は、昭和四十五年七月二十二日であり、作中の本多が月修寺を京都からタクシーで訪ねるのも同月同日となっている。冒頭の章の本多が信号通信社事務所を訪ねたのが五月二日と書き入れられているのと同じだが、年数ばかりは五年先の昭和五十年、本多は八十一歳、透は二十一歳とした。すなわち三島は執筆時点よりも、さらに言えば自分の死よりも五年先の未来に、作品世界の完結時点を置いたのである。

そうして当初の構想の、「書かれるべき時点の事象をふんだんに取込」むとともに、実際に近未来へ及ぼしたと、見なすことができよう。遥か以前に昭和五十年は過ぎてしまい、今日では見えなくなっているが、興味深い企てであった。

八月は例年の通り一日から下田東急ホテルに家族と滞在したが、この結末部分を書いたのは、下田に移動してすぐであったと思われる。八日に楯の会会員たちがやって来ると、結末を書き終えた旨を告げている。多分、書き上げた高揚感が、口にさせたのだ。

つづいて十一日には、来訪したドナルド・キーンに見せようとしたが、キーンは遠慮して読まなかった。また、仕事でやってきた国立劇場の織田紘二には、自分の面前で読ませた。面前でとなると、そう長くはなかったはずで、最終回の百四十枚全部でなく、京都から奈良へ向かう道中の記述から始まる二十九章と最後の三十章、あるいは三十章だけであったろう。小島千加子は「最終章月修寺の場」としている。

その前日の十日には漁船を雇い、海から清水港まで行っており（朝五時に下田を出て、夕方七時に下船）、十七日には海の夕景を取材するため大島の近くまで行き、創作ノート（四冊目）をとった。そして、時をおかず、十三章から十五章を執筆した。

すさまじい書き振りと言わなくてはなるまい。憑かれたように筆を運んだのだ。ただし、取材の際に綴った詳細な創作ノートの記述をそのまま原稿用紙に写すような書き方であったのは、突き合わせると明らかである。しかし、その海の描写は、冒頭がそうであったように要所に比喩を織り込み、形而上学的な意味を含ませた、力感溢れたもので、全篇のなかでも屈指のところである。

少し引用すると、

波は砕けるとき、水の澱のやうなあぶくを背後へ辷らせつつ、今まで三角形の深緑の累積だつたものが、一せいに変貌して、白い不安な乱れに充ちて、のび上り、ふくれ上つて来る。海がそこで乱心するのだ。（中略）

（その波が）切れ上つて、極みに達すると共に、波の白い前髪が一せいに美しく梳かれて前へ垂れ下り、さらに垂れ下ると、整然と並んだ青黒い項を見せ、この項にこまかく漉き込まれた白い筋がみるみる白一色になつて、斬られた首のやうに地に落ちて四散する。

泡のひろがりと退去。黒い砂の上を、船虫のやうに列をなして、一せいに海へ馳せ還つてゆくたくさんの小さな泡沫。

競技を終つた競技者の背中から急速に退いてゆく汗のやうに、黒い砂利のあひだを退いてゆく白い泡沫。

そして、こういう一節もある。

砕けるときの波は、死のそのままのあらはな具現だ、と透は思つた。（中略）白いむきだしの歯列から、無数の白い涎の糸を引き、あんぐりあいた苦しみの口が、下顎呼吸をはじめてゐる。夕光に染つた紫いろの土は、チアノーゼの唇だ。

『金閣寺』で、主人公が放火直前に雨夜の闇のなかになかば幻として見た、金閣の描写を思い起こさせるところがあるが、『金閣寺』では闇のなかに透かし見、想像力を存分に働かせている。それに対してここでは目前の海を徹底して見据えている。そして、変化して止まぬそのものに、この世界における人間の生、いまや三ヶ月余先に迫った自らの生の終わりを、ありありと見ている、と言ってよかろう。最期に至るまでの残された時間も、そこを思い描く想像力も、限りなく圧縮して、ほとんど眼前に、いまにおいて見ている。

引用の四行目「乱心する」とあるが、三島自身、この時から一ケ月ほど後、実際に「乱心する」ことがあったようである。秋口に富士学校から川端康成宛に手紙を書いたが、「鉛筆書きの非常に乱暴な手紙」であったので、すぐに焼却したと川端香男里が証言している（『川端康成・三島由紀夫　往復書簡』巻末対談）が、三島は自分がそうなるのを予見して、ここで書いているように思われる。そして八行目には「斬られた首」の文字があるが、市ケ谷における自らの最期の様子を、絶えず変動する波に見ているようである。

巻頭と同様、清水港の信号所から透が望遠鏡で見ているのだが、やはりその日を実際に取材した八月十日の日付をもって書き込んでいる。

こうして二十日に帰京すると、二十四日には、連載第四回目の原稿四十六枚、十月号掲載、二十五ページ分を小島千加子に渡した。

その小島の証言によると、三島が切望したのは晴れた夏の輝かしい海であったが、十日は晴れたものの、靄ったはっきりしない天候で、望みが叶ったのは十七日の束の間であった。しかし、三島はあくまで取材に際して目にした情景に限定して描く態度を貫いたという。創作ノートと突き合わせると、確かにそのとおりで、この時の三島は、スケッチするとともに、眼前にする海が自分のうちに呼び起こす何事かを捉えようとこころを傾けていたようである。もともと三島は早くから取材を重んじ、目にした細々とした事物、情景をスケッチしているが、初めは作品のリアリティを確保するためであった。が、今や目前の情景に深く見ることによって、自分の中から浮かび出てくる情念、想念、幻想、さらには迫って来る近未来の情景を誤りなく捉え、言語化しているかのようである。

ここでは『為兼卿和歌抄』の説いたところが思い浮かぶと言えば、不審に思われそうだが、三島は戦時下から永福門院の歌に親しみ、『小説家の休暇』や『日本文学小史』で言及している、その門院の師が藤原為兼である。唯識論をもって自らの詠歌の方法としたから、唯識論について突っ込んで考えるようになると、浮かんで来たはずである。

その歌論だが、「大方物にふれて、ことに心と相応したるあはひを、能々心み」ることを推奨する。そうすれば「花にても月にても、夜のあけ日のくるゝけしきにても、事にむきてはその事になりかへり、そのまことをあらはし、其のありさまを思ひとめ、それに向きて我が心の働くやうをも、心に深くあづけて、心に言葉をまかする……」ようになると説く。

波の動きを無心にひたすら見つづけ、言葉でスケッチする時、この世のもろもろの核心が現われ出て来て、それに衝き動かされるままに心を働かせ、預けるようにしていくと、表現力に満ちた言葉が新たに生まれ出てくる。それを書き記して行くと、近未来における己が姿までがありありと見えて来る……。こんなふうに読み替えてもよいのではあるまいか。

この原稿を渡したと同じ二十四日には、新潮社出版部長の新田敞に最終回の原稿のコピー、二十六章から三十章まで、百四十枚を渡し、保管を依頼した。多分、織田に生原稿を読ませた、その後、そこに至るまでの部分を書いたのである。

結末を決めてから書く、これまでどおりの態度を採ったのだ。その替わり、取材を重ねながら即座に、それも取材の時点に限定して、取材した月日もそのまま作中に書き込むが、年ばかり昭和四十六年、四十七年と先へ進め、作品世界が近未来へとせり出て行くかたちにした。

目前の波を見ながら、やがて訪れる自分の姿をありありと見たのも、こうした書き方と係わっているかもしれない。

＊

月が変わり、九月九日には、森田ら三人と自分の四人では人数が足りないと考え、新たに古賀浩靖を加えることとし、彼らに会うと、決行日は十一月二十五日で、その日、自分は死ぬと告げた。

その翌十日から十二日まで自衛隊の富士学校へ短期体験入隊したが、この時、先に触れた川端康成宛に「乱心」した手紙を書いたと思われる。すでに触れたように前年九月八日に、自分の死後の家族のことを依頼するとともに、十一月三日の楯の会結成一周年記念パレードへの出席を懇願したが、川端にすげなく断られるということがあり、三島は深く恨んでいた。本来、三島は恨みの感情と無縁なひとであったと思うが、このことばかりは違っていた。なにしろ死ぬ決心を打ち明けた上で依頼したのである。それを川端は断固として断った。川端としては、承諾すれば、死への道へと三島を押しやることになると見てとったのだ。

こうしたことがあったが、十六章から二十三章を執筆した。

透を養子として迎え、育てるが、その教育方針をこう定める、清顕、勲、ジン・ジャンのようには決してさせない。恋の至福や純一な行動に与かるような在り方は絶対にさせない、と。これまで本多は、清顕以下の若者の転生の跡をひたすら追って来たが、いまやはっきり自分は傍らから「見」、「知り」、「意識する」立場に徹底するとともに、その生き方を透に課すことにしたのだ。

当時、この三島の前には、森田必勝を初め四人の、死を決意した若者がいた。森田以外の三人もこの時点では死ぬ決心をしており、『奔馬』の勲そのまま、透とは対極的な生き方を貫こうとしていた。

そうした若者に、三島は、軍隊を統率する者としての教育の一環としてテーブルマナーなども教えるなどしていたが、作品の中では、本多が世渡りの法として辛辣な言葉を吐きながら透にテーブルマナーを教える。その対比を、鋭く意識したろう。

それとともに家庭教師をつけ、東大への進学を目指させる。

透はおとなしく従い、受験勉強に励むが、国語担当の古沢は才気を誇示するところがあり、喫茶店で自殺についてお喋りする。自分は猫であると信じた鼠が、猫に遭遇、追い詰められて食われそうになると、猫に食われない存在であることを証明するため、水を張った洗濯盥へ身投げして自殺する、というのである。自分が望む在り方を、現実を無視して貫く滑稽さと悲惨を諷したのだが、透はこの話に「腹立たしくさせる何か」を感じ、古沢の思想関係を調べたらと本多に告げ、まんまと馘首にする。

この話は、どのような意味を持つのか。自己改造のために書いた自らの在り方を寓しているとも考えられるが、ここでは透が、三島の行動を共にしようとしている若者たちと対極的な、陰湿にことを行う、怜悧狡猾な意識家にと、本多が意図したとおり育って行く一齣である。

透は知能に優れていて、すぐに高校へ入り、二年生で十八歳になると、仲介する人があって資産家の娘百子と婚約する。

そこまでの原稿八十三枚、連載第五回、十一月号掲載、雑誌上四十七ページ分を九月二十五日頃に渡した。

ここまで来れば、最終回はすでに書き上げてあるから、後は一回分だけである。ほっとしただろう。決起への準備は、ますます忙しくなった。三島の筆は、あまり動かなくなった気配である。

十月に入ると、二日に横浜港、七日は後楽園へと取材（創作ノート五冊目）に出向いて、かなり無理をして二十四章、二十五章を書いたと思われる。その一方で、十九日には行をともにする四人とともに楯の会の制服で記念写真を撮るなどした。決起の日はあくまで晴れの日でなくてはならないのだ。

その二十四章だが、「本多透の手記」と題されていて、許婚となった百子を画策して傷つけ、最後には破談へ至る経緯が扱われる。なにもかも承知した上で、常に冷静、他人を傷つけることに喜びを覚える少年を、内側から描くかたちを採る。しかし、三島にとって小説で書くことと、現に身を置く在り方が、いまや恐ろしく懸け隔たっており、『暁の寺』後半で苦しんだ事態（『小説とは何か』で書いた）

を、一層深刻なかたちで繰り返す成り行きになった。そこで三島は自身の初期の作品『中世に於ける一殺人常習者の遺せる哲学的日記の抜萃』『殉教』『盗賊』などを援用する気持が多少動いたかもしれない。

その透と百子が後楽園を散策する場面には、七日の取材が使われ、二十五章の本多と透が横浜港へ出掛ける場面では、二日の取材が用いられる。このあたりになると、取材によって書くことへと自分を無理に押しやっている気配である。

その横浜港の場面で本多は高校三年生十九歳の透に向かい、百子との婚約破棄はお前が企んだことだろうと言い、真っ当な人生に対し悪意を抱く意識家同士として認め合うところへと進む。

その連載第六回の原稿八十一枚、十二月号掲載の四十三ページ分を二十五日に渡したが、これで『天人五衰』は実質上書き上げたことになった。後は、すでに書いてある二十六章へと繋げ、一編の長篇としてのまとまりをつけるだけである。

＊

小説を執筆する上で、三島が身を置いた状況ほど、苛烈にして困難なところは考えられない。そこにあって、基本的にはなおも新たな方法的企てを行いながら書きつづけ、ともかく完結へと持って行ったのである。その執念のすさまじさは、言語を絶する。

そうして十一月二十五日の朝を迎えると、連載第七回、最終回百四十枚目の原稿末尾に「豊饒の海」完と日付を書き込み、手伝いの女性に託して、市ケ谷へ向かった。

翌年一月号には「遺稿」として七十七ページにわたって掲載された。通常の連載の三、四倍の分量である。

しかし、全体となると、第一から第三巻までは、単行本で約三百頁中程から四百頁であるのに対して、第四巻『天人五衰』は二百七十一頁である。およそ百頁も少ない。当然、書くべくして書かずに終わったところがあっただろうし、時間をかければ犯すことがなかったと思われる不具合、展開の不十分さなど、幾つも指摘できそうである。

例えば——。

十八章で、自殺した鼠の話をする家庭教師の古沢は、『金閣寺』の柏木を思わせて面白いが、この作品の流れの中にうまく収まっていない。と言うよりも、その話が透の自殺未遂へ簡単に繋がり、伏線として十分な効果を挙げていない。

二十一章からは、透が傷つける頃合いの相手として、百子が登場するが、いかにも人のいい少女で、もの足りないことおびただしい。この設定には、三島自身の戦時下の恋愛体験が微妙に働いていそうだが、そう思われると、なおさら手薄さが増す。

その彼女との婚約破棄を画策する経緯が二十四章の「本多透の手記」で扱われるが、その少年らしい冷酷な言動も、年少者の透明性にほど遠く、精彩が無い。また、この手記という形式自体、描くべき事柄を手早くすます、安易な方法となっているように読める。

二十五章の横浜港の場面は、積み荷作業の様子、行き来する船の様子が描かれるが、明らかにボルテージが下がっている。このような場面は三島が得意として来た場面で、今一度、その力を発揮しようとの計算があってここに据えたと思われるが、それがそうなっていない。

そして、本多が婚約破棄の根拠となった百子の手紙は「お前が書かせたんだらう」と指摘すると、透はその経緯を主に書いた「手記」のノートを海へ投げ捨てるが、これまた三島らしくない運びである。本来なら、もう少し紆余曲折があって、そこに至るまでに透らしい在り方を示すはずである。

こんなふうに展開すべきところを端折り端折りして、筆を急がせていると思われるし、小説を書く意欲自体が落ちていると言わざるをえない。もしかしたらこのあたりを書くのが、一番つらかったのではないか。村松剛が読んでいて最も「つらい思い」をしたのも、多分そうであろう。石原慎太郎の手厳しい批評も、容認せざるを得ない。

この後、二十六章からは、八月に執筆した分になるが、筆の力がはっきり違う。十分に腰が入っており、伸びがある。

ただし、ここにも問題がないわけではない。

「昭和四十九年のクリスマスを、透がどう過ごすか……」と書き出されるが、九月に本多が起こした事件以来、すでに成年に達して東大生となった透が本多に対し暴力を振るうようになった様子を概説して、その上で九月の事件へと立ち戻り、本多の側から詳しく描く運びになる。よろめく足を踏み締め、神宮外苑へ出掛け、男女の痴態を覗き見る。と、男が傷害事件を起こし、その騒ぎに巻き込まれた揚げ句、週刊誌に「八十歳の覗き屋」と書きたてられる……。こういうふうに叙述が前へ戻るので、流れが悪くなる。

これは多分、連載の二回分を飛ばして先を書くため、まず「昭和四十九年のクリスマス」という時点を明示した上で、要約することから始めたからであろう。二十五章を書き終えた時点で、修正すべきところであったかもしれない。

つづけて二十七章では、透に虐待されている本多の様子を黙って見ておれなくなった慶子が、透ひとりを自宅へ招き、本多が透を養子にした理由を明かす。そして、透が自分で思っているような非凡な選ばれた者ではなく、老人二人によって引きずり回されているだけの、平凡な若者にすぎないと告げる。このところは筆が勢いをやや取り戻していて、精彩がある。その慶子は透を清顕、勲以下の選ばれた転生者の「贋者」と呼ぶ。これに透は打撃を受け、本多から清顕の日記を借りて読んだ末、自殺を企てる。

しかし、選ばれた転生者の「贋者」呼ばわりされただけで透が心底から絶望するだろうか。本多が勝手にそう思い込んだだけ、と突き放すことだってできたはずである。透本人にとって耐え難いのは、自分は何もかも見、知った特別の存在であり、本多に負けるはずがないとまで自負していたから、現在の養子という身分になっている根本的な理由を知らずにいたことである。無知のただ中にいながら、愚かしくもすべて知っているつもりで、振る舞っていたのだ。それこそ絶望し、自殺を企てるのに十分な理由である。

それにもかかわらず、三島は、「贋者」で片付けた。一冊目の創作ノートを見ると、「贋者」を幾人も登場させる計画であったから、その当初の案に引きずられて、こうした書き方になったとも考えられる。

＊

いろいろ足らざるところを挙げつらったが、それでもってこの作品の価値が大幅に落ちるわけではない。

そうして最後の場面へと進むが、その前、二十八章で透が服毒、生命は助かったものの、盲目となるのは、冒頭、水平線の彼方まで見通しかねない、比類のない明晰な目を持っていただけに、意味深い。言わば対極的な在り方へ一気に陥るのだ。それも同棲していた「白痴」の絹江が妊娠、結婚するというかたちを採って。作者は、念押ししているのである。

本多の方は膵臓を病み、手術を告げられ、いよいよ聡子と会うため奈良へ向かう。

二十九章は、京都から月修寺の門前までのタクシーによる道行きとなり、最後の三十章では、門跡となった聡子と対座する。

本多は、会いに来た経緯を説明、清顕と聡子の恋について語ると、門跡は、「俗世で受けた恩愛は何一つ忘れはしません」と言いながら、清顕という人は知らない、と答えるのである。「それなら、勲も（中略）ジン・ジャンもゐなかつたことになる。……その上、ひよつとしたら、この私ですらも……」と思わず叫ぶと、聡子は本多を見据えて、「それも心々ですさかい」と言う。

この聡子の言葉によって、これまで四巻にわたって繰り広げてきた世界のすべてが煙のように消える印象を持つ。そこからさまざまな解釈が出てくるが、上に指摘した書き足りない点が微妙な影を投げているのではないか。

それとともに留意すべきは、この言葉「心々ですさかい」が、聡子というよりも、唯識思想を究め、輪廻から解脱する境に立ち至った門跡が、自らの死を間近かにして、本多に向け発したものであることだろう。門跡は本多よりも二歳上の八十三歳である。昭和四十五年の時点では、恐るべき高齢である。

それに対して本多は、業のただ中になおも囚われていて、輪廻から逃れ出られずにいる。すなわちこの両者は、死を間近かにして、まったく別の境涯に身を置き、対座しているのだ。門跡は間もなく輪廻を離脱して涅槃へと去るが、本多は六道輪廻へとまたも舞い戻るよりほかない。そういう決定的な別れを目前にしているのだ。

全四巻の終わりは、こういう形で訪れるのだ。聡子は「幸魂」へ導かれるが、本多は修羅の巷に取り残されるのである。

だから、最後、本多が見る夏の日を浴び「寂寞を極め」た「記憶もなければ何もない」月修寺の庭には、この世界が二つに裂けて、輪廻転生を根底で支える唯識論で言うところの阿頼耶識そのものが、現われ出ている……。

目に見えぬ輪廻の輪が一瞬途切れ、存在すると思われていたすべてのもの＝第七識までの識の働きによって現象しているすべてのものが消えた瞬間、あらゆる存在の基底である阿頼耶識そのものが、あらわに現われ出ている。阿頼耶識とは、存在の果て、無の果ての果てであり、かつ、存在が新たに現われ出て来るところである。『暁の寺』（十九節）から引用すれば、「世界を産み、存在せしめ、一茎の水仙の花を存在せしめ、一瞬一瞬、不断にこれを保障する識」、「無明の長夜を存在せしめ、かつ、この無明の長夜にひとり目ざめて、一刹那一刹那、存在と実有を保障しつづける北極星のやうな究極の識」であろう。三島はそれを示そうと意図したと思われる。

門跡の「心々ですさかい」という言葉が与える衝撃が強すぎるため、やや混乱を招きがちだが、作品全体の構成から見ても、明らかにそうである。透が見る望遠鏡の中の海の描写からこの第四巻は始まったが、そこにはインド神話の存在が生まれ出る乳海攪拌への言及が織り込まれていた。そのように存在が現われ出る根底の根底を窺い見ようとするところから始まり、それに応えて、阿頼耶識そのものが一瞬、露頭することによって閉じられるのである。

また透は、いまも触れたように自殺を企て、巻頭の明知の極みからまったき無明の闇へと陥るが、それは認識がもたらす光を頼りに生を始める人間なるものの始まり、出発点にいる……。ただし透の子は絹江の血を受けて、本多が考えるように闇に留まりつづけるかもしれない。が、そうであっても輪廻の輪が新たに回り始めることに変わりはないのだ。そういう構成になっているのである。

＊

三島がどうしても完結しなければならぬと、執念を燃やしたのは、こういうところにゴールを設定していたからであろう。阿頼耶識そのものの出現がなければ、この長篇連作は終わらない。『暁の寺』は本多が自分は転生の証人であると思い知らされ、「不死かもしれない」と考えたところで、別荘が炎上、終わっていたのだ。当初の予定とは異なったかたちではあったが、一つの世界そのものの根底的な終わりへ、同時に真新しい始まりへと、ここで至ったのである。

大江健三郎は、この作品が「閉じた」もので、「後から来るものらによって継承・発展させられることはないようにとたくらんで、その生涯をしめくくったのではなかっただろうか？」（『最後の小説』）と書いたが、決してそうではない。

そうして最初に言ったように三島自身にとっても小説なるものにとっても日本の文学史にとっても、「最後の小説」にして「究極の小説」たり得たと、言ってよかろうと思われる。こうした企てをすること自体、「増長慢の限り」ではあろうが、最後のところで、一個の作家たる在り方を越えているのだ。

『日本文学小史』では、その内を貫くものとして「文化意志」なる概念を持ち出しているが、阿頼耶識と照応させて考えるのがよかろう。「古事記」「万葉集」以来の輝かしい文学上の精華の連鎖が、「文化意志」を具現して来ているのであり、そうして形成された日本の文学の総体をしっかり受け止め、かつ、その最後の者として、三島は自らを位置付けるのだ。それとともに、小説家たることを根拠づけるところも見いだしている。

こうして書き上げた「究極の小説」だが、書き上げることによってすべてが終わるのではなく、以後も読み継がれなくてはならない。いかなる小説も、小説である限り、読まれなくてはただの印刷された紙の束にすぎず、読み継がれてこそ「究極の小説」たり得るのである。

そこで問題になるのが、読み継がれ方である。少なくとも日本の言語、その精神的感性的美的な秩序体系、さらにはその文化そのものの総体が、歴史の奥行きを豊かに抱え持って生きていなくてはならない。三島が『文化防衛論』を唱え、正統的な軍事力によって守護されることを要求、「檄」を掲げて自決する挙に出たのも、じつはこのためであったのだ。そのところが確保されなければ、日本の文学の総体も自らの「究極の小説」も消滅する。その危機感を誰よりも鋭く感じたのだ。

その意味で、死を決めたうえで「究極の小説」を完成させることと、生命を投げ出して市ケ谷で訴えることとは、間違いなく一つに繋がっていた。そのどちらが欠けても足らない。『天人五衰』の末尾に書き込まれた昭和四十五年十一月二十五日とは、この二つの希求を鋭く交差させた日だったのである。

注1　船舶の航行を見張り連絡する職務については、『潮騒』の取材のため神島の灯台を訪れた際、その事務室で行われており、担当の少年の四席灯台員に三島が好意を持ったらしいことが、当時の灯台長の子息、山下悦夫「手紙に見る三島由紀夫と私の家族」（三島由紀夫研究18号、平成30年5月）明らかにされた。この職務を心に留め、戯曲『船の挨拶』（文藝、昭和30年8月号）で扱い、『天人五衰』に及んだのである。

（文学界、平成23年1月号、補筆）

Ⅲ その劇

東西の古典を踏まえて

没後五十年も近くなったが、三島由紀夫の仕事は忘れられるどころか、却って人々の胸に深く届くようになったと思われる。多分、最期があまりに衝撃的であったため、素直に向き合えなかったのが、ようやく出来るようになったのだ。歳月の経過の賜物である。

その多方面の仕事の中でも、演劇が頭抜けている。今年になって早くも注目される上演が相次いでいる。

演劇というジャンルが、今日の状況のただなかに三島の仕事を引き据え、改めて提示するのに最適なためかもしれない。小説では、一個人の読むという行為に全面的に依拠するが、舞台では三島が書いた演劇言語以外はすべて今日のもので、役者も演出家も観客も今に生き、劇場も舞台装置も今の時空を占める。その点で、今のただなかにおいて、今を取り込んで甦る、と言ってよかろう。

そのような営為を、三島の戯曲がどうしてすぐれて可能にするのであろう？

残念ながら答えを用意しているわけではないが、歳月の経過の賜物を言ったところから、自ずと浮かんで来ることがある。長い歳月を越えて今に生きる作品を古典と呼ぶが、三島は誰よりも優れて古典を意識し、古典に学び、それに拠って創作した、そのことに思い至るのだ。

明治以降、芸術の営為は独創性を求め、過去を切り捨て、未知の領域へと踏み込むのを第一義とし、古典と縁のないところへと突き進むのをよしとして来た。ところが三島は、創作の現場へ積極的に古典を呼び込み、時には全面的に依拠することも辞さなかった。その点で優れて反時代的であった。

しかし、能を踏まえることによって現代的な課題に鋭く迫り、秀作「近代能楽集」を書いた。歌舞伎では、チョボの入った丸本物そっくりそのままで、発表当時は、時代錯誤だとの批判を受けたが、いまやこの姿勢が歌舞伎自体を活性化させたと、認められるに到っているのではないか。

演劇において、創作活動と、古典に大きく依拠することは決して矛盾しないと、三島は捉えているのだ。そこには演劇言語と劇場についての独自な、と言うよりも真っ当過ぎるほど真っ当な確信があったと思われる。

そして、その古典は、わが国の枠内に留まらない。例えばフランス古典劇、とくにラシーヌに多くを学んでおり、その成果はまず『白蟻の巣』と『芙蓉露大内実記《ふようのつゆおおうちじつき》』（ともに昭和三十年）に見られるが、翌々年には『ブリタニキュス』の文飾――直訳をベースに当の翻訳者と討議しながら今日の日本語の芝居とする作業――に従事し、骨身を削る苦労をして、その骨法を会得すべく努めた。

また、サルドゥ『トスカ』の文飾、ユーゴー『リュイ・ブラス』の潤色を行っているが、ギリシア古典劇からも着実に摂取している。例えば『朱雀家の滅亡』は「エウリピデス『ヘラクレス』に拠る」と注記されているとおりで、その骨組を利用することによって、先の戦争を戦った者たちの心情と天皇なる存在へ深く踏み込むのに成功している。

そうして『サド侯爵夫人』と『わが友ヒットラー』となると、ラシーヌの影響が顕著である。三一致の規則をほぼ守り、劇的事件はほとんど舞台の背後に置き、華麗な台詞で全体を押し切っている。ここで三島は詩的言語の豊饒な才を存分に発揮している。

ただし、扱うのは、正統的な思想や社会と鋭く対立するサドであり、二十世紀において最も許しがたい存在のヒットラーである。前者は舞台に姿を現わさないが、後者では正面切って登場、ナチス党結成以来の旧友エルンスト・レームとグレゴール・シュトラッサーと会話を交わす。レームはヒットラーの友情をいまだに信じ、シュトラッサーは信じていない、対照的な「友」であるが、この二人を裏切り、抹殺することによって、ヒットラーはドイツ国家を完全に掌中に収めるのだ。そこがこの戯曲の要で、殺戮が行われている当の一九三四年六月三十日の夜半、ヒットラーはレームの言葉を思い出してこう独白する、「……かう言ひ直したはうがいい。エルンストは軍人だつた。そしてアドルフは芸術家になるだらう」。

「芸術家になる」ことが最も呪わしい響きをもって発せられるのだが、サドにしても最後、夫人の口をとおして恐るべき芸術家としての在り方が語られる。その点でひとつに繫がる。ともに芸術の究極的在り方に触れてをり、最晩年の三島の関心の所在が察せられる。

あるいはそのような姿勢が、東西の古典を踏まえつつ、歳月の経過を突き抜け、今に甦る中枢をなしているのかもしれない。芸術の本質に則って、この世界を越え出て、世界をまるごと掴み取ろうとするのだ。

（悲劇喜劇「三島由紀夫特集」平成23年4月号）

交響する演劇空間

三島由紀夫は、戦後まもなく、『煙草』（人間、昭和21年6月号、以下「昭和」略）で新人小説家として登場、つぎつぎと作品を発表、『仮面の告白』（河出書房、24年7月刊）で、その地位を揺るぎないものとした。

この歩みに一歩遅れるかたちで、劇作家としても歩み出した。

まず『火宅』（人間、23年11月号）を発表、翌年二月には、俳優座創作劇研究会公演として取り上げられ、東京・毎日ホールで一週間上演された。青山杉作演出、千田是也、村瀬幸子らが出演、新人劇作家としては恵まれた出発であった。

この後、『愛の不安』（文芸往来、24年2月号）、『灯台』（文学界、24年5月号）と一幕物を年に二本から四本も発表して行くが、発表後間もなく上演された作ばかり拾うと、『灯台』の次が『邯鄲』（人間、25年10月号）、『綾の鼓』（中央公論文芸特集、26年1月号）、『卒塔婆小町』（群像、27年1月号）である。いずれも一幕物で、ほとんどが前記の俳優座創作劇研究会とか文学座アトリエ勉強会といったところでの上演であった。

有力劇団の本公演に掛けられたのは、昭和二十八年六月の文学座による『夜の向日葵』四幕（群像、28年4月号）である。

続いて昭和二十九年十一月俳優座が『若人よ蘇れ』三幕（群像、29年6月号）、三十年には六月に文学座が『只ほど高いものはない』三幕（群像、27年2月号）と『葵の上』（新潮、29年1月号）を併せて上演、同年十月には俳優座が『白蟻の巣』三幕（文藝、30年9月号）、三十一年十一月には文学座が『鹿鳴館』四幕（文学界、31年12月号）を創立二十周年記念として上演した。(1)

このように劇作家としての地位を、これまた速やかに確立して行ったのだが、戯曲を文芸雑誌にまず発表して、それが上演される運びになるのは、多くの劇作家が取ることのできない道筋であった。やはり小説家として先行していたからで、このことは三島の書く戯曲が、活字を読むことで享受が可能な性格の作品であったことを端的に示している。

ただし、読むことによって終わる戯曲ではなかった。次々と劇団によって取り上げられたことが、そのことを雄弁に語っている。小説とは別の、演劇性を顕著に持っていたのだ。

その点について考える上で、いま挙げた作品群には重要な系列の作品群が抜け落ちている。

昭和二十六年十月、柳橋みどり会のために書き下ろした舞踊脚本『艶競近松娘《はでくらべちかまつむすめ》』三幕が明治座で五日間上演されている。(2)いわゆる芸者の温習会であったから、あまり注目されて来なかったが、近松の心中ものに夢中になっている娘と、草紙売りの若者との恋を、近松作浄瑠璃の詞章を存分に踏まえて構成されており、高い完成度を持っている。この時点で、三島がいかに高度な歌舞伎や舞踊、音曲についての知識を豊富に持っていたか、また、それを使いこなす力量を備えるに至っていたかが、よく分かる。次いで二十八年十月には、『室町反魂香《むろまちはんこんこう》』三幕が同じ柳橋みどり会により明治座で上演された。

多分、この一連の仕事があったからであろう、芥川龍之介原作の『地獄変』の舞台化を松竹から依頼された。そして二十八年十一月に歌舞伎座で上演されたが、徹底した義太夫狂言の模擬作というかたちを取り、いわゆる「チョボ」の詞章まで付いている。(3)そして、その舞台は中村歌右衛門、中村勘三郎、松本幸四郎と名題の役者が顔を揃えた。

その一年後、二十九年十一月には歌舞伎座で、やはり歌右衛門、中村勘三郎らで上演されたのが

『鰯売恋曳網《いわしうりこいのひきあみ》』である。笑いに溢れた、多分、三島の歌舞伎脚本のなかで最も優れた舞台で、以後、繰り返し上演されて来ている。(4)

つづけて翌年二月、歌右衛門のために書いた『熊野《ゆや》』が、莟会により歌舞伎座で上演され、十一月には『芙蓉露大内実記』一幕が歌右衛門、実川延二郎、市川猿之助らによって歌舞伎座で上演された。『鹿鳴館』での成功に先駆けて、三島は、歌舞伎で商業的成功を収めていたのである。『鹿鳴館』の執筆には、歌舞伎でのこの達成が少なからず働いていると思われる。

ただし、「新劇」と歌舞伎は、近現代演劇と伝統演劇という以上に、異質なところがあるのは言うまでもない。その異質さを、『鹿鳴館』でいくらか統合していると見てよかろう、どちらかと言えば歌舞伎をベースにして。

＊

三島の歌舞伎への親近ぶりは一方ならぬものであったが、学習院中等科一年に進学するとともに、祖母夏に連れて行かれ、夢中になったのに始まる。以降、家族と一緒によく行き、生活の一部にまでなったが、戦時下、昭和十七年一月からは、『芝居日記』を付けている（昭和22年11月まで）ので、その詳細が分かる。

これだけ夢中になれば、主な演目の、主な台詞、下座音楽の節、その詞章など、暗記するまでになったのは当然だろう。戦後間もなく、小説家同士の宴会などで歌舞伎役者の声色をよくやったと聞く(5)が、三島にとって演劇は、なによりも歌舞伎だったのである。

その『芝居日記』で褒め言葉として学生の三島がよく用いているのが「古風」であり、贔屓の役者は七代目沢村宗十郎で、戦後早々に「宗十郎について」（昭和22年4月）、「宗十郎覚書」（22年10月）を書いている。そこでは「類のない古色を漂はす宗十郎」と評し、「われわれが築くべき次代の駘蕩たる文化も亦、古い時代の残した生ける証拠を基ゐにして築かれる」と、書き込んでいる。

ここに、歌舞伎に取り組む三島の基本的な姿勢が早々に打ち出されていると見てよいのではないか。時代錯誤とも見えかねない擬古作をあえてしたのも、「古い時代の残した生ける証拠を基ゐ」としようとしたからであろう。ただし、やがて「古風」一辺倒ではなく、近代的陰影も併せ持つ八代目中村歌右衛門に心酔するようになり、その歌右衛門によって歌舞伎座の舞台に載せられたのである。

ついでに、やはり早く母方の祖母に能に連れて行かれ親しんだことも、触れないわけにはいくまい。ただし、歌舞伎とは違い、圧倒的な陶酔感を覚えることはなかった。が、受けた影響は大きかった。「近代能楽集」の諸作が示す通りで、「模作」あるいは擬古作という形は採らず、あくまで現代に時と場を設定し、原曲のパロディとして創作した。そのため用いた曲はいわゆる現在能に限られた。

ところが歌舞伎では、自ら「模作」と言い、徹底して義太夫狂言そのまま倣って書いた。歌舞伎の持つ力を有効に働かせて新作を書くには、それが最上だと見極めたうえでのことであった。「カブキの様式にもう一度息を吹き込んで、様式の精神をよみがへらさねばならぬ。カブキが現代と相渉らぬことについて焦燥感を抱くのは愚であつて、強烈な様式の精神がよみがへれば、どんな現代の事象も、その歯でかみ砕けぬほどには堅くないのである」（「カブキはどうなるか」）と書いている。

そして自作『地獄変』についてこう述べている、「強烈な感情の表現には、近代劇の手法ではいかにも生ぬるい。歌舞伎、殊に義太夫狂言は、嵐の如き感情の表現技法として、おそらく、世界最高のものを持つてゐる。私はまづ、どうしてもこれを竹本劇にせねばならぬと思つた」（「竹本劇『地獄変』歌舞伎座プログラム」）。

このような三島の姿勢の根本には、劇を成立させるのは、祝祭的華やぎに満ちた空間としての劇場がなくてはならない、という強固な確信があったと思われる。わが国のいわゆる「新劇」にあっては、このところが致命的に欠けている。というより、厳しく排除したのである。伝統から自由を確保し、欧米の近代演劇を受け入れるためであるが、このことが大きな欠点として長らく纏い付くことになった。しかし、三島は、わが国の演劇の主流に座りつづけて来ている歌舞伎に、少年期から親しむことによって、このことを強烈に思い知っていた。だからこそ三島は、歌舞伎においては『鰯売恋曳網』『むすめごのみ帯取池』といった笑いに満ちた作品を書いたのである。また、大掛かりな舞台装置を使った『椿説弓張月《ちんせつゆみはりづき》』、歌舞伎ではないが『アラビアン・ナイト』『癩王のテラス』などを書き、『ブリタニキュス』の修辞を担当し、『トスカ』を潤色したりしたのである。

この劇場という空間だが、言うまでもなく舞台と観客席があり、楽屋から役者が舞台へと登場し、観客の注視を浴びながら、演技することによって、劇が展開されるのだが、そのことを役者も観客も常に意識していなくてはならない。舞台の上の役者は登場人物になりおおせながらも、演じて見せていることを折々あえて示すし、観客は観客で掛け声や拍手でもって応じて、ここが劇場以外のどこでもないことを絶えず明白にしつづけるのである。

これに対して近代劇の多くは、幕が上がった瞬間から、この場所が劇場であることが忘れられることを目指す、と言ってよかろう。舞台の上で展開されるのは、この人間世界の真実であり、観客は、自分が観客席に座っていることを忘れ、あたかも現実そのものとじかに向き合っていると感じるようでなくてはならない、とするのである。いわゆる十九世紀の自然主義的演劇観だが、「芝居」を可能な限り意識の敷居下に押し沈め、「真実」そのものを提示しようとする。そのため、劇場からは笑いが追放され、その替わりに啓蒙的な性格が迫り出てきた。一般人の理解が届かないこの世界の真実を提示し、人々の蒙を開く、というわけである。

三島は、こういう演劇を嫌った。「日本の新劇から教壇臭、教訓臭、優等生臭、インテリ的胆っ玉の小ささ、さういふものが完全に払拭されないと芝居が面白くならない。そのためには歌舞伎を見習ふがよいのである」（「戯曲を書きたがる小説書きのノート」）と書いている。その点で、いわゆる「新劇」以前に根差すとともに、以後を先取りしていると言ってよかろう。

劇場は、あくまで日常とは異質の、特別の空間で、ここでは大勢の観客に対して、役者が演技——演戯と言ったほうがよいかもしれない——を見せ、少なくとも日常では経験できないことを、この場に限って、体験し、楽しんでもらおうとするのであり、観客もその楽しみを求めてやって来るのである。

だから、三島は演技についてこういう注文を出した。『トスカ』（昭和38年）の上演に際してだが、「役の人物が現れる一瞬前に、役者が登場しなければならぬ。役の人物が退場した一瞬あとに、役者が退場しなければならぬ。それがかうしたシアトリカルな芝居の味はいであると私は信じてゐる」と。

そうして、実際に「杉村春子のトスカが序幕で登場するときに、彼女は、いくら叩いても開けられなかつたドアがやつと開けられ、恋人に対する疑惑をツンとした表情にあらはして、もうさういふ顔を作つて舞台へ出てくる。役の解釈としてはそれが正しい筈だが、私は花やかな歌姫トスカに扮した杉村春子が、まづ舞台へ辷り出して、その一瞬あとに、役の要求する表情を作ればいいではないかと主張し、杉村さんはそれを容れた」と。

この文章をもう少し引用すれば、こうである。

「つまりかういふ芝居で、観客は、役者と演技との或る一瞬のズレをたのしむのだが、それは必ずしもスタアへの憧れや、あるいは役者の素顔に対する期待を意味するものではない。まづ存在を見、それから演技を見たいと望んでゐるのである。（中略）演技の一つ一つが、役の性格から自然に必然的に流れ出てくることよりも、演技がもつと抽象的な能力として、怒りや、愛や、嫉妬などの普遍的な表現能力として、役者によつて示されることがのぞましい」（「芸術断想」）。

劇における登場人物である前に、役者であることを、そして演技していることを観客にはっきり示すことが肝心だと言っているのだ。勿論、いわゆる「新劇」のすべてにおいてではなく、「かうしたシアトリカルな芝居」と限定しているものの、三島にとっては、このところが演劇において最も基本的な事柄であった。

現に『鹿鳴館』について、「お芝居を書かうとした」（文学座プログラム）と言い、「私のはじめて書いた『俳優芸術のための作品』」（「『鹿鳴館』について」）だとも述べている。この戯曲が成功したのは、多くこの姿勢によるだろう。

役者としての存在を、観客にはっきり意識させることは、舞台という場を、さらには劇場という空間を意識させることにほかならない。そして、それはまた、現実には存在しない世界を、役者の演技とそれを見守る観客が一体になって創り出していることを、明瞭に意識しつつ、保持し続けることを意味しよう。役者が演技でもって示すところを、観客が的確に受け止め、感情を動かし、さらに集中して見守ることによって現に受け取っているところのものを示せば、役者はそれに反応して、さらに高みへと向かい、この世界には決して在り得ない別の世界を構築する。そして、その高みと現実との距離の大きさを鋭く意識すればするほど、喜びは大きくなる。芝居の楽しみは、知的意識によって普段に裏打ちされた、特異な陶酔なのである。

＊

いま述べたところから、三島が書いた戯曲の多くに共通する特徴が導き出されよう。

たとえば、その台詞である。美辞麗句を織り混ぜ、快い緊張が行き渡っていて、日常の会話とはおよそ異質である。この点を捉えて、批判する人もいるようだが、三島の台詞は、上に見たような劇場で、快く響くものでなくてはならないのである。また、華やかな劇場でなくとも、この台詞がそのような劇場を現出させる働きをするものでなくてはならないのである。

　だから台詞は、役者に、まずは台詞術を存分に発揮させるものでなくてはならない。観念的な言葉、耳遠い美辞麗句であれ、くっきりと発声して、観客に即座に受け取られ、耳に喜びを与えるものでなくてはならないのである。そうしてこそ、観客は、役者の台詞術を批評的に受け取りながら、積極的に共感を注ぎ込むことになるのだ。

　近代演劇では、日常会話こそ理想的な台詞とする向きが圧倒的であったが、三島は、そこからの遠さが肝要だとしたのである。

　ただし、台詞だけで劇を成立させようとしたわけでは決してない。『サド侯爵夫人』がそうした誤解をもたらしたようだが、台詞が台詞として際立ち、それと意識して享受される時、台詞を口にしている当の役者およびその場にいる他の役者たちの肉体の現存、その化粧、衣装、舞台装置、そして劇場全体が、改めて意識され、多様多層の緊張関係が生み出されるのだ。

　じつは歌舞伎の「チョボ」も、この緊張関係を生み出し、強める役割を果たす重要な要素である。「チョボ」は、三味線に乗って太夫が「語る」ものであり、もともと「語る」ことは劇と異質で、かつ、劇中に役割を持たない太夫が節をもって行うため、異質さは一段と強調される。それでいて、作中人物なり、この劇が表現しようしているものを端的に表現するのである。

　このように多くの異質な要素によって劇が提示されるのであり、観客は、それらを交響させるかたちで、受け取るのである。だから歌舞伎は、なによりも「チョボ」によってすぐれて総合芸術となり得ていると言ってもよく、三島は「チョボ」に徹底して拘り、「チョボ」を用いない新歌舞伎を認めなかった。

　もう一つ、三島の戯曲の見やすい特徴を挙げれば、以上に述べてきたことに繋がるが、この世にあっては及び難いところへと向かうように構成されている点である。

そのところは、『薔薇と海賊』に最もよく見てとることができる。主人公は女流童話作家で、自作童話の主人公の扮装を娘にさせて秘書とし、夫とは夫婦関係を持たず、無垢に身を保つ代わり、夫が怪しげな女を家に引き入れるのに任せている。そこへ自分は童話の作中人物だと信じる愛読者の若者が訪ねてくる。そして、作者と彼との間に恋が芽生え、やがて悲劇的なかたちで成就する一歩手前まで行く……。

『鹿鳴館』では、伯爵夫人朝子と侯爵家の娘顕子の、古い恋と新しい恋が、その姿を現わし、高揚するが、華やかな夜会の最中、打ち揚げられた花火のように花開くかと思われた時、ピストルの音とともに砕け散り、政治的野望と嫉妬ばかりが深い悲哀とともに残される……。

＊

ここまで見てきたところから、三島の劇作が、三島の歌舞伎の受容と深く繋がっていることが知れよう。そして、ギリシアやフランスの古典劇を身近に感じ、生かすことにもなったのである。

また、能だが、先に指摘したように、擬古作のかたちは取らず、時と場はともに現代とするが、そのかわり、現実なるものの枠組を軽々と跨ぎ越し、恐ろしく広大な想像のための地平へと踏み込む。例えば『卒塔婆小町』では、日比谷公園の一隅が舞台とされるが、それが鹿鳴館時代にもなれば、九十九歳の乞食老婆がそのまま輝くような美女小町になるのだ。そして、この九十九歳の乞食老婆にして美女の小町に恋した青年詩人が、彼女を美しいと言ったばかりに、死ぬという事件が起る。時間も個々の人物も、隔絶した在り方の間を自在に往復・変化し、そこに美なるものが永遠の相をもって、一時、出現するのである。

『班女』では、恋人を待ち続ける花子と、その花子を愛して傍らに引き止めつづける実子、この二人の女の在り方が、これまた永遠の相を獲得するところが示される。

　このように現実を乗り越え、遥か彼方に至ろうとするところに劇が孕まれるのであり、およそ「新劇」なるものの成立の前提を大きく逸脱する。

　しかし、文学座を主な舞台として成功を収めてきたところからも明らかなように、この自在さは、伝統演劇のなかでは必ずしも実現されるものでなく、やはり「新劇」にあってこそ、可能になったのも確かである。その自然主義的演劇観とは真っ向から対立するものの、伝統的な演劇を一応は退けることも、また、不可欠だったのである。

　このあたりの事情は、「新劇」特有の「赤毛もの」を装うことによって、『サド侯爵夫人』を書いたことが、よく語っていよう。三島の立場からは基本的に退けるべき現実の忠実な模写を目指すことで獲得された、皮肉にも日本人たる現実を離脱し西欧人を演じる演技術を、意識的に生かすかたちで、書かれているのである。いわゆる「新劇」への痛烈な皮肉でありながら、その成果を存分に生かしもしているのである。

　ただし、それも劇場という特異な空間を前提にする姿勢によって、初めて行われ得たことを見逃してなるまい。

注1　昭和29年以降は、アトリエ上演などは記さなかった。
　2　柳橋みどり会が、意欲的な舞踊脚本の書き手を新進の作家に求めて、国立劇場理事だった高橋誠一郎に仲介を依頼し、芦原英了が三島を推薦したことによって実現した。高橋誠一郎「三島由紀夫君思い出すまま」（三田評論、昭和46年3月号）による。ただし、実際は、歌舞伎「源氏物語」を執筆、柳橋によく出入りしていた舟橋聖一あたりの助言があったのではないか。

3　登場人物の動作、感情などを浄瑠璃で語るのを「チョボ」と言った。三島のこうした「チョボ」への拘りは、文楽版『椿説弓張月』を作るまでになった。その経緯については織田紘二「文楽版『椿説弓張月』について」（国文学、平成12年9月号）が詳しい。また、『室町反魂香』は、没後、昭和46年6月に歌舞伎として国立劇場で上演された。

4　『鰯売恋曳網』の上演は、平成17年3月までで12回に及んでいる。

5　川島勝『三島由紀夫』（文藝春秋）には、大学生の頃から歌舞伎役者の声色を使うのが得意で、家のなかで母や妹を笑わせ、舟橋聖一との初対面の席では、源氏店の与三郎をやったという。

（国文学解釈と鑑賞別冊「現代演劇」平成18年12月）

詩的次元を開く――「近代能楽集」の独自性

三島由紀夫の数多い劇作のなかでも、「近代能楽集」は独特の地位を占めている。そして、舞台に載せるとなると、前衛的といってよい工夫が避けられないようである。

例えば舞台装置だが、三島はト書で、『葵上』では精神分析の療法を受けている深夜の病室にヨットを出現させるし、『道成寺』では巨大で「世界もその中に呑み込まれてしまひさう」な衣裳簞笥を要求している。

およそリアリズムによる舞台造りを、真正面から拒否しているのである。

多分、「近代能楽集」の発想の根底には、「能楽」の文字が入っているように、能舞台があるのだ。揚幕から橋掛が伸び、老松を描いた鏡板を背にした裸の舞台が、観客席に向って突き出ている。そして、たまにごく簡素な象徴的な造り物が観客を前にして運び出される。

この舞台空間は、少なくとも室町末期以降、一貫して保持されて来ているようだが、単なる舞台ではなく、能そのものと一体である。能という独特な演劇の基本的性格を、端的に提示している。

そこに如何なるものを、三島は見出したのか。こう書いている。

私を主として魅したのは、能楽のもつ、舞台の空間からの自由な飛躍と、簡素な様式と、その露はな形而上学的主題とであつた……。

（「三島由紀夫作品集」あとがき　昭和29年）

一般の劇場における舞台は、額縁に収まっていて、客席と幕で隔てられており、演じられる劇にふさわしい空間的時間的な設定が一見して分かるように、大方は写実的に整えられた装置が据えられている。言い換えれば、われわれ人間が実際に生きる以上は占めるはずの場と時が、登場人物に合わせて、おおよそのところ、再現というかたちをとって用意されているのである。

ところが能舞台では、それらがきれいさっぱり切り棄てられている。ひたすら能という象徴的歌舞劇が演じられる、恐ろしく抽象化された、限りなく無に近い場となっている。

このことが持つ意味は意外に大きい。すなわち、ここに登場する人間なり生起する事件は、現実の存在条件から解き放たれている、と受け止められるのである。

この世に生きている限り、われわれはじつにさまざまな存在条件、肉体、感覚、感情、思考を初め、社会的な様々な条件、時間的な制約など実に多くの条件に縛られ、それらを受け入れ、かつ、集約したかたちで、この場の今に存在し、生きていると言ってよかろう。それがわたしなる存在である。

ところが能では、それらの条件が捨象され、無とも空とも言うべき、そうして清浄なと言ってもよい場が、据えられているのである。それは無とも空とも言ってよいものが明確に形象化されて、虚空に設定されていると言ってよいかもしれない。

だから、この場＝舞台に登場するとき、人間を初めもろもろのものが負っているはずの諸々の存在条件を、シャツのように脱ぎ捨てることになる……。

揚幕が上がり、橋掛を進んで来るのは、だから生来の肉体を持った人間ではなく、訓練を通して捉え直された肉体を備えた能役者であり、その動きも衣装も厳しく様式化され、中心的な役を担う者は面をつけ、素顔を晒すことがない。現実の存在条件を脱ぎ捨て、あるいは覆い隠した後、捉え直し、造り出したところのものである。このようなものだけが、能舞台に出ることができるのだ。

そこでは時間の自然な流れも、退けられる。過ぎ去ったはずの事件、死んだ人間が、現在を押しのけ、中心に座るようなことが、ごく当たり前のこととして行われる。現に謡曲の大半が、いわゆる夢幻能だが、諸国順歴の僧ワキの前に、すでにこの世のものではなくなったはずの人が現われ、彼が深く係わった過去の出来事を甦らせる。すなわち、時間の基本的枠組みが外され、過去が現在へ入り込み、現実と夢幻との境も消える。三島が多く取り上げるのは現在能であるが、この点に変わりはない。謡曲のこのような性格なり具体的な構造なりと能舞台とは、深く結び付き、一体化している。ここに、三島が言うところの「自由な飛躍」が可能になる領域が出現するのだ。

もう一つ、引用すると、

私の近代能楽集は、韻律をもたない日本語による一種の詩劇の試みで、……時間と空間を超越した詩のダイメンションを舞台に実現しようと思つたのである。（「卒塔婆小町覚書」昭和27年）

上に言う「自由な飛躍」が可能になる領域とは、能舞台が実現している時間と空間を超越したところであり、そこに「詩のダイメンション」、詩独自の dimension（次元）が開かれる、と言っているのである。そこでこそ言葉＝日本語を、散文の分野を越えて詩の分野にまでわたって自在に働かせることが出来るのだ。今日の日本語、そして、小説の言語は、上に言った諸々の存在条件に囚われているが、そこから自由に羽ばたくことが出来るのである。

そうして「一種の詩劇」を紡ぎ出し、かつ、訓練された役者の肉体と声で、そのドラマをより純化した現前性をもって、舞台上に出現させようと企てるのである。

＊

三島が書いた歌舞伎は、歌舞伎の脚本以外のなにものでもないが、「近代能楽集」は、能楽ではなく、あくまで現代劇である。だから、登場するのは、今日どこにでもいそうな人間たち、それもひどくありふれた凡俗で卑俗な、時には醜悪な様相をみせる人たちである。

『卒塔婆小町』だと、襤褸をまとい、悪臭を放ち、人々が避けるのをいいことにして、公園のベンチを独占、モク拾い——敗戦後しばらく極端な物不足から、タバコの吸い殻を拾い集め、自分も吸えば売りもした——をする老婆を主人公とする。相手は、ひどくセンチメンタルな三文詩人で、場所は、日が暮れるとともに恋人たちが集まって来る公園である。

今日、こうした情景が見られるかどうか知らないが、昭和二十年代から三十年代前半までは、東京・日比谷公園がそうであった。ベンチといい、木陰といい、二人連れが占拠、人目を憚らない痴態を繰り広げて顰蹙を買った。そのような日比谷公園が想定されているのである。

もう少し例を挙げれば、『綾の鼓』は都会の中の一法律事務所に勤務する雑役係の老人とかつてはスリで凄腕を見せた美女。『道成寺』は、身体を売るのも辞さない踊り子と古道具のセリに集まった好色な紳士たち。『熊野』は、遊園地を経営する大実業家の男と嘘に嘘を重ねて平然としている妾の女。『弱法師』は、わがまま放題に振る舞う盲目の元上野の浮浪児の青年と、その親権を得ようと争う、愚かしくも哀れな養い親と生みの親といった具合である。

そういった人物たちが、それにふさわしい場所に現われるのである。

ところが、その人物たちが、この舞台の上でみるみるうちに変容し始める。

『卒塔婆小町』で言えば、襤褸をまとった悪臭を放つモク拾いの老婆が、衣装も化粧も変えないいま、絶世の美女小町にと変容する。それとともにセンチメンタルな三文詩人が、「美しい」の一語に生命を賭ける真の詩人となる……。『綾の鼓』の雑役の老人は、抱いた恋心を果てへと突き詰めて怨霊と化すし、女スリは激しく恋されることを通して恐るべき輝きを放ち、この世の果てを見てしまう……。

その他、いずれの作品でも、近代演劇一般の域を軽々と越えて、こうした変容が起るのだ。それというのも、卑俗な在り方をしている人物たちが、この舞台に登場するとともに、超時間的超空間的な「詩のダイメンション」へと、移行し始めるからである。ひどく日常的な次元からより高く純粋な、メタフイジカルで詩的な次元へと向け、さまざまな状況、条件をくぐり抜け突き抜けして進んで行くのである。それは目に見えないが、間違いなく存在する天へ至る階梯を、登場人物が一段々々と変容を重ねつつ登って行くのを目にするような思いに、観客を誘う。

能では、揚幕を出る前、鏡の間で、この変容の半ば終えているが、「近代能楽集」では、一から舞台上で起こる。ここに「近代能楽集」たる所以があり、独特な魅力がある。

だからこそ、近代演劇の枠組みで言えば、前衛的といってもよい演出なり装置、演技上の工夫が必要とされることになるのであろう。そうして野心的な演劇人を挑発しつづける。

こうしたことは、これまでの長くもない上演史が雄弁に語っているところである。例えば『卒塔婆小町』の小町役は、強烈な個性を持つ演技派女優ばかりか、男優が盛んに演じて来ている。

＊

ところで能は、謡によって始まり、謡が中心となって進められるが、「近代能楽集」もまた、台詞が軸となる。「日本語による一種の詩劇の試み」とも三島は書いているが、なによりも台詞が、主導して行くのである。華麗で構築的な、何事かを伝達するよりも前に言葉自体を意識させる傾きの台詞だが、それが上に言った目に見えないものの、間違いなく存在する天へ至る階梯を築き上げ築き上げするとともに、その一段々々を登場人物たちをして登って行かせるのである。

もともと謡曲は、懸詞、縁語に和漢の詩歌からの引用などを多く織り込んで綴られており、近代散文とは全く異質で、対象指示機能を絶えず留保しつづけながら、言葉自体が持つその他のさまざまな働きを繰り広げ、そこに生成してくるものを踏まえて、なにもない無の舞台空間に何事かを築いて行くのである。

そのようなところを可能な限り、三島は採り入れている。勿論、恐ろしく散文的機能的な文章が支配的な今日では、ほんのわずかな試み——歌舞伎脚本では大々的に行っているが——に留まらざるを得ない。例えば懸詞、縁語なり、それに近い用い方をしている言葉を探しても、ごく僅かである。例を挙げれば、こんな具合である。

花子　……体のなかが、待つことで一ぱい。夕顔には夕闇が、朝顔には朝が必ず来るのに、待つ、松、そう、私のなかはちくちくする松葉で一ぱい。

（『班女』）

それだけでなく、『班女』とか『熊野』とか、依拠している謡曲が扱っている物語、人物設定、出来事、有名な詞章などを、それとなく暗示したり明示したりして持ち込み、言葉に何重もの働きを持たせる工夫もしている。

その例。

清子　……この黴くさいお店の中にも、どこからか春の土の匂ひや、草木の匂ひや、花の匂ひが漂つて来てゐるのね。桜は今が花ざかりね。花のほかには松。つよい緑が、あの煙つたやうな花のあひだで、決して夢を見たりしないはつきりした枝々の形のままに。

（『道成寺』）

このように指摘できるのは僅かでも、その方向性は明確であろう。

そうして天へ至る階梯を築き上げ、かつ、その一段々々を登場人物たちが登って行くと感じることにもなる。

ただし、天の高みへ登り切ることはあり得ない。必ずいつかは墜落する。言葉にしても、対象指示機能を留保したままにすることは許されない。が、登れるところまで、変容に変容を重ねて登って行くのである。そこにドラマが孕まれるのだ。

このドラマは、人と人の対立によるドラマとは違う。欧米近代演劇とは異質なドラマを、三島は能に見出していたのである。こう言っている、

能はシテが孤独なままで、その感情の振幅だけで、劇を作りあげてしまふのである。

（「班女について」昭和31年）

西欧の芝居なら、登場人物の性格の対立として当然あらはれるが、能では、登場人物おのおのの住む、次元の異なる世界の対立としてあらはれる。あるひはこの対立はシテ一人の内面の対立としてもあらはれる。

（作品座プログラム　昭和33年）

シテ一人が、他者と係わりを持たないままでも、劇は成立する。人と人の対立よりも、究極へ突き進もうとしての感情の振幅、次元を異にした世界と世界が、一人の人間の内でぶつかり合い、せめぎ合う方が、基本的にはより壮大なドラマとなるのだ。

もっともこの感情の振幅とか次元の異なる世界の対立とかいった言い方に拘り過ぎると、論理が混

乱しかねないが、時空を超越し、諸々の存在条件の網の目をくぐり抜けたところに、文字通り形而上的な域が広がるのである。そして、この世のあらゆる事柄を理念的に突き詰め得るところまで突き詰めるのが可能となるとともに、のっぴきならぬかたちでぶつかり合い、せめぎ合うことにもなる。そして、生の果てを突き抜けてしまうようなことが起る。

『卒塔婆小町』の老女は、自らが体現しているはずの永遠の美を、恐ろしくラジカルなかたちで繰り広げて見せ、詩人は自らが与かり得たと信じた美に殉ずるところまで突き進む。そうして二人が限りなく近づいたと思われる瞬間、人間世界の領域を越えてしまい、破滅が訪れる。詩人は死に、老女はもとのモク拾いに戻る。

『綾の鼓』の雑役係の老人は、向いの洋裁店の得意客としてやって来る女スリを覗き見て恋し、彼女を取り巻く男たちから、皮でなく綾を張った鼓を与えられ、打ち鳴らしてみせたならその思いを受け入れるとの約束を得て、打つのだ。しかし、鳴らない。それでも打ち続け、絶望した末、自殺、怨霊となって、なおも打ち続ける。そうして片思いの階梯を生死の境を越えて上り詰めるのだが、結局、力尽きる。その力尽きた時、女は老人に言う、「あたしにもきこえたのに、あと一つ打ちさえすれば」と。絶望の上に絶望を加える恐るべき残酷な言だが、女は女なりに恋される者としての痛切な願いを込めるところに立ち至っているのだ。

この最後の最後の時、ここまで登ってきた階梯は尽きる。が、その先の虚空に、希求して来た究極のあるものを、一瞬、幻視する、と言ってよかろう。ただし、虚空を踏んで墜落しながら、幻視したものをしかと感じ取っている。そこに人間たるものが抱える「形而上学的主題」が、これまでにない明瞭さをもって、言い換えれば詩的結晶性をもって、出現するのである。

こうしたところへ避けようもなく突き進んでしまうことから、ドラマが孕まれ、緊張感が高まる。

たった一人の孤独な人間であろうとも、このようなドラマを演じるのである。三島自身、「詩といふものは純粋になればなるほど孤独の深部へ下りてゆく」（「『班女』拝見」）と書いているか、深部へではなく孤独の高みへと上り詰め、その果てに至って、深淵へと墜落する……。

三島が『源氏供養』を廃曲としたのも、多分、いま言ったことが係わるのではなかろうか。作者としての在り方についての三島の告白が認められ、興味深い作品になっているものの、限界をなおも越えての徹底した追究は見られず、登場人物の「詩のダイメンション」への移行による変容も起こらない。そのことに三島は気づいたのであろう。

この一点によって、初めにも言ったように劇として独特の地位を「近代能楽集」は占めているのであり、かつ、劇作ばかりでなく三島自身の創作活動全般の、隠れた推進力役として働いて来ているのではないか。

そのあたりの消息を、次の文章が語っているように思う。

私は妙な性質で、本職の小説を書く時よりも、戯曲、殊に近代能楽集を書くときのはうが、はるかに大胆率直に告白ができる。それは多分、この系列の一幕物が、現在の私にとつて、詩作の代用をしてゐるからであらう。

（雑誌「聲」同人雑記　昭和35年）

言うまでもなくこの一文の要は、「告白」と「詩作の代用」の二つの語である。三島にとっては告白への欲求こそ、じつは最も強いものであり、それが詩へと鋭く向うことによって、ますます言葉自体のうちへと深く入り込み、思いがけない高みへと駆け登ることになる……。

少なくとも『源氏供養』（昭和37年3月号）を外せば、『邯鄲』（昭和25年10月号）から『弱法師』（昭和35

年7月号）まで、そのようにして書かれたと思われる。そして、その後、今述べたようなことが三幕として大々的に展開されたのが『サド侯爵夫人』であろう。

（三島由紀夫研究7号、平成21年2月）

『葵上』と『卒塔婆小町』――「近代能楽集」ノ内

＊エロスの闇『葵上』

三島由紀夫の「近代能楽集」八編（他に作者自ら廃曲とした『源氏供養』がある）は、人気が高く、よく上演される。この状況は今後とも盛んになりこそすれ、衰えることはないだろう。なにしろ野心的な演出家や演者が、大胆な工夫、冒険を企てるのに格好で、観客にとっても期待を裏切られることがほとんどないからである。

中世以来の伝統的な演劇・能楽の脚本（謡曲）を踏まえるばかりか、その独特な舞台が意味するところを存分に生かし、今日の演劇の枠を越え、普遍的テーマに鋭く迫っているからである。

その能舞台だが、周知のとおり、老松を描いた鏡板を背後にした方形の空間と、揚げ幕の奥の鏡の間からそこへ至る橋掛によつて構成され、舞台装置というべきものは基本的にない。たまに簡素な装置が、観客を前にして持ち出されるにとどまる。

だから、ここに在るのは徹底した裸の舞台であり、写実的に物事を捉え、再現しようとする姿勢が、最初から排除されているのである。言ってみれば、現実世界から遠く離れて設定された、虚の空間と言ってもよい場である。神仏や死者の霊が出現するのも、こういうところだからである。

ただし、三島は、神仏や死者の霊が出現する夢幻能から取材しない。あくまでも現世を中心とした現在能を採り上げる。

すなわち虚の空間に生者を置くのだ。それも余分なものを剥ぎ取り、核心を貫く切実な生の希求そのものであり、その進展を追う、と要約すればよいかもしれない。

＊

『葵上《あおいのうえ》』の場合は、舞台は病室である。ただし、精神分析療法が行われている病院の一室、という設定である。

この戯曲が発表された昭和二十九年（一九五四）には、こういう病院は実在していなかった。いや、今日でもそうで、勤務する看護婦は、常に性的コンプレックスを解放されており、必要な際は医師からセックスという薬を処方され、ベッドでは「化学変化」を起こすだけの、「愛の時刻には超然」としている存在である。性の抱える闇を解明し、治療できるとするフロイドの精神分析学が仮構するところの病室である。

こういう設定は、虚の空間においてこそ、可能であろう。

三島は、フロイドの精神分析学に早くから関心を寄せ、後には小説『音楽』、『暁の寺』の「性の千年王国」の挿話などに利用しているが、基本的には容認せず、批判し、揶揄する姿勢を採る。ここでもその姿勢に変わりなく、近未来的な風情の、決して現実とはならない、知的空間に浮かんでいる病室と看護婦なのである。

その病室に、妻の葵が入院したため、夫の若林光が出張先から駆けつけて来る。「源氏物語」の主人公光源氏さながらの美男である。

看護婦はそわそわとして、この病院の特異性を言い立て、自分は「愛の時刻に超然」としていることを力説するが、却ってその雄弁さが言葉を裏切る。やがて、今夜も真夜中の来客がやって来たことを告げると、慌てて去る。やがてこの看護婦がいることの出来ない事態が繰り広げられることになるのだ。

＊

謡曲『葵上』では、「夕顔の宿の破れ車、遣る方なきこそ悲しけれ」と謡うとともに、六条御息所の生霊が現われるが、ここでは人々が眠りにつく真夜中、高級大型車に乗って、やって来るのだ。上流階級の、誇り高くも美しい年上の夫人六条康子である。

じつは葵が入院して以来、夜毎、彼女が黒い手袋をして、目に見えない花束を抱えてやって来ていた。その花束は苦痛の花束で、葵の枕元に置くと、灰色の蕾みが開き、嫌な匂いを放ち、恐怖を呼び起こし、葵は悲鳴を上げることになる……。

若い光の愛を取り戻そうと日夜願って、出来ることなら葵を亡きものにしたいという思いが出現させた、花束なのだ。このようなモノとも言えないモノが、この舞台には持ち出されるのである。

そして、その康子自身が、生身の存在ではなくて、眠りについた身体を抜け出して来た、生霊なのである。

たしかに平安朝の文学では、生霊が活躍するし、謡曲となれば、亡霊が面を付けて登場してくる。しかし、現代ではどうだろう。電灯の下、雲散霧消するはずではないか。殊にここは先端的な精神分析治療を専門とする病室である。ところがそこに、艶やかにもまがまがしく出現するのだ。

先に「切実な生の希求」と言ったが、その愛の希求そのものが生身を抜け出して、半ば実体化してと言えばよからう。精神分析学ふうに、リビドオのお化けと言ってよいかもしれない。

それゆえに舞台では、棄てられた誇り高い女の苦悩が生々しく繰り広げられるのだ。男が結婚してからは「わたくしは、一睡もしない」と嘆きもすれば、いきなり男から接吻を奪い、咎められるとひざまづいて愛を懇願する。

そのなかにこんな台詞が出てくる。

「あなたを殺したいと思ふときに、死んだあなたから哀れまれたいと思ふでせう」。

一度聞いただけでは分からないかもしれないが、いかに愛を懇願しても邪険にされつづけた末、女のうちに男への殺意が生まれる。そうして実行するその瞬間、襲われるであろう、一層切実な思いを言っているのである。殺す、その時、当の相手のあなたから、そこまで突き詰めずにおれなかったわたしの心根を、哀れまれたいと、なおも思うに違いないと、言っているのである。

なんとも複雑に屈折した、と言えばそうだが、果てしなく燃えつづけ、満たされることのないエロスの欲求は、三島の世界では、そこまで行かずにおかないのである。一般の男女の愛の枠組ばかりか、生の限界さえも突き抜け、その彼方まで行ってしまう。治療などできるはずもない。三島の『愛の渇き』の女主人公悦子がそうであつた。あまりにも激しく愛し、嫉妬するゆえに、夫の死を望み、次いで作男に対しては、その頭上に自ら鍬を振り下ろすことになる。

＊

謡曲では、加持祈祷する行者が、懸命に数珠を揉み続けると、般若の面を着けて葵を杖で打とうとする六条御息所の生霊も、最後はこころを和らげ、成仏して終わる。

しかし、こちらはそうはならない。光が掛けた電話を通して、眠りから目覚めた生身の康子の声が響いて、病室へやつて来たのは康子の生霊であつたことが明らかになる、その時、葵は唸り声を挙げてベッドから転落して死ぬ。康子の殺意が、実現するのだ。そして、生霊の康子が残して行った黒手袋を届けるべくドアの外へ出ていた光は、幕が下りた後、戻って来て、その康子の姿を目にしなくてはならない……。

一般に舞台では、人と人が出会い、劇が演じられるが、そうではなくて、ひとりの人間に宿った切実な希求が、人間が生きるこの世界の枠組みを次々と突き破り、生死を越えた次元まで出て行き、自身、破裂して終わる、そのところに、独特で苛烈なドラマが宿るのである。

＊永遠の美女が出現する刻『卒塔婆小町』

遠い昔からよく口にされて来ている言葉に、「永遠の美女」がある。しかし、その美女が如何なる存在で、如何なる在り方をしているか、考えたことがあるだろうか。

考えようとしても考えられず、ただ、この世に男と女が出現して以来、男がひたすら夢見みつづけて来ている存在、と言うべきかもしれない。だから、いつまでも出現しつづける……。さうして、一つの文明には必ずひとり、いるらしい。

わが国の場合は、小野小町がそうである。平安時代の実在の著名な歌人でありながら、多分、それゆえに恐るべき老齢になつても、さまざま伝承に彩られて、生き続けている。

謡曲が幾度となく採り上げて来たのも当然であろう。そのなかの一曲が『卒塔婆《そとば》小町《こまち》』（「卒都婆小町」とも）である。高野山を下り、京へと急ぐ僧が、倒れた卒塔婆を尻に敷いて休んでいる老婆と出会い、仏の教えを蔑ろにするそのようなことをしてはいけないと咎めたことから、面倒な議論が始まる。

三島の『卒塔婆小町』は、戦後も間もない公園――東京の日比谷公園であらう――のベンチで、恋人たちが愛を語りあっている。そこへボロをまとい、悪臭を放つ老婆がやって来て、無遠慮に座る。恋人たちは閉口して逃げ出すと、もっけの幸いとベンチを独り占め、やおら拾い集めて来たタバコの吸い殻を数え始める。

この作が発表された昭和二十七年（一九五二）一月の頃までは、タバコも行き渡らず、吸い殻を拾い集めて、吸いもすれば売るようなことが行われていたのである。戦後のごく見慣れた風景であり、その点で、『葵上』の病室とは対照的である。

ただし、この見慣れた現実から出発して、とんでもない事態が繰り広げられることになるのだ。やはり能に基づく「虚の空間」であるからであろう。

＊

この公園を夕暮れ時の散策の場にしている、売れない詩人の男がやつて来る。そして、老婆の行動を咎める。僧は仏道に拠ってであったが、彼は恋愛を崇高で輝かしいものと考える立場からである。愛し合っている者たちは、われわれと違い、百倍も美しい世界に生きており、その彼らにとってベンチは「天まで登る梯子」なんだ。ところがお婆さんが座ると、途端に「卒塔婆で作ったベンチ」になる、と言う。戦後の恋愛至上主義を賛美する立場に立っているのである。いや、今日の人間第一主義でもそうなるだろう。

それに対して老婆は手厳しい。

「そんな根性だから、甘つたるい売れない歌しか書けないいんだよ」。

そう言い、さらにベンチで目をつむっている恋人たちは生きているどころか「死んでるんだ」、夜は花壇の花がよく匂うから、「まるでお棺の中みたいだ。花の匂ひに埋まつて、とんとあいつらは仏さまだ」とまで言う。その揚句、「生きてるのは、あんた、こちらさまだよ」と。

詩人が見ている世界を、百八十度逆転させるのだ。この戯曲を貫くのは、この正反対の観点からの、スリリングな挑発だと言ってよいかもしれない。まずは若さと老いが逆転される。

その上で、灯の下にこれこのとおりと、老醜の極まりとも言うべき顔をさらして、九十九歳になっていると打ち明け、

「むかし小町といはれた女さ」

と名乗るのだ。

小町とは類い無い美貌と歌の才に恵まれ、多くの男たちに求愛されながら、誰にも肌を許すことなく、百夜通い詰めた深草少将も、百夜目、思いを果たすことができずに死んだ。そうして孤独なまま、晩年には流浪、九十九歳の老醜を晒しつづけた、と伝えられるが、その九十九歳の小町だと言うのである。

伝承と、謡曲の舞台において存在してきた、近代演劇の舞台には決して出現することのない、女人である。

そういう女人を、三島は正面切って登場させるのだ。そうして、陽画が陰画に、陰画が陽画に入れ替わる最中、小町は言う、

「私を美しいと言つた男はみんな死んじまつた。だから、今じや私はかう考へる、私を美しいと云ふ男は、みんなきつと死ぬんだと」。

人間の寿命は五十にも足りない時代のこと、彼女が出会った男たちが皆んな死んだのは、間違いないところだろう。しかし、彼女は、私を美しいと言ったからだと、断言するのだ。

女に向かい、美しいと言っただけで死ぬようなことがあり得るだろうか？

もしかしたら永遠の美女とは、そういう存在かもしれない。現実を越えた、生命と引き換えにしか出会えない、恐ろしく危険な美女……。目の前の老婆が自らの恐るべき老醜を晒して、そう主張しているのだ。

＊

平安朝でなく、鹿鳴館の華やかな時代――舞台上の時点からは八十年前、小町が十九歳の時という

設定になっている。明治十六年（一八八三）から六、七年の間のことだから、この戯曲が発表された年を起点とするなら、七十年ほど後にしかならないが、そうしたことに拘る必要はあるまい。それよりも発表時点では、日比谷公園の西、通を隔てて鹿鳴館の建物が在ったことが大事かもしれない。

舞台は一転して、その鹿鳴館の舞踏会の夜になる。そこに九十九歳の汚れたボロのままの小町がいて、並み居る着飾った男女から、美しいと称賛を浴びるのだ。観客の目に見える姿と、登場人物たちが口にする台詞との、極端な背反は、この舞台が異次元に構築されていることを端的に示す。

詩人は、宮廷一の美青年の深草少将となって、小町の美貌に心を奪われながら言う、

「君は九十九のお婆さんだつた」

だった、と過去形で言うのだが、正しくはこの時点からなら八十年後の、未来に属する。その未来に属することを思い出す……。すなわち、過去と未来が、入れ違った世界が出現しているのである。そうして言う、「君は、ふしぎだ！　若返つたんだね」。

そこからさらに一歩踏み出し、小町が制止するのを振り切って言う、

「君は美しい。世界中でいちばん美しい。一万年たつたつて、君の美しさは衰へやしない」

間違いなく永遠の美女が出現するのである。その瞬間、小町が言ったように、男は死んで行かなくてはならない。ただし、命を賭けてそう言い切ったことによって、真の詩人となっている。

この舞台では、老若や美醜、時間の流れまでが反転した末に、われわれが抱く永遠の美女が出現し、かつ、死も辞さぬ決定的な言葉が発せられる一瞬に、立ち会うのである。

（ＤＶＤ「『近代能楽集』ノ内」解説、ＹＭＰ制作、平成20年）

擬古典という挑戦——歌舞伎

歌舞伎について書こうとする場合、どうしても観劇経験が問われる。古典演劇たる所以だが、その点で、大阪で育ったわたしには書く資格がないと言ってもよい。なにしろ敗戦後は、上演は年に一度あればよいといった状態が長くつづいたし、ごく平均的な月給取りの家に育てば、歌舞伎見物——当時はまだ塗のお重を持って行く華やかな「見物」であった——に出掛ける気遣いなぞなかった。

当時、千日前にあった歌舞伎座は、草色のタイルが貼られた大きなビルの一角にあった。旧制中学生になった私は、その地下にあった映画館で、黒澤明監督の「白痴」などを見るのが精一杯であった。このビルはやがて雑居ビルになり、アルバイトサロンが入ったものの、火事になり、客や従業員が大勢死亡、取り壊された。

その事故が起こる前に、御堂筋に白亜の御殿風の新歌舞伎座（村野藤吾設計）ができたが、どれだけ存続しただろうか。歌舞伎を上演したのはあまり長くなかったように思うが、宙づりで人気が出初めた猿之助の『千本桜・河連法眼館』を見た。その劇場入口横に、『地獄変』の絵看板が出ていたのを覚えている。御所車（檳榔毛車）が炎に包まれている情景が描かれていた。

上演目録で確認すると、昭和二十九年九月のことである。東京で前年十二月に初演、八ヶ月間を置いてのことで、出演者の顔触れもすっかり変わっていて、片岡仁左衛門、坂東鶴之助、坂東蓑助などの名が出ている。仁左衛門は言うまでもなく先代で、鶴之助は現富十郎である。扇鶴時代の末期で、露草役であつた。扇雀（現藤十郎）がやくざ役で大阪弁を使ってドスを利かせた映画を見たのを覚えているが、そういう時期だった。

この後、大阪では、仁左衛門歌舞伎なり、その子息三人（現我当、秀太郎、仁左衛門）に大谷ひとえ、坂東竹三郎などの若手が、朝日座（文楽座とも称された）で公演するばかりで、たまに中座に掛かることがあり、後は年に一度の、京都南座での顔見世へ出掛けなくてはならなかった。

そんな有様であったから、お話にもならないが、それでも寿海の『盛綱陣屋』を初め、松緑、歌右衛門の『関戸』、松緑の『渡海屋・大物浦』、鴈治郎の『伊賀越道中双六』などは記憶に刻んでいる。

昭和四十九年（一九七四）春に転勤で東京に出てきてからは、歌舞伎を見る機会は飛躍的に増えたが、しかし、時間が自由にならなかったし、他に見るべきものも増えて、必ずしも歌舞伎座に足を運ぶということにはならなかった。

しかし、以後、三島作の歌舞伎はできるだけ見るように努めて来た。

ただし、『鰯売恋曳網』を除けば、『椿説弓張月』と『熊野』を数回、『むすめごのみ帯取池』は一回見ただけである。

この中で『鰯売恋曳網』は、歌舞伎の演目として不動の地位を占めるに至った、と言ってよいのではないか。歌舞伎座改築のためのさよなら公演が平成二十一年の一月から始まったが、その最初、夜の部の終わりに据えられたことが、なによりもそのことを語っていると思う。歌右衛門と勘三郎が昭和二十九年十一月に歌舞伎座で初演して以来、今回が十一回目で、まだ少ないと言えば少ないかもしれないが、舞台は見事なものであった。笑いが絶えず、終わり近くなると、劇場全体が沸き返るようになった。ここ四、五年、二月に一度は出掛けているが、これだけの盛りあがりを見たのは初めてであった。

とにかく無心に笑える舞台であった。歌舞伎でも、これほど見事な、ナンセンスそのものと言ってよい笑劇はないのではないか。歌舞伎では、この分野において幾つか思い浮かぶ。先代を含めた勘三郎で言えば、『一條大蔵卿』『松浦の太鼓』などがそうだろうが、より純粋にナンセンスな笑劇だろう。

それにこちらは最後に花道と本舞台との、勘三郎と玉三郎の掛け合いになり、客席を巻き込む力強さは申し分ない。その掛け合いも、複雑な台詞のやり取りがあるわけではなく、「鰯かうえい」という掛け声である。

しかし、この掛け声には、ここに至る舞台での経緯が集約されている。紀州も新宮、丹鶴城のお姫様が、鰯売りの男の売り声を聞いたばっかりに魂を奪われ、城を抜け出し、さ迷ううちに売られ、京の花魁蛍火となる。その花魁を見初めたのが、当の鰯売りの男猿源氏で、さる遠国の大名に化けて登楼、花魁を呼ぶ。この二人のやりとりと、男が居眠り出すことによって、化けの皮が剥がれてくるし、花魁の方は、高貴な身分でありながら、鰯売りの声に魅せられた身であることが明らかになって来る。そうして高嶺の花と憧れる男と、市井のしがない男に焦がれるお姫様の思いがぴったりと鉢合わせする。ちょうどその時、丹鶴城の家来たちが姫を捜し当ててやって来たから、身受け金を出させ、二人は新世帯を持つことになる。ただし、鰯売りとしての新世帯である。そこで二人一緒に鰯売りの売り声を挙げるのだが、男は身の上を恥じ、お姫様は慣れていない。が、徐々に克服して、二人は晴れやかに叫ぶようになる。

それは早春の不器用にしか鳴かない鶯が徐々に巧みになるような具合だが、それはまた二人それぞれが抱えていたエロスが達成された喜びなのである。これほどまで健康な叫びが歌舞伎座に響いたことはないのではないか。「古い健康な歌舞伎の精神を復活させよう」という意図があったと三島は言っているが、その健康な祝祭性がよく実現されていると言ってよい。

勿論、これは三島由紀夫一人の成果というわけではない。歌右衛門と先代の勘三郎、そして、玉三郎と勘九郎時代からの現勘三郎を初めとする役者や舞台関係者の工夫の積み重ねが、ものを言っているのだ。上演時間も初演が五十四分だが、玉三郎と勘九郎になってからは十六分も伸び、一時間十分になっているのは、このあたりの事情の一端を語っていよう。ただし、まだ工夫の余地があるかもしれない。

もともと三島由紀夫と言い、歌右衛門と言い、こうした健康なナンセンス笑劇とは、基本的に無縁なはずである。現に三島は初演の舞台には恐ろしく不満であったらしい(1)。なにしろ『金閣寺』を書く準備の時期であった。また、歌右衛門は近代的陰影の濃い女形である。そのような作者と役者を裏切って、こうした芝居が出来てしまったと言わなくてはならないのかもしれない。しかし、二人が信じ、依拠した歌舞伎なるものが自ずから現われ出たと見るべきではなかろうか。

もっとも三島は、『潮騒』を書いているし、それを裏返したような、荒唐無稽と言ってもよい観念的設定の『沈める滝』の味わいなども少し加えれば、これに近くなるかもしれない。

この『鰯売恋曳網』は、三島にとって商業的大劇場での成功の最初と言ってよく、近代劇の脚本を書くうえでも、大きな自信となった点を見逃してはなるまい。この後、立て続けに歌舞伎の『熊野』(昭和30年2月初演)、『芙蓉露大内実記』(同年11月初演)を書いた後、『鹿鳴館』(昭和31年)を書く。いわゆる新劇において、劇場性を生かした最初の作品といってよいものである。歌舞伎における成功があって、初めて可能になったと見てよかろう。

そして、この後、『トスカ』の演出などで、劇場性を追求して行くことになった。

三島の場合、いわゆる新劇の戯曲と歌舞伎台本とは、截然と切れているように見えながら、書く三島当人にとっては、深く結び付いていたのだ。

＊

ところで三島が歌舞伎脚本に手を染めるのには、舞踊劇『艶競近松娘』（昭和26年10月、明治座）、『室町反魂香』（昭和28年10月、明治座）を、柳橋みどり会の明治座での温習会のために書いたことが助走になったと思われる。

ともに舞踊台本と称しているが、芝居の要素は濃厚で、殊に『室町反魂香』となると、三幕ものと言ってよい。戦時下の自作『中世』に拠り、足利義尚と恋仲の白拍子を主人公とする。義尚が出陣したものの病死したため、その霊を父義政が巫女に命じて呼び戻そうとするが、巫女は果たせず、白拍子が成功する。すると、義政が彼女をわがものにしようとする。その手を逃れ、海を渡ろうとするが、入水して終わる。宴曲、今様、室町小唄などの章句に拠る歌詞がふんだんに挿入され、歌舞伎色が濃厚である。

実際に昭和四十六年六月、国立劇場で、歌舞伎公演として梅幸、松緑らによって上演されている。いわゆる三島歌舞伎に加えてしかるべきものである。

その三島歌舞伎の最初『地獄変』（昭和28年12月、歌舞伎座）は、松竹から芥川龍之介『地獄変』の劇化を依頼されて、書かれたものであり(2)、伝統的な歌舞伎の様式を徹底的に踏襲、人々を驚かせた。小説家に新作を依頼するとなると、伝統的な歌舞伎様式による芝居など期待せず、現代語による、品位ある大衆的劇か、せいぜいのところ史劇であった。真山青果、大仏次郎、舟橋聖一といった作者たちの作品がそうである。ところが三島は、伝統的な歌舞伎の様式、それも義太夫狂言にのっとり、要所々々に浄瑠璃《チヨボ》が入り、いわゆる文語調の装飾多い台詞で、渡り台詞もあれば、演者は見得も切る。

殊に難しいのは浄瑠璃の詞章だろう。古今にわたるとんでもない雑学が必要だと、三島自身も言っているが、それだけでなく、役者との絡み、舞台全体の進行との係わりも考えたうえでなくてはならない。「病気になるかと思つた」と珍しく弱音を吐いているのも当然だろう。

いま『室町反魂香』を書いたことが助走になったと言ったが、そこでは歌詞がふんだんに挿入されていて、音曲との係りを実地に知るよい機会になったと思われる。しかし、浄瑠璃となると、挿入するだけでなく、いまも言ったように舞台全体の進行と複雑微妙に絡ませ、効果を出さなくてはならないから一段と難しくなる。

そうした困難で厄介な方法を敢えて採ったのは、まずは「現代語や中途半端の新歌舞伎調のセリフの新作がきらひ」(「僕の『地獄変』」)であり、かつ、浄瑠璃抜きの歌舞伎台本を書いても意味がないと思っていたからである。さらに、「この物語(『地獄変』)には、強烈な感情がある。強烈な感情の表現には、近代劇の手法ではいかにも生ぬるい。歌舞伎、殊に義太夫狂言は、嵐の如き感情の表現技法として、おそらく、世界最高のものを持つてゐる。私はまづ、どうしてもこれを竹本劇にせねばならぬと思つた」(『地獄変』上演プログラム)と記している。

芥川の原作に「強烈な感情」があるかどうか人によって受け取り方が違うだろうし、三島にしても必ずしもそうとは思っていなかった気配がある。しかし、この物語に拠るならば、普段の感情のレベルを突き抜け、「強烈な感情」の表現に取り組むことが出来るし、なにほどか達成できると確信したのであらう。

主人公の良秀を初め娘露艸、堀河大臣、それに大臣の御台葵の方も加えてよいかもしれないが、これらの人物が抱く感情は、通常の次元を越えて強烈に燃え立つべく突き進み、それらが焦点を結ぶところに、地獄絵図が出現、紅蓮の炎を挙げることになるのだ。

その浄瑠璃の使い方だが、良秀が弟子を鎖で縛り上げて苛み、写生する画室の鬼気迫る場面は、そのまま舞台に出さず、当の弟子が露艸に訴えるかたちを採り、浄瑠璃を交えて語られる。しかし、露艸を乗せた檳榔毛の車に火がかけられるクライマックスとなると、舞台上において真正面から扱い、浄瑠璃がふんだんに使われ、床と役者の間で言ってみれば台詞とのリレーが行われ、間違いなく相乗効果を出す。

その場面の一部を引用すれば、

大臣　いでや車に火を放てい。
アッと答へて仕丁ども、松明手に手に近寄れば、物見窓をカラリと開け、
露艸　父さん。
良秀　オヽ。
露艸　おさらば。
良秀　その窓閉ざすはしばし待て。親子は仮の縁と言へど、子は三界の首枷とやせら、その物見窓はわが首枷、わが身も共に、
と駆け寄る良秀、禦むる雑色、幽明境を隔ての窓、ハッタと閉づる車のめぐり、はや袖格子に搦みの焔、アレエと思はず腰元も、
腰元等　アレエ

役者の演技と浄瑠璃の詞章は、決して一つに重なり合うことはなく、微妙にずれ、進行する。役者の演技の後を浄瑠璃が追いもすれば、浄瑠璃の後を演技が追いもし、時には大きく間を外すこともある。また、ひと流れの詞章を途中で相手側へ渡したりするのだ。「この役者とチョボの両方が同じことを言いながら、持ちつ持たれつ、つかず離れずの関係の構造、二重性をもっていることが歌舞伎の

いわゆる義太夫狂言のもっとも大きな魅力なのである」と渡辺保は『歌舞伎——過剰なる記号の森』（新曜社刊）で言っている。いまの引用では「アレエ」が繰り返されているが、前者と後者とは、表現の位相が異なり、単なる繰り返しではない。

観客の側から言えば、役者の演技からある感銘を受けるとともに、浄瑠璃からも感銘を受け、より深くもすれば、その二つの感銘を響き合わせ、より独特なものを受け取ることにもなるのだ。その複雑微妙な味わいは、言葉にするのが難しい。間違いなく義太夫狂言の舞台上に初めて出現するものであり、台本だけでは何とも言い得ない。歌舞伎の場合、観劇体験が重要だといったが、このことが最も大きい理由だろう。

この問題はもう少し後で再び触れるとして、とにかく三島は、『地獄変』を書くことによって、歌舞伎脚本を書く自らの態度、方法を決定したのだ。

当時は、歌舞伎はやがて滅びると見る人々が多く、殊に浄瑠璃《チョボ》入りは、役者の演技に屋上屋を重ねる、余計なもので、破棄されるべき旧弊な様式と見なされていた。そうして新作の歌舞伎は、現代語により、下座音楽の大半とともに浄瑠璃を完全に排除して、書かれていた。だから、新進作家の三島由紀夫がこのような台本を書くとは、誰も思っていなかったし、この台本を前にして多くの人々は、新鮮味が全くなく、時代錯誤はなはだしい擬古典作と見たのである。

しかし、この頃から以降三年間、三島は、先に触れた『鰯売恋曳網』から『芙蓉露大内実記』まで、歌舞伎脚本を集中的に書く一方で、音楽劇『溶けた天女』（昭和29年7月）、オペレッタ台本『ボン・ディア・セニョーラ』（9月）、ラジオ放送台本『ボクシング』文化放送（11月）、日劇ミュージック・ホール公演台本『恋には七ツの鍵がある』（30年3月）など、変わった分野の舞台台本を書いていた。また、「近代能楽集」では『葵上』と『班女』を、いわゆる近代劇では異色の抽象的思弁的官能劇とでも言うべき『三原色』、三一致の法則（『地獄変』もこの法則に従っている）による三幕物の最初の成功作『白蟻の巣』(3)を書いている。

このようにじつに広範な分野で精力的に執筆活動していた、そのなかの一つが歌舞伎台本だったのである。この点を忘れてはならない。

だから、決して退嬰的な姿勢によるのでは全くない。「歌舞伎の技術的財産、特にその天才的な様式美は、現代の作者といへども百パーセント、あるいは百パーセント以上に、利用し活用しなければならぬ」と作者としての決意を述べているが、冒険を恐れない強烈な創作意欲に衝き動かされていたのである。擬古典作ではあっても、そうでなくては表現出来ぬものがあるからこそ、力を傾けて書いたのだ。前衛的と言ってもよい挑戦だったのである。

＊

ところで三島のこれら歌舞伎台本の執筆には、一貫して六代目中村歌右衛門の存在があった。配役を見れば『地獄変』では露艸、『鰯売恋曳網』では傾城蛍火、『熊野』では熊野、『芙蓉露大内実記』では芙蓉の前、そして『帯取池』では菊姫である。

歌右衛門に注目するようになったのは、敗戦直後、まだ芝翫と言っていたが、『義経千本桜』の忠信との道行きの静を演じた時で、以後急速に傾倒、昭和二十三年秋には最初の『中村芝翫論』を書いている。

「中村芝翫の美は一種の危機感にあるのであらう。／金閣寺の雪姫が後手に縛されたまま深く身を反らす。ほとんどその身が折れはしないかと思はれるまで、戦慄的な徐やかさで、ますます身を反らす。その胸へ桜が繚乱と散りかかる」。

この論からいま少し引用すると、

「わけても花やかな若女形は、甘美の中に暗い恍惚を、優婉の中に物憂い陰翳を匂はせねばならない。その生命の根元の力が悪でなければならない。／芝翫のお三輪や墨染や滝夜叉には、たをやかな悪意が内にこもつて、その優柔な肉を力強く支へてゐる。人はそれを陰性といふ。しかしただの陰性にこのやうな力はない。彼の演技の中心は、人間の理性をも麻痺させるやうな力強い・執拗な感性の復讐にあるやうに思はれる」。

「執拗な感性の復讐」などという言葉は、この時期の三島の文学的姿勢を端的に語るようにも思われるが、歌右衛門に見出していた魅力を、捩れた言い方だか、言い得ているように思う。

その歌右衛門を初め、八代目松本幸四郎、十七代目中村勘三郎に当てての『地獄変』の脚色依頼と知って、三島がいかに喜び、意気込んだだか、明らかであろう。

先に引用したプログラムには、こう書いている、「かくの如き嬋娟たる美女を車に入れて焼くことに、私はローマ頽唐期の皇帝の悪趣味を感じて、恍惚として作劇の筆を執つた」と。間違いなく露艸の造形は、歌右衛門に嵌めて、というよりも歌右衛門の存在によって呼び起こされたものを核としていると言ってよいかもしれない。

そして、芥川の原作には囚われず、良秀の娘露艸に焦点を絞った。原作では良秀の娘とあるばかりで、名も与えられず、十五歳の可憐で心掛けのよい少女として描かれているが、それを改変、自ら進んで炎に包まれる車に乗り込むしなやかで憂いの深い美女としたのである(4)。『鰯売恋曳網』の蛍火となると、露艸とは全く違うが、丹鶴城の姫君で今は都一の遊女という品位と色香を備え、かつ、一途に慕い求める恋人に逢へない愁いを秘めているとなると、歌右衛門にぴったりだろう。そして、その恋人が振り売りの美声を響かせる鰯売の男となると、「理性をも麻痺させるやうな力強い・執拗な感性の復讐」が匂わないわけでもない。ナンセンスな笑劇と先に言ったことに間違いはないが、そういったところが潜んでいるのだ。

これが『芙蓉露大内実記』の芙蓉の前となると、露艸よりも鋭く上に見た歌右衛門の特徴が端的に顕われるべく、巧まれている。冒頭、大内晴持が義理の母へ狩りの獲物、矢で射止めた雉を持参して進呈するが、その血に汚れた雉は、義理の息子によって射貫かれ、血を流している芙蓉の前の心そのものだろう。それだけに晴持の面前で芙蓉の前は、忌まわしいと手ごわく退けるが、彼が去ると抱き上げずにおれない。

その矛盾した振る舞いをお付きの局唐藤に咎められると、思わず心の内を漏らす。そこへ戦いから帰って来る武士の列が、夫義隆の死を告げる黒旗を掲げているとの知らせが届く。悲嘆に沈むが、これは子晴持への恋を実現する絶好の機会ではありませんかと、唐藤に唆され、晴持に思いを打ち明けるのだ。が、手ひどく拒まれてしまう。折から黒旗は敗戦を恥じてのことであって、義隆は無事に帰還する。芙蓉の前は、先刻のことを夫に告げるのではないかと恐れ、晴持が言い寄ったと讒言する。その晴持は父に問いただされると、弁明することなく、切腹して果てる。それを知った芙蓉は胸に刃を突き立て、真実を告げ、夫の介錯を受ける。

ラシーヌ『フェードル』の翻案だとするが、五幕の長大な原作と分量がまるで違うし、いま上に触れた雉の獲物を贈るとか、黒旗を掲げて帰って来るなど、『フェードル』にはなく、主要人物の基本的な関係とそこに発する恋情の動きばかりが重なるにすぎない。そして、歌舞伎ならではの見せ場も設けられているから、歌右衛門の歌右衛門たるべきところを端的に引き出そうとした台本と見るのが妥当だろう。

芙蓉の前が義理の子晴持への恋心を唐藤に打ち明けるところを引用すると、

芙蓉　婦女の道に背かんより、心を鬼に継子継母。
　いつそ敵と思ひつめ、わが身を憎んでもらうたら
芙蓉　恋しい御方の刃にかかり、果つる仕合せはいかばかりと、たくみしも今は徒、なほいやし
げなる恋草の
　立つかげろふに現なく、面影を追ふ身となりはてて
芙蓉　われとわが身があさましさに、この上生きてはゐられぬわいなう。
　　袖も濡羽の黒髪の、乱れ果てたる憂き思ひ……

『攝州合邦ヶ辻』に似通うところがあり「鮮度が低い」（落合清彦「三島歌舞伎のせりふと技巧」「歌舞伎」昭和46年4月号）という批判もある。確かに詞章ばかりを較べれば、そう言えるところがあるかもしれないが、決してそうではない。自ら否定しようとしても否定できない己がうちの激しい恋情に苛まれ、悶え苦しむ有り様を、あくまで歌舞伎の詞章を連ねながら、『フェードル』を傍らに置くことによって、普遍的な様相において的確に捉え、表現しており、そこには歌右衛門の身のこなし一つ一つが的確に縫い込まれているのだ。

ただし、義隆役の市川猿之助が役不足だと抗議、稽古を中断、そのため三島が書き足す騒ぎがあった。この加筆（新版全集解題に引用されている）によって、義隆役が重さを加えたとは思われないばかりか、劇全体に少なからぬ狂いが生じ、義理の息子への恋情に殉じる悲劇性が十二分に表現されなかったようである。(5)それればかりか、この騒ぎが舞台造りの工夫を十二分にするのを阻む結果になったのではないか。舞台は好評というわけにいかなかった。

しかし、三島自身はこの台本には自信と愛着を持ちつづけており、実際に優艶で悲劇性を内に秘め

た女形が演じるにふさわしい。氷のような冷ややかさを見せていた女が、苦悶の末、恋情の炎を噴き出し、当の恋する相手も親身に仕えてる女も殺し、自らへ刃を向ける。そのような女は『愛の渇き』や『獅子』でくっきりと描いており、歌舞伎の舞台でのその一層華麗な展開を意図したのであろう。

猿之助の注文による改定版でなく、最初の稿によって、役者たちがじっくり工夫を凝らし、歌右衛門も言っているように浄瑠璃の節付けを変えて（「三島歌舞伎」の世界」『芝居日記』付載）上演してくれないものかと思う。『鰯売恋曳網』が純粋な笑劇であれば、『芙蓉露大内実記』は過剰に克己的であるがゆえに自他ともに巻き添えにしてしまう、凄艶にして純粋な悲劇である。

＊

以上、舞台を見ていないのにもかかわらず、思うところを述べたが、『帯取池』は、平成十年一月国立劇場で見た。詳細は忘れたが、面白かったことはしっかり記憶している。

三島自ら明かしているように、山東京伝の「桜姫全伝、曙草紙」巻之三第十二「蝦蟇丸の傳、帯取の池の記」から得たものだが、序景のだんまり模様の舞台効果を借用したかったためで、盗賊の頭とその妻野分の性格は違っているし、その野分の娘菊姫とその恋人で付き従う侍の左馬之助は、創作らしい。

ここでは絵草紙風に「重い、暗い、グロテスクな味わいを加味」した、エロティクな笑劇を狙っている。武家の奥方でありながら誘拐されるまま盗賊の頭の妻に収まって満足している野分と、仇を討とうと左馬之助とともにやって来た菊姫だが、母野分の計らいで、左馬之助と結ばれ、家へは戻らず仇詮議の旅へと出発する。

歌右衛門が演じたのは菊姫だが、高家の姫で、仇討ちしようとする健気さを持ち、蝦蟇丸に捕まると、色香で騙そうと企むし、母親の現在の身の上が判明するとそれに合わせる――そのように多面的な姿を見せる。悲劇的様相を示さないのは、笑劇だから当然だろう。『芙蓉露大内実記』で悲劇を書けば、次は反対の、というふうになったのであろう。

そして、『地獄変』の御所車を燃やす仕掛け以上の、ガンドウ返しを見せる。それも逆ガンドウ返しである。(6)

ところでこの台本を雑誌「日本」昭和三十三年十二月号に発表するに際してその初めに断り書きを掲載している。その冒頭、

「これは『地獄変』『鰯売恋曳網』『芙蓉露大内実記』に引きつづく、私の純歌舞伎仕立による台本である。現代の読者には読みこなしいい台本ではあるまいが、私はいはゆる現代語歌舞伎に反対を唱へ、歌舞伎台本は、新作といへども、歌舞伎根生のセリフや形式美や舞台技巧や種々の約束事を、そのまま活用して、その中に近代的テエマや、モダンな機智を盛り込まねばならぬと考へてゐるので、台本の形式そのものは、あくまで伝統を墨守して擬古文で綴られてゐる」。

これは三島の宣言だろう。

この後、大仏次郎と激しく論争をしたことが知られるが、この姿勢は、一貫して変わることがなかった。

ただし、この後の十年余は、歌舞伎台本の筆を執らない。三島の上に見たような姿勢が忌避されたのだろうか。また、歌右衛門との親密さに陰りが差したことによるのだろうか。

そして、最後の大作『椿説弓張月』になる。

ここで三島は、徹底して伝統を墨守した擬古典歌舞伎台本を書き、かつ、そこから半歩なり抜きん出て、総決算としようと目論んだと思われる。(7)ただし、そこに歌右衛門はいなかった。

歌右衛門と係わりのないところでのこの大仕事が、卓越した役者の肉体、演技、魅力から切れたも

のであったのは、やはり不幸と言わなくてはなるまい。力の入った、雄大な構想による作品だと思うが、どこか弾むところ、浮き立つようなところがない。

それというのも、意図そのものに無理があったのではないかと思う。「英雄為朝はつねに挫折し、つねに決戦の機を逸し、つねに死へ、「孤忠への回帰」に心を誘はれる」（『弓張月』の劇化と演出）と三島は言うが、このような在り方をする英雄は、恐ろしく分かりにくく、実際に為朝の英雄たる所以が判然としないまま、舞台が進行、ずるずると破滅へと向う印象で、馬に乗って飛翔する最後の場面もうまく決まらない。やはり最初に颯爽とした英雄像をしっかり見せて置く必要があるのではないか。

また、三島らしくない計算違いが認められる。例えば中の巻「肥後国木原山中の場」の白縫姫の命を受け、腰元たちが裏切り者武藤太を責め殺す場だが、正義は一方的に白縫姫と腰元たちの側にあり、いかに残酷な責め苦を加えられようと、観客は武藤太に同情することなく、冷ややかに眺めることになる。三島好みの嗜虐的場面だが、虐げられる側にもなにほどか感情移入できなければ、生きてこないのではないか。

また、それぞれの場が、さまざまな名作からの「寄せ集め」と言った印象がまといつく。ただし、いま言った多くは繰り返し上演、工夫を重ねることをとおして克服できる性格のものかもしれない。

『椿説弓張月』に対する最も高い評価は中村哲郎のものだと思うが、氏はこう言う、三島の「緊張の生涯を締め括るに相応しい、意志と力感と悲愁のみなぎる叙事詩劇であって、単なる典型を超えて、いちどきに造花に血の通うような不思議な生命感と、スケールの広がりを見せ、この世に歌舞伎のなぞと幻とを残す、一期一会の大作」（「歌舞伎というアキレス腱」新潮、平成2年12月号）だ、と。この言に相応しい舞台は、残念ながらまだ実現していないように思うが、私にも見られる日が来るに違いない。

上に触れた他の歌舞伎台本の成功なり成功の可能性の確かさを考えると、上演され続け、工夫を重ねれば。

＊

この三島の歌舞伎との係わりあいだが、中学生になって早々、祖母に連れて行かれたのを皮切りに、盛んに見たようだが、戦時下から敗戦直後までの熱心さは『芝居日記』によって知られる。

その『芝居日記』を検討した上で、中村哲郎は「当時の氏の歌舞伎への興味の主軸は、義太夫劇の時代物がもつ形と型、加うるに、その言語と感情だった」(同上)と指摘しているが、生涯を通して三島が好んだのは、多種多様な歌舞伎のなかでも、間違いなく義太夫狂言の時代物であった。浄瑠璃入りを自らの新作の絶対条件とまでしたのも、このことによるのであろう。

その義太夫狂言だが、周知のとおり人形浄瑠璃として人気を呼んだ狂言を歌舞伎に移したもので、人形に代わって人間の役者が演じ、床(チョボ床)に座した三味線弾きと太夫が出て、要所々々で弾き、語る。舞台への人物の登場を告げ、展開される出来事の経緯を簡略に説明したり、人物の心情、また、あたりの情景などを語るのである。

その三味線なり浄瑠璃語りに、役者は微妙な間合いをとりながら、様式性の強い身振りをし、独特の調子で台詞を言う。これを「糸にのる」と言い、大事にされて来ていることは、歌舞伎案内書のいずれにも触れられているとおりである。

この人形浄瑠璃だが、いまは演劇として扱われているようだが、本来は語りものであり、本来の演劇とはさまざまな点で異質であることを忘れてはならない。語られる言葉の流れる時間が基軸であり、もっぱら聴覚に訴えるが、それに対して演劇は、役者の現前性、いまここにという空間性が基軸となり、視覚を中心とする。

このように表現の位相が異なる。だから先に『地獄変』のなかの「アレエ」を挙げて言ったように、同じ台詞なり詞章の繰り返しであっても、浄瑠璃のものと役者のものとでは、質的に異なり、繰り返しにはならず、別種の効果を出す。

浄瑠璃の語りは、出来事を概念化し要約し、高いところから俯瞰するかと思うと、人物の内面まで入り込み、その動きを綿々と表現したり、激情を生々しく噴出しさせたかと思うと、現実の人間に科せられた時空の制約を楽々と越えて想念なり空想の赴くままを展開して見せる。人形浄瑠璃では、人形がそれに制約を加える側面がまったくないわけではないが、その奔放な展開によく即応する。もともと人形は舞台に足を着けることがないのだ。

ところが役者となると、時空の制約の下に自らを置かざるを得ず、舞台を踏んで登場し、自在な運動への希求を抑えて、自らの身体性を前面に押し出す。そして、仕所はもっぱら写実的傾向を持つことになる。歌舞伎の発祥の一要素が物真似であるから、当然であろう。言葉は特定の役を演じる役者の発語でなくてはならず、誰のものでもない語り言葉は排除される。

このため義太夫狂言では、表現上のズレ、捩れ、対立、衝突と言った事態が根底には常に横たわっているのだ。だから役者の演技と浄瑠璃の語りは、つかず離れずの関係を保ち、時には繰り返されたり、リレーされたりして行くものの、緊張関係が絶えず生み出されるのである。決して一つに溶け合うことがなく、異質さを露わにしようとする。そして、二重性というよりも多層的な、含みを豊かに持つ、喚起性ある表現が行われる。そこでは表現が立体性を獲得する、といってもよかろう。

三島の言う「強烈な」迫力ある表現が可能になるのだ。

これに加えて、義太夫狂言の時代物となると、市井の男女が、実は知盛だったり義経だったり静御前だったり、という設定になっていて、物語が強力な網を張り巡らしており、それだけ語りが強い支配力をもって舞台上の役者や舞台装置に対して臨む。しかし、役者や舞台装置がそれに全面的に服すかというと、そのものの視覚性、空間性、存在性が手ごわく抗して物語を撥ね除け、破壊しようとさえする。「実は平知盛」と言っても、視覚的には江戸時代、大物ノ浦の船問屋の一室で、男はその主人である。しかし、「実は……」と名乗った瞬間から、役者は平知盛となって演じ、観客は、物語によって宙づりにされたような役者の動きを、言って見れば演劇的世界と語りものの世界を出たり入ったりしながら、見て行くことになるのだ。そこに多層的世界が出現するのは言うまでもない。

このように二重の多層性によって、一段と多様、複雑な、絶えず生成変化する緊張関係が生み出され、舞台に独特な生命を吹き込むのである。

歌舞伎の様式性も、じつはこの緊張関係から出て来るのではないか。役者としては写実性に走ろうとし、近代を迎えるとともに、写実性が全面的勝利を収めたかのようであるが、歌舞伎では依然として様式性が保持されているのは、この緊張関係を不断に抱え持っているからであろう。決して写実に一元化されないのだ。そして立体的な演劇空間が、観客を巻き込んで構築されつづける。

いまひとつ舞台にとって大事なのは、如何に繰り返し上演されようと、その時その時の一回性を持つことだが、上に見たような緊張関係がさまざまに張り巡らされていることによって、その一回性をより確実にするのである。役者を初め多くの人々がそれぞれの役割に従って、舞台を成立させるため、絶えず押し寄せてくる事態に果断に対処して行くわけだが、義太夫狂言では、その押し寄せてくる事態の複雑さと対処の重大さは、桁違いである。表現の位相の転移、転調、響き合いに係わるし、設定された多層的世界相互のズレ、対立などにも及ぶ。

ここでは、これまで触れなかったが、囃し方や下座音楽、柝、効果音などの役割も考えるべきだろう。その担当者もまた、絶えず押し寄せてくる事態に果断に対処しているのである。最近では歌舞伎座でさえ、録音や映像を使う場合があるが、そうなると、せっかく築かれている一回性の一角が崩れ、複製性を帯びる。その複製性の恐ろしさに演出家も役者も鈍感になっているようである。

義太夫狂言に拘った歌舞伎作者として三島は、明らかにこういうところにも神経を尖らせていたと思う。

いずれにしろ三島は、擬古典の態度を徹底して貫くことによって、歌舞伎の持つ最も豊かな表現力の核心に深く根を降ろし、それを自覚的に生かし得たと思う。その点で、今日、三島の作品を上演することが、曖昧になりがちな歌舞伎なるものを明確にするはずで、今後とも上演されつづけることが求められる。

注1　「協同研究・三島由紀夫の実験歌舞伎」（「演劇界」昭和32年5月号）の一節にこうある、「三島　勘三郎が、脚本のあのセンスをどういうふうに解釈しているかつていうのが問題なんですよ。もつと線の太いユーモアなんですよ、あれはね。その辺が割に鈍感なんですよ、彼は。何かそこへ来ると近代人になつちやうんだな。／郡司正勝　つまり、それは黙阿弥劇のテクニックでやつてるからなんでしよう。／三島　そうですね」。また、中村歌右衛門が「「三島歌舞伎」の世界」（『芝居日記』平成3年9月中央公論刊付載）で、勘三郎への不満を初めから終わりまで言い続けていたと証言している。

2　木谷真紀子「永山武臣氏インタビュー」（『三島由紀夫と歌舞伎』翰林書房刊）参照。

3　拙稿「「戯曲の文体」の確立―『白蟻の巣』を中心に」（三島由紀夫研究、オ4号、鼎書房刊）参照。

4　前掲、木谷真紀子『三島由紀夫と歌舞伎』第一章「地獄変」参照。

5　前掲、木谷真紀子『三島由紀夫と歌舞伎』第四章「芙蓉露大内実記」参照。猿之助の要求により書き変えたことによって悲劇性が失われたとの指摘はその通りだと思う。しかし、「〈上演された作品〉

ではなく、〈活字の文章〉として享受されることを望んだ」としているところは、違うと思う。

6 木谷真紀子「インタビュー長谷川勘兵衛氏」(前掲書)参照。

7 チョボへの拘りは、『椿説弓張月』において、次のようなところまで行った、「演出の六、七割は、義太夫の作曲によつて決まる、といふのが私の考へで、そのため、鶴沢燕三氏の情熱ある協力が幸ひに得られて、すべての演出プランと、登場人物の動きと感情に合せた寸法で曲が一幕一幕作られて行つた」(「国立劇場プログラム」)。そして、文楽版を生み出した。

(三島由紀夫研究9号、平成22年1月)

「戯曲の文体」の確立——『白蟻の巣』を中心に

三島由紀夫の演劇活動は、小説など散文の分野と同様に、幅広い。

先に拙稿「交響する演技空間—三島由紀夫の芝居」(国文学解釈と鑑賞別冊「現代演劇」平成18年12月)では、『火宅』に始まる、俳優座、文学座などいわゆる新劇の劇団によって上演された系列の外に、『艶競近松娘』以下の、邦舞なり歌舞伎系列の作品があり、こちらにおいて一足早く大劇場で成功を収めているとともに、三島の演劇観の根幹が形成されたと見なくてはならないことを指摘した。

それに加えて、上演には至らなかったものの、越路吹雪のために書いた『溶けた天女』(「新劇」昭和29年7月号、脱稿は26年8月7日)を初め、『ボン・ディア・セニョーラ』など、ミュージカルなりオペレッタの系列も挙げて置くべきであったかもしれない。また、やはり上演されずに終ったオペラ『美濃子』がある。昭和三十九年、日生劇場で上演されるべく書かれ、指揮者も小澤征爾と決りながら、黛敏郎の作曲が間にあわず、そのままとなった。このような系列にまで手を伸ばしたのは、多分、いまも言ったように、歌舞伎が三島の演劇観の中心に座っていたからこそであろう(1)。

そして、『黒蜥蜴』『アラビアン・ナイト』、大掛かりな舞台装置を中心に据えた『癩王のテラス』も、ミュージカルなりオペレッタ系列の作品を書いて来ていたからこそ、書き得たと言ってよい側面を持つ。築地小劇場の流れに留まらず、中劇場、大劇場でとなると、こうした側面も備えなくてはならないのである。『鹿鳴館』にしても、ここに数えてよい性格を持っていよう。

ただし、劇作家三島にとって最も重要な意味を持つのが、台詞であったのは間違いないところである。その点で、新劇のアトリエ公演から始まった、新劇の系列が大きな位置を占めることになる。

その台詞は、築地小劇場の流れの、いわゆるリアリズムのものではない。登場人物が置かれている状況なり心理から発せられ、かつ、そこへ収斂するのではなく、台詞自体が台詞を紡ぎだし展開するかたちを併せて持ち、舞台と観客の間に一元的に成立する世界を越えて、もうひとつ別次元の世界を現出すべく働く。多次元的、多層的世界を構築する、と言ってよいかもしれない。その点で、ある認識、思考、感情、意志を表現し伝えるだけでなく、様式性を備え、朗唱性、音楽性を発揮、時には多義性を豊かに含み持つ。

そういうところから、台詞を中心にしながら、歌舞伎なり浄瑠璃と繋がるし、音楽性を追求するところでミュージカルなりオペラとも繋がることになる。

台詞劇の到達点といってよい『サド侯爵夫人』と『わが友ヒットラー』にしても、こういうところを備えているど見てよい面があるのではないか。

＊

いま、三島の演劇活動のおおよそをごく大雑把に概観したが、その中でも新劇系列で、多幕物として初めての確かな成果となった『白蟻の巣』三幕（「文芸」昭和30年9月号、同年4月25日脱稿）を取り上げて考察したい。

この戯曲は、青年座からの依頼によるもので、その際、「なるべく登場人物を少なく」との注文であったという。そのことをこう受け止めて書いたと、「上演プログラム」で三島は書いている、「口に出しては言はないが、すべてに金のかからないやう、といふ注文はわかつてゐる。私にとつては、かういふことはすべて物怪の幸であつた。一杯道具の三幕物で最小限度の登場人物といふことは、私が芝居に対して抱いてゐる理想に符号する」。

多分、新劇の劇団から公演のため多幕物の執筆依頼を受けたのは、これが初めてであったろう。『只ほど高いものはない』は、「新潮」昭和二十七年二月号に発表しているが、文学座で上演されたのは三年後の三十年六月である。『夜の向日葵』は「群像」昭和二十八年四月号に発表、同年六月に文学座によって上演されたが、初の外国旅行中、トラベラーズチェックを盗まれるトラブルのため、長期滞在を余儀なくされたパリで執筆（昭和27年3〜4月）したものであった。そうした事情に加え、いま触れた『只ほど高いものはない』に『葵上』を加えた、文学座公演の稽古が始まっていた。そのため上演する戯曲を書く上で留意すべき点を実地に教えられていたはずで、それを踏まえ、より優れた作品をと意気込んでいたに違いない。

三島にとって戯曲を書くことは、小説を書くところから最も遠いところへと導かれることであった。小説は、白紙という恐ろしく空漠とした抽象的な次元において、言葉ひとつで展開するため、恐ろしく無制約であり自由である――それがまた別種の厳しい制約になる――が、戯曲となると、俳優、舞台、観客、劇場、そして限られた時間と資金などと、現実世界に存在する事物・事情と堅く結び付いた制約を受け、それらを逆に生かすかたちを採らなくてはならないのである。

そのことを三島は、初めて上演された『火宅』についてだが、こう述べている、「私が戯曲の魅力と考へるものは、ひとへにその『制約』なのである。詩における韻律の魅力なのである。（中略）ともかく明晰な宿命を持つた形式が私の憧れであつた」（「『火宅』について」昭和24年4月）。

果たして「詩における韻律の魅力」を持つにまで至るかどうか分からないが、青年座からの制約付き注文が、三島の創作意欲を掻き立てたのは確実である。そして、それをもって、「芝居に対して抱いてゐる理想」を実現する機会としようとしたのである。

その「芝居に対して抱いてゐる理想」だが、ラシーヌに代表されるフランス古典劇を想定してよかろう。それが重んじる三一致の規則に従うなら、間違いなく「金のかからない」ようにすることができるのである。舞台の転換は行わず、一杯道具で通し、作中の時間も可能な限り圧縮、衣装や小道具などもあまり変えずにすませ、俳優の人数を絞るのだ。そうして近代演劇が持ち込みがちな夾雑物を徹底して排し、台詞に集中、台詞ひとつで劇を構築する。

後にラシーヌ『ブリタニキュス』の修辞を担当した際、新聞に寄せた文章で、その悲劇についてこう書いている、「すべてが台詞、台詞、台詞であつて、そこには脈々と、西欧の劇の源流であるギリシャ古典劇の、ディスカッションの伝統、劇的対立の伝統、劇的状況の極度の単純化の伝統、抽象化の伝統、反写実主義の伝統、劇的論理の厳格性の伝統が流れてゐる」(「『ブリタニキュス』のこと」昭和37年4月)。

こうした「理想」の芝居を実現すべく、筆を執ったのだ。

そうして設定した舞台は、三幕ともブラジルのリンス郊外のコーヒー園主刈谷義郎の居間兼食堂である。季節は真夏、南半球なので、一、二月である。

三島は昭和二十六年末に初めて海外旅行に出て、翌二十七年二月にアメリカからブラジルへ入り、リンス郊外の元東久邇宮の子息多羅間俊彦の農園を訪れている。その折りの見聞が生かされていると思われるが、この場所は、上の条件によく応えるとともに、三島が考える「理想」にもかなっていたと思われる。すなわち、今日の日本から遠く離れ、かつ、狭く限られて、自ずと単純化、抽象化された空間であり、写実主義に流される恐れがない。それでいて、日本人が暮らし、日本語が話されているのである。このようなところを、今日の日本社会の中に据えようとするなら、さまざまな工夫が必要だが、そうした努力をせずにすむ。

孤立した特異な舞台を設定することは、他でも行っており、『灯台』では大島のホテル、『邯鄲』ではバスに長く乗らなくてはならない山のなかの邯鄲の里といった具合である。小説でも『愛の渇き』は大阪郊外の農園、『沈める滝』は山深く、冬には交通が途絶するダム建設現場、といった具合である。

この舞台に、相次いで六人の人物が登場するが、軸になるのは、二組の夫婦である。

＊

コーヒー園の朝から始まるが、舞台下手の運転手の居室では、ベッドの百島健次の傍らで、妻の啓子が泣いている。二十歳そこそこ、結婚して半年ほどである。夫は二十七、八歳で、二人の会話から、夫の首筋とコーヒー園主刈谷義郎の妻妙子の首筋に同じ傷痕があることが分かる。

こうして幕開き早々、この邸宅で暮らす者たちにとって、おぞましい過去があることが生々しい具象性をもって示されるのだ。そして、その出来事と、それによって生まれた事態が徐々に明らかになるかたちで、舞台は進んで行く。それだけに冒頭、これから生起する事柄の大枠が提示されるとともに、劇が辿るであろう軌跡のおおよそが示されるかのような印象を受ける。勿論、その予想は半ば裏切られる。しかし、観客が予想し、裏切られることも、劇の緊密な展開には不可欠である。

その出来事だが、一年前に百島と妙子が心中を図っていたのだ。庭の納屋でそれぞれ首筋を切ったが、頸動脈の在りかを把握していなかったため、失敗したのである。その死に損なった二人を、刈谷は恐るべき寛容さでもって許し、妙子を妻のまま留め置き、百島も運転手として雇いつづけた上、啓子と結婚させた。

その結果、どういうことになったか。

妙子は、いまなお生きた屍同然の有り様である。

百島はどうか。

刈谷が取り計らうまま百島と結婚した二十歳の啓子が、半年後に気づいたのは、雇主の刈谷と妙子夫妻とわが夫百島の三人が、すでに死んだ愛をいまだに引きずっていて、自分の人生を生きようとする意欲もなく、無気力に横たわっているに等しい、という事態である。その三人の目は、かつて華々しく燃え上がった炎の残映とその結果生まれた嵩高い灰の堆積をぼんやりと映しているだけだ……。そして啓子自身は、その死んだに等しい三人の男女の在りようを、己が身でもって覆い隠して日々を過ごしている。いや、彼女の生身の下には、腐爛した愛の死体が三体も折り重なっている……。

そのことに啓子が気づいて、耐えられなくなったところから、この舞台は幕を上げたのだ。このおぞましい、在ってはならぬ事態をよりはっきりさせ、ここから抜け出そうと、彼女は企てる。

しかし、三人は、無気力に沈んで動かず、自分の意志なり感情を示すこともない。啓子は、苛立つ。その啓子だが、どこか過剰なところがある。『春子』や『獅子』『愛の渇き』、後に書かれる『獣の戯れ』の女主人公にも通じるが、現状を曖昧にしたまま無事に過ぎるのが我慢ならず、たとえ破滅を呼び寄せることになろうとも、はっきりさせることを望んで、突き進むのだ(2)。

そうして企てるのは、妙子と百島の間の死んだはずの愛を甦らせることであった。

勿論、真意は、その二人の間の愛がもはや甦ることはないと確認して、過去を清算し、百島とまともな夫婦になることだが、直接的に目指すのは、死んだはずの愛を甦らせることである。そして、刈谷の協力を求める。刈谷にしても、妻俊子のこころと、寛容に終始して来た自身のこころの在り様を突き止めたいと願っていたから、喜んで手を貸すことになる。

しかし、死んだはずのものを甦らせようとは、奇怪にして、不穏な企てである。死者が甦るようなことはあってはならない。あるとすれば、この世が終わる時だ。が、二人はこうしたことを企てるよりほか、為す術を知らない。

三島は、このような奇怪な志向を、繰り返し取り上げつづけている。いま挙げた『愛の渇き』『沈める滝』、そして『獣の戯れ』、晩年の短篇『孔雀』などもそうである。戯曲では『邯鄲』『綾の鼓』『只ほど高いものはない』『班女』、そして、『薔薇と海賊』『恋の帆影』『十日の菊』なども明らかにそうである。『邯鄲』では、若者が邯鄲の里へ元乳母を訪ね、邯鄲の枕で一眠りすることによって、絶望から甦る。原話は邯鄲の枕で一眠りして無常を知り、すべては空しいと観ずるに至るのだが、逆に、すべて空しいと観じることによって、絶望による疑似的死から甦る。

ただし、これを単純に生の回復を目指すものと見てはなるまい。そうした要素はあるものの、肝心なのは、不可能な事態と向き合いながら、不可能な志念を抱いて、激しく挑みつづけることである。絶対的に不可能と思い知り、絶望しながらも挑みつづけることが肝心なのである。しかし、こうしたところを舞台に上らせるのは容易でない。

三島の多くの舞台の勘所は、多分、ここにある。

『火宅』についての次の言葉は、そうしたあたりのところに多少は触れているように思われる。「（この戯曲を書いた）そもそもの動機は、何の事件も起らない芝居を書いてみたいといふにあつた。看客の心に事件の印象をのこさず、何も起らない空虚な舞台がもどかしい印象を以て、しかもくつきりと空白の印象をのこすやうな芝居を書きたかつた。多くの事件は何らかの事件でその事件の外側の全人生を象徴しようとする。ところがその全人生ではめつたにしか戯曲的事件は起らない。そこで逆に私は、ふつうの戯曲の裏側にある空白な人生の、いつそう端的な象徴を求めたのである。（中略）ふつうの劇場風景をひつくり返して、舞台に何一つ事件が起らず、このために却つて看客が、人生のまことの戯曲、まことの事件の脅威と不安を感ぜずにゐられぬやうな、さういふ芝居を書きたかつたのである」（公演プログラム「作者の言葉」昭和24年2月）。

「空虚」とか「空白」としか言いようがない。殊に現実においては、不可能の壁で厳しく隔てられているから、この世に生きる者の目には、「空虚」「空白」「欠落」としか捉えられないのである。

　夢を正面切って持ち出した『邯鄲』は、このような考えにナマに依拠していると見なしてもよさそうである。現実には「空白」としか捉えられない、その領域に、最も関心を向けずにおれないものが異形の相をもって現われ出る。

　『白蟻の巣』では、事件らしい事件はすでに起ってしまっていて、抜け殻に等しい二人が企てるのは、死んだはずの愛を甦らせようという、およそ不可能なことである。

　このように現人生において出来した「空白」を中心に据え、構成する作劇法を、三島は、『火宅』から『白蟻の巣』までにとどまらず、この後も折に触れ採り続けたと思われるが、そうなると、三島の演劇全体を貫く基本的な性格に繋がる、とも捉えなくてはなるまい。

＊

　ところで三島は、『白蟻の巣』を書き、『金閣寺』を連載中に、自らの文体を問題にして、「自己改造の試み」（昭和31年8月）を書いている。そこで述べていることは、必ずしも分かりやすくないが、それを受け継いで、「戯曲の文体」を問題にしている。『鹿鳴館』の公演中に執筆されたエッセイ「楽屋で書かれた演劇論」（昭和32年1月）においてだが、三島はまず、これまでは、歌舞伎や新派にみられるように「演技の型」があり、それが「舞台と観客との感情の交流を調整し規制」して来たが、われわれが「近代生活」を営むようになるとともに、従来の「社会の習慣的な感情類型」が壊され、「交流」がうまく行かないようになったと指摘する。そこから新しい演劇なり演技術が求められ、リアリズム演劇なり、心理主義的演技術が迎えられるようになったが、それでは解決にならない。舞台と観客の「共分母」に立ち返って考えるべきだろうと、主張する。

　この舞台と観客の「交流」を中心に据え、その「共分母」をとする考え方は、注意すべきであろう。

リアリズムなり心理主義的演技術なりは、いずれも戯曲家なり演出家なり俳優たちの側からの、観客に対する表現上の工夫であって、直接的に創作に係わる者の側にとどまる。これでは本当に「劇」が成立する根本から考えることにはならない。舞台と観客を等しく見据え、「交流」を可能にするところを問題にしなくてはならない、とするのだ。

この姿勢は、先の拙稿で述べた、劇場を総体として捉えることと繋がっているのは言うまでもない。そうして三島は、「日本語といふ共分母」を持ち出す。

あまりにも原理的と言いたくなるが、三島が言おうとしているのは、劇場を創作側が主導権を持つ場所ではなく、舞台と観客が「交流」するところとして捉えた上で、新しい演劇を追究するのに、自分は台詞劇を軸とする、ということであろう。そこにおいて日本語が、切実さもって浮かび上がって来るのだ。

そして、三島はこう言う、「文学としての戯曲は、日本語といふ共分母の上に、言葉そのものの型のさまざまなヴァリエーションを作り出し、それが固定せぬ新鮮な型として、文体の形で現はれる。かくて、ただ、舞台と観客との既成の日常的感情の馴れ合ひをしか生まず、その馴れ合ひを排するために、型としての文体が必要になるのである」。

「交流」するために「演技の型」が有効でなくなったいま、それに代わるものとして、日本語に深く根差した、劇場においての日本語の「文体」という「型」を差し出すのである。そして、台詞がこの「文体」を持たなければ、舞台と観客の間は「既成の日常的感情の馴れ合ひ」となり、新劇の悪弊と言ってもよい「心理主義的演技術」に陥ってしまい、本当の意味での「舞台と観客との感情の交流」が成立しない、と言うのである。

三島は、このところを述べるのに、「交流」を「文体」が「調整し規制する」という言い方をするが、これはあくまで「既成の日常的感情のなれ合ひ」を排するためである。

だから演技者に対しては、戯曲の登場人物の性格とか心理・思想といったものではなくて、文体を把握することを要求する。

勿論、演劇すべてにおいてこうでなくてはならないと言うわけてはない。三島が言っているのは「文学としての戯曲」についてであり、台詞を中心とした劇に関してである。

この時点で、こう言ったことを書いたのは、『白蟻の巣』『鹿鳴館』を書き、『近代能楽集』（昭和31年4月刊）の一連の作品をまとめて、自らの「戯曲の文体」を確立した、との思いが三島にあったからであろう。

その三島が主張するところを、この作品に即して整理すると、――決定的事件は過去に起っており、登場する主要な人物たちはその事件の影のような存在で、在るべき事態を招来させようとあれこれ企てる、その足取りを台詞でもって構築して行くのである。だから、登場人物が発する台詞は、彼ら自身の生な感情、考えを表現するものとはならない。この点において、いわゆるリアリズム演劇のものとは異質であり、登場人物たちが自らの感情、考えを表現し、主張するために台詞を発するということが、基本的にはないのだ。自らの内に抱え込んでいる「空白」なり「欠落」を受け止めつつ、ほとんど不可能とも思われるこの場からの脱出を目指して、激しく企てるところから、台詞が発せられるのである。

言い換えれば、その台詞は、登場人物のザイン（存在）ではなく、ゾルレン（当為）に係わる。現に在るのではなく、在るべきだと希求するところで発せられ、その希求を具象化するという性格を、台詞は持つ(3)。

ここで先に触れた「自己改造の試み」から、「文体」について述べているところを引用しよう。

「作家にとつての文体は、作家のザインを現はすものではなく、常にゾルレンを現はすものだといふ考へが、終始一貫私の頭を離れない。（中略）文体は、彼のゾルレンの表現であり、未到達なものへの知的努力の表現であるが故に、その作品の主題と関はりを持つことができるのだ。何故なら文学作品の主題とは、常に未到達なものだからだ。さういふ考へに従つて、私の文体は、現在在るところの私をありのままに表現しようといふ意図とは関係がなく、文体そのものが、私の意志や憧れや、自己改造の試みから出てゐる」。

「戯曲の文体」という言葉によってどのような性格の台詞を考えていたか、明らかであろう。まさしく「ゾルレンの表現であり、未到達なものへの知的努力の表現」として、「戯曲の文体」は性格づけられるのである。

だからその台詞は、登場人物の感情や考えを語るのとは違い、曖昧さや微妙な陰影を帯びることなく、日常的な言語の羈絆から脱して、言語の端的な働きに正確に寄り添いつつ一歩先んじたかたちをとり、より論理的構築的であり、明晰であり、かつ同時に、美辞麗句、比喩も多用して、朗唱性、音楽性を豊かに持つ。

例えば、第二幕の妙子が支配人大杉に向かって、夫刈谷について語る台詞を挙げよう。

妙子　……うちの王様はちがいますの。寛大な王様。あの人は私たちを黙つてゆるした。そのときから私たちは、あの人の寛大さの牢獄の、囚はれ人になつたんだわ。あなたなんぞには、目に見えないこの牢獄の怖ろしさはとてもわからない。鉄格子も足枷もない牢屋、すべてがゆるされてゐるといふこの牢屋、……

論理の展開に従って、やや誇張を犯して「王様」とか「牢屋」とか比喩を紡ぎ出し、明晰に、かつ、具象性を持たせて語るのである。その語彙、比喩からして、すでに『サド侯爵夫人』に通じるものが認められよう。

このような台詞は、妙子が置かれている現実をそのまま忠実に表現するのではなく、普遍化なり理念化して一段と明瞭にし、かつ、その方向性を保持しつつ発せられている。そして、妙子は自分の現実へと立ち返ることはなく、自分が発した台詞を踏まえて、その先の段階へと進もうとする。その結果、招き寄せる事態が、妙子にとって望ましいことになるかどうかは関係がない。招き寄せたのが自らの破滅であってもかまわないのである。その点では、啓子も同じである。論理に導かれるまま、着実に先へ先へと踏み込んで行くのだ。

だから、個々の人物の口から台詞は発せられるが、その個々の人物の内からであるよりも、台詞が言葉として真性に働く次元において形成されたあるところから、と言ってよいかもしれない。あるいは、台詞が台詞として働くとき、独自な次元が自ずと生成され、ある運動体を生み出すが、その運動体の働きそのものから、と言ってよいかもしれない。そして、それが軸になって劇が展開されて行く。

三島の書く台詞が、およそ近代劇らしくない美辞麗句に満たされるのも、これによる。ある点では、既製の使い古された美辞麗句であっても一向に構わないのである。現に、いわゆる泰西名詩の、特に象徴派あたりの翻訳風の美辞麗句が目につくが、それが効果を発揮する。そして、現代の黙阿弥と言ってもよいところへ近づく。

＊

『白蟻の巣』の先を見ると、啓子は、刈谷を説いてサンパウロへ行かせる。そうして、百島と妙子が二人だけになる機会をつくるのだ。二人の間に愛が生まれた折の状況を再現するのである。そこへ、刈谷がサンパウロで女を相手に楽しくやっているとの報をもたらすよう仕組む。この報に妙子は、夫刈谷から解放された思いになる。もはや彼は自分を必要としていない、と。そして、もしかしたら罠かもしれないと疑いながらも、百島との間の愛が甦ったかのように行動に出るのだ。そうして再び、百島とともに、死へと向かう。今度こそ心中を果たすべく、断崖を目指して自動車を走らせるのである。死ねば、愛は甦ったことになり、その真偽が問われることもない。

それを知った啓子は、自分の企んだ結果に戦く。折からサンパウロからこっそり帰宅した刈谷に向って「心の底まで凍りついた人」「その猫撫で声で、その諦めたやうな顔つきで殺す人」と罵る。それに対して刈谷は、長年夢見てきた生気に溢れる愛がいまや可能になるのだ、と思う。

その刈谷の長台詞は、いま上に指摘した特徴を備えた典型的なものと言ってよかろう。

刈谷　……啓子。お前は太陽だよ。ブラジルの太陽だよ。私を足蹴にしてもいい。踏みつけてもいい。やつと見たんた、一生涯見たいと思つてゐたものを。……お前は大地だよ。ブラジルの、広大な、燃えるやうな大地だ。怒つてゐる太陽、おまへの血、おまへのはげしい何ものも怖れない心。……ああ、おまへの力強く脈打つて、天までのびる椰子を育てる血、新しい逆流する血、……それだよ、それだよ、私の欲しかつたものは。（中略）もしかしたら私は生まれてはじめて、本当のことを言つてゐるんだ。私は古い血だ。腐つた血だ。お前の言ふとほりだ。しかしもう私は新しい血に触れたんだよ。私は生き返るんだ。分かつておくれ、啓子。

単純だけど、それだけ力強い論理をもって、言葉を次から次と紡ぎ出し、重ねて行く。それを美辞麗句、比喩がしっかりと強固なものとして、この現実から別の次元へと向わせる。

そして、まだ現実ではないが、今にもそうなるとの確信を固め、ほとんど目の前にありありと幻視するようなところまで踏み込んで、この台詞を発しているのである。ゾルレンがほとんどザインと化そうとする、と言ってもよかろう。また、三島が使っている別の言葉を用いれば、「シャイネン」(如く見える)が事実に、である。舞台の上では、この「シャイネン」をぎりぎりのところまで持って行くことが可能であり、そうして「ゾルレン」を許される限度まで追及する。(4)

ここでは『弱法師』の最後、沈む太陽を目にして、世界の終わりと自分の目を焼いた大空襲による炎を重ねて、俊徳が言う台詞、また、『朱雀家の滅亡』の幕切れ近くの経隆の台詞、それらに通じるものが認められるのではなかろうか。

役者は、こういうところで自らの演技術を存分に発揮する事が出来るはずだし、そうしなければならないとするのである。その演技術は、勿論、表現のためのものでなく、「交流」のためのものでなくてはならない。そうする時、台詞の文体に基づいた「型」を獲得した演技が自ずと現われ出てくる。そして、現実の地平から離陸し、独自の演劇世界が現出する……。

ただし、断崖を目指して一旦は走り去ったはずの自動車のエンジンの音が、再び聞こえて来て、近づいて来る。百島と俊子は、やはり死ぬことが出来ずに戻って来るのだ。

すなわち、百島と妙子は屍となった愛を、これからもそれぞれに引きずって生きていかなくてはならないのであり、刈谷が抱いた幻想もただの幻想となって、二人を許した寛容ならぬ寛容に自ら囚われつづけることになる。

百島と啓子の間はどうなるか。彼らもまた、結婚して以来半年間の在り方を今後も長々と続けなくてはならない。

一瞬、脱却できたと思った在り方が、ここにいる男女の上に再び崩れ落ちて来るのだ。間違いなく破局、カタストローフを迎えて、幕となるのだ。ゾルレンは、いかにザインに迫っても、ザインとなることはなく、ゾルレンに留まるのである。が、ザインの一歩手前にまで迫ったゾルレンの残像はくっきりと残る。

そして、その残像と実際の結末との間の乖離・対立・緊張が、この劇を成立させている基軸にほかならないことを自ずと明らかにするのである。

＊

先に『白蟻の巣』と『鹿鳴館』を一括して言ったが、『白蟻の巣』はいわゆる新劇の純正な台詞劇である。それに対して『鹿鳴館』はテアトリカルな台詞劇であり、『白蟻の巣』での成果を推し進めるとともに、歌舞伎座で中村歌右衛門らによって上演された『地獄変』（昭和28年12月公演）、『鰯売恋曳網』（昭和29年11月公演）などの成果を、ともに本格的に生かしたものである。「新劇を、明治以前の『芸能』の精神へいかにつなげるか」（「『演劇のよろこび』の復活」）の課題に、真正面から挑み、成果を上げたと見てよかろう。

三島はそのところを、「私のはじめて書いた『俳優芸術のための作品』」（「『鹿鳴館』について」）という言い方で、言っていると思われる。多分、杉村春子と中村伸郎という確かな台詞術を持った二人の役者を得て、初めてできたことであり、殊に新派的傾きのある演技をする杉村春子に、[5]「型」のある台詞を言わせて、台詞の力を存分に発揮させることを図ったのであろう。

そして、杉村春子を主演の座に据えたサルドウ作『トスカ』（昭和38年6月）では、「ドラマとシアターとの中間」に「輝いてゐる」という「理想」――『白蟻の巣』を書いた当時の「理想」とはいささか変化している――の演技を、なにほどか実現させた、といってよかろうと思う。ただし、半年後には、文学座との決別が来る。

注1 「実地に新劇を見たのさへ、戦争末期の文学座の『女の一生』初演が初めてであつた。それまでに舞台からうけた感動は歌舞伎と能に限られてゐたし、読んだのも浄瑠璃が主であつた」と「戯曲の誘惑」（昭和30年9月）で書いている。

2 拙著『三島由紀夫エロスの劇』（作品社）第十章導く女たち参照。

3 「楽屋で書かれた演劇論」では、俳優たちへの不満として、こうも書いている、「生の生、生のもの、表側も裏側もある物象、張りボテではない堅固な物体、……かういふ存在それ自体への飢渇が見られないのをふしぎに思ふ」。この「存在それ自体への飢渇」とゾルレンへの希求とを重ねて考えてよいかもしれない。三島が演劇に激しく引き付けられつづけたのは、演劇それ自体が、じつはこの矛盾対立した希求に貫かれているからであったろう。そして、自作のモチーフをそれと直結させたのであろう。

4 この作品には出てこないが、例えば割り台詞なり渡り台詞といったものも用いられるのも、台詞が一登場人物に帰属するものではなく、独自の次元において働くこともあるからであろう。こういう台詞の在り方は歌舞伎のもので、登場人物は自らの内なるなにものかを表現しようとして台詞を吐き、演技するわけではない。狂言が設定した役柄を演技して観客に見せるため、台詞を吐き、演技するのである。

5 如月小春『俳優の領分』（平成18年12月、新宿書房）一八一頁。

（三島由紀夫研究4号、平成19年7月、補筆）

『英霊の聲』への応答――『朱雀家の滅亡』

「豊饒の海」第一巻『春の雪』は、主人公松枝清顕が記憶にとどめている一枚の写真の描写から始まる。日露戦役中に行われた「得利寺付近の戦死者の弔祭」を写したものだが、(1)三島はすでに『獣の戯れ』の巻頭で写真を持ち出している。そこに写っているのは、主要な登場人物三人一緒のもので、過去の時点における各人の在り様を効果的に示す。ところが『春の雪』では、登場人物とは無縁の、歴史的一齣の集合写真で、主人公が「画面いつぱいに、何とも言へない沈痛の気が漲つてゐる」と眺めている。どうしてこの写真から三島は最後の大作を書き始めたのか。少なくとも『獣の戯れ』のように簡単に読者の腑に落ちるようには書かれていない。

もしかしたら、近代国家としての日本が繰り広げて来た歴史――それも戦いにおいて命を落とした無数の死者たちによって織り成されて来た歴史のなかに、この長大な小説四部作を据えようと考えていたのかもしれない。それは唯識論を持ち出してこの世界そのものの生成の根源に迫ろうとするのにも負けない、作家として考えられる限りの壮大な野心であろう。あるいは、世界そのものの生成の根源に迫ろうとする志向自体、いまいう野心と嚙み合うことによって、確かな達成に至ると捉えていたのかもしれない。

もつとも完結した作品を前にしたわれわれとしては、その野心はほとんど実を結ばずに終わったと言わなくてはならないようであるが、執筆を始めた時点では、主要なモチーフとしてあったのではないか。少なくとも明治に成立した近代国家の中核と深く係わるかたちで、書こうと考えていたと思われるのだ。

ただし、第一巻『春の雪』は、貴族の家に生まれた清顕と聡子との恋の進展と破滅が扱われる。およそ明治国家がその命運を賭けて戦った戦争とは係わりがないように見える。

しかし、聡子に洞院宮治典王との結婚話が持ち上がり、やがて天皇の勅許が出て婚儀が定まり、納采の儀も近づくと、清顕の恋情はますます激して、こう夢想する。「大地震が起ればいいのだ。さうすれば僕はあの人を助けにゆくだらう。大戦争が起ればいいのだ。さうすれば、……さうだ、それよりも、国の大本がゆらぐやうな出来事が起ればいいのだ」。

恋が「国の大本がゆらぐやうな出来事」となる例は、少なくともわが国の文学においては珍しくない。『伊勢物語』と『源氏物語』が扱っている主な恋がまさしくそうである。在原業平がもとになっていると思われる「むかしをとこ」が通じた女は、藤原基経が天皇の后とすべく予定し、実際にそのようにした妹高子がモデルであった。もし、「むかしをとこ」が彼女を己がものと完全にしおおせたら、藤原氏の権勢は勿論、天皇の継承にも何らかの変動があったのは疑いがない。後に高子は清和天皇の后となり、その間に生まれた親王がやがて即位して陽成天皇となっている。そればかりでなくこの「むかしをとこ」は、伊勢の斎宮とも交わる。天皇家の祖先神に仕え、処女でなくてはならない聖なる女を犯すのである。光源氏の恋の始まりは、父天皇の妃藤壺であり、藤壺と通じ、妊娠させる。そうして誕生した子はやがて天皇の位に昇ることになるのだ。

この二つの物語は以後、王朝文化を代表するものとして尊重され続けて来ており、三島も、当然、意識していたろう。まさしく「国の大本がゆらぐ」恋を描こうとしたのである。

密会を重ねた末、聡子は妊娠する。その事実を知った清顕の父親が、清顕を呼び付け叱責するが、父親の背後の壁には、祖父の肖像画とともに、日本海海戦を描いた巨大な油絵が掲げられている。歴史的大勝利の要になった敵前における艦隊の大回頭を扱ったその画面を、三島は詳しく描写する。

　画面の半ば以上を大洋の暗緑色の波濤が占めてゐた。（中略）波の重く鬱した茄子色が手前に重畳とそそり立ち、暗緑のうちにも明るい色を彼方へと畳み、ところどころ波頭が白くしぶき、しかもその激情的な北の海が、一せいに大回頭しつつある艦隊のなめらかな水尾のひろがりを許してゐるさまは、すさまじく眺められた……。

巻頭の写真と響き合うように据えられている、と見てよかろう。ともに主人公が眺めており、一方は深い悲哀の念、もう一つは激闘の高ぶりが漲って、その帰趨が「国の大本がゆらぐやうな出来事」となる一場面なのである。

清顕の恋の高ぶりにしても、天皇が下した婚儀の勅許を、根底から無効にしてしまうのである。ただし、天皇を頂点として築きあげられた秩序そのものを突き崩そうとするわけでは全くない。その大いなる秩序に体をぶつけ、揺るがせることをとおして、これまで恋に課せられて来た枠組みを突き抜け、より激越に高ぶり、より純粋に燃え上がろうとしているのである。まだ成年にも達していないひとりの若者に発しながらも、この社会の骨組みをなしている秩序を越え出て、人間なるものの生命をありったけの自由をもって活動させ、秩序そのものの新たな活性化、革新を迫る、と言ってもよい。多分、それが恋の、文化秩序における役割なのである。

　この若者は、まさしくそういう役割に身を呈する雅びの戦士であり、日露戦争というわが国の命運を賭けた戦闘にひけをとらない戦いを、一人で戦うのである。少なくとも三島は、そういう意図を持っていたと思われる。

＊

初めに、戦いにおいて命を落とした無数の死者たちによって織り成されて来た歴史と言ったが、日露戦争に留まらず、さまざまな分野において、本来なら国家を挙げて弔わなくてはならない者たちがいるのだ。今日に至るわれわれの国の歴史において、決して忘れられてはならない人たちである。

その問題を主題として書いたのが『英霊の聲』（昭和41年6月）である。

三島の場合は二・二六事件が導きの糸となったと思われるが、早く『憂国』（昭和36年1月号）を書き、つづいて戯曲『十日の菊』（同年11月号）を、それから少し間を置いて『憂国』の映画化（昭和40年4月撮影）を進め、『英霊の聲』の執筆に至るとともに、「『道義的革命』の論理―磯部一等主計の遺稿について」（昭和42年3月号）に代表される二・二六事件についての一群のエッセイを書いた。

『春の雪』のほうは、もっと早くから構想されていたが、昭和三十九年五月に刊行された松尾聡校注『浜松中納言物語』（岩波書店版日本古典文学大系）を読んだことによって、固まり、昭和四十年六月から筆を採り、「新潮」九月号から連載を開始している。この執筆時点の近さ――発表時点では五ヶ月置き、『春の雪』の連載はまだ半ばにも達していなかった――から考えても、その冒頭と『英霊の聲』の繋がりを想定してよいのではなかろうか。

もっともいま触れた執筆事情を明かした「『豊饒の海』について」（昭和44年2月）では、輪廻思想に基づくことを述べるに終始して、他になにも言っていない。が、国家なりその文化の形成なり保持のため生命を投げ出して戦った者たちを弔わなくてはならないとの思いが、三島のなかに強くなっていたのは確かであろう。

それを踏まえての『英霊の聲』で、二・二六事件で処刑された青年将校たちと、大東亜戦争末期の特攻隊員が、霊媒者を介して、直接、声を響かせる。そして、思いを天皇にぶつけるのだ。『英霊の聲』について考えるには、一個の独立した作品と見るだけでなく、他の作品との繋がりにおいて見る必要があるだろう。

ここでは『英霊の聲』を発表後、約一年して執筆した戯曲『朱雀家の滅亡』（文藝、42年10月号、起稿6月27日）に注目したい。

この戯曲には三島自身と同じく、戦時下、兵役年齢に達しようとしていた学習院の学生が登場する。琵琶をもって朝廷に仕えて来た貴族の家柄であるが、大東亜戦争末期、海軍予備学生に志願、実母や叔父の制止を振り切って、南の島へ赴任、戦死するのだが、第一幕、その若者朱雀経広が、自宅の海の見える高台に立って、自らの死を鋭く予感しながら独白する。

「海が僕を惹き寄せる。何故だか知れない。絶望と栄光とが、押し寄せる海風のなかにいつぱい孕まれてゐる。かうした海から来る風に顔をさらしてゐると、絶望と栄光の砂金がいつぱい詰つた袋で頬桁を張られてゐるやうな気がする。（中略）海が死と絶望と栄光の金の食器を、敷きつめた青い波のテーブル・クロスの上に満載して、僕の着席を待つて向うから、用意を整へ、しずしずと近づいて来てからといふものだ。その食卓には今潮の中から引き揚げられたばかりの珊瑚が山と積まれ、熱帯の積乱雲が飾り立てられてゐる。御紋章つきの金のコンポートには、色さまざまな熱帯の果物が盛り上げられてゐる。そして僕がその一つを口に入れれば、それは死なのだ」。

戦争による死と向い合った若者――三島と同世代の心情は、勤労動員の体験に基づく戯曲『魔神礼拝』と『若人よ蘇れ』ですでに扱っているが、それはいささか斜に構えたところからのものであった。

ところがいまや真正面から向き合い、恐れを覚えながらも、戦闘のただ中へ果敢に突き入ろうとしているのだ。

これは戦争に臨んだ若者の、ある意味では上澄みにとどまるかもしれないが、最も純粋な心情の見事な表現だろう。三島自身、身体検査で撥ねられたものの、「天皇陛下万歳」と遺書を書いて、入営すべく家を出ている。そして、『英霊の聲』を発表した直後の林房雄との『対話・日本人論』（昭和41年10月刊）では、「（「天皇陛下万歳」と）書いておかしくない時代に、一度は生きていたのだ、ということを、何だか、おそろしい幸福感で思い出すんです。いったいあの経験は何だったんでしょうね。（中略）僕は少なくとも、戦争時代ほど自由だったことは、その後一度もありません」と言っている。この「経験」に、表現を与えようともしたのだ。同世代の若い特攻隊員を、絶望して無駄な死を死んだとは捉えず、あの時点においてだけ可能だった「幸福感」、「自由」を体して死んだとするのである。

朱雀家の当主経隆は、息子経広が戦死し、妻おれいも爆撃を受けて死に、家は焼けて敗戦を迎えるが、第四幕で、かつて息子が出征前に海を眺めた高台に立って言う。

「海と雲は一色の重い苦患に融け合ひ、沖に泊つてゐる外国の船の白い船腹を、苦痛にむきだした白い鮮やかな歯のやうに見せてゐる。日本の船はどこにも見えぬ。日本の船は悉く沈んでしまつた。／……あの島をめぐる海は、経広の最後の日に、雲の影一つないほど晴れ渡つてゐたことを私は祈る。あいつは朱雀家の代々が使はなかつた黄金造りの太刀の、明るい花やかな朱いろの下緒《さげを》のやうな死を選んだと思ひたい。

なぜといへ、それを最後に、日本は敗れ、滅びたからだ。古いもの、優雅なもの、潔らかなもの、雄々しいものは、悉く滅びたからだ。かつて気高く威光さかんであつた一帝国は滅びたからだ。もつとも艶やかな経糸《たていと》と、もつとも勇ましい緯糸《よこいと》とで織られてゐた、このたぐひまれな一枚の織物は、血と火の苦しみのうちに、流され、踏みにじられ、ついには灰になつた。歴史の上で誰も二度とふたたび、同じ見事な織物を織り成すことはできまい」。

明治に成立した近代国家日本帝国に対して、その滅亡を正面切って弔う言葉である。経隆はさらに言う、

「すべては去つた。偉大な輝かしい力も、誉れも、矜りも、人を人たらしめる大義も失はれた。この国のもつとも善いものは、焼けた樹々のやうに、黒く枯れ朽ちて、死んでしまつた」。

本来、この舞台の設定のとおり、敗戦とともに発せられるべき言葉であろう。しかし、滅びた帝国に対して、糾弾し、怨念をぶつける言葉ばかりが溢れ、他に言葉のない事態が果てしなくつづいて来た。占領下、これほどたやすく、安全で、かつ、正義感を安易に満たすことができる言葉はなかつたから、当然であらう。その占領下の習いのまま独立後も、自らもタブーとしつづけて、うかうかと二十余年が経過したところで、三島は正面切って書いたのである。

そうして、滅びた帝国の最もよきところを捉えて評価し、称え、深く悼んだ。『英霊の聲』では戦後社会への恨みと糾弾の思いを前面に押し出したが、ここでは、その滅びと運命をともにした人々への切実な共感と敬意をもって、ひたすら褒め、称え、悼み、うるわしい言葉の花束を捧げたのだ。こういう言葉を実のないものと見るひとがいるかもしれないが、うるわしく飾ることこそ肝要なのである。そうしてこそ、滅亡したものなり死者を称え、記憶に刻むことになる。

この戯曲の最大の眼目は、ここにあると言ってよからう。「三島由紀夫の多くの戯曲の中でも、或る『崇《たか》さ』を感じさせる」と堂本正樹氏が言う（『劇人三島由紀夫』）のも、これゆえに違いない。

そして、このことは『春の雪』冒頭の「沈痛の気が漲つてゐる」写真と、照応する。

＊

ただし、『朱雀家の滅亡』が差し出す問題は、この滅びたものへ花束を捧げる者の在り方自体にも係わる。

経広は、『英霊の聲』にある神風特攻隊のと等しい存在となって戦死したのだ。前半に出てくる二・二六事件で処刑された青年将校たちの多くは、天皇への「恋闕の情」を力説するが、彼にとっては問題にならない。そうした情を持つまでもなく、直截に神たるべく死んで行ったのだ。この違いは注意してよかろう。

それに対して父経隆は、侍従として神風特攻隊らを送り出した天皇の側に身を置く。そうして、敗戦後に天皇となかば一体化するところまで行くのである。

そのため経隆は、『英霊の聲』の二・二六事件の青年将校と神風特攻隊員の霊が、天皇に対して「などてすめろぎは人間となりたまひし」と問うた、その問いに答えなくてはならない立場になるのだ。

じつは作者の三島自身、『英霊の聲』を書いた後、そこで発した自らの天皇に対する詰問に答えるため、経隆を主人公としてこの戯曲を書いたのではないか。死者たちを真に弔うためには、やらねばならぬことである。

ただし、そうして出された答えは、必ずしも分かりやすくはない。

そのあたりを解きほぐすために手掛りになるのは、「エウリピデスの『ヘラクレス』に拠る」と題名の傍らに書き添えられていることである。単行本の後記でも、翻案ではないが、「ごく大まかに」『へラクレス』を「典拠」としていると言い、原典の梗概を記している。

ただし、その梗概は簡単過ぎて、「典拠」としたとわざわざ断らなくてはならなかった理由がよく分からないので、以下、『ヘラクレス』（川島重成・金井毅訳による）を少し丁寧に要約すると、

場所はテーバイの町。ヘラクレスは黄泉の国へ使命を果たすため出掛けて留守である。そのヘラクレスの老いた父アムビトリュオンと妻メガラ、その子三人が、ゼウスの祭壇の上に蹲って、身を守ろうとしている。

この祭壇が舞台に持ち出されているところは、『朱雀家の滅亡』で弁財天の社が全四幕を通して置かれ、さまざまな役割を果たすのに繋がる。およそ近代劇の舞台に弁財天の社を出すようなことは考へられないから、ここから想を得たのであろう。

テーバイの町は、いまやよそ者のリュコスが占拠、その上、ヘラクレスの留守家族五人全員を亡きものにしようとしている。かつてリュコスはメガラの父を殺し、王座を奪った経緯がある。そのため、メガラの子たちによってやがて復讐されるのを恐れ、いまのうちにその芽を摘もうとしているのだ。一家にはすでに抵抗するすべを持たず、死ぬ準備をしている。そこへヘラクレスが帰って来るのだ。そして、やって来たリュコスと家来たちを皆殺しにする。

この殺しの場面は舞台ではなく、背後の館の中で進行、聞こえてくる声、コロス（テーバイの長老たち）の歌によって知らされる。

この殺戮が終わり、人々が喜びの声を挙げると、神々の使者である女神イリスと狂気の女神リュッサが現われ、ヘラクレスの上に常に不幸をもたらそうと嫉妬から企むゼウスの后ヘラの命に従って、ヘラクレスの精神を狂わせる。そのためヘラクレスは、救い出したばかりのわが子三人と妻を、仇敵と見て、惨殺してしまう。

ひとり残った老父は「死すべき人の中に彼（ヘラクレス）よりも惨めな者がまたとあろうか」と嘆く。その狂気からヘラクレスは目覚め、自分がしたことを知るのだ。絶望というもおろかな絶望に襲われ、打ちのめされる。そこがこの悲劇最大の見せ場である。同じ悲劇『オディプス』は、わが父を殺し、わが母を妻とした絶望が扱われるが、ここでもこれ以上は考えられない絶望的状況へ、雄々しくも優れた男が神々の奸計によって陥れられ、苦悩するさまを舞台の上に見ることになるのである。

そのヘラクレスを、親友でアテナイの王テセウスが心を尽くして慰め、アテナイへ連れて行こうとする。ヘラクレスは容易に肯んじないが、その自らに課せられた苛酷な「運命」を受け入れることに、真の勇気が掛かっていると考え始めるところで、幕となる。

三島は、『朱雀家の滅亡』の「第一幕が僭主（リュコス）征伐に当り、第二幕は子殺し、第三幕は妻殺し、第四幕は一種の運命愛に該当する」と書いている。

朱雀家の当主経隆も、自ら息子経広を戦死へ押しやり、疎開を拒み通すことによって妻おれいを空襲で死なせてしまう。そのような事態のただなかにあっても、天皇を遠くから支える態度を貫こうとする。その最後の最後の拠りどころを、「運命愛」という言葉で言っているのであろう。個人としてもすべてを失い、日本が敗れ、「古いもの、優雅なもの、潔らかなもの、雄々しいもの」が悉く滅びたと圧し拉がれながら、それを自らの運命として受け入れ、生きつづけようとする。

多分、この一点が、「典拠」と断る大きな理由であろう。「運命愛」を生きるほかに、生きる途はないと、自ら決断するのだ。

＊

さきほど引用した「後書」の最後は、こういう文章である。

この芝居の主題は、『承詔必謹』の精神の実存的分析ともいへるであらう。すなはち、完全な受身の誠忠が、しらずしらず一種の同一化としての忠義へ移つてゆくところに、ドラマの軸がある。ヘラクレスを襲ふ狂気に該当するものは、すなはち狂気としての孤忠であり、又、滅びとしての忠節なのである。

正直なところ、分かりやすい説明ではない。かえって混乱させるようだが、「運命愛」を「承詔必謹」と言い換えていると受け取ってよいのではないか(3)。

天皇が言われたことは、如何なることであろうと謹んで受け入れ、私意を挟むことは決してしない――と言うのが「承詔必謹」だが、経隆は、戦況が著しく悪化しているのに拘わらず、なおも戦闘継続の態度をとり続ける首相を、「まるでヘラクレスのやうな力」を振るって、その座から引きずり下ろした。それを天皇がお望みになっていると考えたからだが、その結果の報告を聞く天皇の「御目には、一点、お悲しみの色」が見られた。それを「何もするな。何もせずにをれ」と仰せになったと受け取り、侍従職を辞し、家に引きこもって「遠くからお上にお支へする」ことを決意し、その態度を貫く。それが経隆の「承詔必謹」であった。

この「承詔必謹」の語は、同じく敗戦の際、軍隊が天皇の詔勅を受け入れ、武器を措くために用いられた経緯があり、軍隊として受け入れ難い命令であったが、謹んで受け入れた事実も考えに入っているのだろう。そうだとすれば、『英霊の聲』の、少なくとも神風特攻隊員の抗議に対して、正面から答えていることになりそうである。受け入れ難いと承知はしていても、受け入れてもらわなくてはならない、と。

目に浮かんだ「お悲しみの色」も、それゆえであろう。多くの若者を死へと向わせながら、降伏へと舵を切らなくてはならなかった苦悩と、その若者たちを悼む思いとである。

このような決定をした天皇としては、この自らが行ったことに耐えるよりほかない。死んだ戦士たちから裏切りと詰られようと、耐えるよりほかないのである。『英霊の聲』の抗議は当然すぎるほど当然であって、甘受するよりほかないのだ。そして、そのやうなところへ現実に天皇を追い込んだのが経隆だったのである。「何もするな。何もせずにをれ」との仰せは、その経隆に対する限りない慈愛の言葉だったといってもよかろう。大勢の死者たちを天皇として裏切る羽目へと押しやり、その裏切りの深みに天皇ひとりが沈潜しなければならない事態としたのだ。それにもかかわらず、経隆を責めることなく、「何もするな」と仰せられつづけている。

そうなることを経隆としても知らないわけではなかったが、骨身に染みて分かるのは、現実にそうなってからであった。弟の宍戸光康など——終戦を単純に喜ぶ人々には、経隆がやったことは目覚ましい手柄と見えただろうが、本来は、やってはならぬことだったのである。しかしまた、やらなくてはならないことであった。だから後はひたすら謹慎、天皇の苦悩と悲しみを自らのものとして、「遠くからお上にお支へする」するよりほかないのだ。

二・二六事件の際、天皇はあくまで立憲君主として振るまい、青年将校たちを処刑したが、そのように育て上げた側近は、この世のいわゆる近代的人間的良識の枠内に止まる人たちで、じつは経隆もそうだったのである。しかし、この戯曲における天皇は違った。そして、経隆にしても、天皇の目に浮かぶ色を見、天皇の立場とその思いを悟ったのである。

そうして、ひたすら「完全な受身の誠忠」を尽くすのだが、その天皇の苦悩と悲しみを自らのものとすることをとおして、「一種の同一化」が起ってくる。天皇との「同一化」である。

三島は、そこにこのドラマの軸があると言う。受け入れ難い「運命」を受け入れたのは、誰あろう天皇であり、その天皇に経隆は「同一化」するのである。そして、舞台の上の経隆に、観客は天皇を見ることになる(4)。

それは一種の「狂気」とも憑意現象と見なすことができるかもしれない。そして、その「完全な受身の誠忠」は、二・二六事件の青年将校が身を焦がしたとする「恋闕」の情にも恐ろしく近づく。

経隆は、海を見渡しての独白をこう締めくくる。

「……わかつてゐる。私こそは、お上のおん悲しみ、そのおん苦しみ、いやまさるおん苦しみを、遠くからじつとお支へする役をつとめるために生まれたのだ。かつて瑞穂の国、日出ずる国であつたこの国は、今や涙の国になつた。お上こそはこの国の涙の泉だ。遠く苔むした山の頂きで、限りもなくあふれるおん涙の泉を、私ははるか山裾にゐて川へ伝へる一本の筧だつたのだ。／ああ、ここにゐてもお上のお苦しみが、おん涙の滴瀝が、篠竹の身にありありと感じられる。経広よ。かへつて来るがいい。現身はあらはさずとも、せめてみ霊の耳をすまして、お前の父親の目に伝はる、おん涙の余瀝の忍び音をきくがよい」。

間違いなくその涙によって、天皇と経隆は一体化するのだ。わが涙は天皇の涙、天皇の涙はわが涙なのである。そして、『英霊の聲』では天皇を糾弾する側に立つはずのわが息子の霊に向かって、「おん涙の余瀝の忍び音をきくがよい」と呼びかける。特攻隊員も二・二六事件の将校たちも、そのしたたり落ちる微かな音を聞かなくてはならない。天皇は、彼らが怨嗟の声を挙げるのを、とっくにご承知だったのである。

多分、これに勝る『英霊の聲』に対する応答はあるまい。

＊

このあと、雪が降りだし、弁財天社のなかから琵琶の音が聞こえてきたかと思うと、扉を排して十二単を纏った女が現われる。一瞬、二十年前に死んだ妻が蘇ったかと経隆は思うが、息子の恋人璃津子であった。彼女は、かつてのおれいと同じように、女として経隆を厳しく責め、「滅びなさい。滅びなさい！　今すぐこの場で滅びておしまひなさい」と言い募る。それに対して経隆は、「どうして私が滅びることができる。夙うのむかしに滅んでゐる私が」と答える。幕切れの台詞である。

確かに経隆と、経隆が「完全な受身の誠忠」を捧げる天皇は、「夙うのむかしに滅んでゐるのだ。「古いもの、優雅なもの、潔らかなもの、雄々しいもの」とともに。しかし、その滅んだことによって生きている。自らが裏切った命を捧げてくれた者たちのために日夜涙を流すことによって、甦っているのである。

このような在り方は、勿論、人間がこの世に存在する在り方とは異なる。今日にあって、なおも繰り返し執り行いつづける祭祀によって歴史に繋がることに照応しているのであろう。三島が言う、ゾルレン[5]としての天皇の在り方が、ここに辛うじて一筋の糸として保持されているのである。

こうしたところまで踏み込んだ『朱雀家の滅亡』を軸にすることによって、『豊饒の海』やその他の昭和四十年代の諸作品により、三島は、明治・大正・昭和の時代の壮大な「壁画」――その意図を『鏡子の家』で口にしていた――を、本来の奥行きをもって描き得たと言ってよかろう。

注1　この写真については、佐藤秀明が「隠蔽の物語と物語の隠蔽」（三谷邦明編『近代小説の《語り》と《言説》』有精堂所収）で、「日露戦役写真帖」と「三十周年記念日露戦役回顧写真帖」に掲載されているのを指摘するとともに、当の写真そのものを紹介している。そして、写真自体からは、「沈痛の気」

ばかりではなく、「くつろいだ感じ、安らぎさえ感じ」られるところから、「精妙な脚色が施されている」と見ている。なお、この戦死者の弔祭には、生身は本土にあったものの、明治天皇が臨席しているかたちを採っていたと思われる。

2　先の「英霊の行方―二・二六事件、神風特攻隊」と重複するところがあるのをお許し頂きたい。また、こちらが先の執筆である。

3　「運命愛」あるいは「承詔必謹」は、『サド侯爵夫人』（昭和44年5月）、『癩王のテラス』（同年6月）、『椿説弓張月』（同年11月）においても扱われており、それらとの繋がりで考える必要があるだろう。

4　中山仁氏のレイクサロンにおいての発言（「三島由紀夫研究」8号掲載）が興味深い。氏もまた、経隆を演じるに際して、彼が天皇に同一化する時を何時かと考え、その時を舞台上で表現するため苦心したことがよく分かる。氏の舞台を見、昨年秋にこの話を聞いたことが、本論執筆にあたって大きな助けになった。感謝する。

5　『討論三島由紀夫vs東大全共闘』（昭和44年6月刊）の「討議を終えて」で、天皇は「現実所与の存在《ザイン》としての天皇」と、「観念的なゾルレンとしての天皇」の二重構造を持つことを指摘している。そして、この前者と後者が強まったり弱まったりの変化を繰り返して来ているが、後者こそ「革新の原理」たり得るとする。

（三島由紀夫研究8号、平成21年8月）

迫力ある舞台――新国立劇場『朱雀家の滅亡』

歌舞伎以外で、舞台上に神社を出す例があるだろうか。近代以降、鏡花あたりを除けば、皆無ではないか。ところが三島はこの作品で、弁財天の社を上手に置いた。「エウリピデス『ヘラクレス』に拠る」と断り書きがついているが、その原作が舞台を「ゼウスの祭壇前」としているのに倣ったのである。そうすることが三島にとって必要であった。なにしろこうすることによって超越的主題に取り組むのが可能になるからである。

演出の宮田慶子さんが「朱雀家の滅亡」を取り上げるのは二度目で、前回はト書き通り舞台の上手に弁財天を置いたが、今回は、その社を象徴する赤い枠を、正面奥、数段上がったところに据えた。そして、四幕を通じて微光を発し続けるのだ。舞台中央の朱雀家の十九世紀風温室の間は、その手前に、横幅よりも奥行きを深く取った空間とし、そこに大きなテーブルと椅子を置くだけとした。それもテーブルは奥に向けて長く、朱雀家の当主の席はその正面奥であった。

いわば通常の劇場の舞台を九十度回転させたかたちで、左右両脇にも客席を設けた。客席を舞台左右に設けるのは、いまでは珍しくないが、この縦軸を恐ろしく強調した、裸に近い空間には驚かされた。三島がト書きで示した舞台構成――それは劇全体の基本構造にそのまま繋がると思うが、それを三島の指示よりもより徹底して劇場内に出現させたのだ。

観客の視線は、この縦軸に集中し、自ずと赤い枠・鳥居へ向かう。その鳥居からは、地上から天上への運動に繋がって行く。これがこの舞台の基調となる。

だからこの舞台を見て、今回の公演の成功を確信したが、実際にその通りとなった。登場するのは五人であるが、その五人いずれも為所が多い。そして、それぞれがこの劇的世界を高くへと迫り上げて行くことになる。三島は初期、文字通りチョイ役のでる戯曲を書いたのを反省する弁を口にしていたが、ここではその反省を踏まえて、完璧な答を出した、といってよかろう。これほど役者として出演甲斐のある戯曲も珍しいのではないか。

五人が、ほとんど拮抗する。宮田さんもそう意図したと話していたが、初日は必ずしもそうなっていなかったきらいがあったが、二度目に見た（10月4日）舞台は間違いなくそうなっていた。

例えば宍戸光康（近藤芳正）だが、狂言回し的な脇役と見てよいはずだが、要所では前面に出る演技に変わり、それが劇的展開の大きな力になっていた。それを受けて主役の朱雀経隆（国村隼）も、抑制するところは抑制、押し出すべきところはこちらの予測を越えて激しく演じた。この役者が持つ演技力の幅の広さを見せつけられた思いであった。その息子の経広（木村了）は、学習院を卒業するとともに戦線へと向かい、戦死する運命を自らのものと進んで選び取り、生を輝かせる――多分、当時の三島自身の理想の若者像だが、それを力一杯、歯切れよく演じた。

この経広の前に立ち塞がるのが、実の母親で、朱雀家の使用人のおれい（香寿たつき）だが、格式高いお屋敷の使用人である間はつつましげに振る舞うが、戦局が切迫してくると、母親であり女であることを剥き出しにする、そのところをこれまた力演、好演した。ことに国村隼とぶつかり合う三幕は見応えがあった。そして、松永璃津子（柴本幸）は、経広の恋人の女学生として、冒頭に登場、最後には弁天となるのだから、最大の難役かもしれない。破綻なくしおおせたのをよしとしなくてはなるまい。

こうして五人が絡みぶつかり合うことをとおして、超越的主題が明滅するのだが、それと舞台正面奥の赤い枠が照応し、「秩序」だとか「お上」という言葉が、ある種のリアリティをもって感じられて来た。いや、経隆なり経広なりが、また、この時代が築き上げた理念・幻想が、その高みにおいて完成するとともに、砕け、瓦解するのをありありと見た、と感じさせた。

それはまた、先の大戦、大東亜戦争の見過ごされて来た本質的部分が、立体性をもって浮かび上がって来ることでもあった。その点で、この戯曲はスケールが大きく丈も高く、その意味では『サド公爵夫人』より上だろう。奥深い凄みを湛えている。

そうした戯曲本来の値打ちを、今回の迫力のある舞台が、よく引き出したと思う。

（悲劇喜劇、平成23年12月号）

Ⅳ　焼跡からの二十五年

焼跡から始まった

＊戦後派の中のひとり

三島由紀夫は、しばしば空襲による焼け跡を取り上げている。『鏡子の家』でも戯曲『朱雀家の滅亡』でも、そして最も生々しいのが『暁の寺』才一部二十～二十二章だろう。

わたしの場合、家があった大阪市の一角は焼失を免れたが、敗戦の翌年春、中学へ進むと、電車の停留所からガス管や水道管ばかりが突っ立つ瓦礫のなかを通って、毎日通うようなった。その鉄管にぶらさがっている影があったり、足元に光るものが散らばっていると金属活字だったりした。貧しい印刷屋などが建ち並ぶ地域だったのだ。

校庭の端には、当時では珍しく立派なプールがあったが、そこばかり金網に囲われ、いつも青々と水を湛えていた。占領軍に接収され、軍人や家族のものとなったのだが、その姿を見ることはなかった。

その占領軍の命令による教育制度の改変によって、翌々年には、大阪市内の繁華街に近い元女学校に、同級の三分の一の生徒とともに移動させられた。いわゆる六三三制と男女共学の実施のためであった。そしてテニスコート一面を校舎が四方から囲んでいるだけの、まことに小規模な、新制高校の付設中学三年生になった。傍らの商店街は焼け残っていたが、屋上に出るとあちこちに焼け野原が見渡せ、通学途中の堺筋本町のビル街には、床が落ちて外壁ばかりが黒々と残っていた。

この校舎の図書室に出入りするようになって、わたしの乱読が始まったが、折から戦後派文学が興隆する時期であった。教師のひとりに庄野潤三がいて、昭和二十五年二月には「愛撫」を「群像」に発表、生徒の間で話題になり、わたしも読み、批評めいたことを口走ったりした。

昭和二十七年、大阪市立大学へ入学したが、これまた占領軍によって校舎が朝鮮戦争の戦病傷者収容施設として接収されていたため、心斎橋筋を東へ少し入った小学校が臨時の校舎であった。門前に焼け跡が残っており、一学年上には復員帰りがいたし、その春はメーデー事件で荒れたが、大阪ではここが拠点校で、学生大会が開かれると、近所の家々の陰に警官隊が潜んだ。そういう校舎の手狭な図書室や閲覧室で、同時代の作家たちの作品に本格的に触れて行くことになった。

野間宏、椎名麟三、大岡昇平、武田泰淳、梅崎春生等々が問題作、野心作を次々と発表していた。彼らはいずれも強烈な戦争体験を踏まえ、それを表現すべく、あるいは、そこにおいて考えずにおれない大問題を解きほぐそうと苦闘していて、その熱気に圧倒されたが、それがまた、こちらを引き込んで行った。そういうところへ、やや半歩遅れて登場した早熟な作家、三島由紀夫がいた。わたしにとって少し年の離れた兄の年齢である。

昭和二十七年と言えば、三島はすでに『禁色』第一部の連載も終わりに近づいていたが、文芸雑誌は図書室になかったから、仲間の話として耳にするだけで、読んだのは単行本化されてからであった。熱心な文学青年たちから、それだけ時間的に遅れを取っていたが、読むものは幾らでもあったから、気にすることはなかった。

＊観念の世界を開く

こうして戦後派作家のなかの一人として、三島の作品に親しむようになったのだが、異質さは明らかであった。

上記の作家たちは社会人となったところで戦争に遭遇、その体験を踏まえて創作活動を行っていたが、三島は敗戦の年に成人、軍隊に入ることもなかったから、戦争体験と言えるのは、工場への動員であり、空襲体験であり、焼け跡の体験であった。その点でわたしなどに近かった。

このように三島は、出発点において、戦後派の作家たちとはっきり別だったのである。それでいて、強烈な戦争体験を踏まえた彼らと対抗していかなくてはならなかった。

そこで、と簡単に結び付けてはなるまいが、三島が選んだのは観念の構築でもって強烈ななにかを放つ作品を創り出すことであった、と捉えてよかろう。

その観念構築の力業を露骨に示したのが、『禁色』『沈める滝』であり、早くは『盗賊』であり、『青の時代』である。自然主義文学や私小説もすでに読んでいたから、このような作品があるのかと驚かされるとともに、日常的な体験、戦争という特異な限界状況下での体験も越えて、文学の世界が大きく広がるのを感じた。そこでは瓦礫だけの焼け跡がなんらかの意味を持ったかもしれない。

明治以降の日本の文学は、個人的な体験に沿うことに拘り続け、観念性を強めた戦後派文学においても、基本的には変わりなかった。それをあっさり乗り越えたのが、三島だったのだ。その点を捉えてロマン主義的文学と規定する人もいるが、そうした枠組みにとどまらず、観念世界へと大きく文学を解き放った、と言ってよかろう。それだけ反発も強かったが、少なからぬ読者を掴んだ。

もっとも確固たる実体験に根差さないことが弱点として付きまとい、三島自身も意識せずにおれなかったろう。肉体とか行動へ深く執心していくことになる大きな理由である。

ただし、それはもう少し後のことで、まずはこの観念の領域においてゾルレン＝在るべき在りようの追究へと赴いた。解き放たれ自由になったところで何事かをなすためには、ゾルレンを明らかにしなくてはならない。そして、そのゾルレンを自らに課せられた「運命」とするところへと、三島は自分を追い込んで行ったのだ。

そのゾルレンへと自分を追い込む働きを、もっぱら作品を書くことによって行った。「自己改造」を言い、文体は作者のザインではなくゾルレンに係わると言っているのは、それゆえであって、体験から出発しない自分が作品に血を通わせる確かな方法がこれだと考えたのであろう。自らの人生を賭けなければ単なる観念の構築物に終わる、と考えたのである。

『盗賊』以降、上に挙げたいずれの作品も、この考え方によって貫かれており、『仮面の告白』にしても、ささやかな性的体験を基にしながら、自らの人生を賭けてゾルレンを追求したと捉えなくてはなるまい。その姿勢が、体験らしい体験を持たぬまま、不安に囚われ苦悩する若者の内部を掬い上げ、表現するのを可能にしたと思われる。

＊華々しい達成

そうするうちに三島は、通俗作品でも人気を獲得、流行作家になったし、戯曲が盛んに上演されるようになって、大阪にいたわたしも見る機会に恵まれた。昭和二十八年六月の文学座公演『夜の向日葵』（大阪・毎日会館）が最初で、昭和三十年六月が『只ほど高いものはない』と『葵の上』、そして翌年十二月が『鹿鳴館』（いずれも同会場）であった。その舞台を『葵の上』とともにいまも覚えているが、当時は福田恆存と競い合うようにして文学座の舞台にかかったのである。

その二作の成功は、リアリズムから自由になった作家三島の在り方をよく示している。当時、新劇と呼ばれた現代演劇は、伝統演劇を否定する流れを保持し、リアリズムを基としていたが、『葵上』は能を踏まえた「近代能楽集」の一篇であり、『鹿鳴館』は大芝居を標榜、その根元に歌舞伎があるのは明らかであった。現に昭和二十九年十二月に『鰯売恋曳網』で成功を収めていた。その『鹿鳴館』上演の前に、『金閣寺』が刊行され、わたしも読んだ。再読、再々読の記憶と絡み合って、初読の印象が曖昧だが、小林秀雄との対談「美のかたち―『金閣寺』をめぐって」（文藝、32年1月号）を早々に手に取った記憶ははっきりある。

先に観念構築の力業を言ったが、その力業を一段と巧妙に徹底して振るいながら、中心には閉塞した鬱々たる心情が満ち満ちていて、この闇を濃くするように、眩しい輝きを発する場面が随所に設定されていた。その点、まことに魅惑的であった。ただし結末へとうねって行く一貫した動きがやや捉え難く、もどかしさが残った。が、作家としての営為の絶頂に三島が立ったのは誰の目にも明らかであった。

それにこの時期、短篇では『橋づくし』『女方』、戯曲では『鹿鳴館』ばかりでなく『白蟻の巣』があり、『近代能楽集』が一冊にまとめられた。また、通俗作『永すぎた春』がベストセラーになり、題そのものが流行語になった。

これだけの成果を一気に手にした作家は稀有だろう。三島自身も大きな達成感を覚えたのは確かで、自分の作家活動に一区切りがついたと考えた。これまでの自分の「思想」は完成するとともに死んだ（「十八歳と三十四歳の肖像画」）、とも記した。

＊「新古今集」から「古今集」へ

その上で三島は、『金閣寺』執筆時に始めていたボディビルによる肉体改造に努め、結婚、新居の建築にかかるとともに、書き下ろし大作『鏡子の家』に取り掛かった。そうして第一部と第二部を、昭和三十四年九月、同時に刊行した。

しかし、不評で迎えられた。最大の理由は、これまで個我の内面のドラマの追求を軸としていたのに対して、時代を対象にした点であろう。読者が期待したのは『金閣寺』の世界のさらなる展開であったが、そうではなく、外界に焦点を絞ったのである。登場人物の個々の内面に立ち入りはするが、時代の在り様に収斂するかたちをとった。

三島としては、三十代になり、もはや若くはなくなった以上、大人の文学、現実社会と相い渉る作品をと考えたのであろう。しかし、それが多くの読者との共感の回路を細くする結果になったようである。

わたし自身にしても、『鏡子の家』が練達の筆になる、魅力的な場面に満ちた作品であるのは認めながらも、これまでのような深い共感は覚えるには至らなかった。それに「時代を描く」といっても、その立体像が浮かんで来るわけでなく、いまや消えた焼け跡への思い入れが印象に残るにとどまった。ただし、以後もわたしは新作が出れば、読むことはやめなかったし、映画『憂国』が公開されると、見に行った。また、『英霊の声』にも関心を引き付けられ、二・二六事件関連の評論なども見逃さず読み継ぎ、『春の雪』『奔馬』が単行本化されると読んだ。時代を同じくする作家の一人として、見逃すことが出来なかったのだ。

そうするうちに三島が、「新古今集」を退け、「古今集」を自らの規範とするようになっていたのに気づき、『鏡子の家』以降の方向性の意味するところを察するようにもなった。

拙稿「古今集の絆―三島由紀夫と蓮田善明」（『日本文芸の形象』昭和62年5五月刊収載）でそのところを扱ったが、「新古今集」が個人的感情、情趣に彩られ、デカダンスに及ぶのに対して、「古今集」は古典的で正統的、本質的で普遍的であり、言葉でもって美的秩序体系を具現している、と捉える。その体系が、人間のこころおよび自然界の事象を整頓し、それぞれに在るべき位置を与える働きをする、とするのである。大人の文学とは、確かにこういうものであろう。

その美的秩序体系の中枢をなすのが、ほかならぬ絶対へ繋がる天皇であり、わが国の歴史を貫いている。『文化防衛論』で言うところの文化とはこういうものであり、『豊饒の海』四巻は、その精華たるべきものとして意図されたのだ。

この「古今集」と「新古今集」を対比する考え方に拠るなら、学習院で清水文雄の教えを受け、蓮田善明に親しんだ時期は「古今集」をよしとし、戦争末期からは「新古今集」の立場を取ったが、『金閣寺』に至って終わり、『鏡子の家』から徐々に「古今集」へと移行、『豊饒の海』に着手するころには、はっきりとその立場に立脚、蓮田善明の過激さを自分のものとするようになって行った、と要約してよかろう。

もっとも『豊饒の海』が唯識論にもとづく輪廻転生思想を基にして構想されている点は、よく分からなかった。しかし、第二巻『奔馬』に至って、その主人公勲が、第一巻『春の雪』の清顕と境遇、性格、意志などが違い、二十年という年月を隔てながら、響き合い重なり合う瞬間が訪れるのを、類例のないことと受け止めた。そして時空を越えたところに開ける未知の領域へと、表現の手を伸ばしたと考えた。

＊暗澹たる気持に

そうこうするうちに昭和四十五年十一月二十五日を迎えた。当時、わたしは大阪の新聞社の編集局整理部に勤めていて、遅番であったので正午も半過ぎ社の前に来たところ、柱に速報の張り紙があり、人々が取り囲んでいた。その隙間から「作家三島由紀夫、自衛隊で自決」と墨で大書されているのを見て、あわてて編集局へ駆け上がった。

一読者としてではあるが、伴走するような気持を抱いていたから、いきなり手厳しく振り捨てられた、と思った。加えて、文学にはなんの価値もない、と身をもって申し渡された気がした。なにしろ三島はノーベル文学賞の候補にもなるなど、文学者としての栄光に包まれていたから、強烈であった。もしもそうであるなら、その作品を読み継ぎ、できればなにほどか文学上の仕事をしたいものだと思い続けているこの自分は、なんなのか、と思い、大袈裟だが底無しの淵へ突き落とされたような気持になった。

その暗澹たる気持は、数日続いた。三島の所業は許せない、という気持も萌して来た。

しかし、どうもそうではなさそうだと、考え始めた。少なくとも最期の行動に出る直前までの三島の言葉を読む限り、日本の文化、ひいては日本の文芸のために殉じた、と考えざるを得ないのだ。しかし、そうと簡単には納得できかねた……。

そうした日々のなか、三島の文章を手当たり次第に集め、初期からの足跡を辿ることを始めた。研究と呼んでよいかどうかわからないが、三島に本格的に取り組み始めたのである。

その際に心掛けたのは、三島が書いたもの、殊にその文学作品を無心に読むことであった。政治的訴えを行っての割腹死であったから、それが前面に出て来て、文学者としての歩みが消し飛んだ気配が強かったが、謎を解きほぐすには、作品を無心に読む姿勢こそ肝要と考えたのだ。それが読者として長年やって来たわたしのなすべきことだと思った。

そうして以後、わたしは幾冊の本を書き、若い仲間と事典、論集を編み、研究誌「三島由紀夫研究」(鼎書房)を刊行、現在続いている。

だから本誌の課題に答えるには、それらについて要約して述べるのがよさそうだが、いまはその煩に耐えない。

＊世界の根拠、作者の根拠

しかし、没後四十年になってようやく明らかになったこと、わたしの理解がようやく届くようになったことが少なくない。なにしろ古今東西の文芸が三島の中には入っている。ギリシア・ローマからフランスの古典劇、十八世紀から二十世紀の欧米の小説、評論もよく読んでいる。そして、ニーチェからハイデッガー、サルトル、ジュネ、バタイユなどの思想に及んでいるのだ。

それになによりも留意すべきは、すでにその一端に触れたが、わが国の古典文学について例のない豊かな知識、素養を持ち、それを実作に旺盛に活用していることである。その端的な例が歌舞伎脚本である。その上、自分の作品を、「古事記」「万葉集」以来の日本の文学史のなかに位置付けようとしていたのだ。多分、明治以来、このような企てをした者はいない。

その『日本文学小史』の序で、三島は「文化意志」なる概念を持ちだし、「古事記」「万葉集」以来の日本文学史を彩る日本語による精華を、その「文化意志」の発露だとする。そして、個々の精華から学ぶよりも、「文化意志」を体現する形で、歴史に繋がろうと考えた様子である。

こうした考え方は、『豊饒の海』の根底に据えられている唯識論思想と微妙に照応していそうである。

その唯識論思想について手短に説明するのは困難だが、乱暴に要約すれば、この世に実在するものはなく、すべて識の生み出したものとするのが根本である。その識には八識がある。目・耳・鼻・舌・身・意の六識に、自己愛の根源の末那識、それに諸々の存在の根底をなし、輪廻転生させるところの阿頼耶識である。個々の人間が七識を働かせ、生涯を終える時、悟りを開いて涅槃へ赴かない限り、その生の核とでも言うべきものが「種子《しゅうじ》」となって阿頼耶識に収められ、一定の時間を経ると、この世に再び生まれ出て、また、生きることになる……。

このような輪廻転生思想を採り上げたのは、この世界をまるごと、時空間を越えて、一元的に説明し、長篇連作を「世界解釈」の文学たらしめ得ると考えたからだと、三島自身、説明しているが、初めに指摘した観念の世界を開くことによって、自ずと行き着くことになる、一つの到達点、と言ってよかろう。

それとともに三島は、作家たることとの根底的な支えを、阿頼耶識なりそれに相応するところに見出そうとしていたと思われる。現実世界はともかく、作家が描き出す世界は、作家自身のさまざまな識、七つの識の働きによって出現しているものであろう。そう捉えれば、第八識の阿頼耶識がそのような位置付けになる。

こうした見方はわたしだけのものかもしれないが、いずれにしろ唯識論の輪廻転生思想によって、「世界解釈」を可能にするとともに、文学の営為自体を根底的に支え、かつ、文学史に繋げることまで考えたと思われるのだ。そこに「古今集」の美的秩序体系が規範として座ることになった。

三島が採ったのは、これらをゾルレンと捉え、自らに課せられた「運命」として実現すべく、刻苦する道を突き進むことだったのだ。

その徹底性、スケールの大きさは驚嘆するよりほかないが、それがあの最期へと、三島を衝きやった。最後の一年、三島は死ぬ決意を固めた上で、『豊饒の海』の最終巻『天人五衰』を書き上げるという、前代未聞のことをやって退けたことが、その苛烈さを語る。

このあたりのところは、拙稿、『三島由紀夫を読み解く』（ＮＨＫカルチャーラジオ「文学の世界」テキスト平成22年7月）と「究極の小説『天人五衰』」（文学界、平成23年新年号）を参照して頂ければと思う。

（国文学解釈と鑑賞、平成23年4月号）

白亜の洋館——三島由紀夫と馬込

＊馬込への引っ越し

三島由紀夫は昭和三十一年（一九五六）、三十一歳——大正十四年一月十四日生まれで、満年齢が昭和の年数と同じ——の時、長編小説『金閣寺』を書き、作家としてその地位を不動のものとしましたが、また、戯曲『鹿鳴館』で人気を呼び、歌舞伎座では、昭和二十九年の『鰯売恋曳網』以降、毎秋つづけてその脚本がかかるといった状況でした。

そして、昭和三十二年には、エンターティメント『美徳のよろめき』がベストセラーとなり、海外でも翻訳が次々と出て、アメリカの出版社クノップ社からはドナルド・キーン訳の『近代能楽集』が刊行され、それに合わせてアメリカへ行っています。

まことに目覚ましい活躍振りで、ひとつの頂点に立ったと言ってよいでしょう。

その渡米ですが、『近代能楽集』のアメリカでの上演話が持ち上がったことから、昭和三十二年の七月から年末に及びました。結局、その上演話は不得要領に終わって、ヨーロッパ経由で昭和三十三年一月帰国しましたが、この期間、大作の取材をするとともに、構想を練り、結婚を決意しました。

当時の男の平均結婚年齢は結構早く、三十歳になれば遅いと言われていました。それに三島自身、結婚に否定的な言辞を口にしていたのですが、ニューヨークでの孤独な暮らしにほとほと参ったことと、両親が相次いで病気になり、母親からは結婚するよう迫られていました。それに三島自身、作家として気ままな暮らしをした揚げ句、野垂れ死にするようなことは絶対にしたくない、健全な日常生活をして、作家としてやりたいことはきちんとやり遂げようと、決心したようです。

太宰治とか、いわゆる破滅的作家が、この時代、小説家の典型と見なされていたのですが、そうしたことには絶対になるまい、と心に期したのです。

そして、アメリカ滞在中に構想を練った大作『鏡子の家』を、三月中頃には書き出すとともに、日本画家杉山寧の長女瑤子――日本女子大英文科二年在学・二十一歳――の写真を知人に見せられ、四月六日には見合いをし、五月五日には結婚を決め、九日には結納、六月一日、川端康成夫妻の媒酌で結婚式を上げました。式は明治記念館で、披露宴は国際文化会館でした。

まことに手早い運びです。三島としては、日常の暮らしの大切さは、もう三十代になっていましたから、よくよく承知した上で、必要と認めたことは可能な限り手早く処理しようとしたのでしょう。書くためにすべてを集中する態度を保持したのです。

そうして、やがては生まれる子どもたちを加えて暮らす家を建てるため、土地を求め、この年の十月には、建築会社と契約、建築に掛かりました。

それが東京都大田区馬込東一丁目一三三三番地(現・南馬込四ノ三二ノ八)の、現存する住宅です。

翌年三十四年四月初めには完成したようで、四月十一日に第一次の引っ越しをし、五月十日、それまでの目黒区緑ケ丘二三二三番地(現・緑ケ丘一ノ一七ノ二四)を家を引き払い、家財を積んだトラックに、手伝いの講談社「群像」の編集者川島勝らとともに上乗りして、移って来ました。

それから死まで、十一年、厳密には十年六ヶ月と十日、ここを拠点として、作家活動をすることになったのです。

＊なぜ馬込か

その十年六ヶ月はまことに波乱に富み、かつ、劇的ともなんとも言いようのない幕引きによって、閉じられました。その間のことをすべて触れる余裕はありませんので、きょうはごく最初の二、三年について、お話ししたいと思います。

しかし、まずなぜ馬込を選んだのでしょう。

推測を出ませんが、なによりも気に入った土地がたまたま見つかったからに違いありません。第一には、緑ヶ丘から南東に直線距離で五、六キロと言う近さがあったことでしょう。二番目は、高台であったこと。

祖母夏子が若い時に行儀見習いで勤めていた有栖川宮家が、麻生の高台にあって、海が見えました。そして、戯曲『朱雀家の滅亡』の、朱雀家の庭からは海が見える設定になっていますが、こんなふうに海が見える高台に家を構えたいとの望みがあったのでしょう。富士山も見えました。富士は、「豊饒の海」第三巻『暁の寺』では大事な役割を担っています。この展望を自分のものにするため、屋上に部屋を増設しています。死後、取り壊されましたが、そこからは右手に池上本門寺の塔、左手に大森海岸の向こうの海が眺められました（川島勝『三島由紀夫』）。

三番目は、三島自身は人々の目を欹てる、スキャンダラスと言ってもよい行動をしましたが、家族が興味本位の目に晒されるのを恐れました。その点、この地なら大丈夫という思いがあったのだと思います。大正時代から、世間を騒がせるような行動を取る文士たちが、その近くに住んでいましたね。いわゆる馬込文士村の住人なり、そこに出入りする人たちがそうでした。だから、地元の人たちは、少々のことでは驚かない。それに節度もお持ちだ、と。また、高台ですから道が直線でなく折れ曲がり、行き擦りの人たちが見物にやって来ることも少ないだろう。こういった配慮もあったでしょう。

四番目に、三島は非日本家屋の、純欧米風の家を建てるつもりでしたから、大森の山王口あたりには欧米風の家が幾つとなく建ち、大正にはホテルが二軒も出来るという土地柄がやはり意識されていたと思います。少々思い切った家を建てても、そう驚かれないだろう、と。

＊「あくどい」まで「西洋」風の家

そうして建てられた家ですが、その時、三島が注文したのがビクトリア朝風コロニアル様式の家でした。

ビクトリア女王の時代、英国は世界中に植民地を広げ、全盛期を出現させましたが、その植民地なりアメリカで、富裕な欧米人が好んで建てた家の様式です。富と権勢を誇示するのに格好だったのでしょう。この注文に設計者が「よく西部劇に出てくる成り上がり者のコールマンひげを生やした金持ちの悪者が住んでいるアレですか」と尋ねたところ、三島は即座に「ええ悪者の家がいいね」と応えたそうです。

三島自身「一昨年（昭和32年、一九五七）ニーヨーク滞在中、ニーヨークの人々が ugly Victorian と呼んでいる室内装飾の一様式に親しんだからであつた。ところで私ごとき極東の田舎者の目には、それが ugly に映らなかつたのである。十九世紀に残存していたバロック趣味の最後の開花が、あくまで私の念頭にある西洋といふものであつて、私には西洋といふものは、キンキラキンの色彩のあくどいものでしかない」（「三島由紀夫宅のもめごと」）と書いています。

そのように徹底して「あくどい」まで「西洋」風の家を注文し、庭には、ヨーロッパ中世の星座のタイルを敷き、中央にアポロ像を据え、ペガサスを浮き彫りにした石のベンチを置く、といったものでした。そして、書斎は、バロック趣味ではなくて、スチールの大型の机を据える機能的な造りで、書棚に囲まれていますが、寝室とのドアは鏡張りです。

　このような徹底して非日本的な家で、家庭生活を営みながら、作家活動をしていこうと決め、実践したのです。

　それは、必ずしも欧米の真似をするということではなく、いわゆる日本の文壇から孤立、作家たることがしばしば許容される社会への甘えを徹底して退け、作家活動にすべてを傾注すること――銀行員が毎日デスクに向かって仕事をするように、営々と書きつづけることを自分に課すことに重点があった、と見るべきでしょう。

　ただし、三島が生まれた四谷区永住町二（現・新宿区四谷四ノ二）の家が、軍医の建てた和洋折衷の奇妙な造りの二階家でした。「こけおどかしの鉄の門や前庭や場末の礼拝堂ほどにひろい洋間など」（『仮面の告白』）がありました。

　そして、昭和十二年に学習院初等科を卒業、中等科に進むとともに、父母の渋谷区大山町一五番地（現・松濤二ノ四ノ八）へ移りましたが、その家が赤いスレート葺きの三角屋根の、和洋折衷の、いわゆる文化住宅でした。

　じつは祖父平岡定太郎は、樺太廳長官を勤めるなど、挫折するものの高級官僚の道を歩んでおり、任地での官舎は、外見は木造洋風建築でしたし、祖母夏子が行儀見習いとして五年間すごした有栖川家が、本館が完全な洋風建築でした。また、母の父橋健三は開成中学の校長で、その校長宿舎が外見は木造洋風建築でした。残された写真で確認出来ます。

　こんなふうに三島の両親とも、その親の代から、洋風建築に親しみを持っているのです。日本の明治以降、指導的な地位に立った人たちは、生活の一角に、さまざまなかたちで西洋的建築空間を持ち続けており、中産階級におよぶようになっていました。

それを受け継いで、本格的な西洋の建築空間を日常の場としようという思いがあっただろうと思われます。これまでは、結局のところ、折衷に留まり、どっちつかずであったが、このあたりで徹底して見よう、それも日本という場所で、それをやってみようとしたのでしょう。

勿論、そうして出来上がった三島の家が、本格的な西洋の建築空間かというと、どうでしょう。ただし、昭和三十年代、高度成長が始まろうとしている日本において、個人として考えられる限りの本格的な西洋の建築空間に近いものだったのは確かです。

この後に来た高度成長が、三島のこの個人的企てをやすやすと追い抜いて、本格的な西洋の建築空間をつぎつぎと安価に提供するようになりました。

それはともかく、このような建築空間において、初めて取り組んだのが、『鏡子の家』の書き下ろしでした。

当時、長篇となると雑誌なり新聞に連載するのが一般的でしたが、三島は敢えて書き下ろしとし、量も原稿用紙千枚近くとしました。長篇『禁色』では第一部の最後を掲載後に訂正したことがあるので、全篇完成まで、構想の変更なり加筆修正が可能なようにして置きたいという思いがあり、加えて、欧米の作家ように数年がかりで一編の長篇を書いて、暮らして行くような生活を望んでいたからのようです。

この白亜の家へ引っ越しに際しては、「ここにあるものを全部捨ててゆくつもりです」と川島に言い、緑ケ丘の庭で焼いたとのことですが、それだけの強い決心をしていたのです。

さうして、結婚し、家の新築、子どもの誕生などといった出来事が相次ぎながら、営々と書き継いだのです。その意志力たるや、すさまじいといってよいでしょう。

＊「和」と「洋」への徹底

ところでこの家の新築、『鏡子の家』の執筆の日々、欧米風一辺倒の日々を送っていたかというと、まったく違います。建設会社と契約をした一週間後には、名古屋の御園座で上演中の自作『鰯売恋曳網』を見に出掛けていますし、帰宅すると翌月歌舞伎座で上演される『むすめごのみ帯取池』の打ち合わせ、さらには短篇『橋づくし』の舞踊化された明治座の舞台の稽古に立ち会うといった有り様で、十一月には剣道を始めています。中央公論の編集者笹原金次郎に、剣道具一式を揃えて貰い、日比谷の第一生命地下の剣道場に連れて行ってもらってのことです。そして、年末の文藝春秋社の文士劇では「助六」の髭の意休役で出演するという騒ぎでした。

この後、三十四年初夏の頃、田園調布警察署に指導者を得て通い、剣道の練習を本格化させました。こうした点では、日本志向を徹底させているのです。

こんなふうに、これまでの和洋折衷の曖昧な在り方を清算して、「和」と「洋」それぞれに徹底することに努めたと言ってよいでしょう。それは明治、大正を経て、昭和において日本が獲得したものを、そこに生を受け成長することを通して身につけた者として、さらに先まで徹底的に追求しようとしたのだと捉えてよいと思います。

ややまどろこしい言い方になりましたが、明治において西欧近代と出会い、日本の根生いのものを踏まえつつ、これまでやって来て、ある点では歴史的と言ってもよい達成を得ながらも、大東亜戦争の敗戦という惨禍に苦しみ、かつ、それを半ば克服した段階で、なお一層、西欧近代との出会いと、わが国の伝統なり風土を一段と掘り下げることを意志したと見てよいと思います。やがて執筆する『春の雪』が日露戦争での慰霊祭の写真で始まるのも、この思いの顕れかもしれません。

その決心は、自作の翻訳や上演が海外で盛んになって来たことに促された側面もあるでしょう。自分の活動分野を、国内だけに止めず、より大きく広げようという思いを、この頃から持ち出したようです。そうするためには、中途半端な海外理解では駄目でしょうし、同時に自国日本に関しても、一段と深い理解と知識が必要になるはずです。

＊『鏡子の家』作者と読者のすれ違い

さうして昭和三十四年六月二十九日早朝に、『鏡子の家』を書き上げました。千枚にはならず、九百四十七枚でした。

この『鏡子の家』は、これまでの三島の作品が、『仮面の告白』であれ『金閣寺』であれ、一人の主人公の内面を掘り下げ、そこにドラマが生まれて来るといったものでしたが、一変して、四人の人物を平行して描き進め、いわば一つの時代の壁画を構成しようとするものでした。執筆開始時点より四年前、昭和二十九年（一九五四）以後の数年を対象として、夫を追い出し、幼い娘と気ままに暮らしている裕福な鏡子の許に、新劇俳優、ボクサー、日本画家、エリート商社員の四人が出入りします。その四人それぞれが抱え持つ夢、悲運、絶望、虚無感が扱われ、戦後が終わったとされるこの時代相を、立体的に示そうとしたのです。

この四人はなかなか魅力的です。新劇俳優は、役がつかないまま、高利貸の女社長の危険な愛撫に身を委ね、死んで行きます。ボクサーはチャンピオンベルトを獲得した夜、無頼の者たちと喧嘩、拳を砕かれ、選手生命を失い、右翼団体に加わります。日本画家は、新進として期待されますが、不意に絵が描けなくなり、苦しんだ揚げ句、光明を見出すようになります。そして、エリート商社員ですが、順調に出世、ニューヨーク転勤になり、その退廃的な有り様をつぶさに見て行くのです。

このニューヨークを本格的に舞台としたことが注目されます。いまでこそニューヨークを舞台にした小説は珍しくありませんが、この時期、本格的に舞台としたのは初めてでしょう。そのニューヨークのビジネス世界が、わが国を初め世界の大勢を決するようなところがあるのですが、三島はそこまで目を届かせていたのです。日本だけでなく、現代世界を大きな規模で描こうとしたのです。そこには半年にわたりニューヨークに滞在した経験が、生かされています。

ただし、この大作に対する評価は芳しくありませんでした。わたしも成功作とは言えないと思っています。

理由はいろいろありますが、作者の視点が動かず、対象を分析、知的に記述する文章に終始し、対象が実在感を帯びて迫ってくるところが希薄なのです。それに加えて、四人の人物が同じように感じられて来て、作品全体としてドラマを孕まない。三島という、知力に恵まれた作家による、壮大だが、平面的な壁画に留まったと言えばよいでしょうか。

三島自身、作風の大幅な転換を図り、もっと広い世界へ出て行き、それを捉えるという意図は、ある程度達成したのですが、これまでの読者の内面へ食い入ってくるようなところがなくなり、失望で迎えられたと言ってよいでしょう。読者はいい気なものだと言えばそのとおりですが、作家は、そういう読者の心を掴まなくてはならないのです。

これは三島自身にとって、大きな打撃でした。これまでの成果を半ば投げ捨てて、壮大な野心をもって挑んだだけに、辛い立場に追い込まれたと言ってよいでしょう。

＊作家としての苦難の始まり

そして、作家として、本当の苦難が始まったようです。

これまで三島にとって小説を書くことは、自分が生きて行くために必要な作業でした。自己改造という言葉を使いますが、この世に一個の人間として生きて行くことが出来る人間に、自分を変えるための、切実な営為だったのです。だから、その一行々々が読者にとって身に迫って感じられたのですが、そうではなくなったのです。

三島自身は、ここから小説家としての本来の仕事に取り組み出したと考えたようですが、年来の愛読者は、その魅力が失われたと感じた。作家三島と年来の読者とは、ここで擦れ違ったと言ってよいかもしれません。わたし自身の実感でもあります。

こうして、作家三島の苦難がはじまったのです。

ただし、その苦難は、「和」と「洋」の徹底とともに、大きく総合して行くことを初めとして、現代社会が直面しているさまざまな問題と取り組み、ある点では世界の果て、歴史の果てへと及ぶことになったと、言ってもよかろうと思います。

その歩みの始まりを飾った仕事として、この馬込の家を主な舞台として、三島がモデルを勤めた細江英公の写真集『薔薇刑』があります。

昭和三十六年初秋、三島の評論集『美の襲撃』の表紙カバーのため三島の写真を撮るため、川島勝が新進の写真家細江英公を連れて来たところ、上半身裸で日光浴をしているのを見て、その場で撮影が始まったのが切っ掛けです。過剰に西洋らしいこの家と庭、それにボディビルで鍛えられた三島の裸体、それと細江英公という写真家が出会い、奔放に紡ぎ出されたバロック的でシュールな、白黒の夢想美とでも言えばよいでしょうか。昭和三十八年に刊行されると海外でも高い評価を受けましたが、なによりも三島が喜びました。三島自身が抱くエロティクで典雅でもあるとともに、奇矯、危険でもある、三島の世界と深く共鳴するものでした。

多分、この写真集によって、この家に夢見て来た美的世界が達成された、と思ったでしょう。そして、ある意味では欧米文化から自由になって、さまざまな分野で、自分の存在を賭け、活動することになったと思います。

（東京都馬込文士村継承会主催講演稿、平成24年10月14日）

「軽い死」という秘鑰
――太宰治と三島由紀夫

生と死との間に、高い壁を持つひとと低い壁しか持たないひとがいる。例えば太宰治だが、彼の場合は明らかに低かった。現に幾度も自殺を企てて、最後には、現実にしてしまった。一般には、一度自殺に失敗したひとは、二度と繰り返さないものだといわれているが、そうではなかった。ある意味では、気軽にといってみたくなるような態度でもって、繰り返し企てたのである。

こうした太宰に対して、生と死の間に高い壁を据えた作家として、三島由紀夫を挙げることができよう。もっとも三島の場合は、その生と死の間の壁をより高く聳え立たせることに、意志的に努めたというべきだろう。実際は、死に言い知れぬ魅力を覚えていたために、そうしたとみることができる。例えば最初の長篇『盗賊』(昭和23年11月刊)が、雄弁に語っているところである。

失敗作としか言えないこの奇妙な作品は、よくわからないものが一杯に詰まっていて、あまり論じられることがないが、顕著なのは、最初から最後まで、自殺への指向が強く貫いていることである。ラディゲをお手本にロマネスクな恋愛心理を扱った、といったふうな言い方を、三島自身はしているが、それはあくまで作品に着せかけた衣装にすぎず、中心を貫いているのは、自殺指向であり、死の魅力、さらには死による救済を夢想、それを描くところに焦点を絞っている。

こうした傾向は、早く『苧菟と瑪耶』『岬にての物語』『中世』『サーカス』など、最初期の作品において顕著であり、『仮面の告白』(昭和24年7月刊)とともに半ば消えるが、昭和三十年代も後半になると、再び露わになる。『獣の戯れ』『憂国』『午後の曳航』などがそうだし、それが映画『憂国』、ワイルド『サロメ』の舞台演出となると、一段と明瞭になる。

このように変遷はあるものの、三島の中核には死への志向が強く横たわっていて、そのことと生と死との間の壁をより高くすることが緊密に繋がっている、と言うより裏表の関係になっている。壁を高くすることが、自らを生の側に確保するとともに、死の魅力、死の意味をより豊かにするのである。そうしておいて、文学の領域へとそれを引き出す。死は、その魅力に身を委ねてしまえば、総てが終わりになる。だから終わりにするのは、できる限り先でなくてはならない。それまで力の及ぶ限り、壁を高くし、魅力を引き出しつづけなくてはならないのである。

太宰に出会った当時の三島は、「煙草」を雑誌「人間」に発表していたものの、まだ大学生であり、作家としてのこれからの自分の歩みがどうなるか、まったく分かっていなかった。しかし、自らの在り方の核心が如何なるところにあるか、おおよそのところ察知はしていた。右に上げた初期作品をすでに書いていていたし、『盗賊』に着手、幾度も改稿を重ねている最中であった。

そのような三島にとって、太宰の存在は、あまりにも誘惑的であったはずである。そして、身を寄せようとすれば、半歩を要しない。が、その半歩で、如何なることが起るか、よく判っていた。

昭和二十一年（一九四六）十二月十四日、練馬区豊玉の学生の下宿と、時も場所もはっきりしているが、哲学者出隆の子息英利らの学生と若い編集者の集まりに、紺の着物に袴をつけて出掛けて行き、「僕は太宰さんの文学はきらひなんです」と、面と向かって言ったことは、三島自身『私の遍歴時代』で書いているし、少なからぬ証人がいる。ただし、それに対する太宰の反応は、三島の記述によれば、軽く身を引き、だれに言うともなく、「そんなことを言つたつて、かうして来てるんだから、やつぱり好きなんだよな。なあ、やつぱり好きなんだ」というものであった。太宰は、多分、この手の無遠慮な言葉をしばしば浴びせかけられていたのであろう。そうして、できるだけさりげなくあしらって来ていた。それと言うのも、彼らはおおむね、「すき」と「きらい」の、相反する感情に身を捩るようにしている文学青年たちだったからである。

紺の着物に袴をつけた若者も、基本的には変わりなかった。太宰の文学に対して「すき」と「きらい」、魅惑と嫌悪の間で、苦しんでいたのだ。ただし、「すき」と言ってしまえば、自分の文学は勿論、自分の人生もなくなると承知していた。だから、なにがなんでも「きらい」と宣言、その魅惑の引力から身を振り切らなくてはならないと、こころを決めていた。だから対面の機会を掴まえると、「懐に匕首をのんで出かけるテロリスト的心境」で、わざわざ着物に袴の出で立ちで臨み、遮二無二「きらい」と言った。

この時の二人の在り方の違いは、早くも二十三年に決定的になった。太宰は、六月に玉川上水に身を投げて死に、三島は、九月に大蔵省を辞め、長篇『仮面の告白』を書き出した。その冒頭が、「私」の誕生の情景であり、最後には異質な性愛へ正面から立ち向かう姿勢を示した。この単行本の挟み込みの「『仮面の告白』ノート」には、こう書いた、「この本は私が今までそこに住んでゐた死の領域へ遺さうとする遺書だ。この本を書くことは私にとつて裏返しの自殺だ」。

この三島の「出発」に対して、太宰の最初の短篇集『晩年』巻頭作の冒頭を引用しておくのも無駄であるまい。


死のうと思つてゐた。

死を志向しつづけることが、太宰――と言って悪ければ、その作品世界において根底的な位置を占める語り手の、最も基本的な姿勢だったのである。その端的な表明から、最初の短篇集、ひいては太宰の文学が始まったことを表わしている。

ただし、ここで言う死が、いかなるものであるかを見ておかなくはなるまい。作者自身、その必要を承知していて、こうつづける。

……ことしの正月、よそから着物を一反もらつた。お年玉としてである。着物の生地は麻であつた。鼠色のこまかい縞目が織りこめられてゐた。これは夏に着る着物であらう。夏まで生きてゐようと思つた。

正月のお年玉に、麻の着物とは、季節外れだが、それだけ却って粋なのかもしれない。張り込んだ感じがしながら、重々しくはない。そして、貰った当人は、それを身につけてみたいな、と思ったばかりに、死への願望を、一時的に棚上げする。すなわち、死への願望は、真剣でありながら麻の着物なり、その肌触りよりも軽い、と言ってよかろう。

こうした姿勢は、太宰の作品のいろんなところに見いだすことができる。例えば『ダス・ゲマイネ』から、馬場数馬が「私」に宛てた手紙の冒頭、

死ぬことだけは、待つてくれないか。僕のために。君が自殺をしたなら、僕は、ああ僕へのいやがらせだな、とひそかに自惚れる。それでよかつたら、死にたまへ。

自殺も、「いやがらせ」程度か、つまらぬ「自惚れ」の種にしかならないとしているのだ。

このように死を恐ろしく軽くする。そして、軽いから、いつでも気軽に選び取り、死ねる、ということになる。生死を隔てる壁を、恐ろしく低くするのである。

それとともに、当然のことながら、生も軽くなる。この現実のわれわれが生きなくてはならない生は、しばしば抜き差しならぬ重さをもってのしかかって来るが、それがひどく軽くなる。重くのしかかって来れば、ひよいと身を躱すように、死の領域へ移ればよいのである。移れば戻れないが、しかし、この生は、戻らなくてはならないような場所だろうか？　必ずしも戻らなくてよいのだと腹を括ってしまえば、この人生は、ひどく軽く、容易になる。

太宰が自殺を繰り返したのは、この覚悟が、夢想ではなく現実のものであることを、自分自身に対して証明する必要からでもあったろう。その点で太宰は、捨て身で死を軽くしていたのだ。

生きることが恐ろしく困難に思われれば思われるほど、太宰は、捨て身で、この生を軽くし、生きていけるように工夫しつづけたのだ。その工夫の消息は、三島の『盗賊』の次の一節とも重なる、「『死の意志』といふこの徒爾のおかげを以て、彼はいよいよ死ぬところまで生きてゐることができるのだ」。『晩年』の冒頭を言い換えてみせているだけだと言えるかもしれない。

もっともこの工夫は、現実の次元ではなはだ危険である。それでいて、現実そのものを改変することにはならない。だから、現実とははっきり次元を異にしたところへ、自らを横滑りさせなければならなくなる。

すなわち、文学の次元へだが、太宰の場合、語る次元へと言った方がよかろう。現実の生を、言わば括弧に入れ、炉端ならぬ書斎の机の前に座って、語るのである。そこでなら、生死の間の壁を低くして手に入れた自在さを、存分に発揮できるのだ。

太宰にあっては現実と作品世界とが癒着しているように見えがちだが、実際は、はっきり二分されている。それも、いま、語る次元と言ったところにおいて、よりはっきり分離し、自在さを発揮するかたちになっているのである。

その語る次元だが、すでに指摘されているように、津軽の口承の世界が小さからぬ意味を持とう。生家の近くに土俗の臭いの強い雲祥寺があり、さらにこの地方の巫呪「いたこ」が集まる川倉地蔵があった。「いたこ」は、よく知られているように、死者の霊を呼び出し、語らせる。すなわち、生と死の世界が、巫呪を介して繋がるのである。そのように生と死の世界が語りの次元で繋がるのは、太宰にとって体験的に自然なことであったのだろう。

だから太宰は、余人には不可能な自然さをもって、生と死の間の壁を可能な限り低くするとともに、死に半ば寄り添い、自在に語ることが出来たのであろう。三島と違う点である。

この語りの次元では、あらゆるものを相対化することができる。なによりもこの現実世界を、そして、自己自身をである。この世界の中心に座ろうとして、決して座りきれず、そのことに深く傷つき、その傷つくこと自体にまたも傷つく、まことに厄介な存在の自己自身をである。それは自己の最も柔らかな、羞恥を湛えた、三島が決して容喙を許さなかった領域へぬけぬけと踏み込むことにもなった。

それから、この世において権威あるキリストとかアブラハム、ひろく人々に親しまれて来ている浦島太郎や瘤取りの爺さん、また、佐倉宗五郎なども相対化し、肝心だと思われる一点を捉えて、自由に語り直してみせるのである。

その場合に、太宰の語り方は、しばしばアクロバティクになる。自在さを知り、その自在さを誇示するとともに、それが生み出す危うさ、緊張感を、作品のリアリティの重要な手立てとしたからであろう。

このように死との壁を徹底して低くし、語りの次元ばかりでなく現実の次元でもいつでも赴けるかたちにしておくことが、太宰にとっては肝要であり、死に自らを晒しつづけたのである。多分、そのことが、三島が嫌悪感を剥き出しにして指摘するいやらしさの正体だったのだが、それがまた、三島をして太宰の存在を終生意識させつづけたのであろう。

(国文学解釈と鑑賞、平成16年9月号)

川端康成　無二の師友

川端康成は新人作家の発掘で知られているが、その新人のなかの一人が三島由紀夫であった。父子ほど隔たっている（二十六歳差）のにも拘わらず、川端のほうが生涯にわたって面倒を見、最期を見送る巡り合わせとなった。そして、弔辞では、「年少の無二の師友」だったと述べた。それに対して三島は、敢えて師とは呼ばなかったが、「氏の存在はいつも私の力強い支へであつた」（「川端康成序説」昭和37年12月）と言い、唯一の「心の師」（「長寿の芸術の花を―ノーベル賞受賞によせて」昭和43年10月18日）であったと書いている。この言葉に、互いにいささかの誇張もなかったと思われるが、三島が最期へと自分を追い込んで行く過程で、深刻な行き違いが生じた。心許した師ゆえ則を越えて甘えることがあったためでなかったろうか。筆者にはそう思われる。

作風は、恐ろしく対蹠的である。川端は、無手勝流とでも言うべき、捨て身の無構成、三島は、隅々まで計算し構成せずにはおれなかった。それでいて、両者の間には、恐ろしいほど通じ合うものがあった。三島は多く川端論を書いているが、そこで指摘する特異点の多くが、自身のことであるように読めるのも、その在りようを示している。

だからこそ、三島は生涯を通し、敬愛し、頼りにしたのであろうが、殊に出発期において受けた厚情は、忘れられないものであった。もしその厚情がなかったなら、三島由紀夫という作家ばかりか、その生存自体が危うかったのではないか。

そのことを川端も承知していたからこそ、なおさら懇切に応対したのに違いない。そして、大輪の花を咲かせる道筋を開く手助けをし、晩年には称賛者の役割も果たしたのだが、それだけに、三島の自決を、自分の手抜かりと厳しく責めたと思われる。

いずれにしろ、お互いにとって間違いなく「無二の師友」であり、それゆえ、他からは伺い難い厳しいせめぎ合いがあったと思われるのだ。

＊

三島と川端の係わりは、戦火も最終段階となって一段と苛烈さを増した昭和二十年（一九四五）春、最初の作品集『花ざかりの森』を川端に贈り、返事を受け取った時に始まる。

この作品集に収められた幾編かを、川端は「文芸文化」誌上などですでに目にしており、この集が届く直前に出た「文芸世紀」（昭和20年2月刊）で『中世Ｉ』を読み、関心を寄せていた。

そこでは息子義尚《よしひさ》を失った足利義政の嘆きが描かれているが、いまも触れた最初の返事（昭和20年3月8日付）で川端はこう書いている、「義尚ハ私も書いてみたく少し調べても居ります事とて先日中河君（「文芸世紀」主宰者中河与一）宛に手紙出したい程でした」。実際にこの後、『反橋』（昭和23年10月号）で義尚を扱っている。

その川端に宛てて、敗戦を一ヶ月近く前にして、三島は勤労動員先の神奈川県高座工廠の工員寮から長い手紙（昭和20年7月18日付）を書いている。図書室掛にされたのを幸いに、迫って来る死と競争するように、作品を書いていますと言い、「このやうな時に死物狂ひに仕事をすることが、果たして文学の神意に叶ふものか、それはわかりません。ただ何かに叶つてゐる、といふ必死の意識があるばかりです」と。

この「死物狂ひ」「必死」の思いは、いまのわれわれには理解の外だが、アメリカ軍の本州上陸は目前で、その上陸地点の一つが高座工廠のあるところと考えられていた（実際に昭和二十一年三月一日、相模湾に二十八師団が上陸する予定であった）。川端もそのあたりのことは察知した上で、三島の心中を受け止めたはずである。

その手紙だが、太古の恐竜（三島は大爬虫類と書いている）が絶滅した時代を想起、もし彼らのなかにこの危機を免れ、生きながらえたものがいたらどうだろう、「彼らの習性の内に、『絶滅に瀕したもの』の身振りが執拗に残つてゆくだらうと思ひます。絶滅といふ生活でないものを生活した報ゐが、彼らを畸型にします」と書いている。この時代、日本に生を受けた若者として、死ぬ覚悟を日々深く深く身に刻みつつ、そのことが自分を狂わせていると自覚しながら、文学的営為にすべてを傾注していると告げたのだ。

そうして、敗戦を迎えたのである。それが如何に深刻な衝撃であったか、言うまでもあるまい。絶滅する筈であったのが、生きながらえてしまった、それも「畸型」を内に抱えたまま。もしかしたら、なおも消えない文学への執念こそ、「絶滅に瀕したもの」の刻印かもしれないと思いながら。

翌年の昭和二十一年早々、一月二十七日に三島は鎌倉に川端宅を訪ねた。

これを皮切りに、頻繁に川端を訪ねるようになったのだが、当時、川端は、鎌倉在住の作家たちと鎌倉文庫を設立、雑誌「人間」を刊行、その重役を勤めていた。そこで三島は幾編もの短篇を持ち込んだ。じつは文芸誌が次々と復刊、創刊されていて、そのあちこちに原稿を持って行っていたのだが、例えば「展望」では「マイナス百二十点」という評価（当時編集に係わっていた中村光夫による）で、採用されなかった。文章、題材とも古風と見做されたのだ。しかし、川端はそのなかから『煙草』を選び、六月号に掲載してくれた。そうして戦後の文壇に顔を出すことが出来たのである。

それからは「人間」編集長木村徳三の親身な指導を受け、作家としての技量を急速に高め、力作『夜の仕度』（昭和22年8月号）、『春子』（同年12月号）などを発表するようになったが、それと平行して最初の長篇『盗賊』を書き出した。ただし、筆は進まず、自信も持てず、一つの章を書き上げるごとに川端を訪ねて見て貰い、書き直すとまた見て貰うといったことを繰り返した。

その状況は、当時の三島の川端宛書簡に明らかだが、川端は、例のない懇切さでもって応じた。どうしてそうまでしたのだろう。類例ない才能を見たからであろうが、なによりも戦時下、死を覚悟しながら文学にすべてを注ぎ込む姿勢を執ったことを記憶していたからにほかなるまい。そして、終戦となった今、なお生死にかかわる危険なところに身を置いて、文学に挑んでいている、と見て取ったからであろう。

この長篇は、登場する男女がともに自殺へ向かって歩むという、本人はラディゲに倣ったと言うが、ひどく空想的で童話的な性格の強いものであったが、それはそのまま作者自身の、いまなお死へと突き進むほか身の処し方を知らない在りようと重なると、捉えたと思われるのだ。

そうして試行錯誤の末、とにかく書き上げ、刊行の運びになると、川端は序文を寄せた。「三島君の早成の才華が眩しくもあり、痛ましくもある」と書き、「この脆さうな造花は生花の髄を編み合せたやうな生々しさもある」と続けた。すなわち、この「脆さうな造花」とでも言うよりほかない奇妙な長篇を書くことによって、敗戦後の己が人生の糸口を掴もうと必死になっていると、見たのである。そして、そこにこそ三島の、類いない才能の源がある、と。多分、それはそのまま十五歳で孤児になって生きてきた川端自身の在り方にも通じていたと思われる。

こうして三島は、最初の長篇を完成させるとともに、引き続いて『仮面の告白』を書くことによって、作家としての地位を確立した。この二作の間には、目につかぬよう巧まれているが、一貫するものがあり、もし、『盗賊』を完成しなかったならば、『仮面の告白』も書かれることがなかったたし、人生そのものが始まらなかったと思われる。

こういうことがあって、三島は、川端との間に特別の絆があると信じた気配である。以後、文壇における庇護者として頼りにし、年始には必ず訪れ、戯曲の上演には招待するなど、親しみ、結婚式には媒酌人を務めて貰った。川端のほうでも三島の才能の目覚ましい展開を喜んだし、刺激も受けた。

その三島の歩みは、幾多の川端康成論を書くことになった。

ただし、それはもっぱら三島自身のなかにある、川端と共鳴する一面を掘り下げ、自覚化すること、即ち、川端の核心を鋭利に衝くとともに、自らの一面を密かに語ることになった。

そうして川端康成という存在を、戦後の文壇に改めて押し出す役割の一端も担った。

＊

その仕事の一つに『文芸読本 川端康成』（河出書房新社、昭和37年12月刊）の編纂がある。四部構成で、1作品、2作家論・作品論・随想、3川端康成の横顔、4座談会「川端康成氏に聞く」であるが、巻頭には「川端康成序説」を載せている。

その序説は、既発表の「永遠の旅人―川端康成氏の人と作品」（昭和31年4月）に前書を添えたものだが、その前書にこう書いた。すでに一部を引用しているが、

「……終戦のあくる年の早春、はじめて川端氏にお目にかかつてから、今日まで十七年、氏の存在はいつも私の力強い支へであつた。この間の社会や文壇の動きは変転只ならぬものがあつたが、私は氏から、言はず語らずのうちに、芸術家の『平常心』といふものの大切さを教へられた。氏ほど鋭敏な魂を持ちながら、氏ほどものに動じない人を見たことがない」。

その通りだが、その強靭な心も、三島の最期には動揺することになる……。この点については後に触れるとして、「序説」はさまざまなエピソード、流布する世評を紹介しながら、本質へと迫って行き、

作品を問題にするが、その論と当の三島の在りようを対比させると、興味深い。

――川端は名文家でありながら文体を持たず、世界解釈の意思を完全に放棄、混沌・不安を恐れない、放胆な無計画性を貫いている。そのような「無手勝流の生き方」には感嘆するよりほかないが、そうした態度を可能にしたのは、過敏にして強大な感受性を受容するため、知的なものに背を向けたことによる。それが生活を蔑視させ、秩序だてようと努めることを一切しないこととなった。そのため作品は「虚無の前に張られた一條の絹糸」、「虚無の海の上に漂ふ一羽の蝶」のようである、という。

このような川端に対して三島はどうか。自らの文体に絶えず留意、文体の改造によって自己改造を志し、世界解釈の小説を書き上げるのを最後の目的とした。そして、銀行家のようにきちんと計画された日常を送ることに努め、感受性を自らの知性でもって抑制しとおし、構築的な作品を書くことを目指した、と要約してよかろう。

恐ろしく対蹠的である。この対蹠性が、却って共鳴現象を引き起こしたのではあるまいか。この文章を読む限り、三島は川端のことを言いながら、じつは裏側から自分のことを言っている、とも思われる。

いや、裏側からではなく、表側からも重なるところが少なくない。例えばこんな具合である。

「いかなる意味でも私小説家でない川端氏ほど、人と作品のみごとに一致してゐる例はない」。「氏ほど秘密を持たない精神に触れたことがない」。「多くの日本の近代小説家が陥つた心理主義の罠に、ついに落ちずにすんできた」。「氏の文学の本質は、相反するかのやうにみえるこの二つの見方、二つの態度の、作品の中でだけ可能になるやうな一致と綜合であらう」。

これらの点に関してはいずれもそのまま、三島自身に当てはまる。いかなる意味でも私小説家でなく、その人と作品は一致していないかのようでありながら、実際はみごとに一致しており、秘密を持たない。そして、心理を扱いながら、心理主義には断乎として陥らないし、作品の中においてだけ可能なることに決定的意味を見た。

　内実は恐ろしく懸け隔たっていながら、深く理解、共感を持ち合うことができたのも、これゆえであったろう。

　いま触れた『文芸読本　川端康成』だが、その作家論・作品論の冒頭には、小林秀雄の文章（昭和16年7月）が据えられている。そのなかで小林は言う、「川端康成は、小説なぞ一つも書いていない。（中略）凡そ小説家の好奇の対象となるものに、この作家が、どんなに無関心であるかは、彼の作を少し注意して読めば直ぐ解る事である」「小説家失格は、この作家の個性の中心で行われ、童話の観念は、『胸の嘆き』の裡で成熟する」。

　正面切って、小説家失格を言うのである。そして、三島が『金閣寺』を書き上げて対談した折も、面と向かって『金閣寺』は「小説っていうよりむしろ抒情詩だな」（「美のかたち」文藝、昭和32年1月号）と言った。三島は、小説家が好奇の対象とするものに無関心どころか人一倍、盛んなタイプであるが、じつは創作の核心部においては、非小説家であり、「童話」を書くひとであった、と言ってよかろう。もっとも小林の言う「小説」なり「童話」は、通念とは異なる。少なくとも「小説」は西欧近代が作り出したものとして、厳密に考えている。その小林の見地からは、川端と三島は、核心部においてぴたりと重なるのだ。それだけにまた、多くのものを三島は川端から受け取っていたと考えられる。

　そのなかでもカナメになるのが、輪廻転生であろう。

　三島がライフワークと称した「豊饒の海」全四巻は、輪廻転生思想を基軸とするが、執筆準備に入った昭和三十年代後半になって初めて採り上げたわけでない。十代のころ『花ざかりの森』や『煙草』などで「前世」「後生」といった言葉を盛んに使っているし、詩「夜告げ鳥」では「輪廻への愛」を歌っているのである。ただし、輪廻と言えば、一般には死後の迷い——地獄、餓鬼、畜生、修羅、人間、極楽の六道に迷う恐怖に濃く彩られているのだが、三島の場合、それが全くといってよいほどないのだ。逆に心楽しい幻想的世界を約束するような気配なのである。その点がまことに独特である。当時、ニーチェ『悲劇の誕生』『ツァラトゥストラ』を愛読していたことなどが影響していたかもしれないが、決定的だったのは、川端の作品『抒情歌』（昭和7年2月号、単行本は昭和13年11月刊）だと思われる。

この短篇の語り手の女性はこう語る、「転生をくりかへしてゆかねばならぬ魂はまだ迷へる哀れな魂なのでありませうけれど、輪廻転生の教へほど豊かな夢を織りこんだおとぎばなしはこの世にないと私には思はれます。人間がつくつた一番美しい愛の抒情詩だと思はれます」。

この世に実体はなく無常であり、すべて因縁に過ぎないとするところから、輪廻転生という世界観が出て来ると考えられるが、それをまずは、現実から自由な表現活動を可能にする世界観と捉えているのだ。そして、紡ぎ出した「おとぎばなし」はより端的、直截な「抒情」を可能にする。

まことに独特な考え方だが、三島は少年期にこの作品を読み、戦後早々、川端から『雪国』を贈られた礼状（昭和21年4月15日付）で、これを機会に再読して感銘を新たにいたしましたと述べ、追って「川端氏の『抒情歌』について」（民生新聞、昭和21年4月29日）を執筆、川端宛に送っている（5月3日付）。そこでは輪廻転生について簡単に触れるにとどまっているものの、こう締め括っている、「『抒情歌』のなかで川端氏は『臨終』におけるよりも切実に自己の童話を語つた。そして人も知るやうに、童話とは人間の最も純粋な告白に他ならないのである」。

ここで言う「童話」は、小林の論に由来するのかもしれないが、現実を見据えながらもそれに囚われず、物語を自由に展開、純粋な告白にも及ぶ表現形態を意味しているようにも考えられる。

そういう捉え方を基本的に保持しつづけて後年に及び、輪廻転生をライフワークの軸として本格的に据えるに至ったと思われるのだが、繰り返すまでもなくこの世界の無常を言いたいためでなく、「豊かな夢を織り込んだ」小説世界を徹底して展開するためであった。そうしてインド仏教思想の唯識論にまで遡り、徹底して考究し、その体系まで取入れ、スケールの大きい世界解釈の作品、さらには「究極の小説」たらしめようと企てた……。

こうした経緯を承知していた上であったかもしれないが、「豊饒の海」の第一巻『春の雪』と第二巻『奔馬』が単行本として刊行されると、川端は「奇蹟に打たれたやうに感動し、驚喜した」「比類を絶する傑作」「日本語文の美彩も極致」などと、過大とも思われる賛辞を並べた推薦文を書くとともに、以下のような手紙（昭和43年10月16日付）を送った。

拝啓　春の海（春の雪の誤記）　奔馬　過日無上の感動にてまことに至福に存じました（中略）この御作はわれらの時代の幸ひ誇りとも存じました。
私のよろこびだけをとにかくお伝へいたします。

作家が他の作家に対していう言葉として異例である。殊に「われわれの時代の幸ひ誇り」とは、過大ではないか。この背景には、ノーベル賞の受賞発表の直前であったという事情があったかもしれないが、『抒情歌』以来、あれこれと企ててきた自分に代って、その構想による大作を仕上げてくれたことへの感謝の思いが込められている、と受け取ってよいように思われるのだが、どうであろう。

いずれにしてもわれわれには伺い得ない層での師弟、師友の繋がりがあつたと思われるのだ。

＊

しかし、一方では、厳しい鍔迫り合いとでも言うべき事態があった。

昭和四十二年十一月、新潮文庫版『眠れる美女』が刊行されたが、表題作と『片腕』の他に、もう一編『散りぬるを』が収められており、解説は三島が依頼された。

『眠れる美女』は、前々から三島が傑作と推奨する作品で、『片腕』と密接な繋がりがあるし、この作品もまた疑いもなく傑作である。しかし、『散りぬるを』はどうだろうか。三十三年も前の昭和八年、『抒情歌』の翌年に発表されたもので、就寝中の若い女二人が短刀で刺殺された事件を、殺された女の立場、彼女たちの面倒を見ていた小説家の立場、犯人の立場、それに加えて裁判記録などを織り込んで、書かれており、血まみれの現場の情景や鑑識の死体写真の記述も出て来る。流血のおぞましさが前面に出た、まことに不可解な作品である。三島も戸惑ったふうだが、そつなく賛辞を書きつけた。

ただし、ここには川端の企みがあったと思われる。すなわち、無理やり『散りぬるを』を三島に読ませようとしたのだ。すでに三島は、流血を正面から扱った『憂国』(昭和36年1月号)を書き、それを映画化(昭和40年4月末に完成、41年4月公開)したばかりか、昭和四十二年二月からは神風連を信奉する少年を主人公とした『奔馬』の連載を開始すれば、二・二六事件の磯部浅一の獄中記を扱った『道義的革命の論理』(昭和42年3月号)を書いた。それらについても川端は賛辞を呈したが、実際は危惧を覚えて、警告する思いがあったと思われるのだ。このような事件をわたしは描いたが、時間を隔てて冷静に見れば、やはりおぞましい。それでもあなたは、このような事柄を描き続けるのですか、と。

この短篇を三島との係りで川端が強く意識しつづけたことは、後にも触れるが、三島の関心は、わが国の文化の最も微妙、鋭敏な一点を、いわゆる革命勢力から守る具体策に関心を向けるに至り、その防衛策を具体的、実践的に考えようとするところへ進み出ていた。そして、この問題は現実社会において実践的に取り組まなくてはならない事柄だというのが、三島の認識であったから、早々に自衛隊の体験入隊を企て、昭和四十二年四月には単身での入隊を実現させたのである。

これに強く反対したのが、長らく歩みを共にして来た「新潮」編集者菅原国隆であった。小林秀雄まで動員、入隊を思い止まるよう説得に努めたが、三島は激怒、編集担当から外させる挙に出た。

「新潮の菅原君が週刊に移つて私は非常にショック落胆しました　いよいよ何も書かなくなりさうですがそれでも困るのでとちよつと途方に暮れる気持です」（昭和42年7月15日付）

川端からの葉書である。川端にまで影響を及ぼしていたのだが、こうしたことを伝えて、できることなら引き留めたいと思ったのであろう。

しかし、三島は、さらにF104戦闘機や戦車に搭乗した末に、四十三年三月には、学生たちを引き連れて自衛隊富士学校に体験入隊した。

こうなると、もはや一作家の個人的行動ではなくなり、持つ意味も変わって来る。三島自身、この時の体験に基づいて、「かくて集団は、私には、何ものかへの橋、そこを渡れば戻る由もない一つの橋と思はれた」（『太陽と鉄』）と書いた。決定的な一歩を踏み出したのである。

この昭和四十三年（一九六八）は、南ベトナムで反政府側が全面的反攻に出るとともに、アメリカでは反戦運動が高まり、フランスでは五月革命が起こり、日本では、東大、日大などで大学紛争が激化、沸き立つような状況が生まれていた。こうした状況の到来を早々に感じて、危機意識を覚え、行動に出ていたのだ。

この時点で三島は、村松剛の助力を得て、民間人による全国的な民兵組織、祖国防衛隊を考え、その実現のため、政財界に働きかけるとともに、学生たちを幹部として養成するため、自衛隊に体験入隊させることを考えたのである。そして一ツ橋大学、早稲田大学、茨城大学などの学生集会に参加し、希望者を集めた。

ただし、政財界への働きかけは遅々として進まず、体験入隊した学生たちを集め、十月五日には楯の会を結成、発足させた。運営に必要な経費は勿論、会員には制服を貸与、例会への出席のための費用なども三島が負担した。

その十二日後の十月十七日、川端のノーベル賞受賞決定の知らせが入った。

三島は新聞社の求めに応じて、その日のうちに「長寿の芸術の花を――川端氏の受賞によせて」（前出）を書いた。心の底から喜ぶ気持の籠った見事な文章である。


川端康成氏の受賞は、日本の誇りであり、日本文学の名誉である。これにまさる慶びはない。

川端氏は日本文学のもつともあえかな、もつとも幽玄な伝統を受けつぎつつ、一方つねにこの危い近代化をいそいできた国の精神の危機の尖端を歩いて来られた。その白刃渡りのやうな緊迫した精神史は、いつもなよやかな繊細な文体に包まれ、氏の近代の絶望は、かならず古典的な美の静謐に融かし込まれてゐた。


書き出しだが、三島が川端を尊重して来た由縁と受賞の意義を的確、簡潔に述べている。そして、「あからさまに師と呼ばなくても、心の師と呼んできた文学者は氏御一人」であり、二十数年のお付き合いの間、ただの一度も「お叱言《こごと》」も「忠告」も受けたことがないと言い、「東洋独特の絢爛たる長寿の芸術の花咲かせられることを祈つてやまない」と結ぶ。そして、翌十八日には、三島は夫人とともに花束をもって川端邸を訪ねた。

ただし、上に見たように川端は、少なくとも昭和四十二年秋以降、間接的だが、叱言、忠告はしていたのだ。そのことに三島は気が付かないはずはないと思うが、敢えて知らぬふりをし通したのであろう。それに三島は昭和四十年以来、ノーベル賞の有力候補とされてきていたが、これまた、問題にしない態度を採った。もともと川端にしても、昭和三十六年に文化勲章を受けたが、その年、日本ペンクラブを中心にノーベル賞受賞を働きかけ、三島も川端からの依頼を受けて推薦状を書いたという経緯があり、その運動が実を結んだという側面もあったのだ。

その三日後の二十一日、国際反戦デーと称して学生たちが大規模なデモを行い、新宿駅を占拠するなど各地で警官隊と衝突、荒れに荒れたが、三島は楯の会の学生たちと一緒に、訓練を兼ねて見て回り、期するところがあったようである。

四十四年になると、『暁の寺』を書き継ぐほか、文学・演劇面での活動を活発に行いながら、三月には学生たちと自衛隊体験入隊をし、五月には東大駒場での全共闘学生との討論会に出た。そして、秋に予定されている国際反戦デー（10月21日）に期待を膨らませたのだ。これまでに増した騒乱状況が生まれ、その制圧のため自衛隊が出動すれば、自衛隊の有志と連携、楯の会も何らかの役割を果たすことができるかもしれない……。自衛隊を国軍として認知、防衛体制を整えるため、国会を占拠、憲法の改正を発議させることを考えていたらしいのである。

＊

そうした日々の中で三島は、八月四日付で川端宛に長い手紙を書いた。

暑中見舞いの挨拶から書き出し、ノーベル賞受賞記念講演の『美しい日本の私』と『美の存在と発見』についての読後感、自作『癩王のテラス』上演に至る劇場内の実情などを記した後、また近日中に自衛隊に体験入隊する予定を言った後、こう書いている。

ここ四年ばかり、人から笑はれながら、小生はひたすら一九七〇年に向つて、少しづつ準備を整へてまゐりました。あまり悲壮に思はれるのはイヤですから、漫画のタネは結構なのですが、小生としては、こんなに真剣に実際運動に、体と金をつぎ込んで来たことははじめてです。一九七〇年はつまらぬ幻想にすぎぬかもしれません。しかし、百万分の一でも、幻想でないものに賭けてゐるつもりではじめたのです。十一月三日のパレードには、ぜひ御臨席賜はりたいと存じます。

これを読むと、三島はすでにこの時点で、翌昭和四十五年を目処に、「幻想でないもの」、言い換えれば端的な行動、生死を賭けた行動に出る決意を固めていたことが知られる。十一月三日のパレードとは、国立劇場屋上での楯の会結成一周年記念行事のことである。

この後、一行あけて書き継いでいる。少し長いが、最後まで引用すると、

ますますバカなことをとお笑ひでせうが、小生が怖れるのは死ではなくて、死後の家族の名誉です。小生にもしものことがあつたら、早速そのことで世間は牙をむき出し、小生のアラをひろひ出し、不名誉でメチヤクチヤにしてしまふやうに思はれるのです。生きてゐる自分が笑はれるのは平気ですが、死後、子供たちが笑はれるのは耐へられません。それを護つて下さるのは川端さんだけだと、今からひたすら便りにさせていただいてをります。

又一方、すべてが徒労に終り、あらゆる汗の努力は泡沫に帰し、けだるい倦怠の裡にすべてが納まつてしまふことも十分考へられ、常識的判断では、その可能性のはうがずつと多い（もしかすると90パーセント）のに、小生はどうしてもその事実に目をむけるのがイヤなのです。ですか

らワガママから来た現実逃避だと云はれても仕方のない面もありますが、現実家のメガネをかけた肥つた顔といふのは、私のこの世でいちばんきらひな顔です。

では又、秋にお目にかかる機会が得られますやうに。　　　　匆々

八月四日　　　　　　　　　　　　　　三島由紀夫

川端康成様

明らかに遺書の文面である。翌年十一月二十五日の決起に際して信頼する人々に草した幾つかの文書にほぼ同じ字句が見られる。多分、この時点――その日まで一年二ケ月と二十日ある――で、こうしたことを明かしたのは、間違いなく川端ひとりに対してだけであった。

楯の会は、既述のとおり運営費のすべてを三島が負担していたから、存続には限界があり、その上、信頼する隊員が脱退するようなことも起こっていた。そこで楯の会結成一周年を機会に世に広く知ってもらい、打開の道を講じるため、川端の出席を得て盛大に記念パレードを挙行しようと考えたのだ。そこではノーベル賞作家の称号が効果を発揮するだろうという計算もあり、何が何でも聞き入れて貰おうと、秘中の秘の死ぬ予定を早々に明かして懇願、併せて自らの死後についても委託したのだ。

とんでもない依頼だが、川端なら、こうまで打ち明けたなら、必ず出席を引き受けてくれる、という思いがあったのであろう。通常の死生観を越えて、対応してくれるに違いない、と。

しかし、川端は承諾しなかった。

村松剛によれば、十月初め、招待状を持って三島が鎌倉に川端を訪ね、お願いしたところ、即座に「いやです、ええ、いやです」と言ったきり、なにも言わなかったという。

この招待状の件だが、正確には、パレードの観閲者として名前を印刷する許しを得ようとするもの

であった。

帰宅すると、村松に電話を掛けて来て、悲憤にみちた声で訴えたという。

三島としては、当の村松にも知らせていない生死に係わる大事を明かし、死後のことを依頼した上で、懇願しているのに、なんというつれなさだと思ったのだ。この後、全くの孤立感を抱いて、自決への道をひたすら突き進むことになった。

しかし、川端としては他にどのような対応の仕方があったろう。

川端はノーベル賞を受けたのに始まる、さまざまな栄誉を受ける状況にあった。このような状況にあって、三島の要求に応えることが出来たかどうか。いや、川端は、如何なる栄誉のただ中に身を置いていても、平然と自ら望むところを行い得る人であったと思う。しかし、問題は、パレードへの出席を承諾することが、三島が死へと突き進むのを容認し、かつ、押しやることになりかねない一点であった。三島という才能あふれた男が如何に死と近いところに立ち続けて来たか、『盗賊』の序文を書いた時から、よくよく承知していたから、なおさらであった。だから川端は、断固として不同意の態度を表明したのだ。

そういう川端の真意を、三島も察しないわけではなかっただろうが、すでに死へと向かって突き進み始めていることを伝えた以上は、通常の生死の境に囚われない態度でもって、どうして応じてくれないのか。あなたの生死の境に囚われない態度は付け焼刃だったのか、と毒づくような思いを抱いたようである。

もともと三島としては、川端さんはすべてを察知していて、すべてを受け入れてくれる、自殺さえ受け入れてくれるという、甘えるような気持があったのだ。それだけになおさら断固と拒否する川端が恨めしく思われたのであろう。しかし、川端としては、死の淵から作家として活躍する道へと進めるのに一役買った自分が、どうして死への道を華やかに開く役を務めることが出来るものかと、怒りを覚えたとしても当然である。

　これに対して三島は、刊行中であった「川端康成全集」の月報（昭和45年3月）に、「末期の眼」の一文を寄せたが、まことに刺々しいものであった。『「末期の眼」が芸術家の極意である、と云はれると、わかつたやうな気がするが、結局はわからない」として、こういう達人の姿――言うまでもなく川端康成――が浮かぶと書く。


　自殺を否定した不気味な永生の人がゐて、「さまよへるオランダ人」のやうに芸術の業を荷ひ、ふつうなら末期の眼しか見えないところの風景を常住見てゐて、それを人に伝へるのを拒み、美しい人工的な女たちに対して時折微笑を向けはするが、そのやうな美の形成にはついに自分は携らず、生そのものを彫り刻むやうな熱意は自他共に欠け、……丁度永遠の明澄の黄昏のやうな「芸術の極意」をわがものとした一人の孤独きはまる芸術家。


「自殺」と言っても三島のそれではないか。それを否定したからといって、どうしてここまで言うか。まったく理不尽な言い掛かりではないか。

村松剛が「三島の死と川端康成」（平成2年12月）でこの一文を採り上げ、川端がこの後、『末期の眼』への加筆、修正を企てたのは、このためだったのではないかと言っている。誰よりも川端が、三島のこの言葉に深く傷ついたのだ。

　それればかりか三島は、『天人五衰』で老いた本多と川端の姿を重ねて、まことに辛辣に描いた。川端に会った人は、誰しもその目に射竦められる思いをしたようだが、見ることに徹底する本多にはまことに相応しいモデルである。八十歳になりながら自家用車を夜の神宮外苑にやり、杖をつきながら彷徨い、絵画館に近い茂みに忍び込み、男女の痴態を覗き見るが、その男が女を傷つける行為に出たため、警官から本多も取り調べを受け、週刊誌に「元裁判官覗き屋氏」と報じられ、社会的対面を失う。

まことに毒々しく、見ることに憑かれた川端に過酷した老人を苛酷に追い詰めるのだ。「長寿の芸術の花を」と祝って、一年にもなっていない時点のことである。

さらにこの年（昭和四十五年）の秋口には自衛隊の富士滝ヶ原分屯地から手紙が来た。学生たちと短期体験入隊したのは九月十日から十二日までであったから、この時に書いたと思われるが、「非常に乱暴な手紙」で、「文章に乱れがあり」「とっておくと本人の名誉にならない」と思われる体のもので、川端は「すぐに焼却」した（新潮文庫『川端康成・三島由紀夫往復書簡』所収、川端香男里と佐伯彰一の対談「恐るべき計画家・三島由紀夫」における川端の発言）とのことである。

この時点に至って、憤激にわれを忘れる一時があったのだ。その様子を父親の梓が承知したためと思われるが、葬儀を営むに際して葬儀委員長を川端とするのに梓が強く反対、紛糾したし、『倅・三島由紀夫』の連載で事実無根の嘲弄的文言を書きつけ、単行本にするに際してその部分を削除する騒ぎともなった。

しかし、川端は、三島の死後の委託をしっかり受け止め、葬儀（昭和46年1月24日）に際して、先の手紙の、死後の家族を案じる一節を伝えて挨拶とした。

この葬儀に臨む心構えを記したと思われる川端のメモ（最後の創作ノート中）が残されている。

三島葬ギ記

私自身反社会的、むきチョウエキ人

自分もまた、三島同様、反社会的人間であり、無期懲役人に等しい、その証拠が『散りぬるを』だ、と言うのであろう。市ヶ谷の自衛隊東部方面総監部において、益田兼利総監を拘束、救出しようとした隊員たちを傷つけた上、隊員たちを集め、決起を呼びかけるという反社会的行為を行ったが、その葬儀の委員長を務めるのは、父親が如何に激しく反対しようとも、自分ほど相応しい人間はいない……、そう確認、支えにしていたのだ。

そうして類例のない死を悼む言葉を幾つも残した。事件直後に「人の死のかなしみに遭はないためには自分が死ぬよりほかないと言ひたいほどにも」と。また「楯の会に近づき、そのなかにはいり、市ヶ谷の自衛隊へも三島君についてゆくほどでなければならなかつたかと思ふ」と書いた。

三島を死なせてしまったことを心底、悔みに悔み、地団太を踏むような痛恨の言葉である。出発期には危機から救い出し、大輪の花を咲かせるのを見守って来たが、最後になって、致命的手抜かりを犯した、と思ったのである。

このような言葉を吐かずにおれぬところまで、どうして三島は川端を追い詰めたのか、逆に三島を責めたい気持になる。そして、川端の自死に、三島が深く関与しているのではないかと恐れずにおれない……。なにしろ三島にとって川端は、最期の行動に出るのに際して、何をおいても振り切らなくてはならない作家たる者の在り方そのものだったのであろう。

＊

三島にとって擱筆する日は、自決する日であった。川端の場合も、最期まで机の上には書きかけの原稿用紙が載っていたと聞く。

ここでもう一度、『盗賊』序文に戻ると、その終わり近くで川端はこう書いていた、「私はこの最年少の作家が人生を確実にし、古典と近代、虚空の花と内心の悩みとを結実するやう、かねて望んでゐる」。その通り、三島は明治以来の作家として珍しく、わが国の古典に深く根差し、豊かな成果を挙げた。川端もそうであったが、三島の場合は、能や歌舞伎を含む演劇の領域にまで広げ、まことに目覚ましいと言うよりほかない規模であった。

伝統と創造活動を考える場合、三島ほど格好の存在はない。それも上に言った、「虚空の花と内心の悩みとを結実する」方向においてであった。三島の作品は、一言でいえば、基本的に「虚空の花と内心の悩みとを結実」させたものであり、より大胆に、より大規模に、徹底してそう推し進めた成果であった。

そのためには、「虚空」を自らの創作活動の基本的な場とするのが肝要であり、川端の『抒情歌』が提示した輪廻転生思想を生かす必要があったのだ。ただし、それは恐ろしく困難な企てであり、何よりも自らが抱える空虚に耐え、創作しつづけなければならず、創作することを手放せば、生きていくことが出来ない……。多分、このことが、持てる才能のある限りを燃焼させる秘密であったのではないか。

この一点において、川端は三島を認め、共感を覚え、三島もまた深い共感を川端に寄せたのであろう。それだけに川端は、身に代えても三島に生きていてほしかったのだ。そして、最後には三島の棘のある言辞に狼狽えた。その「ものに動じない」はずの人が動揺し、狼狽えたところに、わが国の文学に賭ける思いの真摯さが露わに見てとれるように思われる。

（『三島由紀夫の時代—芸術家11人との交錯』平成28年11月、水声社刊。三島由紀夫最後の手紙の日付を一年早くした誤りを正して収録。）

「果たし得てゐない約束」――「私の中の二十五年」再考

戦後二十五年の昭和四十五年（一九七〇）夏、産経新聞文化面の企画「私のなかの二十五年」の一環として、三島由紀夫が執筆したのが「果たし得てゐない約束―私の中の二十五年」で、七月七日夕刊文化面に掲載された。

当時、ライフワークと自ら称した『豊饒の海』第四巻『天人五衰』の第一回を「新潮」七月号（原稿締め切りは五月下旬、発売は六月初め）に掲載、連載を開始したところであったが、その六月半ばには、森田必勝、小賀正義、小川正洋三人（九月に古賀浩靖）に対し、自衛隊には期待せず、自分たちだけで決起する方針を示し、一週間後には武器は日本刀とすることなどを決め、三島自身、三十日には公正証書による遺言状を弁護士の手で作成した。

多分、『天人五衰』全体の構想も出来て、完成の目途を付けるとともに、最期の行動への準備にかかったのだ。後は、『天人五衰』を実際に完成させることと、市ヶ谷においての最期の行動を過たず実行することだけとなったのである。新聞の場合、文化面でも原稿を渡せば、急げば二、三日で活字になるから、遺言状作成とほぼ同時、あるいは直後に、この文章を執筆したと考えられる。

そうして掲載されると、少なからぬ人々に衝撃を与えた。

例えば、長年親しくしていた村松剛は、掲載時点では海外にいて、月末になって帰国、読んだのだが、一読、驚き、ただ事ではないと三島に連絡を入れた。しかし、三島は容易に会おうとはしなかった。十月七日になって、伊沢甲子麿と一緒にやっと会うことが出来たとのことだが、読んだ際の違和感をこう書いている、「三島氏の文章は、つねに逆説と諧謔を宝石のようにちりばめている。ところがその氏のトレード・マークともいえる特色が、右の文章にはまるでなかったのである。折目ただしいいつもの氏に似合わず、絶望と嫌悪とがパセティクな口調で、殆ど投げやりに放り出されていた」。

その通り、驚くほどの投げやりな文章である、中味も文章そのものも。そればかりか、こんな特徴もある。新聞の文化面掲載だから短く、全集では三ページ少々、行数を数えると、五十五行である。それにもかかわらず、主題の「二十五年間」の字句が、八回も出て来る。単純化して言えば、七行足らずに一度、出て来る計算になる。

このような数字はたいして意味があると思わないが、その度に、主題へ立ち戻り、語り直すかたちになっているのである。本来なら、三島の文章は、読み進めるに従って、新たな展開があり、先へと誘われていく。そのため逆説表現も生まれ、効果を発揮するのだが、そういうことがない。読み進めても、展開がない。

このような文章を、三島はこれまで書いたことがなかったはずである。

文章に即してそのところを少し詳しく見るとともに、理由を考えてみたい。本文の改行は十四ヶ所あるが、その頭に番号をつけ、それごとに文意、背景を考える。

まずは書き出し、
①「私の中の二十五年間を考へると、その空虚に今さらびつくりする。私はほとんど『生きた』とは言へない。鼻をつまみながら通りすぎたのだ」。
文字どおり、絶望感を投げ出すように書いている。戦後、作家として目覚ましい活躍を続け、なにかにつけ世の注目を浴び、現にノーベル文学賞の有力候補にもなっている人物が、どうしてこんなこ

とを言うのか。平凡な日々の暮らしにあくせくしながら、その仕事ぶりを眩く見ている者として、怪訝な思いを通り越して、馬鹿にされた、と受け取ったとしても不思議はないかもしれない。

その二十五年間だが、言うまでもなく第一には、大東亜戦争に敗れ、アメリカをはじめとする連合軍による占領下に置かれることによって、始まった年月である。第二に、三島は満二十歳に達し、死ぬはずであったが、思いがけず生き延び、人生を歩み始めて、作家として過ごして来た年月である。ただし、少なくとも『金閣寺』を書き上げる（昭和31年）までは、作品を書くことによって、自分の生きる道を切り開く、という強い姿勢を採り、以後にしても、人間世界を成立させている根本を解きほぐそうとする意欲を、強く持ち続けていたはずである。そうであったからこそ、多くの読者を得たのだが、ここではそれら全部をひっくるめて、空しいと放り出している。

次いで、そうせずにおれない理由と思われる事態を、端的に言う。この辺りは三島らしい畳みかけるような運びであるが、ひどく性急である。

②「二十五年前に私が憎んだものは、多少形を変へはしたが、今もあひかはらずしぶとく生き永らへてゐる。生き永らへてゐるどころか、おどろくべき繁殖力で日本中に完全に浸透してしまつた。それは戦後民主主義とそこから生ずる偽善といふおそるべきバチルスである」。

二十五年前に三島の生を可能にしたのは敗戦であり、占領だったたが、それがもたらしたのが「戦後民主主義」であり、三島は当初から違和感を覚え、早々に消え去るのを望んだが、逆に繁殖し、いまや日本中に浸透してしまった。

民主主義が人間の生み出した政治体制として最も妥当性の高いものであることを、三島も再三、述べている。ただし、戦後に行われたのは、果たして民主主義と言えるのか。河上徹太郎は「配給された自由」と言ったが、基本的には占領軍が軍事力でもって、敗戦で打ちひしがれた国の民に強制した体制である。三島は歌舞伎ファンだったが、占領軍が進駐すると、上演禁止演目を通達する一方、ポッダム宣言の趣旨に沿った新作を上演させる指示を出したりしたのを、『歌舞伎日記』に記録している。

そればかりか、この民主主義の強制は、じつは日本が再び自らの道を歩みだし、その立場を主張、万が一にも戦争を挑むことがないよう、日本の国家、社会、その精神文化を破壊し、根本的に改変することを目指したものであった。民主主義とは名ばかり、実態は逆であった。それが「戦後民主主義」だったのである。

もともとアメリカの民主主義は、こうした使い方が出来る、実質・中味を持たない抽象観念であった。そのところを徹底して利用、情報操作を駆使して成立させたのが、「戦後民主主義」だったのだ。

そのところを三島は、早々に思い知らされ、虚偽、欺瞞、策謀を言い、後には「偽善」の一語でもってした。実際の目的を隠し、真逆のことをやりながら、美名ばかりを保持、利用して、あたかも正義をおこなっているかのように装ったのだが、やがて到来した情報化時代が、実質を問わないため、偽っているという意識を希薄にし、「偽善」となりおおせたのだ。その偽っているという意識が希薄になるにつれ、われわれの内心、モラルは蝕まれて来た。

その詳細は、占領下において憲法が制定され、初めての大蔵省事務官となることによって、日々体験させられたことであった。

③「こんな偽善と詐術は、アメリカの占領と共に終はるだらう、と考へてゐた私はずいぶん甘かった。驚くべきことには、日本人は自ら進んでそれを自分の体質とすることを選んだのである。政治も、経済も、社会も、文化ですら」。

昭和二十六年九月八日、サンフランシスコで講和条約が調印され、翌年四月二十八日、発効した。こうして七年にわたった長期の占領状態が終わり、日本はようやく独立国となり、これとともに占領下に張り巡らされた偽善、詐術の体制は破棄されると思っていたのだが、そうはならなかった。独立・自立を明確にするよりも、そのまま保持した方が利益になる、と当時の吉田茂首相の判断に基づいて、憲法をはじめ多くが占領下のまま、保持されることになったのである。

そこで三島が書いたのが『江口初女覚書』(昭和28年4月号)であった。男好きのする容姿の、人を騙してもなんとも思わない女が、進駐軍兵士相手に骨董店を開いたのを始めとして、次々と小ずるい所業を繰り返していく様が、ごく簡略に綴られている。七年にもわたる長い占領期間を通して扱うため、こうした書き方をしたのであろう。その中の一節、「占領時代は屈辱の時代である。虚偽の時代である。面従背反と、肉体的および精神的売淫と、策謀と譎詐《けつさ》の時代である」。先にも触れたが、これが占領下に対する三島の総括的判定であった。

彼女は、講和条約が締結され、占領時代が終わろうとする年、嘘がバレ、追い詰められた挙句、死のうとして学生を連れて熱海に行く。しかし、思いとどまる。「虚偽の時代はまだ終はつてゐない。初子はうしろから自分を引きずつてゐる虚偽の強大な力をかんじ」た、と。そして、これまで以上に詐術を弄して、生きていく決意を固める。ますますもつて偽善のバチルスを振り撒くことに邁進するのだ。

この作品で三島は、独立以降の臆面もない欺瞞ぶりを指弾したが、わが国は、被占領下に置かれ、自主性を奪われ、忍従を強いられた「屈辱」を忘れ、占領軍の凝らした「虚偽」「策謀」「譎詐」を引き継ぎ、それに輪をかけるべく努め始めたのだ……。

憲法に関して「『変革の思想』とは」(昭和45年1月)でこう言っている、「空文化されればされるほど政治的利用価値が生じてきた、といふところに、新憲法の不思議な魔力」があり、「戦後の偽善はすべてここに発したといつて過言ではない」と。

④になると、ここまで言って来たことからあっさり離れ、自らの文学上の態度を言う。昭和三十二年（一九五七）頃まで、すなわち『金閣寺』を書き挙げる頃までは、「大人しい芸術至上主義者だと思われ」ていたが、「ただ冷笑してゐた」だけであり、その「自分の冷笑・自分のシニシズムに対してこそ戦はなくてはならない」と感じるようになったと言う。これにしても一面的な、簡単すぎる要約だろう。その後、自らが生きている時代を描こうと『鏡子の家』に取り組んだのを始め、これまでと違った企てを次々と繰り出し、最後の長篇四部作『豊饒の海』に取り組み、この時点で、最終巻『天人五衰』にかかっていた。そうしたことには一切触れない。

そして、⑤では、またもとに戻り、「この二十五年間」と書き出し、「認識」を重んじる姿勢を採って来たことが「不幸をしかもたらさなかつた」と言う。いきなり不幸・幸福を持ち出されても、読む方としては戸惑うばかりだろう。

⑥は、再び文学に話題が戻るが、小説を書き続け、戯曲もたくさん書いたが、「作品はいくら積み重ねても、作者にとつては排泄物を積み重ねたのと同じである」という、まことに投げやりな言葉である。三島は、自作に対してこのような言葉を吐くひとではなかったはずである。書くことによって、自らの人生を、世界を切り開いて来て、その営為に絶大な自信を持って来ていた。それなのにこの時点で、こうまで言う。現在只今、感じている絶望感を、如何なる配慮も棄て、言い募っているようだ。

⑦は、またも「この二十五年間」と書き出し、「思想的節操」を採り上げるが、先へはほとんど進まず、思想的節操は一応守って来たが、自慢できることでもなく、せいぜい「男の意地」を張ってみたに過ぎないというばかりである。

⑧となると、またも違う事柄に移る。が、厄介な問題を持ち出す。「それよりも気にかかるのは、私が果たして「約束」を果たして来たか、といふことである。否定により、批判により、私は何事か

を約束して来た筈だ。（中略）政治家の与へうるよりも、もつともつと大きな、もつともつと重要な約束を、私はまだ果たしてゐないといふ思ひに日夜責められてゐるのである。この約束を果たすためなら文学なんかどうでもいい、といふ考へが時折頭をかすめる」。

いきなり「約束」を言い出すのだ。題から考えると、これが本題なのであろう。ただし、きちんと約束として取り交わしたわけでなく、「否定により、批判により」、結果的に約束した、と言う。しかし、こうすることが即、約束することになるだろうか。誰もそこまで責任を求めはしまい。

つづけて言う、「これも『男の意地』であらうが、それほど否定してきた戦後民主主義の時代二十五年間を、否定しながらそこから利得を得、のうのうと暮らして来たといふことは、私の久しい心の傷になつてゐる」。その自責の念が激して来ているのだ。

三島の戦後批判は、早くは占領軍による歌舞伎演目の禁止への反発からだが、それは私的なノートのなかのことで、活字にしたものは、講和条約発効後になる。これまで見て来た通り『江口初女覚書』『鍵のかかる部屋』『女は占領されない』のほか、『金閣寺』の主人公が米兵に強要され日本人娼婦の腹を踏まされる場面、『文章読本』の憲法に関しての記述ぐらいである。そして、『英霊の声』（昭和36年1月号）となる。

そういう経緯があるのだが、ここに至って急に、それも恐ろしく神経質に自分の所業を検閲して、戦後を否定しながらのうのうと暮らして来たと、自分を責めるのである。これと同じ意味のことを武田泰淳との対談「文学は空虚か」（文藝、昭和45年11月号、実施日は9月14日）で口にすると、「それだけは言っちゃいけないよ」と武田に窘められている。

⑨は、「個人的な問題に戻ると、この二十五年間……」と、またも書き出し、肉体と精神、文学上の企てを採り上げる。この問題は、エッセイ『太陽と鉄』、戯曲『癩王のテラス』で真正面から扱っ

ていて、簡単に言える事柄ではない。だから、⑩で引き続いて触れるものの、すぐに打ち切って、次へとすすむ。

⑪では、「この二十五年間に多くの友を得、多くの友を失つた」と、人附き合いについて言及する。そこからの流れからであろう、自分の生き方を振り返って、こう要約する。

⑫「私は人生をほとんど愛さない。いつも風車を相手に戦つてゐるのが、一体、人生を愛するといふことであるかどうか」。

確かに三島の生涯は、常人には想像も出来ない桁外れの、文学作品の執筆を中心とした、さまざまな分野にわたっての活動と、楯の会を初めとする、これまた過剰、過激な実践行動であった。

次いで希望について語る。

⑬「二十五年間に希望を一つ一つ失つて、もはや行き着く先が見えてしまつたやうな今日では、その幾多の希望がいかに空疎で、いかに俗悪で、しかも希望に要したエネルギーがいかに膨大であつたかに唖然とする。これだけのエネルギーを絶望に使つてゐたら、もう少しどうにかなつてゐたのではないか」。

考えてみれば、三島もこれまで多くの希望を掲げて来ていたのだ。近代の枠組み、今日の日本の枠組みを越え、かつ、その歴史・伝統を踏まえ、文学なり演劇の希望を掲げた。

そして、日本の社会、政治、文化においても、大きな視野でもって希望を掲げた。自衛隊の国軍化などもそうだった。ただし、多くの者は、それを希望とは見なかった。世の良識を裏返しにした、いたずらに奇をてらった発言、そんなふうに見た。

しかし、いずれも真っ当過ぎる希望だったのである。それが一つ一つ潰えて、三島に絶望をもたらすことになったのだ。

多分三島は、戦後二十五年間、自分がやって来た事、やろうとしたことを、ここでは可能な限り要約して語ろうとしたのである。だから文章は、一筋の論理を先へと展開するのではなく、幾度となく「二十五年間……」へと立ち戻る。話題が次の改行以後に続くのは、②、④、⑤、⑦、⑧、⑨、⑪、⑬と八回もそうで、その度に話題を変える。話題が次の改行以後に続くのは、②③、⑨⑩、⑪⑫、⑬⑭の四回にとどまる。

そうしてこの文章を書くことは、いまも言った通り、希望が潰えてきたことを確認して、絶望を深めることになっているのだ。だからなおさら過激な言辞を発するのだろうが、そうすればそれだけで終わってしまい、文章は先へと進まない。

本文、最後の部分を引用する。

⑭「私はこれからの日本に大して希望をつなぐことができない。このまま行つたら『日本』はなくなつてしまふのではないかといふ感を日ましに深くする。日本はなくなつて、その代はりに、無機的な、からつぽな、ニュートラルな、中間色の、富裕な、抜目がない、或る経済的大国が極東の一角に残るのであらう。それでもいいと思つてゐる人たちと、私は口をきく気にもなれなくなつてゐるのである」。

口をきく気にもなれない、書く気にもならない、その思いを噛みしめ噛みしめ、無理矢理に書いたのが、この文章だったのだ。だから、いたずらに投げやりな言葉を書きつけることになったのであろう。

三島は、この後、第四巻『天人五衰』の最後場面を扱った百余枚を書く。そして、さらにそこへ至るまでの部分を書くという作業をする。そのほか、多分、この作業を持続するために必要であった『小説とは何か』（波、昭和45年11月号まで連載）と、短篇、本の序文、跋など短い文章を幾つか書くに留まるが、死力を尽くした『天人五衰』にしても、生気が乏しく、読者を誘う力を欠くと言わなくてはなるまい。無理なうえにも無理を重ねて、とにかく書き綴ったのである。そして、最後の最後の文章、文学の営為とは別の、『檄文』を書かなくてはならないのだ。

しかし、そうすることによって、自身のなかの言葉の泉が、枯れかかっているのを確認したのではないか。『鏡子の家』には、新進の日本画家が描こうと富士山麓の風景と向き合うと、当の風景が消滅して行く体験をする挿話が出て来るが、そのような事態が、三島自身にも起った。いや、画家の場合は、消えるのは目前の風景だが、いまは、自らの内から滾々と湧き出ていた日本の言葉が絶え絶えになるという事態、湧き出て来たと思っても、本来の日本の言葉ではないという事態……。

ただし、これは三島の才能、創作意欲の枯渇ゆえではなかった。三島が拠って立って来た日本、生きた日本語を湧き出させて来た日本が、いまや別のものになってしまった、それが三島の認識であった。この日本社会の基礎に虚偽、欺瞞、詐術、そして、偽善の発生源が組み込まれていて、恣に蝕まれ、もはや拠って立つことが出来なくなったという認識であった。

「果たし得てゐない約束」とは、ほかならぬその打破であったのだろうが、今や如何ともなし難い事態に立ち至ったと訴えているのだ。だから、後は自決するよりほかない、と言っている……。

この文章を読んで危機感を覚え、むりやり会う機会を作った村松剛に対して、「きみにも日本語がわかるのか」「きみの頭の中の攘夷を、まず行う必要がある」と三島は言ったとのことだが、かつての友にもそう言うよりほかないところに、立っていたのだ。

ただし、これが三島の結論でないことは、承知する必要があろう。至るべき地点はさらに先にあった。

（三島由紀夫研究会公開講座稿、平成28年4月21日）

近松と近現代の文学

――徳田秋聲から三島由紀夫・富岡多恵子まで

時折、浄瑠璃を聞いたり読んだりするのを楽しみにしているだけの筆者に、近松と近現代文学の係わりについて書く用意などまったくない。それにもかかわらず、感想のようなもので結構だからと言われ、一瞬、面白そうだな、と思ったのが運の尽き、うかうかと引き受けてしまった。言い訳はしたくないが、そうでもしなくてはペンが動かないので、まずはお断りさせて頂いた上で、思いつくまま、書いてみようと思う。

一、活字化による「読み」の成立

いま、浄瑠璃を聞いたり読んだりと書いたが、読むことによる享受は、明治以降に初めて出現した、近松の知らない形態である。

聞き、時には自ら語る、そこに新たに読むが加わった。と言うよりも明治から大正・昭和へと時代が下るにつれ、享受の一形態として語ることが少なくなり、さらには聞くことも衰微して、それに応じ読むことが前面に出て来たのである。わたしなどは、読みが先行して、やがて聞くことがささやかながら遅れて加わった世代である。語るに及ぶことは将来的にもあり得ない。

この推移において、浄瑠璃なり近松から受け取るものが変わってきているのは、確かであろう。しかし、ここではそのような問題には立ち入らない。

聞くことから読むことへ、いつ、どのようにして移って行ったかを知るのには、徳田秋聲について見るのがよさそうである。

秋聲は明治四年（一八七一）十二月に金沢も浅野川のほとりに生まれたが、このあたりは芝居小屋や芝居茶屋などが建ち並び、小学校へかようのにもその前を通って行かなくてはならなかった。それにこの都市では江戸時代も早くから芸事が盛んで、明治維新後も姉たちの許には琴や三味線の師匠が通ってきており、家ごと早くから歌舞伎を初めとする演芸に親しんで育った。そして、明治十九年（一八八六）春に石川県専門学校（二年後に第四高等中学、さらに第四高校）に入り、読書熱にとりつかれ、漢籍を初め硬軟交えての著作を手にしたのだが、その中に、近松や紀海音などの浄瑠璃があったのである。

この頃、すでに近松などの作品は盛んに出版されており、秋聲が手にしたのは、いわゆる丸本ではなく、その少し前から刊行されるようになった、金属活字によって翻刻、印刷され、簡単に洋綴じ製本されたものであった。

詳しく調べたわけではないので、大まかなことしか言えないが、明治十年代になると、従来通りの丸本と平行して、「義太夫さわり集」といったものが金属活字で、個人の手で刊行されたが、引き続いて近松ものは早く明治十四年十一月に出ているのが国会図書館蔵本で確認できる。叢書閣から発売された「近松著作全書」第一冊がそれで、翌年には第二冊、以後引き続いて刊行された。やがて出版元は武蔵屋叢書閣と名を改めたが、明治二十四年三月の『心中二枚絵双紙』『曾根崎心中』『博多小女郎浪枕』の合本巻末の広告を見ると、二十一冊に及んでいる。翻刻兼発行者早矢仕民治とあるから、これも個人の仕事であろう。その他にもこうした出版をおこなったところが幾つかあり、大阪、神戸からも出版されている。今日われわれが考える出版社が出現する前のことである。

いわゆる元禄文学復興として西鶴が注目されるのは、明治二十二年の紅葉『色懺悔』、露伴『風流仏』の刊行によってだが、それよりも早く、浄瑠璃本の活字化が盛んに行われていたのだ。その活字の組みだが、今日のように括弧などの記号もなければ、その外、「ウ」、「ハレ」「フシ」などと言った注記もない。ただ本文を起こしただけのもので、多くは「」だけ、また「。」だけ、両者がともに出てくるのは稀である。改行もほとんどない。ルビは、初期はごく僅か、やがて増えるものの、パラルビにとどまる。

当時はこれで十分であったのであろう。これらの金属活字本の読者は、大夫の語りをよく聞いていただろうし、そうでなくとも素人が唸るのを日常的に耳にしていたのだ。だから、文句さえ分かればよかったのである。

秋聲の場合は、浅野川に掛かる芝居で浄瑠璃の語りを、幼時から聞いていたし、音曲に親しむ人々が身辺にいたから、たとえ未聞の本であろうと、読む場合、語りの声を聞く思いをしていたはずである。そして、多くの浄瑠璃を読んだのだが、当時刊行され始めた小説類——明治十九年には末広鉄腸『雪中梅』東海散士『佳人之奇遇』、翌年には坪内逍遥『当世書生気質』などを秋聲は読んでいる——と紙面の上では、ほとんど変わらなかったことは留意しておかなくてはなるまい。

そして、明治二十一年になると、学校に近い本屋や貸本屋に溢れる雑多な新刊も片っ端から読み漁る一方、『伊勢物語』などから始まり、わが国の古典にも広く及んだが、それらのなかで最も強く心を動かされたのが『博多小女郎浪枕』であった。

金沢の高等学校に居た頃、近松の博多小女郎浪枕を読んで、非常に感心して、近松物を研究した。其頃西鶴物はよく分からなかつたので読みもしなかつた。といつて馬琴物や、三馬物は一向に好かなかつた。

（「小説家となつた経歴」明治41年4月）

もう少し詳しくは『光を追うて』に見ることができる。馬琴の『椿説弓張月』や『美少年録』、引き続いて『八犬伝』に取り掛かったが、途中で投げ出し、春水の『梅暦』などを読んだ揚げ句のことであったという。

冬のことだつたが、或る時彼は『博多小女郎浪枕』に読み耽つたあとで、今までになかつた感激に打たれてしまつた。（中略）読後の頭脳はまだ何か強い酒にでも酔つてゐるやうで、興奮はなかなか去らなかつた。日本にもこんな天才がゐるのかと、彼は思ひつづけた。

彼とは、この作の主人公向山等、ほとんどそのまま秋聲自身であり、秋聲の文学的出発の重要な一角に、近松の『博多小女郎浪枕』が間違いなく位置していたことを示す。

ただし、どうしてこの作品にこれほど心打たれたのか、筆者にはもうひとつよく分からない。なにしろ内容は、京の若い商人惣七が海賊に殺されかけ、辛うじて脱出するが、馴染みの遊女との係わりから、その海賊の一味となり、遊女と世帯を持つものの、結局は縄目に掛り、自害、遊女は悲嘆にくれる……。博多と上方を舞台に毛剃九右衛門なる悪党一味が活躍するのを脇筋としているため、波瀾万丈の物語的性格を持ち、いま読んでもスリルがある。しかし、実際に当時あった事件に取材しており、その点で間違いなく世話物であり、惣七と馴染みの遊女小女郎の係わり、後半になると、父惣左衛門とのことが緊密に描き込まれている。

『曾根崎心中』などの心中ものと違い、大きな広がりがあり、惣七と小女郎の間に起こる悲劇も、その広がりのなかに据えられている。捕縛された惣七が駕籠の中で自害、役人の許しを得て小女郎と今生の別れをする場面など、二人だけの世界に閉じこもることなく、新鮮味がある。それだけ緻密な筆が生動感をもって迫ってきて、若い秋聲は引き込まれたのであろう。

上に挙げた馬琴や春水のいわゆる戯作もの、末広鉄腸や東海散士、さらには尾崎紅葉『色懺悔』、山田美妙の作品、また、二葉亭四迷『浮雲』なども読んでいたが、それらよりもより身に添って感じ取られ、「強い酒」に酔ったようになったらしい。

逍遥は馬琴との格闘を通し、四迷はロシア文学の翻訳に努めることによって、近代小説へとにじり寄って行ったのだが、秋聲は近松にかかわることによって、われわれ自身の心情と表現により親しく添った歩みをすることができたのではなかろうか。それがやがては自然主義の代表的作家となったものの、「生れたる自然派」と呼ばれるようになる根なのかもしれない。

二、書く「呼吸」

先走ってしまったが、秋聲はこの後、明治二十五年（一八九二）に上京、紅葉の門を叩いたものの、受け入れられず、兄を頼って大阪へ赴いた。その大阪滞在の一年間、本格的に浄瑠璃に親しんだ。そして、明治二十八年に再び上京、博文館の片隅に身を置き、やがて紅葉の門下となり、小説を書くようになるという道筋を辿る。

その博文館の「文章倶楽部」編集室にいた時、樋口一葉を訪ねたことがあった。原稿料を届けるためであったようだが、後年、彼女について「希世の才女であつたと謂はなければならぬ」と言い、さらに「女史の作を読んでゐると、近松の娘（ドウター）と云ふやうな感が起る。近松の片影が見られるやうな気がする」（「一葉女史の作物」明治40年6月）と書いている。

なぜ、そういう気がしたのか、具体的な理由は書かれていないが、物語の設定、展開の奇抜さなどは問題にせず、日々の暮らしにおいて齷齪する人々に目を向け、その情感を生き生きと緻密に描いたところに力点を置いて、見たのであろう。

それとともにもう一点、この頃は雅俗折衷体から言文一致体へと移行する過度期で、小説を書くための工夫も新たに凝らさなくてはならなかったが、その一つが会話であった。秋聲の場合で言うと、まずは東京言葉による会話に馴染めず、書けなかったことがあるが、根本的には会話と地の文との兼ね合い、その運び方、移り行きをどうすればよいか分からなかったことが大きかった。

いままでは鍵括弧で括りさえすれば会話ということになりそうだが、その鍵括弧がなかったのである。このため秋聲の書くものは地の文が多く、紅葉からは、どうにかしろとよく注意されたらしい。そこでヒントになったのが、浄瑠璃であったと言う。

その時分私は能く義太夫を聞いて居た。義太夫に地の文句から会話へ移つて行く呼吸がある。始終聞いて居るうちにその呼吸が頭へ入つて来たし、東京語の智識も次第に豊富になつて来たので、会話も以前ほど難かしくはなく、却つて地の文よりも容易く書けるやうになつた。

（「会話を書く上の苦心」 明治43年9月）

いまではなんでもないことが、創成期では、容易でなかった例があるが、これもその一つであろう。その点、一葉の作品は、地の文から会話へ、会話から地の文へと移って行く「呼吸」が実に見事である。括弧で会話を括るようなことをせずとも、文章の流れで、ここから会話で、誰の発語であるか、読む者に遅滞なく分かる。この「呼吸」を一葉は浄瑠璃、そのなかでも近松から学んだにちがいないと、秋聲は直感したのであろう。だからこそ、「近松の娘」と呼んだ……。

ここで富岡多恵子が『近松浄瑠璃私考』（昭和54年、筑摩書房）で、『曾根崎心中』の生玉神社前の出茶屋でお初を徳兵衛が見つけるところを取り上げて、言っているところを引用しておきたい。「近松は……説明はいっさいしていない。せりふが次の所作をスリリングに想像させ、地の文がせりふを押し出すように仕組んである。せりふから地の文へ、地の文からせりふへの飛躍の中に、語りと芝居と両方への見通しが計算されている……」。

一葉の作品がまさしくそうである。地の文から会話へであれ、会話から地の文へであれ、ひとつの流れの文章として綴られていながらも、その間には質的な違いがあり、飛躍がある。飛躍して、その違いを越え、新たな緊張を孕んで先へと進むのだ。今日の小説となると、鍵括弧で会話が括られているから、それが見えなくなっている。しかし、この時期、一葉であれ秋聲であれ、このひと流れの文章のなかの質的違いをしっかりと見届け、それを過たず踏まえて表現したのだ。そこを、一葉も秋聲も、近松から学んでいたと思われる。

そうであるから、やがて会話を鍵括弧で括るようになっても、ある確かな立体性を持つ。

三、近代小説の成立に

いわゆる近代小説成立の過程において、戯作とか講談の類いが盛んに言及されて来ているが、浄瑠璃についてはほとんどない。これは不思議な事態と言わなくてはなるまい。文章表現として、戯作や講談の筆録などよりも浄瑠璃のほうが遥かに高度であり、その感情の動き、心理なども、言葉だけでなく文章の運び自体も使って、的確に表現する力を持っている。

若い秋聲は、自分の前に出現した多様なジャンルの金属活字による印刷物のなかから、高度な文学的表現性を持ったものとして浄瑠璃を見つけたのだ。

その浄瑠璃も近松の世話物、それもいかにも世話物らしい心中物とは一味違うものであった。江戸時代を通じて浄瑠璃は盛んで、さまざまな工夫が凝らされて来たが、それ以前の、人形芝居として演劇性を強める前、なお語りもの性が濃い段階ということになろう。ただし、時代物ではないから、同時代の世態風俗人情を扱うために近松が新たに工夫した、語りもの性ということになるだろうか。

それがおよそ二百年の年月を越えて、秋聲の心を掴んだのだ。

こうしたことが起こったのは、秋聲ひとりに起こった特殊なことではあるまい。なにしろ浄瑠璃は、戯作などより遥かに広い享受層を持っていたし、戯作が明治になると早々と絶えたのに対して、今日まで生きながらえているのだ。

多分、戯作がいわゆる読書階層を中心にしているのに対して、浄瑠璃がその枠を大きく越えていることがあるだろう。文学の近代化は、所詮、知識階級の枠組みの中で企てられ、考えられて来ているのだ。それに加えて、東京中心であったことも、影響しているだろう。浄瑠璃は基本的に上方のものであった。秋聲が生まれ育った金沢は上方文化圏に属していたし、正宗白鳥、近松秋江にしても、岡山出身である。

こうした事情があったと思われるが、それならなおさら、明治以降の文学の展開において、浄瑠璃の果たした役割を見過ごしてはなるまい。殊に文学的質を問題にするなら、戯作や講談などよりも、遥かに高い表現性を持つ。

その秋聲の文章だが、自然主義の時期に入ると浄瑠璃との異質さがはっきりして、『黴』などになると、恐ろしく簡潔で、一段と遠くなると言ってもよさそうである。ところが、そうなればなるほど、その秋聲の文章には擬態語が多くなるのだ。

擬態語は、浄瑠璃において多用され、写実を第一とする文章からは消えるはずのものである。それが逆に写実性を強めるとともに、増えるのだ。それも多くは浄瑠璃に拠ると思われる語である。

この一見矛盾した変化は、写実性を強めるため、言葉を意味のレベルだけでなく、その音声のレベルでも使っているからに外なるまい。音声でもって、より直截に模写するなり、象徴的次元において表現するのである。

近代散文は、言葉を意味のレベルに限定して、伝達の透明性を図るのを基本とするものの、写実性を突き詰めて行くと、改めて音声のレベルも取り込まずにおれなくなる。秋聲がやったのはそういうことであり、そこに浄瑠璃が再び立ち現われてくることになるのだ。

江藤淳が『あらくれ』について、初めに六部などが登場してくることについて、古い説話の層が持ち込まれていると指摘したが、それだけに留まらず、その音声表現も含むに至っている。

そして、その浄瑠璃は、やはり古態の語りもの性を抜け出た、同時代の世態風俗人情に迫るものでなくてはなるまい。その点で、近松の、心中ものに限らない世話物となるのであろう。

四、語りの手法

ところで先に近松秋江の名を上げたが、彼も間違いなく「近松党」の熱心な一員であり、近松についてしばしば語った。

その作品だが、擬態語も少なくない。しかし、秋聲と違い、写実を厳しく追い求め、その表現を図るというよりも、馴染んだ女たちへの未練から、自分が仕出かした所業をめんめんと語るために、浄瑠璃で語られている事柄、詞章そのものを利用するのである。

例えば『別れた妻に送る手紙』（大正2年）では、こんな具合である。

女の口に乗つて、紙屋治兵衛の小春の「私一人を頼みの母様。南辺の賃仕事して裏家住み……」といふ文句を思ひ起して、お宮の母親のことを本当と思ひたかつた。

私は自然にふいふい口浄瑠璃を唸りたいやうな気になつて、すしを摘まうか、やきとりにしようか、と考へながら頭でのれんを分けて露店の前に立つた。

「私」の中では近松の浄瑠璃が絶えず語られているのであろう。その一節々々に乗るかたちで、「私」は行動するのである。半ば享受し、半ばその作中人物になっているのである。

秋江が、自らの女との交渉を赤裸々に描くことができたのも、じつはこのためかもしれない。「私」は半ば「私」であるとともに、半ば浄瑠璃の作中人物であることが、秋江を自由にして筆を運ばせるのだ。

自然主義の私小説のなかでも、独特な、パロディ的と言ってもよい書き方である。浄瑠璃を視野に入れると、こういう視点からも私小説を考察できる。

明治二十年代の中頃からは、娘義太夫が人気を呼び、三十年代後半になると、学習院の学生の志賀直哉らが熱心に通い、仲間内の手紙などは義太夫の文句に倣って書いたりしたらしい。

これが如何なる影響を文学に与えたかは、よく分からないが、水野悠子『知られざる芸能史娘義太夫』（中公新書）には、娘義太夫を扱った長田秀雄、北原白秋、木下杢太郎の詩、若山牧水の歌が引用されている。いずれも明治四十年代に詠まれた。

そして、大正時代に入ると、宇野浩二が現われるし、大阪へ移住した谷崎潤一郎の仕事が、浄瑠璃との繋がりなしには考えられないものである。『蓼食ふ虫』には文楽を聞きに行く場面が出て来るが、そうした面ばかりでなく、語りの手法で『春琴抄』や『吉野葛』など多くの作品を書くのには、浄瑠璃の影響が少なくなかったと思われる。

昭和になると、織田作之助の作品の背後には、浄瑠璃の影がちらつくし、宇野千代の『おはん』の語り口は、浄瑠璃を巧みに生かしていると言ってよかろう。

こんなふうにいろんな作家の仕事を挙げることができるが、それらの浄瑠璃が近松のものであると特定することはできまい。

五、耽読した三島由紀夫

いま挙げた『おはん』は、戦後の作品だが、戦後で挙げるべき大きな作家として三島由紀夫がいる。三島は、中学生時代から恐ろしく広範にわたって文学作品を読み、わが国の古典も例外でなく、詩歌や物語、説話、謡曲、狂言、御伽草子から浄瑠璃に及んだ。

近松については、世話物から時代物まで、十代半ばから読み出し、戦時下にはかなり集中して読んだようである。最初の長篇『盗賊』（昭和23年刊）の主人公明秀が通う研究室の片隅には、明治風の革装の「巣林子《そうりんし》の古い全集」があると書き込まれているが、実際に学習院中等科なり高等科の教師の研究室から借り出したのではなかろうか。

もっとも劇としては近松半二、竹田出雲などの「シアトリカルな浄瑠璃」をよしとしていた。しかし、近松には敬意を払っていたのは確かで、「近松ばやり私観」（昭和33年4月）ではこう書いている、「近松において、文学的語り物作者と適度にシアトリカルな劇作家との、もつとも中庸のとれた典型、完成されたばかりの新鮮な典型を見ることができる」。そして、「語り物的こん跡をのこしてゐても、戯曲あるいは劇詩と読んでも差支へのないもの」で、時代物となると、「はるかに西欧の古典劇に近いものが感じられる」と。

劇作家として旺盛に活動、自然主義的な演劇観を打破、劇場性を取り戻そうと考える三島ならではの見方であろう。

その三島が、謡曲を踏まえて「近代能楽集」の『邯鄲』『綾の鼓』を書いたのに引き続いて、柳橋みどり会の明治座の公演のため書いたのが舞踊台本『艶競近松娘《はでくらべちかまつむすめ》』(昭和26年10月)である。

日本橋通の大店の十七歳の娘おちかが心中物に夢中になっている。それを母親が心配、「女庭訓」を与え、しっかり読むよう求めるが、母親が姿を消すと、長持を女中に開けさせ、近松の心中物を取り出す。その外題が客席からも見えるよう大きく書かれていて、それを写すと、『曾根崎心中』『生玉心中』『心中万年草』『薩摩歌』『鑓の権三重帷子』『五十年忌歌念仏』『天の網島』『心中刃は氷の朔日』『重井筒』『冥土の飛脚』など。

パロディとして使っているのだが、「心中論」「情死について」などのエッセイを書いているところから見ても、三島自身、これらを読んでいたのは確かである。

その娘は、女中とふたり夢中になって読み耽るが、そのうち女中が男の振りをし、娘と道行きの真似をし始める。と、屏風のかげから一組の男女が現われる。心中物の幻影で、常磐津がこう唄う、「恋といふ字に、こがれまゐらせ候の、その艶文《つやぶみ》の諸別《しょわけ》には、近松翁の教へ草、夢かうつゝか幻に、現はれ出づる曾根崎の、徳兵衛お初が身のしだら」。『曾根崎心中』の徳兵衛とお初である。

常磐津がつづいて「死にゆく身を譬ふれば、仇ケ原の道の霜、一足づゝ……」と唄うと、また屏風のかげから一組の男女が現われる。娘と女中が『生玉心中』の嘉平次とおさがで、さらにもう一組、『天の網島』の小春と治兵衛の幻が出てくる。

と、花道から清十郎によく似た若い男松次郎がやって来て、「心中絵草紙買やんせ」と呼びかける。出入りの草紙売りの親方から職を譲られたのだ。この若者と娘は、顔をあわせた途端、恋に陥るが、母親がやって来ると、浄瑠璃本とともに男を長持に隠す。そして、母親が去ると、長持から出てきた男と娘は、清十郎とお夏そのままの様子を見せる。

二幕は、二人の間が母親に知れ、草紙売り風情の男は許さないと厳しく言い渡され、二人は心中を決心する。三幕は、浄瑠璃「おちか／松次郎／心中比翼絵双紙」を上演する趣向で、隅田川畔へ二人が手に手をとってやって来る。常磐津の一節はこうである、「かの巣林子の筆の穂の、いま東路に生ひいづる、露の芒の穂に出でて、昨日は読みし人の上、今日はわが身にめぐり来し、覚悟も対の晴れ小袖……」。

そして、いよいよとなったところへ、母親が近松の浄瑠璃本を抱えて駆けつけ、二人が一緒になるのを許す。そうして場面は内祝言となるが、村祭の踊りと一緒になり、そこへ近松の心中物の主人公たちの幻影も加わり、賑やかにめでたく終わる。

三島自身の耽読体験とそこから生まれた夢想を仕組んでいるのである。ただしそれだけでなく、心中に思いを巡らすことが少なくなかった事情も考えてよかろう。婚約者になるべき女性に去られたという事件があり、先に挙げた『盗賊』を初め、短篇『岬にての物語』（昭和21年）、『軽王子と衣通姫』（昭和22年）いずれも、心中で終わらせているのである。

六、最高の風情表現の技法

柳橋みどり会のための舞踊台本の執筆は、翌年も行い、『室町反魂香』を書くが、その後すぐ歌舞伎座から依頼があり、初の歌舞伎台本『地獄変』（昭和28年11月、歌右衛門、勘三郎らによる）を書くことへと繋がる。こうしていわゆる三島歌舞伎と呼ばれる作品群が生まれることになった。

その歌舞伎台本は、いずれも義太夫狂言に徹底的に則ったものであった。三島の基本的考えはこうである、「歌舞伎の技術的財産、特にその天才的な様式美は、現代の作者といへども、百パーセント、あるいは百パーセント以上に、利用し活用しなければならぬ」（「『地獄変』上演プログラム」）。

その技術的財産のなかでも特に重んじたのが、義太夫狂言特有の浄瑠璃入《チヨボ》りである。そここそ歌舞伎特有の魅力が凝縮されていると捉えていた。異質なはずの劇と語りとが重層性をなし、微妙な緊張関係を孕むからだが、いま注目したいのは、その義太夫に何を見ていたか、である。三島はこう言っている、「強烈な感情の表現には、近代劇の手法ではいかにも生ぬるい。歌舞伎、殊に義太夫狂言は、嵐の如き感情の表現技法として、おそらく、世界最高のものを持つてゐる」。

近松の心中物では、「強烈な感情の表現」という言葉がややそぐわないかもしれない。しかし、そうではあるまい。例えば『冥土の飛脚』なら「新口村」の、老父と梅川のやり取り、『大経師昔暦』の、茂兵衛が玉の閨に忍んで行き、主人の女房おさんと入れ替わっているとは知らず共寝して、夫の帰宅の声に灯された行灯の明かりが射し入って相手を認めるところなどは、互いに相手の顔に自分の運命をありありと見る、と言ってよかろう。ここは間違いなく「強烈な感情」とその表現がある。

時代物になるが、『出世景清』の、六波羅の牢に閉じ込められている景清を、阿古屋がこども二人を連れて会いに来るが、阿古屋の弟が六波羅に訴え出て、捕らえられたことを、景清は頑として許さず、「何程いふても汝がはらより出たる子なればかげきよが敵也。つま共子共思はぬ」と言うのに対して、阿古屋が「此うへはてゝおやもつたと思ふな母斗が子成ぞや」と言って、二人の子を次々と刺し殺し、自らも死ぬ。この場面などは典型的な「強烈な感情」に見舞われるところである。

この恐ろしい場面は、そのまま『獅子』（昭和23年）のものである。この短篇は、ソホクレス「メーディア」に拠るとあるが、「メーディア」ばかりでなく、『出世景清』のこの場面にも拠っているのではないか。「メーディア」に拠るだけで、夫への嫉妬から子（ここでは一人に変えられている）まで殺すことは出来ないだろう。もっとも阿古屋の場合、復讐の念はやや抑えられているが。

ついでに言えば、寝所で入れ替わるという設定だが、三島の『禁色』では、老作家梶俊輔が、かって自分につれなくした穂高恭子を、美青年南悠一に誘惑させ、寝床へ誘い込んだところで、悠一と入れ替わり、積年の思いを晴らすという、およそ現代小説らしくない場面があるが、どこからこのようなアイデアが出て来るのか、不思議に思って来たが、『大経師昔暦』のお玉とおさんの入れ替わりが念頭にあったのではないか。袈裟と盛遠の物語では、入れ替わるのは妻と夫だから、これは違うだろう。

いずれにしろ確証があるわけではないが、近松の浄瑠璃に少なからぬヒントを得ている気配である。探せばもっと他にあるかもしれない。

三島は、現代小説の枠組みを越えた奇狂な設定を度々するが、時代や国境を越えて、興味深い設定であれば、果敢に利用する傾向があった。

また、三島は新聞で扱われた社会的事件を盛んに扱っている。光クラブの山崎晃嗣の自殺事件、金閣寺放火事件、近江絹糸労働争議などだが、これも近松が心中事件や海賊一味の処刑事件などがあると早々に取り上げことと共通している。

作家の生理として、共通するところがあったのではないかとの思いを禁じ得ない。

最晩年、歌舞伎の『椿説弓張月』の浄瑠璃化に手をつけたのも、そのことを語っていそうである。

七、オペラとの係わり

三島についてもう一点、触れて置いてよいと思われるのは、オペラ台本『美濃子』についてである。

この作品は、昭和三十九年五月の日生劇場公演のため書かれたが、作曲を担当した黛敏郎が仕上げることができず、中止されたまま終わったが、いま読み返してみてもなかなか面白い台本である。

神聖な森を守ってきた山村の、開発を巡る対立と陰謀を背景にして、祭が熱狂的に行われる最中、無頼の若者と巫女の間に激情的な恋が生まれるのだ。が、その恋は如何ともし難い悲劇へと一気に雪崩落ちる。その時、まがまがしくも雄々しい須佐之男命が出現する……。この世界を突き抜ける一瞬が訪れるのだ。

三島は海外旅行ではよくオペラを見ているものの、論じる機会は乏しかった。そのなかでベルリンオペラが来日、公演した際のプログラムに寄せた文章「オペラといふ怪物」（昭和38年10月）で、面白いことを言っている。オペラは「本質的にロマン派的な思考の産物」で、「相対立し相矛盾する要素を、むりやりに形而上学的綜合へ持ち込む」。その点でワグナーの楽劇は頂点をなすが、そうして「ロマン派特有の『巨大さ』への趣味をふんだんに盛り込み、舞台芸術としての一種の怪物を作りあげた」というのである。

この時は「トリスタンとイソルデ」が上演されたようで、これをワグナーの最高傑作とし、「夢魔的集大成」と言い、「不健康な死とエロスとのオルギエ（狂宴）」だと言っている。

ここで言っていることを、三島は明らかに『美濃子』で実現しようとしたのだ。

その野望を可能にする技術的手立てでは、確かな証拠を示すことができないままに言うのだが、多くを浄瑠璃に負っているように思われる。先に「世界最高の」「嵐の如き感情の表現技法」と言っているのを引用したが、それを用いて企てたのだ。その痕跡は見いだせるように思う。

ただし、台本は完成させたものの、オペラとして上演されるには至らず、無念であったろう。黛への怒りが尋常でなく激しかったのも当然である。

この時期に書いたのが、警察署の中も公安担当者を扱った、ひどく地味な戯曲『喜びの琴』である。多分、一方で派手な動きに満ちた『美濃子』を書いたから、対極を意図したのに違いない。それでいて、主題は共通性がある。しかし、こちらもまた文学座が稽古に入りながら、思想的理由により上演中止を決める事態になった。

打ち続いたこの挫折は、かなり応えたようである。なにしろ「神話」へと手を届かせ得たかもしれない仕事だからである。「強烈な感情の表現」の赴くところ、そういうところを目指していたはずだからである。それは後の、力強さを欠くものの、『アラビアン・ナイト』とか『癩王のテラス』などへと繋がる一方、先にも言った『椿説弓張月』の浄瑠璃化の企てとなったと考えればよいのかもしれない。

八、「ホント」を書く近松

三島の没後だが、先に一節を引用した富岡多恵子の『近松浄瑠璃私考』がある。

富岡は詩人として出発、映画のシナリオ――篠田正浩監督の「天の網島」で脚本を担当したが、傑出した作品であった――、舞台の台本などを書き、小説でも優れた作品を書いた。

その歩みと結び付いたところで、この近松考は書かれていて、なかなか面白い。

五章からなっているが、最初の「ウタとカタリ―曾根崎心中」では、詩を書いて来た者として、自作を朗読するときに突き当たる問題を糸口に、イフ（言ふ）、ツグ（告ぐ）、ノル（宣る）、トナフ（唱ふ）、ウタフ（歌ふ・謡ふ・唄ふ）とカタル（語る）との違いを問題にする。浄瑠璃は言うまでもなくカタルを中心としていずれにも及ぶが、カタルとは相手の疑問を解き明かし、相手を納得させようとする意図を持ち、それが増幅すると、欺く意味にもなる。そこに虚構性が孕まれることになる、と説明する。

さらにその語る行為に語り手が入り込み、代弁するようになると、三人称から一人称へ移行するようなことが起こる。また、元の三人称へも戻る。さうして一人称と三人称を自在に往復するようなことになる、と言う。

なるほど、浄瑠璃のカタリはこういう性格を持つのかもしれない。そこにおいて創作の幅が出て来て、虚構が動きだし、文芸化する可能性が強まる、と指摘する。

それとともに劇が問題となるが、義太夫は語りものとしての劇を求めるのに対して、近松は、「ホンを書く」という言い方を富岡はするが、語りものに収まらない劇を求めたとする。そうすることによって近松は、自らの中にさまざまな矛盾を抱え込むことになったが、それがまた、独創的な工夫を生み出すことになったとも言う。

語りものの流れに拠りながら、それと異質な、劇たらしめるなにかが近松にはあると言うのである。その劇だが、語りものの内部では処理しきれない劇であり、言ってみれば「語りもの」でありながら「レーゼ・ドラマ」となっているのだと。当時の慣例を無視して、近松が作品に署名したのも、じつはそれを「ホン」として意識していたからではないかとも言う。

この「ホン」を浄瑠璃にいち早く発見したのが、先に触れた秋聲であったと言ってよさそうである。金属活字によって印刷された本文を手にして、「語りもの」でありながら「レーゼ・ドラマ」として読み、その高い文芸性に魅惑されたのであろう。富岡は、「女殺油地獄」について、「レーゼ・ジョウルリ」なる言葉を持ちだし、それとして「自立している」と言う。

この演劇性とは別の、しかし揺るぎない劇は、また、三島が言う「語り物的こん跡をのこしてゐても、戯曲あるいは劇詩と読んでも差支へのないもの」に近いかもしれない。

九、まだまだ刺激的

まだまだ触れるべき事柄、作家があると思うが、ここまで思いつくままに綴って来たことをとおして、今日において近松が持つ重みと、それが刺激を与えるおおよその在りどころを示し得たかもしれない。いまの時代は、やはり読むことが先に立つ。その点で、富岡が言う「レーゼ・ドラマ」なり「ホン」がはなはだ示唆的である。ただし、文章表現は読むなり「ホン」に収斂するわけでは決してない。やはり「語りもの」性をはじめ演劇性、その音声、音曲と固く結び付いていて、読む行為に生々しさや具象性を与え続けるのである。

その点で以上の記述は十分でないので、富岡の著書からもう一点、語りもの性について言っていることを付け加えて置きたい。

『鑓の権三重帷子』の後半、おさゐの実家において、家族それぞれが嘆く場面で「語りもの」としての真髄が発揮されると言い、こう指摘する。「祖父祖母孫娘ふたりの嘆きかなしみは独立してはいない。ひとりのかなしみに、もうひとりのかなしみが重なり、次々に重なり合いながら、かなしみと嘆きは大きなひとつの環となる」と。一般の台詞劇であれば、四人の悲しみ方もその内容も違うはずだが、ここでは複数の人物によるクドキであって、そのクドキが環をつくる。観客は、一人々々に一体化して泣くのではなく、「『語り手』による、かなしみの言葉の連続に入り込んでしまって泣く」。そのため台詞劇ではあり得ない「大きな震動」を呼び起こすとする。

三島が言う世界最高の「嵐の如き感情の表現技法」とは、もしかしたらこのことと繋がっているのかもしれない。

こうした「大きな震動」が起こる起こらないは、台詞劇より「語りもの」性が強い点にあるようだが、それはまた近代的思考の問題でもあるようだ。近代の散文は、個々人の思いが重なり融け合って「環をつくる」ような事態を厳しく拒否することによって成立しているのだ。しかし、小説は「語りもの」と決して無縁ではなく、繋がっており、現に何ほどかそのうちに流れ込んでいる。一葉や秋聲の会話と地の文の問題にしても、じつはそのことを語っているはずである。だから、近代の枠組みから自由になるなら、生命感のある表現力をまだまだ取り込むことができるかもしれないのだ。

いずれにしろ近松は、今日においても、時代に即応する面と相反し乗り越えることを要求する面を合わせ持ち、はなはだ刺激的であると言ってよいようである。

（神戸女子大学古典芸能研究センター編『近松再発見─華やぎと悲しみ』平成22年11月、和泉書院刊）

初出一覧

Ⅰ　その思想

不断の死という日常——戦時下（本書）
自己改造——戦後の出発（本書）
古典への依拠——時代を抜け出す（本書）
禁忌と神話と——性（本書）
偽善のバチルス——占領下に在ること（本書）
英霊の行方——二・二六事件と神風特攻隊（本書）
肉体と行動——対立・緊張の中で（本書）
逆説の理路——『葉隠』（本書）
輪廻転生——「豊饒」の次元（三島由紀夫研究18号、平成30年月5月に加筆）
『文化防衛論』と『暁の寺』——騒然とした状況下で（本書）
文学史を構想する——『日本文学小史』（本書）
「あめつちを動かす」へ——古今集と天皇と
（「三島由紀夫の志したもの」祖国と青年、平成19年1月号を改題、改稿）

Ⅱ　その小説

小説家としての出発——師・清水文雄との出会い（本書）

異形な小説『禁色』（三島由紀夫研究5号、平成21年1月）
無秩序への化身――『鍵のかかる部屋』
（「占領下の無秩序への化身」三島由紀夫研究15号、平成27年3月を改題、改稿）
『金閣寺』の独創（文藝・別冊、平成17年11月）
『鏡子の家』その方法を中心に（三島由紀夫研究14号、平成26年5月）
枠を越えて見る――『憂国』（有本伸子、久保田裕子編『21世紀の三島由紀夫』平成27年11月、翰林書房）
いいしれぬ不吉な予言――『月澹荘綺譚』（季刊文科17号、平成12年11月）
究極の小説『天人五衰』――三島由紀夫最後の企て（文学界、平成23年1月号）

Ⅲ　その劇

東西の古典を踏まえて（悲劇喜劇、平成23年4月号）
交響する演劇空間（国文学解釈と鑑賞別冊「現代演劇」平成18年12月）
詩的次元を開く――「近代能楽集」の独自性（三島由紀夫研究7号、平成21年2月）
『葵上』と『卒塔婆小町』――「近代能楽集」ノ内（DVD『近代能楽集ノ内』YMP、平成20年）
擬古典という挑戦――歌舞伎（三島由紀夫研究9号、平成22年1月）
「戯曲の文体」の確立――『白蟻の巣』を中心に（三島由紀夫研究4号、平成19年7月）
『英霊の聲』への応答――『朱雀家の滅亡』（三島由紀夫研究8号、平成21年8月）
迫力ある舞台――新国立劇場『朱雀家の滅亡』（悲劇喜劇、平成23年12月号）

Ⅳ　焼跡からの二十五年

焼跡から始まった（国文学解釈と鑑賞、平成23年4月）
白亜の洋館――三島由紀夫と馬込（東京都馬込文士村継承会主催講演稿、平成24年10月14日）
「軽い死」という秘鑰――太宰治と三島由紀夫（国文学解釈と鑑賞、平成16年9月）
川端康成　無二の師友（『三島由紀夫の時代――芸術家11人との交錯』平成28年11月、水声社）
「果たし得てゐない約束」――「私の中の二十五年」再考（三島由紀夫研究会公開講座稿、平成28年12月21日）
近松と近現代の文学――徳田秋聲から三島由紀夫・富岡多恵子まで
（神戸女子大古典芸能研究センター編『近松再発見――華やぎと悲しみ』平成22年11月、和泉書院）

三島由紀夫関連著書目録

単　著

『三島由紀夫論――失墜を拒んだイカロス』　昭和48年12月15日　朝日出版社
『奇蹟への回路――小林秀雄・坂口安吾・三島由紀夫』　平成6年10月25日　勉誠社
『三島由紀夫の最期』　平成12年11月25日　文藝春秋
『三島由紀夫　エロスの劇』　平成17年5月25日　作品社
『あめつちを動かす――三島由紀夫論集』　平成17年12月10日　試論社
『三島由紀夫を読み解く』　NHKカルチャーラジオ文学の世界　平成22年7月1日　NHK出版
『三島由紀夫の生と死』　＊『三島由紀夫を読み解く』の改訂版　平成27年7月30日　鼎書房
『三島由紀夫の時代――芸術家11人との交錯』　平成28年11月25日　水声社

編　著

『年表作家読本・三島由紀夫』　平成2年4月25日　河出書房新社
『三島由紀夫論集Ⅰ　三島由紀夫の時代』　佐藤秀明・井上隆史と共編　平成12年3月30日　勉誠出版
『三島由紀夫論集Ⅱ　三島由紀夫の表現』　佐藤秀明・井上隆史と共編　平成12年3月30日　勉誠出版
『三島由紀夫論集Ⅲ　世界の中の三島由紀夫』　佐藤秀明・井上隆史と共編　平成12年3月30日　勉誠出版
『三島由紀夫事典』　佐藤秀明・井上隆史と共編　平成12年11月25日　勉誠出版

『同時代の証言　三島由紀夫』佐藤秀明・井上隆史・山中剛史と共編　平成23年5月10日　鼎書房

監　修

『別冊太陽　三島由紀夫』　平成22年11月25日　平凡社

研究誌

「三島由紀夫研究」　佐藤秀明・井上隆史・山中剛史と共編　鼎書房

1 三島由紀夫の出発　平成17年11月25日
2 三島由紀夫と映画　平成18年6月20日
3 三島由紀夫・仮面の告白　平成18年12月20日
4 三島由紀夫の演劇　平成19年7月10日
5 三島由紀夫・禁色　平成20年1月14日
6 三島由紀夫・金閣寺　平成20年7月10日
7 三島由紀夫・近代能楽集　平成21年2月10日
8 三島由紀夫・英霊の聲　平成21年8月20日
9 三島由紀夫と歌舞伎　平成22年1月20日
10 越境する三島由紀夫　平成22年11月10日
11 三島由紀夫と編集　平成23年9月10日
12 三島由紀夫と同時代作家　平成24年6月25日
13 三島由紀夫と昭和十年代　平成25年4月30日
14 三島由紀夫・鏡子の家　平成26年5月30日
15 三島由紀夫・短篇小説　平成27年3月20日
16 三島由紀夫・没後45年　平成28年4月20日
17 三島由紀夫とスポーツ　平成29年4月25日
18 三島由紀夫と澁澤龍彦　平成30年5月25日

あとがき

文学に関心を持つようになって以来、三島由紀夫の書くものを読み続けて来たが、論の対象として取り組むようになったのは、昭和四十五年（一九七〇）十一月二十五日以来のことであった。それからもう五十年近くなるが、この年月は、一体、何であったのか、考えずにおれない。事件直後はいうまでもなく、以降も長らく社会一般に三島を論じること自体に対する、ある種の警戒感、さらには拒否感があった。それが如何なるところから出て来たか、いまさら詮索する気持になれないが、かなり強固に、様々な分野にわたって根を張り、わたしのような無頓着な者でもしばしば突き当たることがあり、一度だけだが、友人と激論したことがあった。それが目に見えて薄まったのは、この十年ほどのことかもしれない。それでいて、いまなお完全に消えたわけではないようである。

わたしは単純で、その作品を読み親しんで来た身として、あくまで文芸の問題として取り組まねばならないとの思いに駆られて来たのだが、それでも、巨大な噴火を起こした火口へ降りていくのに似た危険を覚えたのは、当然だろう。うかうかと近づけば、いかなる事態に巻き込まれるか、予測できない、と。文学なるものは、決して衛生無害なものではなく、予測を越えた事態を引き起こす可能性を秘めているのだ。

そこで頼りになると思ったのが、様々な作家のなかでも、徳田秋聲であった。近代日本の文学を形成するのに決定的な役割を果たしたのが自然主義文学だが、そのなかでも「生れながらの自然主義作家」と言われ、われわれの日常生活に根を降ろしていると考えられており、わたし自身もそのように捉えていた。その秋聲への関心、共感を保ちつつ、それとの繋りを命綱として、三島の内へはいり込めるところまで行ってみよう、とも考えたのだ。そうすれば、この危ない火口へ簡単に引きずり込まれることもないだろう、と。

この秋聲への関心は、野口冨士男さんに出会った幸運もあり、拙著『徳田秋聲』となれば、大掛かりな全集の刊行、この著作集第一巻に収めた拙稿ともなったのだが、三島の存在が一方にあったからこそ、一見、地味で正体のよく分らない自然主義作家への関心を持続できたのかもしれない。

それとともに三島に対しても関心を持続、今日に至っているのだが、この両者の文学は、恐ろしく異質である。これほど異なった文学はない、といってよいかもしれない。わたし自身、そう思っていて、じつはその異質さを頼りとして来たのだ。三島と取り組むのに際し、三島と掛け隔たった日常的次元に根をおろした文学にも自分は拠点を持っている、と言い聞かせるのだ。一方、秋聲に対する場合は、日常的次元には取り込まれないぞ、と構える。そうして行けば、この強力な二人に引き寄せられないばかりか、この作家の領域、世界を包含した、文学なるものを広く知り、考えることが出来るだろう、ともぼんやり考えた。

実際にそういうことになったかどうかはともかく、強力、強大な磁力を放つ作家に、可能な限り近づきながら、自分なりの姿勢を曲りなりに保つのには、有効な対応策だったのではないか、といまも思う。もっともこのような姿勢は、半端なもの、と見るひともいるだろう。しかし、わたしとしては、文学の世界を可能な限り広く、大きく見渡し、かつ、この二作家の在りようを立体的に捉えることも考えていたのである。

そして、この姿勢を採ることによって、秋聲なり三島それぞれが、当初、ぼんやり考えていた何倍もの大きく豊かな存在として、わたしの前に現われて来た、と思う。殊に秋聲がそうである。明治以来、敗戦を迎える前までの日本文学を考えるのに、それが孕んでいる肝要なもののほとんどを備えた存在だったのだ。

加えて、先の大東亜戦争下において、秋聲が生を終える直前に、三島が少年の身で登場して来て、早々に戦後の文学を代表する一人になっただけでなく、明治以前の日本の文学の多様な営為を引き継ぎ、展開する役割も果たしたのである。その点で、共時的にはわが国の文学世界の広大さを示し、通時的には、引き継ぐかたちになっている、と見なすことができるかもしれない。

実際に三島の営為は、遠くわが国の神話、伝承から平安、鎌倉、室町、江戸を経て明治へ至った文芸の成果を受け継ぐだけでなく、明治から大正、そして、昭和の戦前の盛大な翻訳活動を含めた成果も確実に受け止めているのだ。こう言えば大風呂敷を広げることになりそうだが、「古事記」から「古今集」、「新古今集」、そして、「伊勢物語」から「源氏物語」、また「平家物語」から中世の説話類、謡曲、浄瑠璃、歌舞伎などにわたって、じつに広範に摂取、それぞれ目に見えるかたちで活かしているのである。このような途方もない存在を、わたしは知らない。

こうした三島の在り方に影響されて、わたしもまた、明治以前の文芸にも関心を持ち、この著作集の第三巻から第五巻までに収める、ごくささやかな営為をおこなって来た。三島から受けた恩恵は計り知れないものがある。

こうした三島の営為を、今後とも矮小化することなく、より豊かな形で、受け継いで行って貰いたいものだと思う。

三島の著作には、政治的目的のため書かれたものがあり、かつ、その政治的課題がいまなお今日の問題であり続けているといった事情のため、その一点に絞って論議されがちな傾向がある。そうしたことも間違いなく重要だが、それだけに囚われず、少なくとも本書で採り上げたような広がりをもって、考察してほしいものだと切に思う。

本書に収めた論考を書き進めるにあたって、自ずと浮かんで来た詩句がある。あるいは誤解を呼ぶことになるかもしれないが、三島に捧げるのにふさわしいとも思われるので、書き付けておきたい。

わたしはいまわたしの最後の山頂、わたしに与えられることが最も長く保留されていたものの前に立っているのだ。ああ、わたしの最も過酷な道をわたしは登って行かねばならぬ。ああ、わたしはわたしの最も孤独なさすらいをはじめたのだ。

おまえは偉大へと向かうおまえの道を行かねばならぬ。ここでは何びともおまえのあとに従う者はないだろう。おまえの足が自分で自分の歩いた道を消して進むのだ。そしてその道の上方には、『不可能』という大文字がかかげられている。

そしておまえに、もはや使うべき一つの梯子《はしご》もなくなったら、おまえはおまえ自身の頭へも登ることができねばならぬ。

おまえ自身の頭に登り、おまえ自身の心臓を超えて進まねばならぬ。

ニーチェ『ツァラトゥストラ』第三部の冒頭「さすらいびと」（手塚富雄訳）の一節である。

本論でも書いた、戦時下においての次の一瞬の生存も保障されない在り方に耐えて、生き続けるのには、こうした詩句が身内に響いたはずだし、そしてまた、死を決意したうえで書きつづける日々に耐えるのにも、力を貸したと思われる。そうでもしなければ、決して行けない道筋を先の先まで、歩みとおしたのだと思う。あらためて深甚の敬意を表したい。

なお、本書は「三島由紀夫の思想」と題する論集と著作集の一冊という二重の性格を持つ。論集としてはⅠを中心にして、Ⅱ以下から読者各位が適当に補って見て下されば幸である。

校正に関しては、佐藤秀明、大木志門のお二人のお世話になった。八十代も半ばになると、ひとりでは埒が明かず、有難いことであった。出版に関しては、三島に関してもまた加曽利達孝氏のお世話になって来たことに思い至る。なによりも研究誌「三島由紀夫研究」の刊行がそうだが、拙著『奇蹟への回路』『三島由紀夫の生と死』、編著『三島由紀夫論集』ⅠⅡⅢの三冊、『三島由紀夫事典』『同時代の証言　三島由紀夫』のいずれも氏の手になる。それに加えて本書である。改めて感謝する。

平成最後の夏

松本　徹

松本　徹（まつもと　とおる）
昭和八年（一九三三）札幌市生まれ。大阪市立大学文学部国語国文科卒。産経新聞記者から姫路工大、近畿大学、武蔵野大学教授を経て、山中湖三島由紀夫文学館館長を勤める。現在は「季刊文科」「三島由紀夫研究」各編集委員。
著書に『夢幻往来』（人文書院）、『徳田秋聲』（笠間書院）、『三島由紀夫の最期』（文藝春秋）、『三島由紀夫の時代―芸術家11人との交錯』（水声社）、『小栗往還記』（文藝春秋）、『風雅の帝 光厳』（鳥影社）、『天神への道 菅原道真』（試論社）、『西行わが心の行方』（鳥影社）など。
編著に『年表作家読本三島由紀夫』（河出書房新社）、『三島由紀夫事典』（勉誠出版）、『徳田秋聲全集』全四十三巻（八木書店）など。監修『別冊太陽　三島由紀夫』（平凡社）

松本徹著作集②
三島由紀夫の思想
平成三十（二〇一八）年九月三十日　初版発行
著　者――松本　徹
発行者――加曽利達孝
発行所――図書出版　鼎書房
〒132-0031 東京都江戸川区松島二-十七-二
電話・FAX　〇三-三六五四-一〇六四
URL http://www.kanae-shobo.com
印刷所――シバサキ工芸・TOP印刷
製本所――エイワ

ISBN978-4-907282-43-1 C0095